1 Scherls „Lokal-Anzeiger"

2 Redaktion „Die Rote Fahne" 1918/19

3 Verlag „Das kleine Journal"

4 Hotel Moltke 1918

5 Preußisches Abgeordnetenhaus, Gründung der KP 1918/19, Volksgerichtshof 1934/35

6 Liebknecht am 9. Januar 1919

7

8

9

10

11 Anhalter Bahnhof, Liebknecht 1918, Mathilde Jacob 1942

12 Reichsführung der SS

13 Gestapo 1936-1945

14 Christuskirche

15 Margarete Jacob 1943

16 Ballhaus „Clou"

17 Antikriegsmuseum 1982

Heinz Knobloch

Meine liebste Mathilde

Heinz Knobloch

Meine liebste Mathilde

Geschichte –
zum Berühren

Buchverlag Der Morgen
Berlin

ISBN 3-371-00012-5

4. Auflage 1990

Lizenznummer: 48-48/47/90
LSV 7001
Gesamtgestaltung: Hans-Joachim Schauß
Printed in the German Democratic Republic
Gesamtherstellung: Druckhaus Aufwärts, Leipzig III/18/20-2850
Bestellnummer: 695 547 8
01580

Wurde nicht erbeten, von Zeit zu Zeit möge der Historiker die Geschichtsbücher beiseite legen und sich die Straßenschuhe anziehen? Führt nicht ähnliches Verlangen den Schriftsteller an die Luft? So treffen sie sich, jeder seinen Stadtplan im Kopfe, in der Fußgängerzone, wo der Leser sie belauscht, als sie sich jahrhundertealte Weisheiten entgegenhalten: Wer erfindet, vergeht sich gegen die Geschichtsschreibung! Wer nicht erfindet, versündigt sich gegen die Phantasie! Nun steht der Leser da, das Buch in der Hand, sich selbst überlassen.

1

Jeder Mensch hat seinen Stadtplan. Auf dem sind eingegraben der Schulweg, der Spielplatz mit dem Sandkasten, das Treppenhaus der Großmutter, der Eisladen, der Zahnarzt. Küsse und Wohnzimmer, Arbeitsplatz und Fluchtwege.

Viele Straßen. Zuweilen ändern sie ihre Namen. Als ob eine Straße sich heimlich neue Schilder anfertigen läßt und sie plötzlich im Morgengrauen gegen die bisherigen auswechselt.

Deshalb, wer hat einen Stadtplan nötiger als der Einwohner? Touristen erkundigen sich. Ortsfremde fragen nach dem Weg. Nur der Einheimische meint, er käme ohne zurecht? Es ist anders.

So kommt es, daß eines Tages noch ein anderer Stadtplan ausgedacht werden muß. Lageblätter wie im Schulatlas, nur, daß nicht Klimazonen und Schiffahrtswege hervorgehoben sind, Eroberungen und Bauxitvorkommen, Sternbilder und Bevölkerungsdichte, sondern Bodenschätze völlig anderer Art. Vorgänge sind verzeichnet. Was geschah an dieser Stelle? Was passierte hier, als ich noch nicht auf der Welt war?

Ein Stadtplan der Geschichte.

Wer dürfte den machen? Man kann es wie das meiste selber tun.

Das abgefütterte Publikum, dem die Weltgeschichte seit der Schule bis zum Hals steht, erwartet eine amtliche Stadt- und Landkarte mit maßstabgerechten Eintragungen der Münzfernsprecher, Schuhgeschäfte, Kindergärten, Reparaturdienste, Schwimmhallen und so weiter. Mit Öffnungszeiten. Städtischer Lesestoff. Wer den beherrscht, steigt weiter ins Raffinierte. Dazu rechnet mancher die Literatur. Folglich zeigt der literarische Stadtplan – ja, wieder sind wir beim Selbermachen angelangt –, welche Dichtung in welchem Gebäude entstand. Wo warst du? Wo warst du noch nicht?

Der eigene Stadtplan und der andere ergeben zusammen ... Immerwährendes Risiko: Es gibt Betrachter, die zur Stelle waren, als etwas geschah. Sie haben die Ereignisse ein wenig anders im Gedächtnis, gelegentlich sogar ganz anders, als später zu lesen steht. Manche nennen das vielgeschichtig. Jeder hat schließlich nicht alles sehen können. Wenn Goethe frohgemut zu seinen Begleitern bemerkte, sie könnten von sich sagen, dabeigewesen zu sein, dann war es für etliche andere besser, wenn sie nicht dabeigewesen sind. Lieber nicht.

Deshalb: Der Stadtplan ist kein Lesebuch.

Demnach: Mein Stadtplan ist ein Lesebuch.

Es beginnt, wie sich das gehört, mit einem Druckfehler.

Die Königgrätzer Straße in Berlin begann am Brandenburger Tor, führte nach Süden, machte am Potsdamer Platz einen Südostknick und zog sich an zwei Bahnhöfen vorbei bis zum Halleschen Tor. Königgrätz, auch Sadowa genannt, 1866, Preußen gegen Österreich – warum müssen es die blutigsten Siege sein? Wenn Straßennamen an Niederlagen erinnern, wirken sie als mildernder Umstand. Auch auf ausländische Besucher.

An dieser Stelle kann der Leser Straßennamen aufschreiben, die ihm dazu einfallen. Wäre Napoleon nicht bis nach Moskau marschiert, stünde der Berliner Fernsehturm am Bonaparteplatz. Und so weiter.

Einst befand sich die Berliner Stadtmauer in der Mitte der später nach Königgrätz genannten Straße. Das Stück vom Brandenburger Tor bis zum Potsdamer Tor hieß seit 1831 Schulgartenstraße. Es gab ihn. Den Botanischen Garten der Königlichen Realschule, 1753 angelegt. Gute alte Zeit. Ruhige Namen. Ländliche Gegend, um 1840 parzelliert und bebaut. Vom Potsdamer Tor bis zum Halleschen Tor hieß die Straße nach dem angrenzenden Grundbesitzer Hirschelstraße. 1867 vereinigte man beide Straßen und nannte sie zum Andenken an den Sieg über die Österreicher nach der Schlacht bei Königgrätz. Als aber 1914 die Waffenbrüderschaft ausbrach zwischen Kaiser Wilhelm in Berlin und Kaiser Franz Josef in Wien, wurde der nördliche Abschnitt der Königgrätzer plötzlich zur Budapester Straße. Wer kennt sich aus? Ein paar Jahre später, zur Zeit der Weimarer Republik bekamen beide Straßenteile neue Namen. Die Budapester hieß bald nach dem ersten Reichspräsidenten Friedrich Ebert, die Königgrätzer erhielt 1930 den Namen des verstorbenen Außenministers Stresemann. 1933 kam Hitler und machte aus Friedrich-Ebert- die Hermann-Göring-Straße, aus Stresemann- die Saarlandstraße. Nach 1945 wurde der Zustand von 1930 wiederhergestellt. Der Namenszustand.

Ich ging als Junge durch die Saarlandstraße. Dort war ein Eisladen. Wenn wir im Sommer abends auf unserem Balkon am Tempelhofer Ufer saßen, im vierten Stock, hoch über dem Landwehrkanal, wurde mein Vater möglichst oft überredet, eine Portion Eis zu spendieren. Er aß es gern.

Da trabte ich mit dem Aluminiumbehälter, in dem er seine Brote mit zur Arbeit nahm, drei Querstraßen weiter bis in die Saarlandstraße, ließ das Kästchen mit drei Doppelmuscheln füllen (Vanille – Erdbeer – Schoko, manchmal Zitrone) und rannte den Weg zurück, lief mit der Temperatur um die Wette, raste, keuchte, treppauf, kam mir wie der Marathonläufer vor. Nicht wie ein, sondern wie der Marathonmann. Vor nicht allzulanger Zeit hatten wir in Berlin Olympische Spiele gehabt. Das färbte ab, das wirkte nach in den Kindern. Es soll so sein, damit sich das Geld lohnt, das der Sport kostet.

Niemand erzählte mir, wie die Saarlandstraße vorher hieß. Wir wohnten noch nicht lange in dieser Gegend. Wie sollte ich vermuten, daß es Fragen wegen eines Straßennamens geben könnte.

Eingezwängt zwischen den Mietshäusern in der Saarlandstraße, stand die Christuskirche. Mittelhoch. Dort bin ich 1941 eingesegnet worden. Der Pfarrer trug dabei

Uniform. Längst zu den Soldaten eingezogen, stand er nun, für diesen Tag und andere Zwecke beurlaubt, vor dem Altar in graublauer Luftwaffentracht mit den Schwingen auf den Kragenspiegeln. Bis zum Gefreiten hatte er es gebracht. Hätte ich lieber einen Feldwebel durch die Kirche «Amen» brüllen hören mögen? Die Generale und die Marschälle waren wohl nicht nebenberuflich als Geistliche tätig. Sie rechneten damit, uns bald zu übernehmen. Bis dahin genügte, wenn sie einen Gefreiten schickten, ähnlich wie ein anderer Gefreiter vorgeschickt worden war, um unsere Eltern zu kommandieren; der ehemalige Gefreite Hitler.

Zwangsläufig hat der liebe Gott diese Kirche, in der ein Mensch in Soldatenuniform predigen durfte, bombardieren und vom Erdboden tilgen lassen. Er hat es nur nicht gründlich genug und weltweit getan. Das könnte mich wundern, hätte ich nicht als Kriegsteilnehmer feststellen müssen, daß die Kirchen zur Rüstungsindustrie gezählt werden können.

In der Saarlandstraße gab es eine Tierhandlung, in der wir das Futter für unsere beiden Wellensittiche kauften. Eine Frau in weißem Kittel bediente, unterstützt von ihrem Mann, der auf mich ein wenig komisch wirkte, um nicht zu sagen blöd. Er bewegte sich langsamer als andere Verkäufer. Zwar war der Mann, verglichen mit gekommenen Zeiten, geradezu flink; damals jedoch kam er der Kundschaft langsam vor in seinen Bewegungen.

Sein Kopf war an der Stirn eingebeult. Er sprach quäkend, fand sich aber gut zurecht in seinem Tierreich und war so höflich, daß man ihn allein deswegen für nicht ganz normal halten konnte, damals schon.

Eines Tages habe ich zu meiner Mutter über den Mann eine Bemerkung gemacht, die ihr nicht zusagte. In ihrer Antwort lag eine Erklärung, die ich mein Lebtag lang zu begreifen und weiterzugeben suche. Meine Mutter hat gesagt, es gäbe viele kriegsverletzte Männer. Damit müßten sie leben. Sie könnten nichts dafür. Man dürfe sie nicht auslachen. Mit Respekt vor Helden hätte das nichts zu tun, sondern mit Behutsamkeit vor dem Unglück eines anderen Menschen.

In der Schule half das nicht. Der Klassenlehrer quäkte mit ähnlich hoher Stimme, wurde «Tante Anna» genannt. Er gab Mathematik. War Studienrat, Doktor gar. Er machte sein unvorteilhaftes Aussehen – schiefer Hals, eingebeulte Schläfe – durch scharfes Auftreten wett. Eine gewisse Zeit gab ich ihm die Schuld daran, daß ich mathematisch nutzlos bin. Er hat sein Fach nie verständlich genug erklärt, die Gleichungen und die Formeln. Seitdem ich Bücher schreibe, weiß ich, nicht an ihm hat es gelegen.

Als ich Klassenletzter im Sport es endlich schaffte, die behördlich verlangte Viertelstunde zu schwimmen, gratulierte mir «Tante Anna» ehrlichen Herzens und in aufrichtiger Sprache vor der ganzen Klasse. Dieser Moment ist eine der reinsten Erinnerungen, die ich an ihn und das Gymnasium bewahre.

Wir sind in der Saarlandstraße stehengeblieben.

Demnach zeigt ein Stadtplan, *Wer Wann Wo* wohnte und *Was* er dort tat. Das *Wie* fehlt. Und das große *Warum*.

Das sind Fragewörter aus dem kleinen Einmaleins der Nachrichtenredakteure von früher. Der Leser kann mitrechnen. Im Kopf?

Diese W-Fragen stammen aus einer Zeit, als nur der Redakteur lesen und schreiben konnte. Und selbst damals glaubte man ihm nicht alles. Wieso? Weshalb? Wer nicht fragt, bleibt dumm.

Wir kommen noch zu dem angekündigten Druckfehler. Geduld.

Wir lesen Zeitung. Wenn da steht: «Es sind Menschenleben zu beklagen», fragt man nach ihrer Anzahl. Zählt denn die keiner? Interessiert niemanden, wie viele, oder kommt es auf einen mehr oder weniger nicht an, weil es genügend andere gibt? Wenn nach einem großen Unglück gemeldet wird: «Den Verletzten wurde jede erdenkliche Hilfe zuteil» gibt es immer Leser, die laut sagen: Das möchte wohl sein! Und mancher denkt sich: Aha, sonst ist das wohl nicht der Fall, weil es hier ausdrücklich als Tatsache gemeldet wird? Wohl dem, der mit vielen anderen zusammen verunglückt.

Man liest: «Der Beschuldigte wurde zur Höchststrafe verurteilt.» Jemand meinte, das könne der Freispruch gewesen sein.

So sind diese schlimmen Zeitungsleser, Bildbetrachter, Rundfunkhörer. Sollte man sie abschaffen? Oder lieber die Medien?

Woher stammt dieses abseitige Verlangen nach Genauigkeit? Nach Bescheidwissenwollen? Der Mensch ist zunächst undeutlich, und das gefällt ihm. Dann aber verlangt die Behörde von ihm präzise Angaben. Er soll seinen Geburtstag wissen, seine sämtlichen Anschriften und Hausnummern, die Arbeitsstellen des Vaters angeben; die Wege der Verwandtschaft verfolgen – aber nur in Gedanken. Wie hieß der erste Mann von Tante Martha?

Das alles mehrmals und immer wieder. Und das bringt den Heranwachsenden zwangsläufig dazu, daß er erwartet, ihm müsse mit gleicher Genauigkeit begegnet werden. Ihm wird etwas unterbreitet – und er weist es wegen enthaltener Ungenauigkeiten zwecks Überarbeitung zurück.

Zeitungsmeldung 1980: «Westberlin. ADN. Die Behörden des Westberliner Bezirks Wilmersdorf haben den von Eltern, Lehrern und Schülern gemeinsam eingebrachten Antrag abgelehnt, ihrer Schule den Namen ‹Rosa Luxemburg› zu geben.»

Welcher Schule? Es gibt doch nicht nur eine in dem Stadtbezirk Wilmersdorf. In welcher Straße? Wo genau?

Wenn es in Kopenhagen wäre, in Saloniki, in Genf,

würden Sie da auch nach der Straße fragen und damit andeuten wollen, daß Ihnen der dazugehörige Stadtplan fehlt?

Wilmersdorf. Dieses Wort sollte jedem gebildeten Einwender ein Signalwort sein. In Wilmersdorf ist sie damals festgenommen worden. Und wenn es sich bei der erwähnten Schule gar um die Cäcilienschule handelte? In jener Januarnacht 1919, als die Todeskandidatin zum Eden-Hotel gefahren wird, gibt es in einer Wilmersdorfer Schule einen Zwischenaufenthalt. Wahrscheinlich holen sich die Täter Instruktionen. Zwanzig Minuten war Rosa Luxemburg in der Höheren Lehranstalt für Mädchen am Nikolsburger Platz, die nach der ehemaligen deutschen Kronprinzessin Cäcilie benannt ist und noch so heißt. Das wäre keine Nachricht? Wenn sechzig Jahre später gerade diese Schule umbenannt werden könnte? Aber es ist eine allgemeine, eine zu allgemeine deutsche Nachricht, und daher dauert es eine Weile, ohne Zeitung herauszufinden, daß es sich nicht um die Cäcilienschule handelt. Aber warum soll nicht eine andere Wilmersdorfer Schule diesen Namen bekommen? Welche Schule bitte? Aber wen interessiert denn das!

In unseren siebziger Jahren gab es einen Schlager, der von sieben Brücken sprach, über die man gehen müsse. Um die nicht weniger lebensnotwendigen sieben Ecken kam ich an einen Stadtplan, den sich zwei jüngere Männer ausgedacht hatten. Sie nannten ihn «Hundert Jahre revolutionäres Berlin» und begannen im Beiheft ihre Einleitung mit den Worten: «Revolutionäres Berlin? Auf den ersten Blick ist davon nichts mehr zu sehen. Bomben und Kapitalinteressen, zuletzt die große Pendelbirne, haben die Stadt geschichtslos gemacht. Zerschlagen sind die geheimen Treffpunkte in Wohnungen und Druckereien, eingeebnet die Straßen, in denen gekämpft und gestorben wurde.»

Dieser Stadtplan beginnt mit dem Studenten, der sich 1838 an der Berliner Universität einschreiben läßt,

Verse dichtet und an einem humoristischen Roman schreibt, den er uns leider nicht hinterlassen hat, der vielseitige Karl aus der Familie Marx.

Hundert Jahre revolutionäres ...

Solchen Stadtplan könnte jede aufgeweckte Stadtverwaltung in Auftrag geben. Aber so sind die Zeiten. Es dauert zu lange, und nicht jede Stadt wird sich so einen Stadtplan leisten. Es ist ja auch schwierig. Erst wenn alle Überlebenden verschwunden sind, wird alles klar. Wenn keine Angehörigen mehr Anstoß nehmen können und Briefe nur noch Lesestoff bieten und die Tagebücher Aufschluß; wenn kein Zeitgenosse als Besserwisser kommt. Die Geschichtsschreibung beginnt nach dem Tode des letzten Augenzeugen.

Wenn ich meinen Stadtplan nehme, meine Straßen, die ich ganz genau kenne, und sie mit diesem anderen Plan vergleiche, der mit Symbolen arbeitet ...

Mit neun Jahren umgetopft von der Elbe an den Landwehrkanal neben der Spree. In Berlin wenigstens einen schmalen Wasserlauf vorm Fenster und statt der Raddampfer eine Hochbahnstrecke, auf der alle paar Minuten ein gelber Zug in Richtung Hallesches Tor rollt oder in den Bahnhof Möckernbrücke zischt.

Keine Ereignisse für die nähere Umgebung verzeichnet jener Stadtplan. Meiner schon. Bei uns im Hausflur bin ich im Oktober 1943 in deutsche Kriegsgefangenschaft geraten. Ahnungslos kam ich die Treppe hinunter und lief unserem alten Briefträger in die Arme. Er hielt mir den Gestellungsbefehl hin und ließ mich mit seinem Tintenstift unterschreiben. Und ich unterschrieb. Das also bedeutet das Wort «Einschreiben».

Die Absender dieses Befehls durften sich nicht wundern, wenn ich ihnen heimzahlte, daß sie mich bei Strafe an meinem Leben erpreßt hatten. Ich lief ihnen an der Front davon und ließ sie ihren Krieg alleine weitermachen. Es mag daher einleuchten, daß ich auf meinem Stadtplan unser Wohnhaus markiere. Etwa mit gekreuzten Säbeln, wie es der Geschichtsatlas bei nennenswerten Gefechten tut.

Mein Schulweg führte durch die Belle-Alliance-Straße. Heute heißt sie Mehringdamm. Dort steht ein auffallendes Gebäude, um 1850 erbaut, das wie eine Ritterburg aussieht, wie ein Kastell; ziemlich langgestreckt. Es dient noch immer als Finanzamt. Es war einmal die Kaserne der Ersten Garde-Dragoner. Eines der vornehmsten Reiterregimenter. Allein sein Name: «Königin Viktoria von Großbritannien und Irland». Deutsche Kronprinzen und Bismarcks Söhne dienten hier; Theodor Wolff, der spätere Chefredakteur des «Berliner Tageblattes», und Fontanes Rittmeister Woldemar von Stechlin. Dieses Regiment stellte die Begleitmannschaft für die goldene Kutsche, falls eine Hohenzollernbraut in Berlin einzog.

Von alledem war nichts mehr zu spüren, als wir Jungen an der Rückfront entlangliefen, um den Nachhauseweg abzukürzen und ungestört verstohlen die erste Zigarette zu rauchen und die nächsten. Die flachen Hintergebäude waren zu Garagen und Lagerschuppen umgebaute Pferdeställe.

Auf dem anderen Stadtplan ist diese Stelle hervorgehoben. Ein Quadrat mit stilisierten Schützen. Daneben steht: «Dragonerkaserne. Parlamentäre werden erschossen, 1919.»

Davon war, als wir 1939 dort rauchten, nichts zu merken. Und ich will naiv tun und mich noch wundern, daß ich nicht gewußt habe, daß dort mal eine Kaserne gewesen ist und nicht immer das Finanzamt. Bekommt man erst mit den Jahren einen Blick für Militärgebäude? Wittert man sie?

Ich lasse jetzt einen alten Heizer auftauchen. Er kriecht aus seinem Kohlenkeller zum Lichte empor, sieht uns dort sitzen und paffen, und nun kommt er an, um eine «Attika» zu erbetteln oder zu erpressen, falls er uns nicht verscheucht oder mit seiner Schaufel verdrischt.

Er setzt sich zu den Jungen auf die Treppe und erzählt von früher. Als er Heizer war auf dem Torpedoboot. Und wie er nach Berlin gekommen ist.

Die Jungen machen große Augen.

Nun gibt es zwei Möglichkeiten. Entweder erzählt der Heizer, wie sie es auf diesem Hinter-Kasernenhof den Roten gegeben haben, und er hat es gesehen, er war direkt dabei. Oder er berichtet etwas anderes. Was wissen alte Männer? Was erzählen sie nicht?

Nennen wir unseren Heizer mit Namen. Er soll Reinherz Schmidt heißen. Und wenn wir ihn bei uns haben, in unserer Mitte, wird er erzählen, was nicht alle wissen. Es ist spannender, wenn er von Dingen berichtet, die er um den Preis seines mühsam geretteten Lebens diesen drei Jungen damals nicht erzählt haben kann. Er kennt sie doch nicht. Was nützte es ihm damals, wenn ihm heute versichert wird, diese drei würden ihn nicht denunziert haben.

Reinherz wollte reinen Gewissens zum Löhnungsappell der Volksmarinedivision erscheinen in der Französischen Straße 32. Der Tag war der 11. März 1919. Wer käme nicht, um seinen fälligen Sold abzuholen. Bei steigenden Preisen. Wer wüßte nicht vom Lockmittel Geld vor der Mausefalle.

Reinherz verdankte sein Leben seiner Frau. Er hörte auf ihr Kommando. Obwohl das Geld knapp war, sie ließ ihn nicht fort. Er durfte nicht zum Löhnungsappell. Neunundzwanzig andere Matrosen, die ihr Geld holen wollten, wurden erschossen. Dort im Hof des Hauses, in dem heute der Aufbau-Verlag tätig ist. An der Straßenfront ist die Gedenktafel.

Stell dir vor, du bist Reinherz und gehst durch die Französische Straße und kommst an dem Haus vorbei, in dessen Hof du ziemlich sicher erschossen worden wärst.

Gut, daß ich diesem Reinherz begegnet bin; daß er ein paar Sätze erzählt hat. Leise, langsam, nicht viel mehr, nur diese wenigen Tatsachen. Ein stiller Mann, der manchmal aus seinem Zentralheizungskeller im Zeitungshaus an die frische Luft kletterte wie aus dem Bauch seines Torpedobootes. Unbeachtet von den jungen Redakteuren, die ihn nicht grüßten. Die sich höchstens in der Parteiversammlung wunderten, daß der stille Heizer auch dort saß. Das war kein Hochmut, nur Unwissen. Denn Reinherz war auch in seinen alten Tagen wortkarg. Sein handgeschriebener Lebenslauf, seine Fragebogen? Sind längst durch den Reißwolf. Und ich male mir aus, warum er den jungen Reißwölfen hinter der Dragonerkaserne nichts erzählt von der Französischen Straße.

Soweit die Roten Matrosen nämlich nicht erschossen worden sind, wurden sie mir im Schulunterricht totgeschwiegen. Bei solcher Lehrmethode gibt es nicht einmal verräterische Gräber. Daher kannten wir nur Blaue Jungs.

Manchmal stand ich auf der anderen Straßenseite in der Belle-Alliance-Straße. Diesem Finanzamt schräg gegenüber. Dort, wo das kleine Kino HTL war, der Sattler, die Schuhgeschäfte, in denen man als Kind einen Luftballon geschenkt bekam beim Einkauf und sich den Fuß grün durchleuchten lassen konnte in einem Apparat, der die Eltern beruhigen sollte. Alles auf Zuwachs. Die Zehen paßten in den neuen Schuh, ohne anzustoßen.

Vor diesen Geschäften stand man gut am Straßenrand, wenn man die Wagenkolonne sehen wollte, die von Süden kam, den sanften Berg herunter, vom Flughafen Tempelhof.

Ja, und statt Roter Matrosen rollten Blaue Jungs heran. Im offenen Mercedes und so langsam wie «der Führer» fuhr Kapitänleutnant Prien mit seiner Besatzung vorbei. Jubelschrei. Vorempfundener Endsieg. So fühlt er sich 1939 an. Ist das nicht merkwürdig? Innerhalb weniger Jahre haben ziemlich viele Deutsche höchste Siegesfreude und tiefste Niederlage erlebt.

Als diese Wagenkolonne kam, war Polen gerade in drei Wochen besiegt worden. Nun hatte die Besatzung eines deutschen Unterseebootes einen spektakulären Erfolg errungen. Sie war in einen britischen Kriegshafen eingedrungen, in Scapa Flow, und hatte dort mindestens ein Schlachtschiff versenkt. Das deutsche Volk bekam einen Seehelden. Die Zeitungen – wir erinnern uns an die in ihnen erwünschte Genauigkeit – nannten Prien den «Stier von Scapa Flow». Jedes Volk braucht Sätze zum Festhalten, will heißen, daß die Regierung es möchte. Da sind sie: Prien erhielt das erste Ritterkreuz des Eisernen Kreuzes; ein neu gestifteter Orden, so eine Art Superlativ. Der Jugend, die es nicht wissen konnte, wurde die geschichtliche Tragweite erläutert. Dort, in Scapa Flow, hatten sich nämlich nach dem verlorenen ersten Weltkrieg Schlachtschiffe der kaiserlichen deutschen Flotte selbst versenkt, um nicht als Kriegsbeute an England ausgehändigt zu werden. Es gab also 1918 nicht nur Rote Matrosen? Die einen versenken das Kaiserreich, die anderen die Schiffe. Was geschieht mit den Überlebenden? Was tun sie von selbst?

Im Unterricht – wenn überhaupt von Niederlagen gesprochen wurde – mußte Scapa Flow das «Grab der deutschen Flotte» genannt werden. Nun hatte Prien alles umgekehrt.

Wie soll ein von seinen Lehrern unzulänglich unterrichteter Mensch diese Situation auskosten? Da rächen sich die mangelnde Voraussicht im Lehrbuch und pädagogische Zaghaftigkeit: Schräg gegenüber von dem Finanzamt, das einst das der britischen Königin zugeeignete Regiment beherbergte, jubeln alle dem Besieger der britischen Flotte zu. Ist Prien nun unser Nelson?

Der Name der ersten Zigarette, der ersten Helden, des ersten Lehrers sind haltbar. Bin ich heute der Hausmeister im Finanzamt und verscheuche Hasch rauchende Lümmel vom Hof? Was aber, wenn ich bereits im Januar 1919 dort gestanden habe in der Belle-Alliance-Straße? Von der Absperrung verdrängt, vom Geschützfeuer angelockt.

Dort kommen Parlamentäre. Über die Brücke am Halleschen Tor.

Diese Männer mit einer weißen Fahne wollen verhandeln. Deshalb müssen sie unangetastet bleiben.

Und weil ich weiß, wie einem zumute ist im Niemandsland unter der weißen Fahne ... Zwar waren wir keine Parlamentäre, 1944 in der Normandie, südlich von St. Lô, sondern boten lediglich mit uns selber den Waffenstillstand an, das Kriegsende und gern dauerhaften Frieden. Damit man uns diese Absicht glaubte, bereits auf den ersten Blick, hielten wir weiße Fahnen sichtbar in den Händen. Es waren Handtücher, die wir aus einem verlassenen Bauernhaus mitgenommen hatten. Wie gut, wenn solche Fahne anerkannt wird. Weil ich nie vergesse, was man in solcher Situation fühlt, weiß ich viel und möchte ich mehr wissen über die Parlamentäre, die am 11. Januar 1919 auf die Kaserne der Garde-Dragoner zugehen.

Am 11. Januar 1919 eroberte die Konterrevolution das Berliner Zeitungsviertel. Das ist die Gegend südlich der Leipziger Straße. Der von Revolutionären besetzte Verlag des «Vorwärts» in der Lindenstraße wird durch Artilleriebeschuß so verwüstet, daß sich die Belagerten ergeben müssen. Sie schicken sechs Parlamentäre los. Unter Führung eines Redakteurs und eines Dichters. Weil die besser verhandeln können?

Wer die Übermacht hat, verhandelt nicht lange. Er fordert: bedingungslose Übergabe innerhalb von zehn Minuten. Mit dieser Botschaft geht einer der sechs Männer zurück in das Zeitungshaus. Die anderen werden gleich als Gefangene einbehalten. So schnell geht das.

Diese Gefangenen bringt man zur Garde-Dragoner-Kaserne. Wir stehen als Zuschauer auf der anderen Straßenseite der Belle-Alliance-Straße und lassen einen Augenzeugen reden:

«Ich sah, wie man einen Mann unter Bewachung

zweier mit Stahlhelmen und Handgranaten bewaffneter Soldaten heranbrachte. Beim Herankommen des Mannes hatten Unteroffiziersschüler, die sich in der Dragonerkaserne befanden, an der Teltower Straße mit Peitschen Aufstellung genommen und fingen an, den Mann damit zu bearbeiten. Inzwischen brachte man noch einen und dann fünf Mann» – das waren die Parlamentäre – «unter gleicher Behandlung bis in die Arreststube der Kaserne. Da die Peitschen zur Mißhandlung scheinbar nicht ausreichten, nahm man Gewehrkolben und schlug diese Leute derartig, daß ich an ein Aufstehen überhaupt nicht mehr geglaubt habe.»

Ein Offizier befiehlt, sämtliche Leute, die aus dem «Vorwärts» kommen, zu erschießen. Deshalb nimmt man ihnen die Wertsachen ab, die vor allem, und die Papiere, führt sie auf den Hof und – wieder spricht unser Augenzeuge: «... ermordete sie in bestialischer Weise. Denn mit einem Erschießen konnte man die vorgenommene Handlung nicht vergleichen.»

So sind auf dem Hof der Garde-Dragoner-Kaserne der Redakteur Wolfgang Fernbach und der proletarische Dichter Werner Möller und andere Menschen, deren Namen uns nicht überliefert sind, umgebracht worden.

Frau Möller, später, in einem Brief: «Die Verletzungen meines Gatten sind derartig, daß von Erschießen keine Rede sein kann. Wäre mein Mann im Kampf gefallen, so wäre dies eine Tatsache, mit der wir rechnen mußten und gerechnet haben. Doch dieses Furchtbare läßt mich nicht zur Ruhe kommen.» Selten genug kommen die Frauen hinterher so zu Wort. Das Leben geht weiter.

Ein Dichter und ein Redakteur. Wenn die beiden meine revolutionären Vorfahren wären und ich sollte in einem sozialistischen Staat einer Auszeichnung für literarische und journalistische Leistungen einen Namen geben, dann fallen mir diese beiden – Fernbach und Möller – eher ein als beispielsweise Theodor Körner.

Sie sind Angehörige ersten Grades.

Rund dreihundert Gefangene werden aus dem Zeitungshaus des «Vorwärts» über die Brücke am Halleschen Tor zur Kaserne in der Belle-Alliance-Straße getrieben. Einer, der das überlebt hat, konnte berichten: «Unter den gemeinsten Beschimpfungen gaffenden Bürgerpöbels und unter Mißhandlungen der Soldateska mit Hundepeitschen, Gewehrkolben und Fußtritten nach der Dragonerkaserne geführt, mußten wir auf dem Hofe der Kaserne Aufstellung nehmen. Musterungen, Anpöbelungen, Beschimpfungen, Stöße, Ohrfeigen – ‹Wo habt ihr eure Rosa?› ...» Damit ist Rosa Luxemburg gemeint.

«Die Soldaten begriffen nicht, daß man überhaupt Gefangene mache. Die Fahrer mit Kantschu (aus Riemen geflochtene kurze Peitsche) oder Peitsche, die Kanoniere mit Säbel oder Seitengewehr umkreisten jeden Transport Gefangener, um durch einen geschickten Hieb den Gebundenen ihren Haß fühlbar zu machen.» So der Bericht des Gardeoffiziers Prinz Hohenlohe-Ingelfingen. Allerdings beschreibt er nicht den 11. Januar 1919 in Berlin, sondern den 18. März 1848. Ist da ein Unterschied?

Der Leser sei gewarnt. Das war noch nicht der ihm versprochene Druckfehler.

Der 24jährige Maler Ludwig Pietsch, der den Märztag überlebt und es später zum angesehenen Künstler und Schriftsteller bringt, man nennt ihn den vorzüglichen Schilderer des Berliner Gesellschaftslebens, hat in jener Nacht mit der Schilderung begonnen. Er ist unter den Gefangenen des 18. März 1848. Aber ist es nicht der 11. Januar 1919, den er schildert? «Wir hatten von jetzt an die raffiniertesten Martern zu erdulden. Das Wort ist hart, aber wahr: eine überlegte Bosheit und Grausamkeit, wie sie in der neueren Geschichte zivilisierter Staaten einzig dasteht, wurde gegen uns angewandt. Mit Kolbenstößen trieb man die Vordersten zum Trab an, mit Kolbenstößen und Hieben mit den Flinten über den

Kopf, Faustschlägen ins Gesicht unsre hinteren Reihen, jenen zu folgen. Besonders hatte man es auf die Verwundeten abgesehen.»

Wir Zuschauer in der Belle-Alliance-Straße müssen uns nun ein wenig Bedenkzeit erbitten. Es ist wie bei einem Festzug. Da gibt es Unterbrechungen, damit jeder neue Marschblock gebührend besichtigt und aufgenommen werden kann.

In Belle-Alliance hat 1815 der seither durch Denkmäler und regelmäßige Kranzniederlegungen nahezu ununterbrochen geehrte Marschall Blücher den Befehl gerufen: «Pardon wird nicht gegeben! Gefangene nicht gemacht!» Das klingt wie aus dem Protokoll vom nächsten Kriegsverbrecherprozeß. Er hat nur noch nicht stattgefunden. Da wundern sich Leute, wenn dieser Befehl von 1815 noch über hundert Jahre später gilt. Hitlers Befehl, sowjetische Kommissare nicht gefangenzunehmen.

Nochmals, damit die Zeile nicht überlesen wird: «Pardon wird nicht gegeben! Gefangene nicht gemacht!» Hitler und Blücher aus einem Munde. Und falls der kleine Mann sich später auf diesen Befehl berufen sollte, wenn die Sache schiefging, wenn er dran ist, weil er keinen Pardon gegeben und die Gefangenen erschossen hat (und wenn er nun selber um Pardon bittet, obwohl er die Gefangenen erschossen hat?), dann sind seine Befehlsgeber weit weg.

Blücher wurde «Marschall Vorwärts» genannt. Die ermordeten Parlamentäre kamen aus dem «Vorwärts». Um das klarzustellen: Die sozialdemokratische Zeitung «Vorwärts» wurde nicht zu Ehren von Marschall Blücher so genannt. Dagegen hätte Friedrich Engels protestiert.

Die Ermordung der «Vorwärts»-Parlamentäre hat wirklich nichts mit Marschall Blücher zu tun, auch wenn diese armen Menschen am Halleschen Tor noch den Blücherplatz überqueren mußten, ehe sie in der Belle-Alliance-Straße mißhandelt und getötet werden konnten. Belle Alliance heißt auf deutsch: Schöne Verbindung.

Wer will es den Regierungstruppen verargen, wenn sie 1919 noch den Befehl von 1815 im Ohr hatten?

Pardon. Wer Geschichte anfaßt, wird sich häufiger die Hände waschen müssen. Aber nicht in Unschuld.

Unversehens sind wir in ein militärisches Sperrgebiet geraten. Muß es überhaupt einen Stadtplan geben, auf dem solche Ereignisse vermerkt werden?

Prenzlauer Allee/Ecke Saarbrücker Straße. Ein Hügel, eine Art kleine Grünanlage mit Bänken und einem Gedenkstein. An dieser Ecke sind im März 1919 sogar Flugzeuge mit Bomben eingesetzt worden gegen die Spartakuskämpfer. Daß da keine Häuser mehr stehen, ändert daran nichts. Daß dort keine alten Leute mehr sitzen, die sich erinnern, ist zwangsläufig. Die betroffene Erde wird es immer wissen. Wenn es aber keinen Gedenkstein gäbe, keine Tafel?

Weil gerade die Flugzeugmotoren lärmen ... Und weil wir noch beim ersten Weltkrieg sind ... Der Flieger, der damals der berühmteste war, hieß Manfred von Richthofen. Man nannte ihn den «Roten Kampfflieger», was aber nicht das geringste zu tun hat mit der roten Fahne der Sozialisten. Seine Maschine war rot angestrichen. Farben gehören jedem.

Dieser Luftheld, der damals mehr englische und französische Flugzeuge abgeschossen hatte als andere deutsche Piloten, schrieb vor seinem Tode ein Buch. «Der rote Kampfflieger». Es erschien 1917; noch im Kriege. Darin gibt es folgende Stelle: «Es ist ein eigenartiges Gefühl, da hat man wieder einmal ein paar Menschen totgeschossen, die liegen da irgendwo verbrannt, und selbst setzt man sich, wie alltäglich, an den Tisch, und das Essen schmeckt einem ebensogut wie immer. Das sagte ich auch einmal zu Majestät, wie ich beim Kaiser zur Tafel befohlen war. Doch Majestät sagte nichts zu mir als: ‹Meine Soldaten schießen keine Menschen tot, meine Soldaten vernichten den Gegner.›»

Wer will, hat keine Vergangenheit. Lebt ohne Vorgeschichte. Verdächtig macht sich bereits, wer seine Geburtsurkunde zu aufmerksam liest. Er interessiert sich für das, was vor ihm da war. Wo er herkam. Was geht ihn das an?

Wie darf ich meinen Stadtplan vergessen? Bin ich nicht als Junge durch diese Straßen gegangen? Habe ich nicht einiges gesehen, das andere nicht mehr wissen?

Kapitänleutnant Prien auf dem Titelbild der «Berliner Illustrirten Zeitung», einen Telefonhörer in der Hand. Spricht er gerade mit dem Führer? Und weil seine Frau so blond war und so deutsch aussah, durfte sie mit aufs Bild. Wetten, daß es gestellt war?

Der Kapitänleutnant Prien fuhr im langsamen «Mercedes» als Held an mir vorbei. Ich winkte mit, schrie, freute mich wie die anderen neben mir. Hätte ihn auch als Fußballstar so begrüßt, wenn er mit dieser Mannschaft als Weltmeister gekommen wäre.

Priens Besatzung in offenen Wagen hinterher. Winkend, strahlend, vom Jubel zugedeckt. Es muß für sie unvorstellbar gewesen sein, ebensowenig wie später der nasse Tod. Weil sie aber als Helden für die Zeitungen lebten und leben mußten, schwiegen dieselben Blätter sie tot, als ihr Unterseeboot untergegangen war.

Zwei Tage vor der Wannsee-Konferenz, auf der die Vernichtung der Juden beschlossene Sache wurde, ließ Hitler am 18. Januar 1942 als «Tischgespräch» drei Sätze aufzeichnen: «Was für ein Glück für die Regierungen, daß die Menschen nicht denken. Denken gibt es nur in der Erteilung oder im Vollzug eines Befehls. Wäre es anders, so könnte die menschliche Gesellschaft nicht bestehen.» Damit rechnet seinesgleichen immer wieder.

Wir werden hier nicht weitermachen, sondern zur Sache

kommen. Der Unterton ist gelegt. Die Gelangweilten haben dieses Buch längst im Antiquariat verkauft. Wir sind unter uns.

Ziemlich am Schluß, unter der Nummer 168 in seinem Begleitheft nennt der Stadtplan «Hundert Jahre revolutionäres Berlin» ein Haus: «Berlin-Moabit, Altonaer Straße 11, Gartenhaus, 2. Stock ... Hier wohnt und arbeitet bis 1942 Mathilde Möhring, Besitzerin eines winzigen Schreibbüros. Sie war, seit 1913, die Sekretärin Rosa Luxemburgs und ihre Vertraute (‹Meine liebste Mathilde›).»

Noch dreimal erscheint in dem kurzen Text ihr Name: Mathilde Möhring. Welch ein Zufall. Ließ ein Fontane-Verehrer, ein Herr Möhring, als ihm eine Tochter geboren wurde, sie nach der Titelfigur des Fontane-Romans taufen? Was für eine Geschichte! Eine Mathilde Möhring schreibt für Rosa Luxemburg. Das hat Fontane sich nicht träumen lassen.

Aber 1873, als Mathilde geboren wird, hatte Fontane für seinen Roman «Mathilde Möhring» doch noch nicht einmal die Idee. Das Buch ist überhaupt nicht zu seinen Lebzeiten, sondern erst 1906 aus dem Nachlaß veröffentlicht worden. Also wird ein Herr Möhring, der Fontanes Roman las und liebte, zufällig jene Schreibkraft geheiratet haben, es sei denn, er suchte absichtlich nach einer Mathilde, weil er ein kurioser Mensch war und bei Mädchen zunächst ihre Vornamen liebte.

Oder ganz einfach: Diese Frau hieß zufällig so wie die spätere Titelfigur Fontanes. Das gibt es ja. Das kommt vor im Leben.

Merkwürdig. Kein Personenregister in der Fülle der Literatur über die deutsche Arbeiterbewegung nennt eine Mathilde Möhring. Hat sie vielleicht ihren Möhring erst später kennengelernt, als alles vorbei war?

Die hilfsbereiten Adreßbücher. Jahrgang 1912. In der Altonaer Straße 11 gibt es keine Mathilde Möhring. Aber eine Mathilde Jacob. Sie hat Telefon, und ihr Gewerbe steht dabei. Übersetzungsbüro. Ist sie das? Kam ihr Möhring als Kunde dorthin?

Jahrzehnte später. Das letzte Vorkriegs-Adreßbuch von Groß-Berlin. 1939. Es steht noch immer M. Jacob unter den Hausbewohnern. Im Branchenverzeichnis: «Schreibmaschinenarbeiten». Im Straßenverzeichnis als «Büro». Telefon 396810.

Wieso Mathilde Möhring?

Aber kommt eine Mathilde Jacob, falls sie so heißt, vor in den genannten Registern? Seltsam. Sekretärin und Vertraute von Rosa Luxemburg? Nie gehört.

Dann werden wir diese Frau suchen. Sie interessiert mich.

Zuerst einen Brief an die Verfasser des Stadtplans: «Warum wird Mathilde Jacob bei Ihnen nur Mathilde Möhring genannt? Hat ein Fontane-Verehrer Korrektur gelesen?»

Schnelle Antwort: «Die Quelle dieses Fehlers muß tief unten in meinem Unterbewußtsein liegen, weiß der Himmel oder Freud ... Natürlich heißt sie Jacob und nicht Möhring.» Autor Hans Halter unterschreibt als «Fontaneverehrer, sehr richtig vermutet!»

Das war der versprochene Druckfehler.

2

Die Altonaer Straße lag um die Jahrhundertwende in einer guten Wohngegend des kaiserlichen Berlin. Es ist das Hansaviertel. In seiner Mitte der Hansaplatz, den außer der Altonaer die Lessingstraße und die Klopstockstraße kreuzten. Fast parallel zur Altonaer Straße verlief die Cuxhavener Straße, wo in der Nummer 2,

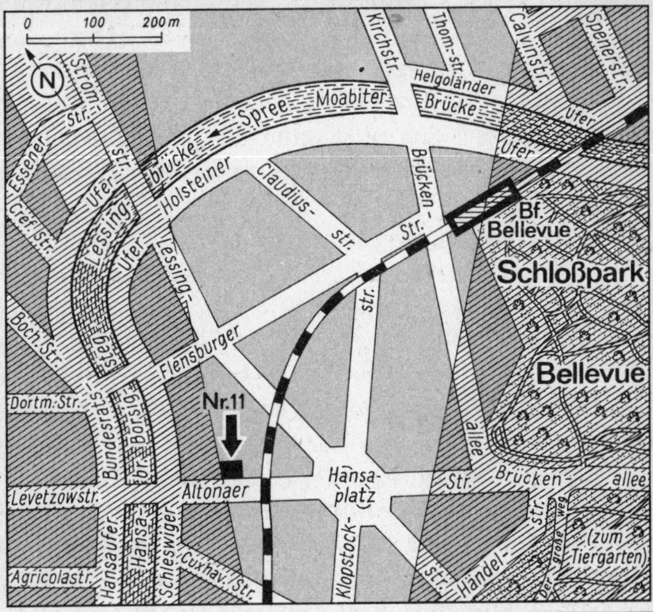
0 100 200 m
N
Strom-str.
Essener Str.
Cref. Str.
Ufer-str.
Lessing-brücke
Spree
Moabiter
Helgoländer
Brücke
Kirchstr.
Thom.-str.
Calvinstr.
Spenerstr.
Ufer
Holsteiner
Ufer
Lessing-steg
Lessing-
Claudius-str.
Brücken-Str.
Bf. Bellevue
Schloßpark
Bellevue
Boch. Str.
Flensburger
Klopstock-str.
Dortm. Str.
Bundesrats-
Borsig-br.
Nr.11
Levetzowstr.
Altonaer
Hansa-platz
Str.
Brücken-allee
allee
Hansaufer
Hansa-br.
Schleswiger
Cuxhav. Str.
Agricolastr.
Klopstock-str.
Händel-str.
Der große Weg
(zum Tiergarten)

eine Treppe, im Mai 1898 Rosa Luxemburg einzog. Die erste ihrer Berliner Wohnungen, sonnig, mit kleinem Balkon.

Keine voreiligen Schlüsse. Um diese Zeit wohnt Mathilde ganz woanders. Die beiden Frauen begegnen sich erst fünfzehn Jahre später, im Dezember 1913. Da wohnt Rosa in Südende. Am entgegengesetzten Ende Berlins.

Der zweite Weltkrieg hat das Hansaviertel umgepflügt. Geblieben sind die Straßennamen. Man findet sich zurecht. Aber der Verlauf mancher Straßen wurde geändert. Man kann sich an der Bahnstrecke orientieren, die vom Bahnhof Friedrichstraße in Richtung Zoologischer Garten führt. Sie überquert die Altonaer Straße, die aus viel Grünfläche besteht, viergleisig. Fernzüge und Stadtbahn. Wer in dieser Stadtbahn zum Zoo fahren kann, bemerkt kurze Zeit nach der Ausfahrt aus dem Bahnhof Bellevue rechts eine belebte Kreuzung. Das ist die Lessingstraße, die heute dort verläuft und auf die Altonaer Straße trifft. Man erkennt ein backsteinrotes Schulgebäude, vor dem Dutzende von Fahrrädern und Mofas lehnen, aber der Zug fährt zu schnell, alles läßt sich auf einmal gar nicht genau genug betrachten. Der Blick wird angezogen von einer Skulptur.

Eine monumentale schwarzgraue Hand mit rötlichen Nägeln. Eine Hand aus Neusilber, die nicht aus dem Boden wächst, sondern riesig von oben herabgreift. Mit einer funktionierenden Digitaluhr am Handgelenk.

Das ist ein Fingerzeig. Hier, als drittes Grundstück, vom Bahndamm aus gezählt, stand das Haus, in dem Mathilde Jacob lebte. Es war nie wichtig genug, um fotografiert zu werden. Erst am 18. Januar 1943, am Tage nach dem Bombenangriff, hat jemand das stark beschädigte Nebenhaus Nummer 12 aufgenommen; die 11 muß schlimmer ausgesehen haben. Eine Luftmine. Um diese Zeit lebte Mathilde wohl schon nicht mehr?

1913 wohnten in den Vorderhäusern der Altonaer

Altonaer Straße
26

Altonaer Straße 12 am 18. Januar 1943
nach dem Bombentreffer

Straße Privatiers und Kaufleute, gutsituierte Beamte und Angestellte. Das Haus Nummer 11, in dessen Gartenhaus Mathilde seit einigen Jahren in ihrer Wohnung ein Schreibbüro betreibt, gehört einem Schriftsteller. Es ist Dr. phil. Otto Arendt, der selber in einer noch besseren Gegend wohnt, in der Nürnberger Straße. Arendt ist kein Dichter, kein Belletrist, sondern ein Fachautor. In Kürschners Literaturkalender nennt er Politik und Volkswirtschaft als seine Gebiete. Er ist fast sechzig Jahre alt und hat zahlreiche finanzpolitische Schriften verfaßt. Arbeiten zum gleichen Thema, jedoch ganz andere, läßt Rosa Luxemburg in seinem Haus ins reine schreiben.

Nein, wir lassen Rosa nicht ins Haus treten, dessen schwere Tür ihr der zufällig nach dem Rechten sehende Dr. Arendt galant aufhält. Es wäre zu schön. Daher erkennt er sie auch nicht und kann seinen Verwalter nicht verärgert fragen, was ausgerechnet diese Frau Luxemburg in seinem Mietshaus zu suchen haben kann.

Wir verzichten auf manches. Die Legenden kommen ohnehin wie von selbst.

Es ist wieder Gelegenheit, auf die Poesie der Tatsachen hinzuweisen. In einer Novelle über Rosa Luxemburg in Mathildes Schreibbüro würde ein mit Volkswirtschaft (!) und Politik (!) befaßter Schriftsteller als Hauseigentümer wie schlecht erfunden wirken; wohl ausgedacht wegen des Kontrastes zu Rosas «Akkumulation des Kapitals». So aber, wenn wir die Dinge nehmen, wie sie sind, und sie deuten, bieten sie uns ihre Tragikomik an, ihren Scherz, Ernst, ihre tiefere Bedeutung und ihre Satire. Jeder kann sich davon holen, was er möchte.

Hauseigentümer Dr. Otto Arendt ist Mitglied des Reichstags und Mitglied des Preußischen Abgeordnetenhauses. Im Jahre 1913, als ihm Mathilde Miete zahlt, darunter ist Geld, das sie von Rosa Luxemburg für Schreibarbeiten bekommen hat, ahnt niemand, daß über fünf Jahre später im Gebäude des Preußischen Abgeordnetenhauses die Kommunistische Partei Deutschlands gegründet werden wird. Rosa Luxemburg am Rednerpult. Und zwei Wochen später wird Mathilde Jacob im Reichstagsgebäude knapp dem Tode entgehen.

Im Adreßbuch steht «Übersetzungsbüro». Mathilde kann Französisch und Englisch. Zu ihren Kunden zählen Journalisten, Schriftsteller, Politiker; zumeist denken und fühlen sie links, sympathisieren mit der Sozialdemokratie oder sind dort Mitglied, und wenn, dann beim linken Flügel. Eines Tages steigt ein älterer Herr im Gartenhaus die Treppe zur zweiten Etage hinauf und möchte etwas vervielfältigt haben. Er nennt seinen Namen. Nein, nicht Möhring, sondern Mehring.

Wer hat das Schreibfräulein als zuverlässig empfohlen? Wer weiß, für wen sie noch arbeitet? Ob sie insgeheim von allem einen Durchschlag mehr macht? Warum gehen die sozialdemokratischen Herren nicht in ihre eigenen Parteibüros, wenn sie etwas zum Abschreiben haben?

Mathilde hat einen jüngeren Bruder, Harry, der gewerkschaftlich sehr aktiv ist. (Er wird als 63jähriger von der SS erschossen werden.) Harry Jacob, das kann als ziemlich sicher gelten, hat seiner Schwester Kunden und Aufträge vermittelt. Durch ihn ist sie in Berührung mit der Arbeiterbewegung gekommen.

Für manchen Text mag es günstig sein, wenn ihn diejenige, die ihn abschreibt, nicht ganz versteht. Besser aber, der auf diese Weise an ihm beteiligte Mensch fühlt sich zugehörig. Mathilde ist aufgeweckt und interessiert genug, um zu begreifen, was sie schreibt. Eines Tages gibt man ihr Manuskripte für die «Sozialdemokratische Korrespondenz». Das sind wöchentlich erscheinende Hefte. Drei Leitartikel und eine Wirtschaftsrundschau. Das Ganze ist eine Art Pressedienst, eine Privatkorrespondenz, von der die sozialdemokratischen Blätter in

Schreibmaschinistin um 1912
(Zeichnung von Finetti)

Deutschland leider zu wenig Gebrauch machten, wenn ihre Chefredakteure zum rechten Parteiflügel gehörten. Daher hatten die Artikel von Marchlewski, Mehring und Luxemburg wenig Chancen, in der eigenen Presse veröffentlicht zu werden. Dennoch erschien diese «Korrespondenz» bis weit in den Weltkrieg hinein, bis zum Mai 1915. Da das Heft anfangs dreimal wöchentlich herauskam, läßt sich vorstellen, wie groß der Arbeitsanteil der mit der Herstellung und dem Versand beschäftigten Mathilde Jacob gewesen ist.

Sie nahm auch Diktate auf. Eines Tages im Dezember 1913 kommt Rosa Luxemburg zu ihr in die Wohnung, um einen Artikel für die «Sozialdemokratische Korrespondenz» anzusagen.

Es ist ihre erste Begegnung. Mit den Worten Mathildes: «Als Rosa Luxemburg das erste Mal zu mir kam, ... machte sie sofort einen tiefen Eindruck auf mich. Ihre großen leuchtenden Augen, die alles zu verstehen schienen, ihre Bescheidenheit und Güte, ihre fast kindliche Freude an allem Schönen, ließ mein Herz für sie höher schlagen. Bewundernd blickte ich zu dieser Geistesgröße auf, die beinahe dürftig gekleidet war.»

Mit diesen Sätzen ist ihr Verhältnis beschrieben. Vom Dezember 1913 bis zum Januar 1919, diese wenigen Jahre, hat Rosa Luxemburg in Mathilde eine glühende Verehrerin, eine Vertraute, eine Freundin, eine Gefährtin.

Vorweggenommen eine Augenzeugin:

Sophie Liebknecht in ihren «Erinnerungen und Aufzeichnungen»: «Rosa Luxemburg war (1916) nach Verbüßung ihrer einjährigen Strafe im Frauengefängnis Barnimstraße in Berlin, wo sie die Junius-Broschüre verfaßt hatte, wieder aktiv an der Arbeit. Ihr zur Seite stand ihre Sekretärin Mathilde Jacob, die diese Junius-Broschüre mit geradezu bewundernswertem Geschick aus dem Gefängnis herausgeholt hatte. Sie widmete weiterhin Rosa alle ihre Gedanken und Bemühungen und

Rosa Luxemburg.
Widmung für Luise Kautsky

machte aus ihrer Gartenhauswohnung in der Altonaer Straße einen Treffpunkt, der der Polizei bis zum Januar 1919 unbekannt geblieben ist.»

Die fünf Jahre – von Ende 1913 bis Januar 1919 – die sie mit Rosa Luxemburg verbunden ist, werden für Mathilde Jacob der Höhepunkt ihres Lebens. Umgekehrt darf einer behaupten, wenn er zusammenfaßt, was Mathilde als engste Freundin in diesem Zeitraum tat und tun konnte, daß Rosa Luxemburg ohne sie ihre Gefängnisjahre im Krieg nicht so überstanden hätte. Seelisch nicht und ganz gewiß nicht so produktiv. Mit dieser Vorkenntnis sollen die Auszüge aus den Briefen gelesen werden, aus den insgesamt 153 erhalten gebliebenen Briefen, die Rosa an Mathilde schrieb. 148 davon kamen aus Gefängnissen.

Mathildes Briefe an Rosa, das ist verständlich, sind bis auf zwei nicht erhalten. Aber es gibt einen Bericht, den Mathilde Jacob vermutlich 1929 geschrieben hat. Er umfaßt 135 Blatt und liegt als unveröffentlichtes Manuskript in einem Archiv in Californien, USA. «Von Rosa Luxemburg und ihren Freunden 1914–1919» hat Mathilde ihre Erinnerungen genannt. Der Bericht beginnt mit der ersten Begegnung der beiden Frauen und endet mit den Ereignissen nach dem Tode Rosas. Offenbar hielt Mathilde ihren eigenen Lebenslauf für nicht wichtig genug, um wenigstens einige Stationen mitzuteilen. Das bedauern wir späten Leser. Aber wie sollte Mathilde ihr eigenes Schicksal und das ihrer Familie ahnen?

Im Februar 1914, ein halbes Jahr vor Kriegsausbruch, war Rosa Luxemburg zu einem Jahr Gefängnis verurteilt worden. Sie hatte eine Menschenmenge «zum Ungehorsam gegen die Obrigkeit aufgewiegelt» mit den Worten: «Wenn uns zugemutet wird, die Mordwaffe gegen unsre französischen oder anderen Brüder zu erheben, dann rufen wir: Das tun wir nicht.» Einer ihrer großartigen Sätze, auf die sich der Staatsanwalt berief.

Die Justiz hätte sich den gesamten Prozeß sparen können: Nach dem 1. August 1914 schossen die deutschen Brüder auf die französischen und andere Brüder. Ihre Frauen und Bräute hatten ihnen Blumen an die Mordwaffen gesteckt, als sie jubelnd ausmarschierten. Eine Handvoll Sozialisten sah traurig zu.

Wo waren jetzt die 30000 mißhandelten Soldaten? Dreißigtausend Fälle von Mißhandlungen durch Vorgesetzte konnte die Verteidigung – gemeint sind nicht die Herren von der Landesverteidigung, sondern Rosas Anwälte – zum nächsten Prozeß gegen sie wegen «Beleidigung des Offiziers- und Unteroffizierskorps» im Sommer 1914 anbieten. Dreißigtausend Beweisstücke. Tausende Zeugen stellten sich nach Aufrufen in der Presse zur Verfügung.

Beispiel: «Der Zeuge Dr. Rosenthal kann bekunden, daß bei einer Übung 1895 in Breisach kein Tag ohne Mißhandlungen verging. Der Zeuge bot dem Unteroffizier Reichle an, ihm eine Woche hindurch allen Schnaps zu bezahlen, den er trank – das war nicht wenig –, wenn er einen Tag nicht prügle. Reichle lehnte das ab mit der Begründung, er müsse sich erst jeden Morgen munter prügeln. Auch die anderen Unteroffiziere haben durchweg geprügelt.»

«Musketier Hempel kam eines Tages zu spät in die Kaserne, der Feldwebel erklärte der Kompanie von einer Weitermeldung dieses Schweines an den Hauptmann Abstand zu nehmen, aber man sollte ihm die ‹Kompanieliebe› (nächtliche Mißhandlung im Schlafsaal) geben. Als der Dienst beendet war, erschoß sich Hempel mit dem Dienstgewehr. Der hinzugerufene Oberstabsarzt sagte: ‹Mein Sohn, du hast gut getroffen.›»

Um diesmal nicht wie vorhin 1919 unversehens mit 1848 zu vermischen, beschränken wir uns auf einen der 1914 vor Gericht ausgesagten Sätze: «Beschwerden unterblieben aus Angst.»

1943, als ich einberufen worden bin, zunächst zum

Reichsarbeitsdienst, einer militärischen Vorschule, und dann, als sie mir die Infanterie-Uniform angezogen haben, entsinne ich mich genau, belehrt worden zu sein, daß jedem von uns jederzeit das Recht zur Beschwerde zustünde. (Die Vorgesetzten, durch spärliche Bildung daran gehindert, benutzten selbstverständlich nicht den Konjunktiv. Er bietet sich aber gerade deshalb an, weil das Beschwerderecht nur Möglichkeit bleibt.) Wichtig an diesem Beschwerderecht war die Falltür. Angenommen, unsereiner, weil er Buchstaben in Druckschrift schreiben kann und für alle Mann die Namenschilder schönzuschreiben hat für Bett, Spind und Listen, würde schreibkundig eine Beschwerde aufsetzen, und alle, die sich mißhandelt fühlen, setzen ihren Namen darunter, weil das, was sie ausdrücken möchten, dort auf dem Papier steht – wehe euch, denn ein Beschwerdezettel, den mehr als einer unterschrieben hat, ist schon Meuterei. Dafür gibt es Schnellgericht und immer genug menschliche Werkzeuge mit Erschießungswaffen. Falls sich Strafgefangene an der Vollstreckung beteiligen, wird ihnen ein gewisser Zeitraum ihrer Strafe erlassen. Freikugeln. Wer würde nicht mitmachen bei solchem Sonderangebot.

Wie an dem Prozeß gegen Rosa Luxemburg und andere zu sehen, hatten die mißhandelten Soldaten vor dem ersten Weltkrieg die Möglichkeit, sich an Zeitungen wie den «Vorwärts» zu wenden. Zu meiner Zeit gab es keine solche Zeitung mehr.

Von der Fülle der Mannschaften erdrückt, die sich auf diese Weise wehren konnten, vertagte das Gericht den Prozeß im Sommer 1914 auf unbestimmte Zeit. Mittlerweile war in Sarajewo der österreichische Thronfolger ermordet worden.

Um es mit Rosa Luxemburg zu sagen: «Die österreichischen Imperialisten jubelten noch lauter und beschlossen, die erzherzoglichen Leichen zu benutzen, solange sie frisch waren. Nach rascher Verständigung mit Berlin wurde der Krieg abgemacht.»

In Berlin schreibt Kaiser Wilhelm am 29. Juli an den Rand eines Telegramms: «Die Sozen machen antimilit. Umtriebe in den Straßen, das darf nicht geduldet werden. Jetzt auf keinen Fall.» Er wird, falls sich das wiederholt, den Belagerungszustand ausrufen und die Führer allesamt «einsperren lassen. Wir können jetzt keine soz. Propaganda mehr dulden.» Leider steht das nicht am anderen Morgen in der Zeitung. Wenn die Massen das und anderes lesen könnten, lesen dürften ...

Am 29. Juli ruft in Paris der große Jean Jaurès: «Wir Franzosen haben die Pflicht, darauf zu bestehen, daß die französische Regierung energisch mit Rußland spricht, damit es sich dem Konflikt fernhält. Und tut Rußland das nicht, dann ist es unsere Pflicht zu sagen: Wir kennen nur einen Vertrag, den Vertrag, der uns an die Menschheit bindet.»

Es gibt von Rosa Luxemburg einen berühmten Satz aus dem Jahre 1918. Er wird ebenso häufig wie selten benutzt: «Freiheit ist immer Freiheit eines Andersdenkenden.»

Als erstes Opfer dieses Krieges stirbt Jean Jaurès am 31. Juli in Paris unter den Schüssen eines Andersdenkenden.

Wo sind die mißhandelten dreißigtausend Mann? Sie fahren mit scharfer Munition zur Front, wo sie nicht auf ihre Vorgesetzten schießen. Viereinhalb Jahre später werden nicht beizeiten erschossene Offiziere die Andersdenkenden Karl Liebknecht und Rosa Luxemburg töten.

Und weil einen das Straßenschild Rosa-Luxemburg-Straße zwar nicht jedesmal daran erinnert, aber oft, denke ich, wenn ich an der Volksbühne vorbeikomme, an den Zeitungsbericht über den Trauerzug bei Liebknechts Beerdigung. Er begann auf diesem Platz. «Von allen Teilen der Stadt kamen große Arbeiterzüge anmarschiert.» Unwillkürlich denkt man vereinfacht: Zehn Tage eher hätten sie kommen müssen. Dann wären Karl und Rosa vielleicht am Leben geblieben. So aber «Riesenkränze mit roten Schleifen und roten Blumen, ebenso Fahnen mit Inschriften der verschiedenen Betriebe. Der Bülowplatz ist nicht groß genug, die Menschenmassen zu fassen. Unter den Versammelten befinden sich sehr viele Soldaten und Matrosen.»

Zurück in die Kriegszeit.

Aus dem «Bericht» von Mathilde Jacob: «Am 18. Februar 1915 wurde Rosa Luxemburg verhaftet. Die in Neukölln gehaltenen Vorträge, einige Flugschriften und die Bemühungen um eine neue Zeitschrift ‹Die Internationale›, hatten ihr den Haß der Kriegshetzer eingetragen. Aber man versteckte sich hinter einer Infamie; Rosa Luxemburg wurde unter dem Vorwand verhaftet, das Jahr Gefängnisstrafe sei abzubüßen, das über sie im Februar 1914 von der Frankfurter Strafkammer verhängt worden war.»

Karl Liebknecht am 9. März 1915 im Preußischen Abgeordnetenhaus: «Im Januar dieses Jahres erhielt sie wegen Krankheit einen Strafaufschub bis zum 31. März. Sie hatte mehrere Wochen im Schöneberger Krankenhaus zugebracht und war von dort ungeheilt mit der Aufgabe zur Innehaltung einer bestimmten Kur entlassen worden. Am 18. Februar wurde sie plötzlich in ihrer Südender Wohnung von zwei Berliner Kriminalbeamten festgenommen, im Automobil nach dem Berliner Polizeipräsidium gebracht, und zwar nach Abteilung 7, d. h. der politischen Polizei, nicht der Kriminalpolizei. Von dort wurde sie trotz Intervention ihres Anwalts im Grünen Wagen gemeinsam mit gemeinen Verbrechern nach dem Weibergefängnis in der Barnimstraße transportiert, und zwar zur Vollstreckung ihrer einjährigen Gefängnisstrafe... Hätte sie die heute übliche Marktware vom sogenannten Patriotismus verzapft, so wäre ihr wahrscheinlich sogar die Amnestie aufgenötigt worden. Aber, meine Herren, sie hat eben unter Aufbietung ihrer ganzen Kraft sich bemüht, in proletarisch-sozialistischem Sinne gegen den wahnwitzigen Völkermord zu wirken. Das paßt den herrschenden Gewalten nicht, und deshalb wurde zugepackt.»

Rosas langjährige Freundin Clara Zetkin eilt nach Berlin, ordnet Papiere und darf, als sie vortäuscht, die Schwägerin zu sein, die Gefangene besuchen. Eine Aufseherin erkennt «die Zetkin», aber die Direktorin legt die Sache zu den Akten. Sie bleibt nicht die letzte, die von der Persönlichkeit ihrer Insassin beeindruckt wird.

Jetzt bekommt Mathilde Jacob die Vollmacht, sich um Rosas Angelegenheit zu kümmern.

«Mein liebes Fräulein Jacob! Ihr Brief am Sonntag war der erste schriftliche Gruß, den ich aus der Außenwelt bekam, und er hat mir viel Freude gemacht. Auch der Transport im ‹grünen Wagen› hat mir keinen Schock verursacht: habe ich doch schon genau die gleiche Fahrt in Warschau durchgemacht. Ach, es war so frappant ähnlich, daß ich auf verschiedene heitere Gedanken kam. Freilich war auch ein Unterschied dabei: Die russischen Gendarmen haben mich als ‹Politische› mit großem Respekt eskortiert, die Berliner Schutzleute hingegen erklärten mir, es sei ‹schnuppe›, wer ich sei, und steckten mich mit 9 ‹Kolleginnen› in einen Wagen. Na, das alles sind Lappalien schließlich, und vergessen Sie nie, daß das Leben, was auch kommen mag, mit Gemütsruhe und Heiterkeit zu nehmen ist.» Dennoch soll Mathilde sich nicht täuschen: Rosa bekennt, «... daß ich in dem Augenblick, wo ich zum zweitenmal an jenem Tage mich aufs Hemd ausziehen und betasten lassen mußte, mit knapper Not die Tränen zurückhalten konnte. Natürlich war ich innerlich wütend über mich ob solcher Schwachheit und bin es jetzt noch. Auch entsetzte mich am ersten Abend nicht etwa die Gefängniszelle und mein so plötzliches Ausscheiden aus den Lebenden, sondern – raten Sie! – die Tatsache, daß ich ohne mein Nachthemd, ohne mir das Haar gekämmt zu haben, aufs Lager mußte.» Dazu fällt ihr ein Zitat aus

«Maria Stuart» ein. Mit einer englischen Königin sich vergleichen will sie aber nicht. «Übrigens besitze ich ‹des Lebens kleine Zierden› in Gestalt von Nachthemden, Kämmen und Seifen alle hier – dank der engelhaften Güte und Geduld Karls.» Das ist Liebknecht, der sich als ihr Anwalt um sie kümmern darf. Dann erzählt sie von den Spatzen und Amseln, die sie hören und beim Spaziergang sehen kann. Da fallen ihr die anderen Spatzen in Südende ein, «die nicht mehr auf dem Balkon ihr gedecktes Tischlein finden und wohl verwundert auf der Brüstung sitzen ...».

Dann kommt das Wichtigste. «Liebes Fräulein Jacob, ich erweise Ihnen die höchste Ehre, die ich einem Sterblichen antun kann: ich werde Ihnen meine Mimi anvertrauen!» Das ist die Katze. Rosa hatte sie im Klassenzimmer der Parteischule durch einen umgefallenen Besen verletzt gefunden und gesund gepflegt. Keine gewöhnliche Kreatur, sondern «eine kleine Mimose, ein hypernervöses Prinzeßchen im Katzenfell, das schon, als ich, ihre eigene Mutter, sie einmal mit Gewalt aus dem Haus heraustragen wollte, Krämpfe gekriegt hat vor Aufregung und mir in den Armen steif geworden ist, mit brechenden Äuglein wieder in ihre Wohnung getragen werden mußte und nach Stunden zu sich kam. Ja, ja, Sie haben keine Ahnung, was mein Mutterherz schon durchgemacht hat.» Katzenfreunden wird das Herz aufgehen, wenn sie das lesen.

Wenn Nachricht vom Anwalt kommt, soll Mathilde das Tier auf ihren Armen «(nicht etwa im Körbchen oder Sack!!!)» zu sich nach Hause nehmen, dazu «alle sieben Sachen der Mimi (ihr Kistchen, Torfmull, Schüsselchen, Unterlagen und – bitte, bitte! – einen roten Plüschsessel, an den sie gewöhnt ist)».

Diese Katze, über deren Befinden Rosa immer genaue Auskunft verlangt, spielt insofern noch eine nützliche Rolle, weil sie in den Briefen so menschliche Züge bekommt, daß sich mit Mimis Hilfe manche geheime Botschaft sagen läßt. So wird Leo Jogiches als «Mimis

Vormund» für die Behörde zu einer harmlosen Person.

Als die Katze eines Tages stirbt, wagte Mathilde nicht, es Rosa mitzuteilen, um deren angegriffenen Gemütszustand nicht zu belasten.

Der erste Brief aus der Barnimstraße klingt am Ende zuversichtlich. «Ich lese eigentlich den ganzen Tag, sofern ich nicht esse, spaziere und die Zelle aufwische. Am schönsten ist die Krone des Tages: die zwei ruhigen Stunden abends von 7 bis 9 bei Licht, wo ich für mich denken und arbeiten kann.»

Am 12. und 13. März 1915, zwei Tage vom Gericht aus der Haft beurlaubt, darf Rosa in ihrer Wohnung das Nötige ordnen. Liebknecht und Leo Jogiches sind gekommen, Franz Mehring und andere Freunde, darunter Paul Levi, ihr Verteidiger vor der Frankfurter Strafkammer. Wahrscheinlich besprechen sie bei dieser Gelegenheit die nächsten Schritte. Rosa wird eine Denkschrift gegen den Krieg verfassen. Im Gefängnis hat sie dazu Zeit und Gelegenheit.

Unter Barnimstraße ist das Königlich Preußische Weibergefängnis zu verstehen. Man sucht es, wie andere Gefängnisse, vergebens in Baedekers Reiseführer «Berlin und Umgebung» jener Zeit. Vielleicht sind solche Anstalten Schandflecke der Gesellschaft, und man zeigt sie nicht.

Die Barnimstraße liegt ein paar Minuten Fußweg entfernt vom Alexanderplatz. Von dieser im wahrsten Sinne finsteren Gegend sind heute nur ein paar Straßennamen übriggeblieben. Der Neubau des Stadtzentrums hat alte Spuren getilgt.

Vom Gefängnis blieb symbolisch ein Gitter. Ein Denkmal, das auf dem Gehweg neben dem Spielplatz der Rosa-Luxemburg-Schule an die Vergangenheit erinnert. Es wurde 1977 von Günter Junge geschaffen und steht in der Weinstraße, wo der Seiteneingang des

Barnimstraße

Frauengefängnisses lag und eine Rolle spielte, als Rosas Strafe verbüßt war.

Mathilde Jacob: «Rosa Luxemburg hatte Selbstbeköstigung im Gefängnis.» Dafür mußten «60 Mark monatlich bezahlt werden». Es geht um das Diätessen für die magenkranke Rosa. «Für diese Summe kam der sozialdemokratische Parteivorstand auf, während ein wohlhabender Parteifreund den nötigen Zuschuß für die Wohnungsmiete und sonstige Ausgaben zur Verfügung stellte. – Ich war zu jener Zeit weder davon unterrichtet, daß Rosa Luxemburg vermögenslos war, noch wußte ich über die notwendigen Ausgaben Bescheid. Damals wußte ich auch nicht, wie schädlich die Gefängniskost für die leidende Rosa Luxemburg war. Man sagte mir, sie bekäme Lazarettkost, was mich beruhigte. Erst später erfuhr ich, wie schlecht, oft sogar ungenießbar, auch diese war – denn Rosa Luxemburg klagte nie und verlangte nichts. Sie war stets heiter, arbeitete und erfrischte sich durch gute Lektüre.»

Nach einem halben Jahr verschlechterte sich Rosas Gesundheitszustand so sehr, daß sie zeitweise im Bett liegen mußte. «Wahrscheinlich auf Anordnung des Arztes erlaubte jetzt die Gefängnisvorsteherin, daß ich etwas Zusatznahrung bringen durfte – ‹Einmal in der Woche und auch nicht viel›.» Auch Blumen, die sie als Strafgefangene eigentlich nicht erhalten durfte, die aber für die naturverbundene Rosa Lebensmittel waren. Sie preßte sie sorgfältig und legte Herbarien an, Hefte wie: «Barnimstraße 10, Zelle 219».

1945 waren nur Reste des Gefängnisses vorhanden, aber es wurde noch eine Zeitlang als Strafanstalt benutzt. Mag sein, daß Rosa beim zweiten Aufenthalt in der Zelle 8 untergebracht war. Die gleichartige Zelle 10, in der Rosa Luxemburg auch vorübergehend inhaftiert war, wurde nach 1945 als Gedenkstätte eingerichtet.

In den Monaten März und April 1915, also zu Anfang ihrer Haft, schreibt Rosa Luxemburg in der Barnimstraße eine Broschüre, die wegen der kriegsbedingten Schwierigkeiten erst 1916 in Zürich erscheinen konnte. Es ist die berühmte Schrift «Die Krise der Sozialdemokratie». Damit nicht gleich herauskam, wer sie verfaßt hatte, war als Autor angegeben: «Von Junius».

Da mußten auch die Staatsanwälte im Lexikon nachschlagen. Der Name Junius spielte auf Briefe an, die unter diesem Pseudonym von 1769 bis 1772 in London erschienen waren und König, Minister, Parlament, Gerichtshöfe, Staatsbeamte und Parteien mit schonungsloser Satire angegriffen, mit Geist, gründlicher Sachkenntnis und beredsam. Mehr als dreißig Personen gerieten als mögliche Verfasser unter Verdacht; Dichter und Generale, Politiker und Ausländer. Gab es so viele Andersdenkende?

Die als Junius-Broschüre bekannte Denkschrift ist eine in gewohnt luxemburgischer Art brillant geschriebene, scharfsinnige Abrechnung: «... Städte werden zu Schutthaufen, Dörfer zu Friedhöfen, Länder zu Wüsteneien, Bevölkerungen zu Bettlerhaufen, Kirchen zu Pferdeställen; Völkerrecht, Staatsverträge, Bündnisse, heiligste Worte, höchste Autoritäten in Fetzen zerrissen... Geschändet, entehrt, im Blute watend, von Schmutz triefend – so steht die bürgerliche Gesellschaft da, so ist sie. Nicht wenn sie, geleckt und sittsam, Kultur, Philosophie und Ethik, Ordnung, Frieden und Rechtsstaat mimt – als reißende Bestie, als Hexensabbat der Anarchie, als Pesthauch für Kultur und Menschheit, so zeigt sie sich in ihrer wahren, nackten Gestalt.» Es konnten leider nur nicht viele diese Sätze lesen.

«Mitten in diesem Hexensabbat vollzog sich eine weltgeschichtliche Katastrophe: die Kapitulation der internationalen Sozialdemokratie.»

Vom modernen Proletariat heißt es: «Gigantisch wie seine Aufgaben sind auch seine Irrtümer. Kein vorgezeichnetes, ein für allemal gültiges Schema, kein unfehlbarer Führer zeigt ihm die Pfade, die es zu wandeln hat. Die geschichtliche Erfahrung ist seine einzige Lehrmeisterin, sein Dornenweg der Selbstbefreiung ist nicht bloß mit unermeßlichen Leiden, sondern auch mit unzähligen Irrtümern gepflastert.» Kann es daraus lernen? Hat es wenigstens nachträglich daraus gelernt? Knapp achtzehn Jahre später jubeln die Massen einem zu, der sich als «unfehlbarer Führer» vorführt und anreden läßt. Er führt sie bald in den noch tieferen Abgrund.

Junius-Luxemburg: «Selbstkritik, rücksichtslose, grausame, bis auf den Grund der Dinge gehende Selbstkritik ist Lebensluft und Lebenslicht der proletarischen Bewegung.» Nach solchen Empfehlungen soll keiner kommen und sagen, er habe es nicht gewußt.

Wer will, kann sie in der nächsten Bibliothek ausleihen, die Sätze der Rosa Luxemburg aus dem Gefängnis in der Barnimstraße. Was nützt die ganze Geschichte, wenn einer sie nicht auf sein eigenes Leben bezieht? Oder wenigstens auf die eigenen Gedankengänge.

Die Gefangene schreibt ihre Sätze vielleicht in den beiden Stunden, die sie die «Krone des Tages» nennen konnte, die wir wahrscheinlich mit Nebensächlichkeiten vertun; wobei es nicht auf die Tageszeit ankommt, in der es geschieht, sondern darauf, daß wir dem Tag die Krone aufsetzen, sie ihm für unsere ureigenen Zwecke entwinden.

Keine Zeile von Rosa wird ihr in der Zelle von der Aufsicht beschlagnahmt. Die Beamtinnen haben überhaupt nicht gemerkt, was sie da schrieb. Es klingt nach Klischee, wenn in einer 1980 erschienenen Schrift des Berliner Stadtbezirkes Prenzlauer Berg, die Denkmäler und Sehenswertes vorstellt, vom «berüchtigten Frauengefängnis» die Rede ist. Wer saß denn dort? Diebinnen und Prostituierte. Die schrieben nicht einmal Erinnerungen. Die Gefangene Rosa Luxemburg hat es dort, verglichen mit dem, was danach kam, gut gehabt. Weil sie sich von den übrigen Insassen unterschied und weil sie eine Einzelzelle hatte. Von Rosa Luxemburg ist nicht der Strafvollzugssatz überliefert: «Das Schlimmste sind die Menschen!»

Sie empfängt Briefe und Besucher. Als erster kam Franz Mehring mit seiner Frau Eva, danach ein paar Freunde. Mathilde: «Die übrigen Besuchsmöglichkeiten sollte auf Rosa Luxemburgs Wunsch ich wahrnehmen, weil die Schmuggeltätigkeit bei mir in den besten Händen lag, wie sie meinte.»

Da Rosa Luxemburg den Text zwar verfassen, aber nicht veröffentlichen konnte, verdanken wir Mathilde Jacob die Publikation. Sie hat alle Gefahr, unter das Kriegsrecht zu geraten, unerschrocken auf sich genommen und die geistige Arbeit einer Eingesperrten in die Freiheit gebracht.

Mathilde Jacob hat das Manuskript der Junius-Broschüre aus dem Gefängnis geholt.

Wie, das hat sie nicht überliefert. Wir werden es nie erfahren. Die Tatsache allein genügt. Auf ihrer grünen Schreibmaschine Fabrikat «Oliver» hat sie es im Gartenhaus der Altonaer Straße 11 abgeschrieben und weitergegeben. –

Denkbar, daß an dieser Stelle jemand an seinen Stadtvater telegrafiert, um der erste zu sein. Ein Enkel Karls, eine Enkelin Rosas, ein Nachkomme, der diese großartige Mathilde als seine Urgroßmutter adoptiert: Ob Kindergarten oder Schule, ob Altenheim oder Straße im Neubauviertel – wer läßt sich den bislang unbekannten, ungeehrten Namen «Mathilde Jacob» entgehen?

3

Das Foto, das wir alle gern sehen würden – Rosa Luxemburg mit Mathilde Jacob –, ist wohl nie aufgenommen worden.

Zusammen mit der Suche nach Einzelheiten in Mathildes Leben, nach ihren Eltern, Wohnanschriften, Tätigkeiten und so weiter, begann die Suche nach ihrem Bild. Zwar war zu vermuten, daß nach so langer Zeit von ihren persönlichen Dingen nichts mehr existierte, aber Behördenarchive müßten Fotos haben, zumindest das letzte. Das Foto von ihrer Kennkarte. So hieß bei den Nazis der Personalausweis.

Alle, bei denen ich anfrage, bedauern. Dort, wo Fotos und Dokumente der Arbeiterbewegung aufbewahrt werden, gibt es manches, nur von Mathilde Jacob kein Bild.

Aber irgendwo müßte diese Kennkarte sein und die Karteikarte, auf der von jedem die Fingerabdrücke genommen wurden. Ich erinnere mich genau daran, weil dieser Vorgang mit dem Gefühl des Erwachsenwerdens und einer gewissen Demütigung, einem Von-vornherein-verdächtig-Gemachtwerden entsprach, aber ein Funke Sherlock Holmes war auch dabei. Paßbilder, davon verlangten sie mindestens zwei.

In Gröbzig, das ist ein kleiner Ort zwischen Halle und Köthen, ist 1938 eine Synagoge vor dem Anzünden bewahrt worden. Ihre Kultgegenstände, von ein paar mutigen Menschen versteckt, wurden nach dem Kriege Grundbestand einer Ausstellung in diesem Gebäude. Dort gibt es eine Vitrine mit den Kennkarten jüdischer Einwohner aus Gröbzig. Alle mit dem Aufdruck «J», das «Jude» bedeutet. Auf den Paßfotos, die größer im Format sind als heutige, die Gesichter der Menschen, die in Gröbzig leben durften bis zum 1. Oktober 1940. Daneben der Brief, mit dem der Bürgermeister seinen Vorgesetzten meldet, daß Rosalie Sara Meyerstein, achtzigjährig, nach Halle verzogen sei. Und dann der Satz, erschütternder als ein Denkstein mit Kränzen: «Gröbzig ist nun judenfrei.»

Ob es Mathildes Kennkarte gibt, irgendwo? Nochmals Anfragen, Briefe. Freundliche Bitten, die Sucharbeit erforderlich machen. Da ich aber keine Institution bin, in niemands Auftrag handle, denn keiner verlangt von mir, ein Buch über Mathilde Jacob zu schreiben (es ist daher wirklich mein Buch), da ich keinen Auftrag vorweisen kann, weil zunächst niemand das beabsichtigte Buch braucht, bleibe ich ein interessierter Bürger, bestenfalls. Zu Hilfe kommen könnte mir, daß dem einen oder der anderen mein Brief in die Hände gerät und eine Lese-Erinnerung kommt; an ein Stück in der Zeitung, an ein Buch, das gefallen hat, vielleicht «Herr Moses in Berlin», so daß er oder sie nun mir einen Gefallen tun würde ...

Sie suchen für mich im Staatsarchiv Potsdam. Sie finden auch etwas, davon später, wenn der Verlauf dieser Geschichts-Geschichte dort angekommen sein wird. Jedoch ein Bild von Mathilde Jacob finden sie nicht.

Das ist doch alles Berliner Geschichte. Jeder von uns lebt sie täglich mit.

Wer fängt den Alltag ein! Das Kreidezeichen des Schornsteinfegers, mit dem er sich für übermorgen ankündigt. Der Zettel, daß einer kommt und die Versicherung kassiert. Das Klingeln des Wäschemannes.

Wieviel verschwand mit der Zeit! Zum Beispiel das möblierte Zimmer. In guten Häusern, von Witwen in großen Wohnungen vermietet. Kein Damenbesuch, kein Herrenbesuch, je nachdem.

Kaum daß Rosa Luxemburg im Mai 1898 in Berlin wohnte, schrieb sie an Leo Jogiches, der damals noch ihr enger Lebensgefährte war: «Tatsächlich sind die Offiziere hier der herrschende Stand; sie wohnen auch in möblierten Zimmern, und überall treffe ich entweder auf ein Zimmer, vorher von einem Offizier bewohnt, oder auf Offiziersnachbarschaft.» Einundzwanzig Jahre später wird sie von solchem Gesindel umgebracht.

Mathilde Jacob beschreibt Rosas Gefängniszelle in der Barnimstraße: «Eßnapf, Blechlöffel, Wasserkrug und Waschnapf. Eine Holzpritsche mit einem Keilkissen, einer dünnen Matratze und einer Wolldecke diente als Schlafstätte. Tagsüber wurde die Pritsche hochgerichtet und an der Wand befestigt. Eine Holzplatte, die als Tisch diente, konnte heruntergeklappt werden. Der einzige Stuhl war fest eingeschraubt und zwar so, daß der Gefangene mit dem Gesicht zur Tür sitzen mußte. Der durch eine Klappe von Zeit zu Zeit hineinschauende Beamte konnte dann gleich sehen, womit sich der Gefangene beschäftigte. Neben der Tür war das Klosett mit automatischer Wasserspülung, die morgens, mittags und abends für das gesamte Gefängnis in Funktion trat. Für jedes Stück, das man einem Gefangenen hineingeben wollte, mußte man der Gefängnisdirektion die Erlaubnis des zuständigen Richters vorzeigen können. Es gab also nach einer Verhaftung viele Wege, ehe man die Gefangenen mit dem Nötigsten versorgt hatte.»

Mathilde hat nie einen Lehrgang «Hilfeleistungen für politische Gefangene» besucht. Es wäre gar keine Zeit dafür gewesen. Sie war bloß Sekretärin und hatte ein Gespür für die Sache des Menschen.

Mathilde: «Karl Liebknecht ging häufig zu Rosa Luxemburg, die ihm alsdann Artikel oder Flugblätter zusteckte, während er mit fingierter Harmlosigkeit ihr eine Zeitung reichte, in der verbotene Schriften oder politische Berichte lagen. Er trat als Rosa Luxemburgs Rechtsanwalt auf, so daß er jederzeit Zutritt zu ihr, wenn auch unter Assistenz, erhalten konnte. Als der immer unbequemer gewordene Liebknecht als Armierungssoldat ins Feld geschickt wurde, ließ Leo Jogiches mich seine politischen Situationsberichte ins Gefängnis hineinschmuggeln. Die Äußerungen unserer Gefangenen hierüber, Artikel, Text für Flugblätter usw. kamen auf demselben Wege heraus. Rosa Luxemburg und ich waren unermüdlich im Erfinden neuer Schmuggelmethoden, die oft recht zeitraubend waren. Bei schriftlichen Sendungen vereinbarten wir ein Stichwort oder Zeichen, das den Empfang bestätigte. Nicht selten kam es vor, daß die Bestätigung ungewöhnlich lange auf sich warten ließ. Dann litten wir Qualen der Angst. Wir zitterten füreinander um die Zuchthausstrafe, die uns die Entdeckung unserer geheimen Korrespondenz eingebracht hätte.»

Wenigstens sich für einige Sekunden diese Qualen ausmalen.

«Rosa Luxemburg verstand es ausgezeichnet, in ihren Briefen hinter harmlos klingenden Wendungen Zeichen und Winke zu geben und uns stets wieder Mut einzuflößen.»

Mathilde hätte viele Gelegenheiten, sich in den Mittelpunkt zu bringen. Sie kommt gar nicht darauf; sie hat es nicht nötig.

Rosa Luxemburg aus der Barnimstraße: »Mein liebes Fräulein Jacob! Herzlichen Dank für Ihre Nachrichten und für alle Besorgungen. Ich soll Ihnen aber sagen, daß ich nicht so oft Briefe kriegen darf, also müssen wir uns damit leider etwas einschränken, obwohl Sie sich denken können, daß mir jede Nachricht von Ihnen eine Freude ist. Auch sollen Sie keine Personen mit bloßen Anfangsbuchstaben bezeichnen; ich weiß, das ist Ihre Gewohnheit in bezug auf gemeinsame Bekannte, aber das ist hier nicht zulässig. –»

Bücher hat sie genügend, aber unter anderem: «Die Frau Vorsteherin ist momentan abwesend, sie wird sicher gern sehen, wenn Sie ihr guten Tag sagen. Und mir macht es immer eine Freude zu wissen, daß Sie hier in der Nähe waren, auch wenn ich Sie nicht sehen darf.»

Alle Vermutungen der Aufsicht und der Briefzensoren werden durch simple Bedürfniswünsche in Briefen an die Sekretärin betäubt: «2 Fläschchen Myrrhentinktur, 1 Karton Lilienmilchseife von Lohse (3 Stück für 2M), 1 Fläschchen Maiglöckchen von Lohse für 3M., 1 Schachtel Lanolin mit dem Pfeilring für 20Pfg., 1 Schachtel weißen Bohnerwachs für 50Pfg., 3 dünnschalige Zitronen (die ich als Toilettenmittel brauche, um mir die Finger von der Tinte zu waschen).» Eher wohl, um die Stellen zwischen den Zeilen zu füllen. Drei Zitronen, das ist genug Saft, um damit etliche Botschaften zu schreiben. Zitronensaft, damals in jedem Zauberbuch für Anfänger als Urbild einer Geheimtinte aufgeführt, weil sie nach dem Erwärmen des Papiers lesbar wird.

Im Frühling 1915 war Mathilde zur Erholung nach Thüringen gefahren und hatte mehrmals von dort geschrieben. Rosa bedankt sich. Vor allem für die Pflanzen. «Nun habe ich sie ins Heft gebracht.» Zwei Efeublätter aus Weimar, aus dem Garten «der Frau von Stein sind verewigt».

Rosas Brief vom 9. April 1915 ist lang. Vermutlich hat sie Mathilde zum Lesen bestimmter marxistischer Schriften angeregt. Eine Rosa Luxemburg und eine indifferente Schreibkraft sind undenkbar. Ohne allen Schmus, ohne Ehrenhaingefühle oder Fahnenküssen: Mathilde hat nicht nur in die «Oliver» getippt, was ihre Rosa ihr gab. Sie hat es mit Verstand und Herz aufgenommen.

Rosa: «Wenn ich in Württemberg durch die schläfrigen Dörfer, zwischen den duftenden Misthaufen fahre und die zischenden Gänse mit langen Hälsen unwillig dem Auto weichen, während die hoffnungsvolle Dorfjugend einem Schimpfworte nachruft, kann ich mir nie vorstellen, daß einmal in denselben Dörfern Weltgeschichte mit dröhnendem Schritt ging und dramatische Gestalten sich tummelten.»

Die schläfrigen Dörfer, die duftenden Misthaufen, die zischenden Gänse hast du in allen Altersstufen vor und neben dir. Die hoffnungsvolle Jugend – nein, die Hoffnung geben wir nicht auf. Und was die Weltgeschichte angeht, ihre dröhnenden Schritte und die dramatischen Gestalten, da blicken wir aus zugemessener Entfernung durchs Brandenburger Tor, da werden wir vor dem Marstall wach, da halten wir im Sport- und Erholungs-Zentrum das Bein ins gewärmte Wasser. Da reden wir mit.

Rosa: «Zur Frau von Stein übrigens, bei aller Pietät

für ihre Efeublätter: Gott straf mich, aber sie war eine Kuh.» Das hat wohl bislang kein Referent bei einer Goethefeier in Weimar zitiert. «Sie hat sich nämlich, als Goethe ihr den Laufpaß gab, wie eine keifende Waschfrau benommen» – und jetzt kommt ein Satz der lebenserfahrenen Frau, den keine Abiturklasse sich entgehen lassen sollte, keine Eheberaterin, kein Scheidungsrichter, kein Liebespaar, kein Referent im Parteilehrjahr: «Und ich bleibe dabei», schreibt Rosa und denkt wohl an ihre vergangene Beziehung zu Leo Jogiches, «daß der Charakter einer Frau sich zeigt, nicht wo die Liebe beginnt, sondern wo sie endet.»

Am 22. Mai 1915 an Mathilde: «Mimis Vormund» – wir wissen, wer das ist – «hat mir neulich auf einer Postkarte, wie das so seine Sitte, einen langen Brief ‹in 2–3 Tagen› in Aussicht gestellt. Ich habe keinen erhalten. Vielleicht ließ er es nur bei dem Versprechen bewenden. Er zeichnet sich jetzt überhaupt durch Schreibfaulheit aus.» Sie bedauert, daß sie Mathilde nichts zu Pfingsten schenken kann. «Aber ich arme Kirchenmaus lebe ja selbst nur von Wohltaten anderer hier. Also kann ich Ihnen wieder nur ein kleines Büchlein verehren, und zwar soll es Voltaire sein. Es sind seine Märchen, die im allgemeinen wenig bekannt sind.» Es ist nicht das erstemal, daß sie sich um den Lesestoff Mathildes kümmert. Was lesen Sie? fragt sie oft.

«Ich fand auch, daß Karl sehr schlecht aussieht, gedrückt und zerstreut ist; er tat mir furchtbar leid. Worin besteht der Heldenmut seiner Frau, von dem Sie schreiben? Ich werde mich sehr freuen, das zu hören. Ich will ihr mal schreiben, aber doch erst, wenn Karl wieder fort ist, jetzt hat sie ja an ihm den besten Trost, wenn sie eines bedarf.» Ist das ohne alle Ironie?

Ende Mai an Mathilde: «Ich *darf* nicht so oft Blumen kriegen und nicht so häufig lange Briefe. Sie werden ahnen, daß es nicht mein Herz ist, das mir diese Zeilen diktiert, sondern – das Reglement. Wir müssen uns einschränken, es hilft nichts.»

Im September an Mathilde: «Gelegentlich möchte ich sehr bitten um meinen rotgestreiften warmen Unterrock, der im Wäscheschrank oben liegt (falls er nicht verschwunden ist) und noch eine Flasche meines schönen ‹Elixiers› (‹Nachbarin, Ihr Fläschchen!›...).» Das könnte Kognak sein.

Die Publizistin Charlotte Beradt in ihrem 1973 in Frankfurt/Main erschienenen Buch «Rosa Luxemburg im Gefängnis»: «Mathilde, von Rosa ‹mein guter Engel› genannt, ermöglichte ihr das Dasein im Gefängnis. Sie sorgte für ihre Diät, ihre Blumen, ihre Druckknöpfe. Sie diente, manchmal ungerecht behandelt, als Abladeplatz für durch das Gefangenendasein geschaffene Spannungen. Mathilde Jacob schmuggelte in Büchern, in Zeitungen, in Blumentöpfen, Blumensträußen und Markttaschen mit Essen Kassiber und Berichte. Sie war rastlos und unerschrocken illegal tätig, brachte mündlich verschlüsselte Bestellungen ins Gefängnis und Antworten hinaus, trug Schriftstücke, Flugblätter ins Gefängnis und aus dem Gefängnis wie in diesem Maße kein anderer.»

Immer wieder geht es in den Briefen um Blumen. «Zunächst das Wichtigste: die Blumen. Ob Sie auch wissen, was das für Schätze sind, die Sie mir geschickt haben? Also auf jeden Fall: die kleineren gelben mit der braunen samtigen Mitte, das ist der Alant (Inula helenium), die großen gelben, die der Sonnenblume ähnlich sind, das ist Topinambur (Helianthis tuberosus), endlich die winzigen gelben in vielen Trauben, so schön duftend, das ist die Canadische Goldrute (Solidago virgaurea), alle drei aus der Familie Compositen.» Dann schreibt sie von Ziersträuchern, Eberesche und Sanddorn, bedankt sich für eine Mahlzeit Kirschen. «Ich umarme Sie und

Mimi herzlich, Ihre R.» Nachsatz: «Eben bemerke ich an meinem Unterrock einen ganz neuen Gürtel. Was sind Sie für eine Zauberin, daß sich alles verjüngt in Ihrer Hand! Aber warum verschwenden Sie Ihre Zeit und Aufmerksamkeit auf solche elenden Lappalien? Das macht mich ganz unglücklich.»

10./11. November 1915: «Mein liebes Fräulein Jacob! Sie sind unverbesserlich! Wieder ein Füllhorn in Gestalt der Markttasche, während ich noch mit den Liebesgaben von vorvoriger Woche nicht fertig bin! Mit Zucker eröffne ich hier nächstens eine kleine Viktualienhandlung (ich verbrauche nämlich 1½ Würfel täglich, und Sie bombardieren mich mit Kilos). Vielen Dank für die prächtigen Astern und für Ricarda.» Gemeint ist ein Buch der Lyrikerin Ricarda Huch (1864–1947). «Ich habe natürlich die Gedichte sogleich fleißig gelesen, aber ich muß gestehen: weibliche Erotik en public ist mir seit jeher peinlich. Wie unser Auer einmal sagte: ‹sowas *tut* man, sowas *sagt* man nicht›.» Und weiter unten, als Nachschrift: «Um Gotteswillen, nennen Sie mich nicht ‹liebe *gute*›; das haben Sie von der Klara gelernt, ich kann aber diesen Gevatterinnenton nicht ausstehen. – Doch noch eine Bitte: Mein Elixier wieder! Ich entwickle mich zu einem richtigen Säufer.»

Mathilde Jacob: «Endlich ging auch dieses Gefängnisjahr zu Ende. Genau zu der Stunde, in der Rosa Luxemburg in der Barnimstraße eingeliefert worden war, am 18. Februar 1916 um ½ 4 nachmittags, sollte sie entlassen werden. Sie hatte mich gebeten, sie abzuholen und nach Hause zu geleiten. Als ich Karl Liebknecht, der auf Urlaub in Berlin war, um an den Landtagssitzungen teilzunehmen, hiervon erzählte, wollte er unsere Gefangene mit mir gemeinsam abholen. Da ich ihn als unpünktlich kannte, drohte ich, nicht zu warten. Aber obgleich ich selbst verfrüht am Potsdamer Platz, dem Ort unserer Verabredung, eintraf, erwartete er mich dort bereits, mit so viel Blumen in den Händen, wie er nur halten konnte. Viel zu früh nahmen wir eine Taxe, fuhren von Café zu Café, bestellten etwas und waren doch zu aufgeregt, um es zu verzehren.»

Vor dem Gefängnis Barnimstraße war eine Demonstration geplant. Mathilde: «Die sozialistischen Frauen Berlins wollten es sich nicht nehmen lassen, Rosa Luxemburg beim Verlassen des Gefängnisses zu begrüßen. Da sie fürchteten, die Polizei könnte Absperrungsmaßnahmen vornehmen, hielt sich ein Teil von ihnen seit den frühen Morgenstunden in den Häusern der Barnimstraße und der angrenzenden Querstraße verborgen. Die Polizei sperrte die Straßen ab, die zum Gefängnis führten, als sie einen Zug Demonstrantinnen kommen sah. Dieser Zug begab sich in den nahegelegenen Friedrichshain, um dort für Rosa Luxemburg zu demonstrieren. Die Genossinnen aber, die sich verborgen gehalten hatten, stürzten, als unser Wagen sich dem Gefängnis näherte, hervor und jubelten Karl Liebknecht zu, so daß die Polizei im Augenblick machtlos war.»

Mathilde, die solche Kundgebung noch nicht erlebt hatte, vergaß vor Aufregung, weshalb sie gekommen war, «bis die Vorsteherin kam und sich erkundigte, ob ich Frau Dr. Luxemburg nicht heimbringen wolle».

«‹Sie haben mich so harmlos nach der Stunde der Entlassung gefragt›», sagt die Vorsteherin zu Mathilde, die noch mehrmals im Leben die Behörden an der Nase herumführen wird. «‹Ich konnte mir nicht träumen lassen, daß solch ein Unsinn inszeniert würde. Die Frauen täten besser daran, ihren Männern die Strümpfe zu stopfen und den Haushalt zu besorgen›», sagte die unruhig gewordene Vorsteherin und bat, das Gefängnis durch den Lazarett-Torweg in der Weinstraße zu verlassen, der nicht von Menschen umlagert war.

Als wir über den Lazaretthof gingen, glaubte ich, nicht richtig zu sehen. Die Krankenzellen dort hatten etwas größere und leichter zu öffnende Fenster als die gewöhnlichen Gefängniszellen. Aus allen diesen Fensterchen schauten die Insassen durch die Gitterstäbe und winkten mit Tüchern; Aufseherinnen sahen aus den Korridorfenstern; das Gefängnis war aufgestört, erregt, lebendig und seiner elenden grauen Monotonie entrissen.»

Die Erinnerung an diesen Nachmittag hält das Denkmal in der Weinstraße wach.

Am 1. Januar 1916 war in der Berliner Anwaltskanzlei von Liebknecht die Herausgabe einer oppositionellen politischen Korrespondenz beschlossen worden, die sich nach dem Anführer der aufständischen Sklaven im alten Rom Spartakus nannte. Ob Rosa Luxemburg daran mitarbeiten kann, würde davon abhängen, daß der Polizeipräsident die Unerwünschte nicht sofort nach ihrer Entlassung aus der Barnimstraße in Militärgewahrsam nimmt.

Bis zur nächsten Festnahme am 10. Juli 1916 lebt Rosa in ihrer Wohnung in Südende. Sie «war viel kränker aus dem Gefängnis gekommen, als wir wußten». Mathilde blieb deshalb häufig über Nacht und wohnte in einem Fremdenzimmer. Die häufigen Besuche Liebknechts störten sie: «Manchmal wünschte ich, er wäre weniger unzertrennlich von Rosa Luxemburg gewesen. Sein Name wurde stets mit dem von Rosa Luxemburg genannt, und sein Auftreten wurde immer mutiger, immer kühner. Oft waren seine Handlungen tollkühn und nicht frei von Eitelkeit.» Er berief sich auf seine Immunität als Abgeordneter, und als die näheren Freunde kritisch mit ihr über Liebknecht sprachen, sagte Rosa: «Vergleicht ihn nicht mit Leo Jogiches, wie ihr es zu tun pflegt, vergleicht ihn mit deutschen Genossen, und ihr werdet sehen, wie hoch er über ihnen steht. Außerdem solltet ihr den Lassalle fleißiger studieren, ihr könnt viel davon lernen. Auch Lassalle war eitel!»

Mathilde: «Der erste Mai 1916 kam heran. Zu diesem Tage hatte die Spartakusgruppe allein eine Demonstration vorbereitet, um die Massen in eine Antikriegsaktion zu ziehen. Das Flugblatt dazu stammte aus Rosa Luxemburgs Feder.» Mathilde wird es abgeschrieben und vervielfältigt haben wie manch anderen Text.

Aus «Spartakusbriefe»: 1. Mai 1916. «Der Potsdamer Platz und seine Zugänge waren schon um 7 Uhr mit Schutzleuten zu Fuß und zu Pferde überfüllt. Um 8 Uhr pünktlich sammelte sich am Platze eine so dichte Menge demonstrierender Arbeiter, unter denen Jugendliche und Frauen sehr zahlreich vertreten waren, daß die üblichen Scharmützel mit der Polizei alsbald begannen. Die ‹Blauen› und namentlich ihre Offiziere wurden bald von äußerster Nervosität befallen und fingen an, die Masse mit Fäusten hin und her zu stoßen.

In diesem Moment, an der Spitze der Masse, mitten auf dem Potsdamer Platz, erscholl die laute sonore Stimme Karl Liebknechts: ‹Nieder mit dem Krieg! Nieder mit der Regierung!› Sofort bemächtigte sich seiner ein ganzes Knäuel Polizisten, die ihn durch einen Kordon von der Menge trennten und auf die Wache am Potsdamer Bahnhof abführten. Hinter dem Verhafteten erscholl der Ruf ‹Hoch Liebknecht!›, worauf sich die Polizisten in die Menge stürzten und zu neuen Verhaftungen schritten. Nach der Abführung Karl Liebknechts begann die Polizei, angefeuert durch die Offiziere, die sich am brutalsten benahmen, die Menschenmassen in die Seitenstraßen abzuschieben. So formierten sich drei große Züge von Demonstranten, in der Köthener Straße, in der Linkstraße und in der Königgrätzer Straße ...»

Liebknecht wurde zu zweieinhalb Jahren Zuchthaus verurteilt, die später auf vier Jahre erhöht wurden.

Südende heißt der Vorort. Die Lindenstraße, in deren Haus Nummer 2 Rosa Luxemburg zur Miete wohnte, ist still und abgelegen. Hier ist Ruhe zum Arbeiten. Besucher können unauffällig kommen und gehen. Herumstehende Spitzel fallen sofort auf. Die Stadtbahnverbindung von und nach Berlin ist günstig. Südende hat einen Bahnhof an der Strecke vom Potsdamer und Anhalter Bahnhof nach Süden (Teltow, Großbeeren, Ludwigsfelde, Jüterbog). Die Bahnlinie gabelt sich nach der Station Priesterweg.

«Südende» ist heute ein Bahnhof wie für das Museum. Die eisernen Säulen, die das Dach tragen. Die verglasten Wände der Treppe, deren Stufen in drei Absätzen nach oben führen, zum Straßenniveau. «Mariendorf» hingegen ist ein Bahnhof auf einem Damm. Dort geht man beim Aussteigen nach unten. Ob Rosa meist hier ausgestiegen ist? Mariendorf liegt näher bei ihrem Wohnhaus. Oder aber, und wir Großstädter sind so, wir nehmen den Zug, der zuerst kommt, und wissen um die günstigere Verbindung. Steht Richtung Lichtenrade, dann bis Mariendorf, oder Lichterfelde-Süd, dann steigt man in Südende aus. Und sei es theoretisch. Mit dem Finger auf dem Stadtplan. «Mit der Hand übern Rücken als Reiseersatz» (Walter Mehring).

Die Lindenstraße hat ihren Namen verloren. Ungeachtet ihrer Lindenbäume ist sie nach 1945 umbenannt worden in Biberacher Weg. Sie ist für ihre Länge ziemlich breit und mit Kopfsteinen gepflastert. Es könnten noch die Steine von 1914 sein. Vor dem Grundstück Nummer 2 eine dichte, hohe Hecke am Zaun, die den Blick zum Haus verwehrt. Nichts, keine Tafel erinnert an die einstige Bewohnerin.

Gäbe es eine Tafel, wer könnte sagen, ob die Mieten deshalb höher würden oder gesenkt werden müssen.

Am 9. Juli 1916, es ist ein Sonntag, will Mathilde am Vormittag in Südende in Rosas Wohnung, die an diesem Tage von einer Reise zurückerwartet wird. Plötzlich tauchen auf der Treppe zwei Männer auf, die sich als Genossen vorstellen und mit in die Wohnung kommen möchten, um ein Flugblatt in Auftrag zu geben. Sie wol-

Rosa Luxemburg
auf dem Balkon ihrer Berliner Wohnung

len dazu persönlich mit Rosa Luxemburg sprechen. Mathilde schickt sie weg.

Rosa kam in Begleitung zweier Genossen zurück. Der «Vorwärts»-Redakteur Ernst Meyer (1887–1930) und Eduard Fuchs (1870–1939), der Kunsthistoriker, brachten sie nach Hause. Mathilde erzählte ihnen von den beiden Besuchern und blieb bei Rosa.

Mathilde: «Am nächsten Morgen erklang in aller Frühe die Türglocke. Ich öffnete und die zwei Individuen vom Sonntag standen vor mir, zeigten ihre Erkennungsmarken und legitimierten sich als Kriminalbeamte.»

Zum erstenmal ist Mathilde dabei, als Rosa festgenommen wird.

«Rosa Luxemburg lag noch zu Bett. Ich bestand darauf, daß die Beamten, die ins Schlafzimmer gehen wollten, im Nebenzimmer warteten. Um mit Rosa sprechen zu können, brachte ich ihr Wasser und half ihr beim Ankleiden. Ich erklärte den Kriminalbeamten, daß Rosa Luxemburg frühstücken müßte. Als ich mich anschickte, Backware zu holen, durfte ich nur in Begleitung eines Beamten die Wohnung verlassen.» Es geht etwas rücksichtsvoller zu als bei der Geheimen Staatspolizei: erst frühstücken.

Mathilde darf, Rosas Köfferchen tragend, die drei begleiten. Es sind nur ein paar Minuten bis zur S-Bahn. Mathilde, die sich nicht abschütteln läßt, fährt bis zum Bahnhof Potsdamer Platz mit. Dann «hatten die Beamten, von denen einer besonders unangenehm war, genug von meiner Gesellschaft. Sie nahmen auf Staatskosten eine Autodroschke und entführten Rosa Luxemburg nach etwa 4 1/2 monatiger Freiheit wieder in das Frauengefängnis Barnimstraße.» Diesmal als Schutzhäftling. Das bedeutete bessere äußere Bedingungen. «Man durfte Nahrungsmittel ins Gefängnis bringen, Blumen, Bücher und Gegenstände, die die Zelle wohnlicher gestalteten. Auch Briefe durften in mäßigem Umfange geschrieben und empfangen werden.» Weil sie aber keine

Strafgefangene mehr war, mußte Rosa Luxemburg den Gefängnisaufenthalt bezahlen.

An dieser Stelle sei der einzige Brief, der außer einer Postkarte an Rosa von Mathilde Jacob erhalten ist, eingefügt. Sie hat ihn am späten Abend des zweiten Tages nach Rosas Festnahme geschrieben. Er enthält alle Nuancen der Beziehung Mathildes zu ihrer Freundin.

11.7.1916. «Meine liebe Rosa!

Ich hoffe und wünsche, daß es Ihnen erträglich gehen möge und doch weiß ich, daß das natürlich unmöglich ist und daß Sie sehr zu leiden haben werden. – Sie werden gewiß erfahren haben, daß ich heute bei Ihnen gewesen bin. Man sagte mir, Sie hätten an mich geschrieben! es ist aber bereits 10 Uhr abends, und ich habe keine Nachricht. Durch irgendein Versehen müssen Ihre Zeilen nicht in meine Hände gelangt sein. Ich weiß also nicht, was drin steht und kann Ihnen nichts darüber sagen. Ich habe dort mit vielen Beamten gesprochen, an einen derselben habe ich 100 Mark für Sie eingezahlt. Der Herr wollte mit dem Restaurateur sprechen, daß derselbe Ihrer Diät entsprechend für Sie kochen solle. Nachdem ich aber mit Ihrem Arzt heute nachmittag gesprochen habe, sehe ich ein, daß das unmöglich ist. Der Restaurateur nimmt täglich 5 M. 35 Pfg. Ich habe es mir berechnet, dafür kann in einem Haushalt genau nach ärztlicher Vorschrift für Sie gekocht werden. Ich habe auch schon hierfür alles in die Wege geleitet, und Sie könnten durch einen Boten täglich zu einer bestimmten Zeit Ihr Essen bekommen. Ich soll morgen Sprecherlaubnis bekommen, da können Sie über alles bestimmen. Was Herr Dr. Gumpert gesagt hat, alles das sage ich Ihnen dann. Er will Sie natürlich behandeln, das müssen Sie aber beantragen.

Sämtliche Anwälte, die das glauben, in Betracht zu kommen, bemühen sich um Ihre Hand! Oskar /1/ lief ich

/1/ Oskar = Oskar Cohn (1869–1934), sozialdemokratischer Rechtsanwalt und Reichstagsabgeordneter der SPD und USPD.

gerade in die Arme, als ich zu Ihnen wollte. Durchaus meinte er, ohne ihn könne ich gar nicht erst ins Präsidium gehen. Aber ich wehrte freundlich aber entschieden ab. Hugo /2/ glaubt sich natürlich auch unentbehrlich. Dann kam Theodor /3/ sehr bescheiden und bat, für Sie tätig sein zu dürfen. Ich glaube, Sie werden ihn nehmen. Denn soviel ich beurteilen kann, brauchen Sie für Anträge usw. einen Anwalt. – Dann müssen Sie mir die nötigsten Instruktionen geben, ich werde Sie danach befragen. Wir können uns beide vorher Notizen machen, damit wir nichts vergessen. Alles werde ich natürlich unmöglich allein erledigen können, mit vielen Sachen wissen nur Sie Bescheid. Aber auch das besprechen wir ja. Alle Ihre Freunde erkundigen sich unausgesetzt nach Ihnen. Jeder möchte Ihnen dienen. Sonja /4/ hat mich heute zu Ihnen begleitet und geduldig auf der Straße gewartet. Für morgen bringe ich Ihnen jedenfalls vorschriftsmäßig gekochtes Essen mit.

Claire /5/ spreche ich morgen. Ihr Mann bekam im letzten Augenblick die Nachricht, daß er nicht an die Front dürfe. Den Grund hierfür weiß man nicht. Claire ist jedenfalls zufrieden.

Kurt /6/ mußte natürlich von Ihnen hören, und ich war

/2/Hugo = Hugo Haase (1863–1919), Rechtsanwalt in Berlin. Von 1911 bis 1915 Parteivorsitzender der SPD und Vorsitzender ihrer Reichstagsfraktion. 1917 Mitbegründer der damals entstandenen USPD und bis zu seinem Tod (nach Attentat) ihr Vorsitzender. Im November/Dezember 1918 Mitglied und Vorsitzender des Rates der Volksbeauftragten, Mitglied der Weimarer Nationalversammlung.

/3/ Theodor = Theodor Liebknecht (1870–1948), Rechtsanwalt, Bruder von Karl Liebknecht.

/4/ Sonja = Sonja (Sophie) Liebknecht (1884–1964), die Frau Karl Liebknechts.

/5/ Claire = Claire Thalheimer, die Frau von August Thalheimer.

/6/ Kurt = Kurt Rosenfeld (1877–1943), Rechtsanwalt in Berlin. Er verteidigte gemeinsam mit Paul Levi vor dem ersten Weltkrieg Rosa Luxemburg in zwei Prozessen. Ging 1917 in die USPD. November 1918 bis Januar 1919 Justizminister in Preußen. Von 1920 bis 1932 Reichstagsabgeordneter der USPD und SPD. Nach Ernst Thälmanns Verhaftung (1933) von der KPD als dessen Verteidiger beauftragt.

lange Zeit mit ihm im Tiergarten. – Franz /7/ und ich trösten uns gegenseitig, ich war täglich bei ihm.

Ich sende diesen Brief ‹Eilboten›, damit Sie rechtzeitig überlegen, was Sie mit mir zu besprechen haben.

Leben Sie recht wohl. Sie wissen, was ich Ihnen zu sagen habe, ohne daß ich es schreibe. Ich bin froh, daß ich wenigstens Mimi habe, obgleich ich sie Ihnen wohl gönnte. Auch das wissen Sie.

Wir umarmen Sie beide und ich bleibe Ihre Mathilde Jacob»

Die Ernährung der magenkranken Rosa blieb ein ständiges Problem. Mathilde wußte Rat. Ihre Mutter Emilie kochte jeden Tag das Mittagessen nach ärztlicher Vorschrift; sie schickten es in die Barnimstraße «und legten nach Möglichkeit etwas für die übrigen Mahlzeiten hinzu». Es ist das dritte Kriegsjahr, und die Lebensmittel werden immer knapper.

Die Gefangene unterstand jetzt den Militärbehörden. Bei ihnen erwirkte Mathilde für sich eine Dauergenehmigung, einmal in der Woche Rosa besuchen und eine Stunde lang sprechen zu dürfen. Bereits ihr Brief zeigte uns, was sie allein in den ersten beiden Tagen nach der Verhaftung mit Umsicht und Ausdauer erledigt hatte. Auf diese Weise erlangte sie auch die wöchentliche Sprechstunde bei Rosa.

Diese Begegnung wurde von einem Kriminalbeamten überwacht, der dazu eigens aus dem Polizeipräsidium vom Alexanderplatz kam. Eines Tages erschien ein anderer. Es war der «unangenehme» Beamte namens Palm, «der sich schon bei der Verhaftung Rosa Luxemburgs übel benommen hatte, ein Mensch mit schlechten Umgangsformen. Er sollte fortan die Sprechstunde überwachen. Gleich beim ersten Mal bemühte er sich, sie uns zu verleiden. Unausgesetzt suchte er Rosa Luxemburg durch ungehörige Bemerkungen herauszufordern. Wir blieben äußerlich ruhig, unterhielten uns und

/7/ Franz = Franz Mehring (1846–1919)

besprachen während der uns zustehenden Stunde alles so gut wie möglich.»

Es war, als ob Palm nicht dabeisaß. Sie sahen ihn nicht an, sie ignorierten ihn; er war für sie Luft, wie die Redensart sagt. Das war schlimmer als ein Widerwort, denn wenn man einen Beamten nicht wahrnimmt, dann existiert er ja nicht. Er ist überflüssig. Er ist die Null, die er ist. Und das trifft ihn.

Da sie seine Gegenwart überhaupt nicht beachteten, erklärte Palm in der nächsten Sprechstunde nach etwa zehn Minuten den Frauen, sie sei beendet.

«O nein», sagte Rosa Luxemburg, «ich habe gerade Wichtiges zu besprechen. Ich führe das Gespräch zu Ende.» Sie nannte Punkt für Punkt ihre Wünsche, die Mathilde dem Rechtsanwalt Dr. Siegfried Weinberg übermitteln sollte, der Rosa in der Sache «Die Internationale» vertrat.

Die erste Nummer dieser von Rosa Luxemburg und Franz Mehring begründeten Zeitschrift war am 14. April 1915 in 9000 Exemplaren erschienen und sofort verboten worden. Das Blatt hatte verständlicherweise der Zensur nicht vorgelegen. Wegen des kriegsfeindlichen Inhalts wurde gegen die beiden Herausgeber und ihre Mitarbeiter, den Verleger und den Drucker Anklage wegen Hochverrats erhoben. Man begreift, wie wichtig es für Rosa Luxemburg war, sich wegen dieses bevorstehenden Prozesses mit ihrem Anwalt zu beraten.

Palm störte weiter. «Die unverschämten Bemerkungen des Beamten fielen immer wieder, so das Rosa Luxemburg eine Tafel Schokolade nach ihm schleuderte und aufgeregt rief, von einem dreckigen Spitzel könne man kein besseres Benehmen verlangen.»

Über den bei dieser Auseinandersetzung geworfenen Gegenstand sind sich einige Biographen nicht einig. Der deutsche Sozialdemokrat Paul Frölich läßt Rosa – das paßt besser zu einer gebildeten Revolutionärin – mit einem Buch werfen. Dem Engländer Peter Nettl fällt die international berühmte Geste ein, mit der Luther auf der Wartburg den Teufel vertrieben haben soll. Er gibt Rosa Luxemburg ein gefülltes Tintenfaß. Gern stellt sich der Leser dessen Wirkung auf dem Überwachungsbeamten vor. Doch Mathilde war Augenzeugin. Es wird Schokolade gewesen sein.

Die Folgen waren schlimm. Noch am gleichen Abend wurde Rosa aus der Barnimstraße in das Polizeipräsidium verlegt. Vielleicht ging es überhaupt darum, und Palms Benehmen entsprach einer Weisung.

Nun ist sie «in der Spelunke am Alexanderplatz», wo sie in einer 11 m^2 großen Zelle sitzt. «Morgens und abends ohne Licht, eingeklemmt zwischen das C (aber ohne W) und die eiserne Pritsche.» So beschreibt Rosa ihre Umgebung in einem Brief an eine andere Mathilde.

Mathilde Wurm (1874–1935), Schriftstellerin, mit Rosa befreundet, war damals Mitglied der SPD, 1917 USPD, 1922 SPD. Von 1920 bis 1930 Reichstagsabgeordnete.

Keine «Krone des Tages» mehr wie einst in der Barnimstraße. Die «zwei ruhigen Stunden abends von 7 bis 9 bei Licht, wo ich für mich denken und arbeiten kann», gibt es nicht.

Wir steigen im S-Bahnhof Alexanderplatz in jeden beliebigen Zug in Richtung Osten, setzen uns in Fahrtrichtung links ans Fenster und sehen, sobald die Bahn am Alexander-Hochhaus vorbeigefahren ist, einen geräumigen Parkplatz. Ein ausgedehntes Autogelände, auf dem seit vielen Jahren zu seiner Zeit der Weihnachtsmarkt leuchtet und lärmt. Es fällt schwer, sich an Stelle der von Reisebussen bevorzugten Flächen einen schmutzigroten Backsteinbau vorzustellen. Das Polizeipräsidium mit dem Straf- und Untersuchungsgefängnis, nach Schloß und Reichstag Berlins drittgrößtes Gebäude, dessen Reste bei der Umgestaltung des Stadtzentrums in den sechziger Jahren abgerissen worden sind. Falls einmal eine Gedenktafel die in diesem Gebäudekomplex gefangenen, gequälten und getöteten Kämpfer gegen Faschismus, Militarismus und Krieg mit Namen nennen sollte, müßte die Liste sehr lang sein. Auch Mathildes Name wäre dabei.

In dieses Polizeipräsidium hatte man Rosa Luxemburg aus der Barnimstraße gebracht.

Dort blieb sie vier Wochen. Es gab keinen Hof für weibliche Insassen. Also keinen Spaziergang an der frischen Luft. Als Mathilde Jacob das Mittagessen brachte, mußte sie es wieder mitnehmen und «Selbstbeköstigung» in einem ihr zugewiesenen Restaurant bestellen, «dessen Kost teuer, schlecht und für Rosa Luxemburg schädlich war. Alle Bemühungen, sie von diesen Mißständen zu befreien, scheiterten.»

In diesem Sommer bekam Mathilde Jacob mehrfach Post.

Clara Zetkin schrieb am 14. August 1916: «Liebes Fräulein Mathilde, soeben habe ich Ihren Brief vom 11. erhalten. Ich antworte Ihnen in der ausgesprochenen Erwartung, daß auch dieser Brief bespitzelt oder gestohlen wird von einem jener Halunken, die, zu schlecht, zu dumm und zu faul für jede ehrliche Hantierung, sich von unseren Steuergroschen in dem Amt erhalten lassen, Privatäußerungen politisch bekannter Personen auszuspitzeln und abwürgen zu helfen.» Ein zehn Tage zuvor abgesandter Eilbrief an eine Deckadresse war nicht angekommen. Er war zum Teil für Rosa bestimmt gewesen.

21. August 1916: «Liebes Fräulein Mathilde, Ihre beiden Briefe vom 16. und 19. habe ich erhalten. Abgesehen von Ihrer großen Treue für R. und die Sache war nur ein Erfreuliches darin, nämlich, daß die Polizei das Konterfei ihrer Spitzel in meinem Brief gelesen hat.» Sie macht sich Sorgen um Rosas Gesundheit: «Es ist geradezu Mord, wenn ihr Arzt nicht zu ihr gelassen wird. Ich erfuhr, daß Sie R. täglich versorgen. Wäre damit genützt, wenn jede Woche einmal Gemüse und Obst an

Ihre Adresse käme? Das ist das einzige, was wir selbst haben. Ich fahnde seit langem nach frischen Eiern für R., konnte sie aber noch nicht auftreiben. Butter gibt es zur Zeit so gut wie gar nicht.»

Bei dem Licht, das die matte obere Scheibe der Tür in ihre Zelle ließ, die unbeleuchtet blieb, schrieb Rosa Luxemburg Flugblätter und Artikel.

«Sehen Sie», sagte Leo Jogiches zu Mathilde, «das ist Rosa, es gibt keine Hindernisse für sie.»

Unter diesen Umständen schrieb Rosa in der Zelle den Artikel «Liebknecht» für den «Spartakusbrief Nr. 1 vom 20. September 1916», eine flammende Anklage gegen die Verurteilung Karl Liebknechts. «Niemals hätten die Machthaber gewagt, ein solches Schandurteil zu fällen, wären sie nicht seit Ausbruch des Krieges gewöhnt, daß deutsche Sozialdemokraten kuschen.» Liebknechts Zuchthausurteil «ist also ein Kainszeichen auf der Stirn der offiziellen deutschen Sozialdemokratie ...» Wird die Arbeiterklasse die Beendigung des Krieges, dessen Ausbruch sie nicht verhindert hat, erkämpfen?

«Um Frieden kämpfen heißt nicht, untertänige Bittschriften an die Regierung zu unterzeichnen. Um Frieden kämpfen heißt auch nicht, in polizeilich genehmigten Versammlungen Beifall klatschen und für Friedensresolutionen Hände hochheben, um am anderen Tag ruhig weiter Munition für den Krieg mit eigenen Händen zu bereiten, das ‹Durchhalten› zu ermöglichen und mit hungerndem Magen die Militärdiktatur geduldig zu ertragen. Um Frieden kämpfen heißt, alle Machtmittel der Arbeiterklasse rücksichtslos gebrauchen, um im Lande wie draußen im Felde die Fortführung des Völkermordes unmöglich zu machen ...»

Diese und viele andere Zeilen hat Mathilde Jacob heimlich aus dem Polizeipräsidium in die Altonaer Straße gebracht und dort auf der Maschine abgeschrieben. Sie hat viel riskiert, die damals 43jährige Berlinerin. Charlotte Beradt beschreibt sie: «Sie war mittelgroß, stämmig, ihr dunkles Haar fing an zu ergrauen. Ich verdanke diese Beschreibung zwei Personen, die Mathilde gut gekannt haben, Frau Rose Frölich in Frankfurt (Main) und Frau Margarethe Hasche in Brühl, die Vorsteherin von Paul Levis Anwaltsbüro.»

4

Wie lebte Mathilde, was tat sie, ehe Rosa Luxemburg in ihr Leben kam? Wo wurde sie geboren, wer waren ihre Eltern? Das muß leicht herauszufinden sein. Auf den Geburtsurkunden standen früher beide Elternteile und ihre Berufe. Mittlerweile ist dieses Papier in Format und Inhalt verkleinert worden. Die Angaben zum Beruf fehlen ganz und gar. Muß denn eine Mutter ihren Beruf verschweigen, ihre Tätigkeit, als was sie arbeitet im Arbeiter-und-Bauern-Staat? Im Lebenslauf aber, dem oft verlangten, soll einer wissen und sagen, ob er Arbeiterkind ist oder vom Genossenschaftsbauern stammt, vom Hochschulabsolventen gezeugt, vom Handwerker oder vom Zufall.

Wegen Mathilde ein Brief an das Berliner Standesamt. Aber man bedauert dort. Als Mathilde geboren wurde, 1873, gab es noch keine Standesämter in der Hauptstadt des Deutschen Reiches. Sie wurden erst 1874 eingerichtet.

Das Kirchenbuch könnte weiterhelfen, wüßte man die Wohngegend der Eltern. In diesem Falle hilft es nicht, denn die Jacobs gehören zu den damals rund 65000 jüdischen Einwohnern Berlins. Deren Unterlagen werden sich kaum finden lassen; sie sind vernichtet oder verschwunden.

Zum Glück ist Mathildes Geburtstag bekannt. Ein Datum, das sich gut merken läßt. Der 8. März. Der Internationale Frauentag. Außerdem wird sie sich gefreut

Julius Jacob

haben, als sie erfuhr, daß Rosa ganz nahe, drei Tage vor ihr, Geburtstag hatte.

Der 8. März 1873. Wieder im vorteilhaften Unterschied zu heute, da meine Berliner Morgenzeitungen als Familiennachrichten nur Todesfälle anzeigen, gab es früher die Sitte und die Möglichkeit, auch freudige Ereignisse bekanntzumachen. Verlobung, Eheschließung und Geburt. Ob nicht ein beglückter Vater Jacob eine Geburtsanzeige aufgegeben hat?

Probieren wir es in der «Berliner Volks-Zeitung». Sie ist ein Kind der Märzrevolution von 1848. 1873 geleitet von Aaron Bernstein, der möglichst selber Tag für Tag die Leitartikel schreibt für die Leser seines liberalen und demokratischen Blattes.

Blättern. Man liest sich leicht fest.

Jeden Tag, wenn auch nur kurz, Familiennachrichten. Nicht als Anzeigen, sondern als Mitteilung der Redaktion.

Siehe da, in der Ausgabe vom 12. März steht unter «Familiennachrichten: «Hrn. Jul. Jacob hier eine T.»

Das muß sie sein. Denn an keinem Vortage und auch später nicht hat ein Herr Jacob eine Neugeborene angekündigt. Die Auskunft ist ein bißchen dürftig. Keine Adresse. Aber Julius wird er wohl heißen, und da kann das Adreßbuch weiterhelfen. Das Adreßbuch ist eine uns mittlerweile verlorengegangene Kulturerscheinung.

Vielleicht steht in anderen Berliner Tageszeitungen mehr? Probe aufs Exempel. Im «Berliner Tageblatt» Nr. 59 vom Dienstag, dem 11. März, unter den Familiennachrichten: «Tochter: Herrn Julius Jakob (Berlin)», zwar schreibt man ihn mit k, aber er ist es.

Die «Vossische Zeitung» Nr. 58 vom 9. März, gleich anderntags; die älteste Zeitung Berlins ist die schnellste. Sie bringt seine Anzeige: «Heute früh 7 Uhr wurde meine liebe Frau Emilie, geb. Bernhard von einem Mädchen leicht und glücklich entbunden. Berlin, den 8. März 1873. Julius Jacob.»

Nun haben wir auch den Namen der Mutter, aber immer noch keine Anschrift.

Eine reiche, umfangreiche, wenngleich nicht vollständige Sammlung Berliner Adreßbücher besitzt und behütet die Ratsbibliothek; läßt sie auch behutsam benutzen. Man geht durch das große Tor im Marstall und dann schräg über den Hof. Hat im Vorbeigehen draußen wieder einmal die Gedenktafel mit den Augen gestreift. Die Roten Matrosen, die Kämpfe um dieses Gebäude, an dem man, wenn man sie sucht, noch ihre Spuren findet. Oder stammen alle Einschläge von 1945?

Die Spannung, die unsereinen beim Betreten solcher Bibliothek überkommt, die sich erhöht, wenn ein Buch gefunden ist und nur noch an der richtigen Stelle aufgeschlagen sein will, beschreibt sich schwer. Das Gefühl beginnt schon auf der Treppe, weil ich in diesen Räumen vor dreißig Jahren als Bibliotheksgänger das Lesen lernte. Hier war damals die Ausleihe der Berliner Stadtbibliothek. Ich wußte lange nicht, daß jeder dort Bücher ausleihen darf. Uns haben sie das in der Schule nicht erklärt. Wir hatten keine Bibliotheksführungen.

Mit solcher aus mancherlei Erinnerungen gespeisten Aufregung das «Verzeichnis der Einwohner Berlins nach ihren Beschäftigungen und Gewerben 1873» aufgeschlagen.

Jacob ist für solche Absicht kein günstiger Familienname. Leicht wird er mit k geschrieben, wie im «Berliner Tageblatt». Unter «Jacob» stehen 1873 über ein Dutzend Namen, aber – und das wird zum Problem – die Vornamen sind abgekürzt. Lohnte seinerzeit angesichts der Einwohnerzahl diese Unterscheidung noch nicht? Sogar später noch liebe Not: Es wird Schwierigkeiten geben, wenn um die Jahrhundertwende im Adreßbuch mehrere Fräulein M. Jacob zur Auswahl stehen.

Alle Jacob, die ein J. bei sich haben.

Jacob, J. S. & Co., Bankier, Neue Roßstraße 7. Das ist er sicher nicht, unser Julius. Zwischen Jacob jun., J., Architekt und Landschaftsmaler aus der Zimmerstraße 60 und dem Kaufmann J. Jakob (mit k) aus der Blumenstraße 62 gibt es etliche Familienväter und Wohnungsinhaber. Sie werden Johannes oder Josef heißen, Jakob nicht zu vergessen.

–, J. Destillateur, Brunnenstraße 47.

–, J. Fuhrherr, Höchste Straße 46.

–, J. Handelsmann aus der Grenadierstraße 1 a, parterre.

Die Grenadierstraße heißt heute Almstadtstraße nach einem ermordeten Widerstandskämpfer. Grenadierstraße, das ist damals das Scheunenviertel, in nächster Nähe des Alexanderplatzes. Zentrum der ostjüdischen Einwanderung. Elendsviertel. Ist der Handelsmann J. derjenige, den wir suchen?

Vier Kaufleute J. J. und fünf weitere, wegen ihrer Berufe für uns aussichtsreiche Kandidaten. Je ein Klempner, Kürschner, Porträtmaler, Produktenhändler und Schlächter. Einer von diesen letzten zwölf müßte es sein. Einer der Kaufleute kommt wohl eher in Frage als der Destillateur oder der Schlächter, der die Reihe der nach ihren Berufen alphabetisch geordneten J. Jacobs beschließt?

Dreizehn Kandidaten hat die vom Notieren müde gewordene Hand aufgeschrieben, nun wird auch der Kopf faul und läßt den letzten weg. Der ist, wie könnte es anders sein, der Gesuchte. Seinetwegen wird Wochen später ein Nachholebesuch in der Ratsbibliothek notwendig.

Es ist der Schlächter Jacob. Poststraße 17.

Inzwischen trifft gute Nachricht ein aus Potsdam. Das vergebens um ein Foto Mathildes gebetene Staatsarchiv hat in Band 57 des Jahrgangs 1873 in dem vom Stadtgericht Berlin geführten Geburtsregister für Juden die Eintragung entdeckt:

«Berlin, den 10. März 1873: Es erscheint der Fleischwarenhändler Julius Jacob, Jüdisch, wohnhaft Molkenstraße 12 und erklärt, daß am 8. März 1873 um 7 Uhr

Emilie Jacob geb. Bernhard

früh von seiner Ehefrau Emilie, geb. Bernhard ein Kind weiblichen Geschlechts geboren wurde, welches den Vornamen Mathilde erhielt.»

Die beiden Adressen erklären sich einfach. Julius Jacob wohnt in der Molkenstraße und hat seinen Laden gleich um die Ecke in der Poststraße.

Molkenstraße, Molkenmarkt. Das ist ältestes Altberlin. Die Gegend um die Nikolaikirche.

Der Molkenmarkt ist der älteste öffentliche Marktplatz des mittelalterlichen Berlin. Sein Name stammt vom Milchverkauf, für den er um 1600 ausersehen worden war. 1728 für kurze Zeit umbenannt (Königsmarkt!), blieb er, was er war, und bekam seine Akzente dadurch, daß der Name Molkenmarkt gleichbedeutend wurde mit dem Städtischen Polizeigefängnis, der sogenannten Stadtvogtei. Wie von selber taucht Fritz Reuters Name auf, der Student im Vormärz, der jahrelang in der Stadtvogtei in einer ungeheizten Zelle auf dem Fußboden schlafen mußte. Sie war bis 1881 Gefängnis, auch für viele Sozialisten, unter ihnen Paul Singer.

Nikolaikirche. Die älteste Kirche Berlins, die gerade zu der Zeit, als dieses Buch entsteht, neue Türme aufgesetzt bekam. Ein Jahrhundertereignis. Tausende standen gebannt und schauten, wie die beiden auf der Erde vormontierten 45 Meter hohen Spitzen von einem Merseburger Mobilkran millimetergenau auf den Stahlbetonringanker des massiven Unterbaus abgesetzt wurden. Mathilde hat als Kind noch die alte Nikolaikirche gesehen, die mit einem Turm. Erst 1879, als sie teilweise abgebrochen wurde, erhielt sie zwei 40-Meter-Spitzen, die im zweiten Weltkrieg verglühten.

Nikolaikirche. Hier wirkte der Prediger und Liederdichter («Nun ruhen alle Wälder») Paul Gerhardt. Goethe hörte bei seinem einzigen Berlinbesuch den Probst Spalding predigen. Nikolaikirchplatz wohnte 1752 der junge Magister Lessing, keine Minute Weg von Moses Mendelssohn entfernt, mit dem er sich da-

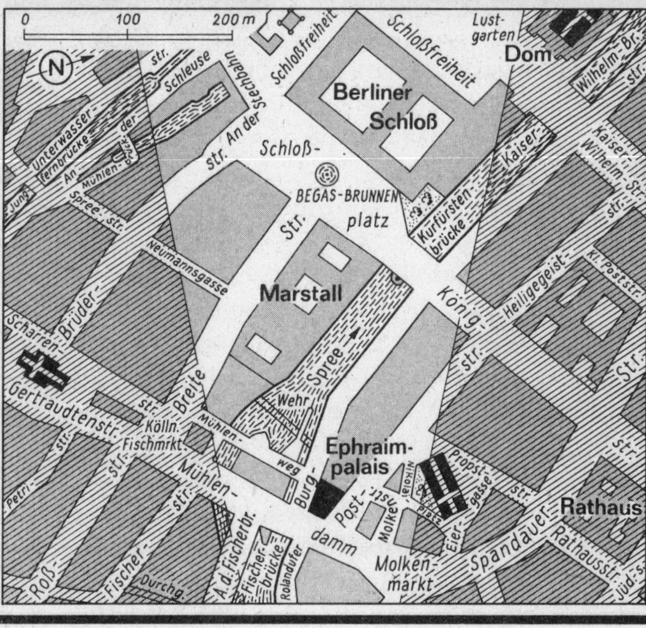
0
100
200 m
N
Lust-
garten
Dom
Schloßfreiheit
Berliner
Schloß
Unterwasser-
str.
Schleuse
An der Stechbahn
fernbrücke
der
An
Mühlen-
Jung-
Schloß-
str.
BEGAS-BRUNNEN
platz
Str.
Kurfürsten-
brücke
Kaiser-
Wilhelm-Br.
str.
Kaiser-
Wilhelm-
str.
Spree-
Neumannsgasse
Marstall
König-
str.
Heiligegeist-
Kl. Poststr.
Str.
Scharren-
Brüder-
Gertraudtenstr.
Breite
Kölln.
Fischmrkt.
Mühlen-
weg
Wehr
Spree
Ephraim-
palais
Burg-
Post-
Molke-
Nikolai-
platz
Propst-
gasse
Eier-
Rathaus
Petri-
Mühlen-
damm
Molken-
markt
Spandauer
Rathausstr.
Jüd. S.
Roß-
Fischer-
Durchg.
A.d. Fischerbr.
Fischer-
brücke
Rolandufer

mals fürs Leben befreundete. Der dritte im Bunde, Friedrich Nicolai, war im Hause Poststraße 4 geboren worden.

In der Poststraße 17 sah Mathilde Jacob die Welt: Gegenüber, Haus Nummer 16, das Ephraimpalais. Eines der schönsten Häuser Berlins. Als Mathilde Kind war, befand sich im Inneren das Meldeamt des Polizeipräsidiums; Büros für Gesindeangelegenheiten und Fundsachen.

Poststraße. Wer kam zu Besuch? Wer wohnte in den Gasthöfen? Casanova, Heinrich von Kleist, Heinrich Heine. Poststraße 23. Ein barockes Wohnhaus, dessen Fassade im Klassizismus verändert wurde. Es steht noch. So etwa muß man sich die Bebauung der Gegend vorstellen, als Mathilde ihre ersten Schritte tat. Es heißt bis heute nach seinen früheren Besitzern, der Familie des Seidenfabrikanten Knoblauch und seinen Nachkommen, die 170 Jahre hier wohnten, unter ihnen fünf Universitätsprofessoren, der Begründer der Berliner Unfallstationen und nicht zuletzt der Architekt Eduard Knoblauch, der 1835 die Russische Botschaft Unter den Linden erbaute und – das vor allem sichert ihm den Nachruhm – die Große Synagoge in der Oranienburger Straße.

Auf engstem Raum konzentriert: Geschichte. Rings um den Molkenmarkt: Mathildes Kinderstube. Molkenmarktluft. Wer in ihr groß geworden ist, sagt Kommerzienrat Treibel bei Fontane, sei «dem Rest der Menschheit um ein Beträchtliches überlegen».

Im Knoblauchhaus befinden sich die «Historischen Weinstuben». Dort kann man nachdenken und erzählen, von einst und jetzt. Vom Ephraimpalais. Lange war es nur ein Foto oder ein Gemälde von Zille. Aber am Alexanderplatz in der Berlin-Information zeigten sie vorher das ganze Viertel im Modell. Winzig, aber deutlich erkennbar die Säulen des neuen Ephraimpalais. So wurde es errichtet. Wie damals, 1763. Veitel Ephraim, Hofjuwelier und Münzpächter beim König Friedrich II.,

Palais Ephraim am Molkenmarkt

ließ es von Dieterich erbauen. Er hatte durch verfälschte Silbermünzen, die er in königlichem Auftrag herstellte, seinem Herrscher dessen Siebenjährigen Krieg finanziert und gewinnen helfen. «Von außen schön, von innen schlimm. Von außen Friedrich, von innen Ephraim» waren die preußischen Geldstücke im Volksmund. Der König wollte nur als Feldherr genannt sein, nicht als Geldherr. Lange haben ihm die Geschichtsschreiber diesen Gefallen getan. Man sucht vergebens Ephraims Bildnis auf Friedrichs Reiterdenkmal Unter den Linden.

Großzügig schenkte der König Zutaten. Die acht toskanischen Säulen, die dem Palais außer den vergoldeten Balkongittern das charakteristische Aussehen gaben, waren als Kriegsbeute vom Schloß des sächsischen Ministers Graf Brühl demontiert worden. Wieder ein Stück Berliner Schönheit, das aus Sachsen stammt. Weil der

Bau zu ansehnlich geriet, befahl der König seinem ansonsten Sonderprivilegium genießenden Juden Ephraim, dem Bau des Militärwaisenhauses in Potsdam eine beträchtliche Summe zu stiften.

Julius Rodenberg im «Berliner Leben» (1886): «Ein Rococobau von mächtigem Umfang, die Front in schöngebildeten Halbbogen die Ecke nach beiden Seiten abrundend, der mit seinem Gitterwerk aus Schmiedeeisen und zierlichen Gruppen aus Sandstein reich geschmückte Balkon von acht Säulen, mächtigen Monolithen, getragen. In dem geräumigen, hochgewölbten Flur erblickt man eine stattlich breite Treppe mit einem gleichfalls höchst kunstvoll gearbeiteten Eisengitter. Er war ein Mann von Geschmack, dieser Ephraim, und der zu leben wußte.»

Im Volksmund hieß sie «die schönste Ecke von Berlin»!

Um 1935 wurde unter Hitler das Ephraimpalais abgerissen. Ausnahmsweise nicht, weil es einst einer jüdischen Bankiersfamilie gehört hatte, sondern aus verkehrstechnischen Gründen. Der Mühlendamm, die Brücke, der Molkenmarkt mußten verbreitert werden. Das hatte die Stadtverwaltung schon vor Hitler beschlossen und die protestierende Öffentlichkeit (Bürgerinitiative) mit dem Versprechen zu beruhigen gesucht, das Palais werde in alter Schönheit detailgetreu zwölf Meter zurückgesetzt wieder aufgebaut, sobald die neue Mühlendammbrücke fertig sei. Sie wurde erst lange nach dem zweiten Weltkrieg fertig.

Der beabsichtigte Wiederaufbau bewahrte die Brühlschen Säulen und Steine vor dem Schuttplatz. Der Zufall ließ geschehen, daß sie mal hier, mal da, aber immer im Bereich des späteren Westberlin lagerten. Zuletzt hinter dem Berlin-Museum in der Lindenstraße. Bereitliegend für einen Erweiterungsbau, für einen Neubau, für ein Museum, in dessen Fassade die verwendbaren Teile des historischen Ephraimpalais in alter Form einbezogen werden konnten und sollten. Im Innern würde die Museumsabteilung für Jüdische Kultur und Geschichte Berlins einziehen.

Drüben die echten Steine. Hüben der echte Standort. Auch wenn er sich um rund zwanzig Meter verschoben hat. Berlin wäre die einzige Stadt der Welt geworden, die ein historisches Gebäude doppelt herzeigt. Auf das Feuilleton darüber hatte ich mich gefreut; innen Friedrich, außen Ephraim. Zu früh, wie man sieht. Der Senat von Berlin (West) hat dem Berlin-Museum die Mittel für einen Neubau gestrichen. Es wird nur ein Ephraimpalais geben. Am Molkenmarkt. Die eingelagerten Fassadenteile wurden seit Juni 1983 rückgeführt, und das Palais entsteht neu im Rahmen des Wiederaufbaus des historischen Stadtkerns rund um die Nikolaikirche.

Vom alten Quartier Nikolaikirchenviertel ist nur noch die südliche Bauflucht vom alten Molkenmarkt erhalten. In einem historischen Gebäudekomplex befindet sich das Ministerium für Kultur. Wer von dort auf die andere Straßenseite blickt, zu der man durch einen Fußgängertunnel gelangt, sieht am Rande des Gehweges einen leeren Sockel. Das macht allemal stutzig. Stand dort einer, der jetzt nicht mehr geht oder steht, oder ist da jemand bloß zum Restaurieren abgeholt worden?

Es ist anders. Hier sollte einer hin. Ein Standbild des Kulturministers. Gute Idee. Wer aus dem Kulturministerium sah oder kam, erblickte gegenüber den ersten Kulturminister der DDR, den 1958 verstorbenen Dichter Johannes R. Becher.

Als aber die Plastik fertig war, gefiel sie nicht mehr. Becher stand nicht so da, wie er stehen sollte. Zwar hatte sich Fritz Cremer nach dem lebenden Vorbild gerichtet, das er gut kannte, aber jetzt durfte Becher nicht so am Straßenrand stehen, wie er zu Lebzeiten gestanden hatte: beide Hände in den Taschen.

Längst ist ringsumher Gras gewachsen. Mittlerweile steht Becher – die Figur war ja gegossen – im Bürgerpark bei uns in Pankow, wo er gewohnt hat. Beide

Hände in den Taschen, was niemanden stört. Der leere Sockel am Molkenmarkt aber ist bei den Touristen beliebt. Wenn sie von dort aus die interessante Umgebung fotografieren, denken sie, er sei ihretwegen hingestellt.

Der Schlächter Julius Jacob ist, wie wir gelesen haben, amtlich nur ein Fleischwarenhändler. Er gehört nicht zur Innung, kann dort nicht Mitglied sein. Was unterscheidet einen jüdischen Fleischer von den anderen Berufskollegen? Hingehen? Nachsehen? Aber es gibt heute keinen mehr. Die Berliner Jüdische Gemeinde unterhält zwar eine koschere Fleischerei in der Eberswalder Straße. Der für die ordnungsgemäße rituelle Zubereitung erforderliche Schächter wird aus Budapest eingeflogen. Er ist der Nächsterreichbare.

Aber früher, wie war das, als Mathilde noch lebte? Ich frage meinen Brieffreund James Yakov Rosenthal in Jerusalem, einen alten Berliner, der am Leben blieb, weil er seine Heimatstadt beizeiten verlassen konnte. Er antwortet mit einem seiner eng auf Luftpostpapier geschriebenen langen Briefe.

«Die jüdischen, d.h. rituell zuverlässigen Metzgereien, allenthalben und zumal in Berlin, Breslau, Hamburg, Leipzig, Frankfurt, Köln und auch in vielen kleineren Orten mit jüdischen Gemeinden, erfreuten sich im allgemeinen eines recht guten Namens; auch unter Juden, die auf rituelle Zuverlässigkeit keinen großen Wert legten, und nicht weniger bei der nichtjüdischen benachbarten Bevölkerung. Ihre Inhaber hatten gemeinhin ein recht ansehnliches Bildungsniveau, ‹Schliff›, auch gesellschaftliche Geltung und guten Namen betreffs Redlichkeit und Zuverlässigkeit. Diese Geschäfte zeichneten sich durch peinliche Sauberkeit aus – nicht zuletzt, weil sie mehr als die anderen scharf beäugt wurden und andererseits doppelter Akribie-Kontrolle ausgesetzt waren: der Veterinär- und Hygiene-Aufsicht sowie der überall wirklich strikt gehandhabten rabbinischen und im Namen der Rabbinate von sehr scharfen Aufsehern geübten Ritual-Kontrolle. Auch waren die Inhaber berufsstolz – sämtlich mit Meisterbrief ausgestattet, und viele aus süd- und südwestdeutschen ‹Viehfamilien› stammend.»

Man merkt, wie es Rosenthal freut, gefordert zu werden. Er kommt aus der Gegend der heutigen Tucholskystraße/Oranienburger Straße/Krausnickstraße. Ein penibler Jurist, Historiker, Kulturgeschichtler. Fachmann und Augenzeuge. «Viele Christen mieden Schwein- sowie blutenthaltende Produkte und kauften (sicher ist sicher), darum in der Koscher-Metzgerei in ihrer Nähe. Die Kinder dieser Metzger, deren Frauen regelmäßig ebenfalls ‹Seele vom Geschäft› waren, wurden fast ausnahmslos im Jüdischen und in allgemeinen Werten sehr sorgsam erzogen. Worin bestand die Sachspezialität? Diese Metzger bezogen natürlich nur (die kamen gar nicht auf andere Gedanken) aus dem Städtischen Schlachthof und den konzessionierten Geflügelausschlachtungen. Der Grossist (meist Christen) ließ jeweils geeignetes Vieh koscher schlachten, d.h. vom Schächter, der vom Rabbinat autorisiert und vom Schlachthof-Veterinär lizensiert war und durchweg ausgesucht moralisch hochstehend und in allen Finessen jüdischen Gesetzes durch und durch geschult sein mußte. Viele stammten aus Osteuropa, und manche, speziell jene aus Litauen, hatten selbst Rabbinats-Autorisation. Ihre Konzession vom Rabbinat galt jeweils nur auf Zeit, und sie mußten sie sich dann erneuern lassen, wobei sie wirklich immer wieder auf Herz und Nieren geprüft wurden, auch auf Sicherheit von Auge und Hand, und ebenso blieben ihre Geräte unter rabbinischer Kontrolle. Der Koscher-Metzger durfte dann das Geschächtete nur kaufen, wenn ein Oberschächter, der auch als Untersucher beglaubigt war, die Zuverlässigkeit sowohl der Schächtung als auch die rituelle Einwandfreiheit der Innenteile geprüft und das positive Ergebnis neben dem Veterinärstempel bescheinigt hatte. Auch all dies war Christen bekannt und trug zur Anziehungskraft koscherer Fleisch-, Aufschnitt-, Wurst- und Delikatessen-Waren bei. Noch etwas kommt hinzu: ‹Koscher› beinhaltet nicht nur die Vieh- oder Geflügel-Schlachtung und was daran hängt, sondern das Gekaufte muß auch in bestimmter Weise, Zeitdauer und Zeit-Abständen ‹gewässert und ausgesalzen› werden, nicht zuletzt, um jede denkbare Blutspur zu tilgen. Das Koschermachen mußte spätestens drei Tage nach Schächtung geschehen, und, wenn das nicht möglich war, speziell vor Fristablauf zwischenbehandelt werden. Wiederum Aufpaß- und Zusatzarbeit. Schließlich: Nicht alles vom Geschächteten, speziell Großvieh, darf der Koscher-Metzger erwerben und vertreiben. Manches Innere sowie die Spannader von Großvieh ist schlechthin verboten, und Hinterteil von Großvieh ist nur erlaubt, wenn daraus bestimmte Hauptadern von Spezialaufsehern entfernt sind. All das verteuert natürlich koschere Fleischwaren und erhöht zugleich die Qualifikations-Erfordernisse für Koscher-Metzger, ihre Frauen und Gehilfen. Übrigens noch etwas Meta-Koscheres: Die jüdische Metzgerei war auch in Berlin eine Art von Damenklub, mit Impressionen-Plausch, und Informationstausch ...»

So kann man sich Mathildes Kindheit vorstellen, in solcher Umgebung. Aber leider kommt Julius Jacob auf die Idee, sich ein Mietshaus zu bauen mit dem eigenen Laden unten. Man schreibt das Jahr 1882, und noch ist Gründerzeit; aber was nützt es, wenn irgend etwas nicht stimmt. Es liegt nicht am Geld, nicht an Krediten. Der Untergrund ist unzuverlässig. Auf Sand gebaut. Das hat er nicht vorausgesehen, oder Julius Jacob hat es nicht gewußt. Der schlecht berechnete Bau auf dem unstabilen Untergrund in der Stralauer Straße 44. Nur ein paar Schritte vom Molkenmarkt entfernt. Direkt und sinngemäß bricht alles zusammen. Im Jahr darauf, 1883, gehört das Haus, oder was davon übrig ist, dem Tuchhändler Sechelsohn. Als einzigen Bewohner darin gibt es eine Knopfhandlung. Und wer jetzt im Adreßbuch unter den

Berliner Schlächtern einen Julius Jacob sucht, der sucht vergebens.

Wer weiß, wie und wo er mit seiner Familie die nächsten Jahre lebt. Das Vermögen ist dahin, die große Chance vertan. 1889 findet man in der Potsdamer Straße 118c einen Schlächter seines Namens, das Jahr darauf einen Vertreter in der Neuen Roßstraße, dann 1893 einen Schlächter Jacob in der Lessingstraße 35, der aber wohnt nur dort und hat keinen eigenen Laden. 1894 wohnt ein Schlächter Jacob in der Schillingstraße 32. Ist es immer unser Julius? Es scheint so, weil kein anderer Jacob neben ihm zu finden ist. Bis jetzt war es Vermutung, ab 1895 aber ist es durch Urkunden belegt: Julius Jacob wohnt die nächsten vier oder fünf Jahre als Schlächter in der Holzmarktstraße 67. Nie wieder selbständig, nie wieder mit eigenem Laden. Sein späterer Beruf: Agent. Das ist beileibe nicht das, was eine spätere Zeit daraus gemacht hat, sondern eine Vermittlertätigkeit, wahrscheinlich in seiner Branche.

Es müssen schwere Jahre gewesen sein. Das Ehepaar Jacob hat außer Mathilde, der Ältesten, noch sieben Kinder. Das letzte wird 1891 geboren.

1896 steht im Adreßbuch «Jacob, H.» in der Holzmarktstraße 67. Eine Zeile tiefer: «–, M. Frl.»

Unsere Mathilde. Sie wohnte bei den Eltern oder im selben Haus. Aber ob sie identisch ist mit der Buchhalterin M. Jacob, die im Jahr darauf am Enckeplatz 2 wohnt, oder dem Fräulein M. Jacob im Vorort Steglitz in der Schloßstraße, wer will das behaupten oder bestreiten. Aus der Holzmarktstraße 67 ist sie verschwunden.

1899 zieht Julius Jacob mit seiner Familie wieder in eine andere Gegend. Er wohnt in der Kaiser-Wilhelm-Straße 18f, betreibt dort seine Agentur (Sprechstunde 12–15) und verwaltet dazu das Haus 18d. Er ist nun sechzig Jahre alt. Mathilde wohnt offenbar nicht bei den Eltern.

Die Kaiser-Wilhelm-Straße ist zu dieser Zeit bereits

Emilie Jacob mit ihren Kindern Mathilde (mit Puppe), Margarete und Walter (auf dem Schoß)

weit fortgeschritten. Sie gilt als Prachtstraße, zumindest in dem Abschnitt zwischen Dom und Alexanderplatz. Die Stadt, mächtig gewachsen, hatte ihre Einwohnerzahl verdoppelt; schon nach dem Kriege 1870/71 war die notwendige neue Verkehrsader geplant und um die Mitte der achtziger Jahre angelegt worden. Das hatte die Gegend rund um die Marienkirche etliche Häuserviertel und Gassen gekostet, darunter manche historische Ecke. Julius Rodenberg schrieb 1886: «Wie ein Reinigungswerk ist die Demolierungsarbeit der Kaiser-Wilhelm-Straße durch die schmutzigsten und verrufensten Quartiere von Alt-Berlin mitten durchgegangen und hat sie nieder gelegt. Und zum erstenmale jetzt wehte die Luft des Himmels herein, schien die Sonne herab in Gassen und Gäßchen, die vom Unrat der Jahrhunderte starrten.»

Was damals in dieser Gegend geschah, kann mit der Neugestaltung des Stadtzentrums achtzig Jahre später verglichen werden, rund um den in Bau befindlichen Fernsehturm, die Rathauspassagen, den Alexanderplatz.

Die neue Straße gefiel nicht allen. Wilhelm Bölsche ärgerte sich 1891 über das «protzenhafte Reklamestück» des neunzehnten Jahrhunderts, «die überladenen Neubauten der Kaiser-Wilhelm-Straße». Rodenberg sah sie ganz anders: «Von den großartigen Baudenkmälern unsrer Epoche wird, wenn sie vollendet, diese Straße das großartigste sein, in den Augen späterer Geschlechter vielleicht lange noch das erkennbare Zeichen für das Berlin Kaiser Wilhelms, dessen Namen sie trägt.»

Wenn Rodenberg wüßte ... Wir wollen ihn nicht belächeln, wenn wir, an seine Zeilen denkend, vom Palast der Republik kommend, die Karl-Liebknecht-Straße entlanggehen zum Bahnhof Alexanderplatz. Es ist nichts mehr übrig von damals, von den großartigen Bauten. Dafür sorgten der von Liebknecht so leidenschaftlich und vergebens bekämpfte deutsche Militarismus und zwei Kriege.

Die Jacobs wohnten jedoch nicht in der prachtvollen Gegend nahe dem Dom oder der neuen Markthalle, sondern im Neubaugebiet am nördlichen Ende. Dort stieß die Kaiser-Wilhelm-Straße auf Straßen und Gäßchen. Reste einer verfallenden Vorstadt; ein Elendsquartier, das man zum Teil entfernen konnte, indem man einen weiträumigen Platz anlegte und die Straße dort enden und sich gabeln ließ in zwei ebenfalls neu gezogene gerade Straßen. Der Platz wurde Bülowplatz genannt. Er heißt heute Rosa-Luxemburg-Platz mit der gleichnamigen Station der Untergrundbahn.

Auf diesem Bülowplatz sammelte sich am 25. Januar 1919 der Trauerzug für Karl Liebknecht und Rosa Luxemburg, für die ein Sarg symbolisch mitgeführt wurde, denn ihre Leiche war noch nicht gefunden. Die militärische Absperrung des Zuges, an dem sich Zehntausende beteiligten, leitete Hauptmann Pabst, der Offizier, der die beiden hatte ermorden lassen. Wir sehen, an Eintragungen fehlt es nicht in unserem Stadtplan. Wir übergehen, übersehen manches nur, lenken unsere Schritte aufrichtig, stehen vor der Volksbühne, überqueren die Straße zum Kino «Babylon» und warten vor dem Straßenschild Hirtenstraße. Es erfordert gedankliche Anstrengung, in dieser Stadtlandschaft an Viehtreiber zu denken. Es kamen und gingen die Herrscher, die Kriege und die Umbenenner, aber die Hirtenstraße blieb. Ich möchte «bleibt» schreiben. Denn dieser Name ist das einzige Dokument in unserem Straßenbild, das daran erinnert, und warum soll es nicht, daß der Alexanderplatz einst ein Viehmarkt gewesen ist. Daß die Stadt hier anfing oder aufhörte, je nachdem, und daß die Hirten ihre Herden durch diesen Pfad getrieben haben. Ich beantrage Denkmalsschutz für die Altberliner Straßennamen!

Es ist viel zerstört worden. Aber wenn wir schon die Gebäude nicht erhalten konnten oder können, dann wenigstens solche Namen. Und steckt in diesen Wörtern ein Fünkchen Geschichte oder ein Menschenleben, kann man direkt unterm Straßenschild ein Täfelchen anbringen. Das gab es schon früher, und anderswo ist es selbstverständlich. Allerdings ist dazu außer dem jeweiligen Text und dem Material jemand notwendig, der zu Fuß hingeht, das Straßenschild liest und dann etwas mehr wissen möchte; dem also etwas fehlt, wenn er etwas nicht erfährt. Da sind wir ja schon wieder bei der Genauigkeit als Dienstleistung für die Öffentlichkeit angekommen.

Diese Wiederholung mag genährt worden sein durch das Kino «Babylon». Hier werden Filme, die irgendwie bedeutsam sind, wiederaufgeführt. Immer gibt es außer jenen Kinogängern, die gern einen guten Film zum zweiten Male sehen, ein neues Publikum, das weder zur Premiere noch zur Reprise dabeisein konnte aus dem einfachen Grunde seines Geburtsjahrgangs. Müßte diesem Publikum nicht auch ein bißchen mehr interessante Stadt- und Weltgeschichte gezeigt werden?

Die Hirtenstraße überquert die Rosa-Luxemburg-Straße. Ist es ein besonderes Lächeln der oft so ironischen Geschichte, daß wir auf der Suche nach Rosa Luxemburgs Sekretärin und ihren Eltern in eine Rosa-Luxemburg-Straße geraten sind? An der Ecke ein Laden. «Wohn- u. Polstermöbel», ob das zweierlei ist? Das nächste Geschäft ist ein Fleischer. Die Kollegen vom Berliner Verlag rühmen seine gute Leberwurst.

Ich ging hinein, denn das ist das Haus, vormals Nummer 18f, wo die Jacobs wohnten. Damals wußte ich noch nicht, daß Julius pleite gegangen war. Ich hatte bloß diese Adresse herausgefunden und war besessen von dem Einfall, in diesem Laden das ehemalige Geschäft des Fleischermeisters Jacob zu sehen. Mochte der Krieg die Umgebung schwer mitgenommen haben, so war es doch möglich, daß auf altem Untergrund die Häuserzeile neuerbaut worden ist. Womöglich ist unten der gekachelte Keller von einst vorhanden. So lange ist das nun auch wieder nicht her. Zwar haben die Kämpfe gerade diese Straßenseite zerstört, aber manche Teilruine ließ sich ausbauen. Schräg gegenüber, auf der anderen Seite, ist eine echte Fassade mit den Verzierungen der Jahrhundertwende zu betrachten. So muß man sich das Haus Nummer 18f vorstellen, dessen Verwalter Julius Jacob war.

Aus dem Hochhaus des Berliner Verlages sehe ich mir die Rückseite dieser Straße an. So unmöglich ist das nicht, äußerlich betrachtet, daß damals dort unten der Fleischerladen war. Aber nein, kein Julius, der eine Wanne Würste in den Laden trägt, wo seine Emilie die Verkäuferinnen beaufsichtigt und mindestens einer der Söhne eingearbeitet wird, um einmal das Geschäft zu übernehmen, während die Töchter «kalte Mamsell» lernen, Buchführung und Einkauf, Filialen leiten, Bufetts ausrichten – das alles war recht alltäglich in jener Zeit, in der eine Schreibmaschinistin etwas ziemlich Neues war. Etwa den Telefonfräuleins vergleichbar.

Leberwurstträume. Julius Jacob ist Hausverwalter im Neubaugebiet, wo es staubig ist und wo die Obst- und Gemüsekarren zu Dutzenden stehen, wo Kistenberge ragen. Ratten, Prostituierte. Das Scheunenviertel in allernächster Nachbarschaft.

Falls die 26jährige Mathilde hier ihre Eltern besucht in der späteren Rosa-Luxemburg-Straße, dann kennt sie diese Rosa noch gar nicht und hat vielleicht noch nie von ihr gehört.

1899, als Julius mit der Familie in die Kaiser-Wilhelm-Straße zieht, erscheint im Adreßbuch eine bis dahin noch nicht verzeichnete Privatiere Frl. Mathilde Jacob. Jetzt werden zwar die Vornamen in den Adreßbüchern ausgeschrieben, doch Frauen muß man dort in der Reihenfolge nach den Männern suchen.

Die erwähnte Mathilde wohnt Kurfürstendamm 24H. Sie ist die einzige Mathilde Jacob, die das Adreßbuch nennt. Und sie bleibt es in den folgenden Jahren. Wohnt auch Nummer 29 am Kurfürstendamm und Uhlandstraße 44. Das ist die immer vornehmer werdende Gegend um die Hauptverkehrsader Richtung Südwesten.

Haben wir unsere Mathilde gefunden? Wen könnte man heute noch fragen? Privatiere? Von privaten Mitteln lebend. Sie hat Buchhalterin gelernt. Hat sie so viel verdient? Hat sie gespart? Das reicht wohl nicht, um am Kurfürstendamm als eine Privatiere zu leben, die ihren Neigungen nachgeht. Wenn aber diese Interessen fremde Sprachen sind und Maschineschreiben? Und sie nutzt diese Jahre, lebt von ihren Ersparnissen. Wer weiß. Es gibt keinen Beweis dafür und dagegen, aber eine auffällige Übereinstimmung: Als die 65jährige Mathilde 1938 ihre Altersrente beantragt, reicht sie sieben Versicherungskarten ein. Die erste, einst der 19jährigen Buchhalterin ausgestellt, stammt aus dem Jahre 1892. Jeweils eine polizeilich bestätigte Versicherungskarte für ein Arbeitsjahr. Die letzte ist aus dem Jahre 1899. Dann kommt eine große Lücke. 1899, wir erinnern uns, erscheint im Adreßbuch die bis dahin nicht erwähnte Privatiere Frl. Mathilde Jacob am Kurfürstendamm 24H. Hat Mathilde demnach keine feste Anstellung mehr gehabt und keine Sozialversicherung bezahlt? Erst als sie ihr Schreib- und Übersetzungsbüro eröffnet, zahlt sie wieder freiwillige Altersversicherung.

Nach 1904 steht sie gar nicht mehr im Adreßbuch. In Berlin. Ob sie zur Vervollkommnung ihrer Sprachkenntnisse reist? Wer später als «Übersetzungsbüro» annonciert, muß etwas leisten können, um eine dauerhafte Existenz zu unterhalten. Wo war Mathilde Jacob in jenen Jahren? Was hat sie getan, was erlebt, als sie um die Dreißig war? Wir werden es wohl nie erfahren.–

Die Kaiser-Wilhelm-Straße verändert sich. Bewohner kommen und gehen. Im Jahrgang 1907 des Berliner Adreßbuches steht Julius Jacob nicht mehr. Er ist gestorben.

In der Essener Straße, sie liegt in Moabit und nicht weit von der Altonaer Straße entfernt, ist das Haus Nummer 13 ein Neubau. Unter seinen Mietern gibt es zwei, die wir kennen: «Jacob, M., Übersetzungsbüro/ –, E. Witwe».

engl., ital. u. span.
zösische.
.. C Linienstr. 206.
DÜBY
Bureau
nische
tzungen
er Str. 56
2070).
hmännische
ller Arten
ersetzungen.
der Fach-
nicht durch ein
sammensuchen
eistens unvoll-
anz unzuläng-
hern, sondern
während eines
mehr als 30

SW 68, Ritterstr. 57. II.
Gegründet 1875.
Grüne, Rudolf, SW 48, Friedrichstr. 247.
Schwed., Norweg., Dän., Finnisch.
Haacke, J., Charlottenbg., Kantstr. 23. T.
Vereideter Dolmetscher u. Translator der englischen Sprache
Julius Haacke
für den Bezirk des Kammergerichts
Technische Uebersetzungen.
Wilhelm Heusinger,
W 57, Kurfürstenstraße 153 II.
100 Worte von 40 Pf. an
Englisch, Franz., Ital., Span., Portug. Dänisch, Holländisch, Russisch.
Jacob, Mathilde, NW Essener Str. 13.
Dr. W. Kämpf,
S42, Oranienstr. 62

Bur
für alle Kult
Prompt, billi
Peinlichste
Allererste
W. Kau
Aelte
Berliner Uebers
SW13, Alexand
(Tel. IV.
Liefert Uebersetz
liche Kultur
Kurze Uebe
aus 10 Sprac
SPEZIAl
Technische Ue
Kataloge, Preis
schrift., Kostenar

Nach dem Tode ihres Mannes lebt Emilie Jacob immer mit ihrer ältesten Tochter Mathilde zusammen. Im Adreßbuch ist Mathilde zum erstenmal in jedem seiner drei Teile vertreten. Unter ihrem Namen als «Bur. f. Schreibmaschinenarb. und Übersetzungen». Im Branchenteil, wo Handel- und Gewerbetreibende annoncieren, mit nur einer Zeile, denn es wird nicht billig gewesen sein und die Konkurrenz groß. Zwischen Wilhelm Heusinger «Acht Sprachen. 100 Worte von 40 Pfg. an» und Dr. W. Kämpf «Ältestes technisches und kaufmännisches Übersetzungsbüro, gegr. 1891, Übersetzungen in (fettgedruckt) alle Sprachen der Welt» steht – wie das Alphabet es will – «Jacob, Mathilde, NW Essener Str. 13».

Diese Wohnung in der Essener Straße geben sie bald wieder auf. Vielleicht sind sie bloß Trockenwohner gewesen und ziehen nun aus. Möglicherweise wohnt es sich günstiger im Gartenhaus in der Altonaer Straße. Das Adreßbuch registriert für 1909 den neuen und nun bleibenden Zustand: das Büro für Schreibmaschinenarbeiten und französische Übersetzungen, während sie im Branchenteil nicht mehr zwischen den großen Übersetzungsbüros verschwindet, sondern ihre eine Zeile unter den «Abschreibebüros» drucken läßt.

IV. Teil Abschreibebureaus

Jacob, Mathilde, NW Altonaer Str. 11.
Jacobi, Emil, N Stargarder Str. 67. T.

H. Jaduczynski
Ia. 8341
Schreibstube
„INDUSTRIA"
C2, An der Fischerbrücke 16
Schreibmaschinen-Abschriften

E. Pankow,
Kaufmännisches Lehrinstitut,
W 62, Kalckreuthstr. 18 T. VI. 8018.
Die Schreibstube übernimmt
ie Ausführung schriftlicher Arbeiten aller Art. Anfertigung von Vervielfältigungen, Aufnahme von Stenogammen in- und außer dem Hause,

Johanna Petzel,
Spez.: mediz. techn. u. chem. Arbeit.,

1909: In Berlin findet die erste Flugwoche statt und das erste Sechstagerennen. In London wird die Dauerwelle erfunden. Mathilde Jacob ist 36 Jahre alt. In den Buchhandlungen ist die gebundene Ausgabe von «Mathilde Möhring» erhältlich.

5

Als Mathilde Jacob im Herbst 1916 eines Tages wieder Wäsche und Bücher für Rosa Luxemburg ins Polizeipräsidium bringt, führt man sie in das Zimmer des Direktors. «Selbst recht erschrocken», teilte er ihr mit, Frau Dr. Luxemburg «sei ganz in der Frühe plötzlich in die

Festung Wronke überführt worden. Er könne allerdings nicht genau sagen, ob der Name des Ortes stimme.» Wer kennt schon Wronke.

Mathilde vergewissert sich. Es gibt eine Kleinstadt dieses Namens (heute Wronki) in der Provinz Posen.

«Jetzt eilte ich zur Kommandantur, zum Oberkommando, aber nirgends wollte man Bescheid wissen. Ich sollte mich nur gedulden, Frau Dr. Luxemburg würde sicher schreiben und ihre Wünsche äußern.» Da ihre Post über die Kommandantur ging, würden acht bis zehn Tage vergehen, bis Nachricht käme. Mathilde sorgt sich. Rosa «hat weder genügend Kleidung und Wäsche noch Geld».

Am 31. Oktober 1916, endlich, kommt Nachricht aus Wronke. Auf dem Umschlag steht «Kriegsgefangenenbrief». Rosa bittet dringend um Geld. Nicht nur für sich hat sie die Reise von Berlin nach Wronke bezahlen müssen, rund vierzig Mark, sondern auch für ihre beiden militärischen Begleiter und Bewacher.

Das wird nur ein Gehirn aus dem Oberkommando verstehen: Sie nehmen jemanden in Gewahrsam, verhindern damit seine Arbeitseinkünfte, lassen ihn für sein Haftdasein zahlen (in Wronke pro Tag 4,20 M.) und versetzen ihn nach Belieben. Auf eigene Kosten.

Rosa bittet Mathilde um Bücher. Es lagern noch welche in der Barnimstraße, die sie dringend braucht. «Ich muß endlich wieder mal ordentlich arbeiten können. Auf *Saccharin* warte ich mit Sehnsucht, denn ich kann ja hier ohne Attest nichts kriegen.» Eine Woche später: «Es hat keinen Zweck, Briefe an mich hierher zu senden, denn von hier werden sie doch erst wieder nach Berlin geschickt. Adressieren Sie also bitte an die ‹Kgl. Kommandantur Berlin› ...

Heute ist mir eine ganz neue Verfügung des Oberkommandos mitgeteilt worden: nicht nur Briefe, sondern sämtliche Bücher, die für mich kommen oder die ich zurücksende, sollen durch die Berliner Kommandantur gehen!! Bei dem Tempo der Erledigung hieße das ja, mir jegliche ernste wissenschaftliche Arbeit hier unmöglich zu machen, das einzige, was mir hier noch übrigblieb.» Das war wohl der tiefere Sinn der Maßnahme, bzw. die Militärköpfe können sich kaum in die Sehnsucht nach geistiger Tätigkeit hineinversetzen. «Auch soll ich per Post nur *eine* Zeitung abonnieren dürfen, was gleichfalls eine unbegreifliche Neuerung ist.» Wie kann jemand mehrere Zeitungen lesen wollen? Es sei denn, in allen stünde dasselbe. Rosa beschwert sich. «Wenn z.B. mein ganzes Lexikon (Meyer) zweimal die Reise von Berlin nach Wronke und retour machen sollte, dann denken Sie sich den Verlust an Zeit, Geld und den Ruin für die Bücher!!»

Als Rosas erster «Kriegsgefangenenbrief» bei Mathilde eingetroffen war und sie ihn Leo Jogiches zeigte, hatte er die rettende Idee: «Reisen Sie nach, Mathilde, und bringen Sie Rosa das Nötigste. Sie wird sich freuen, wenn Sie nach ihr Umschau halten; sie wird es sogar erwarten.»

Mathilde ging in die Barnimstraße, um alle zurückgebliebenen Sachen versandbereit zu machen. Die Vorsteherin übergab ihr alles und erklärte: «Um eine einwandfreie Kontrolle zu gewährleisten, habe ich sämtliche Sachen persönlich durchgesehen.» Aber Mathilde – und hier erleben wir ihre mustergültige Genauigkeit – prüft selber Stück für Stück sorgfältig. «Dabei entdeckte ich einen politischen Situationsbericht, den mir Leo Jogiches diktiert und den ich Rosa Luxemburg zugeschmuggelt hatte. Ängstlich überflog ich die Seiten. Ich war glücklich, daß der Vorsteherin dieses schwer belastende Schriftstück entgangen war.» Mathildes Kontrolle «hat ihr und mir viel Kummer erspart».

Mit Erlaubnis des Oberkommandos fuhr Mathilde Mitte November 1916 nach Wronke und ging sofort in das Gefängnis. Ein grellroter, hoher Ziegelbau. Unmittelbar daneben, aber innerhalb der Gefängnismauer, stand ein winziges Häuschen, das von der preußischen

Regierung als Festung für weibliche politisch Inhaftierte bestimmt war. Zu ebener Erde ein kleines Schlafzimmer, durch eine Tür mit einem etwas größeren Wohnraum verbunden. Ein Korridor führte in ein Gärtchen, in das durch Rosa Luxemburgs Gefängnisbriefe so berühmt gewordene Stück Natur. Es klingt nach einer Idylle, aber es ist Einzelhaft, und mit der Zeit bleibt die deprimierende Wirkung auf die Gefangene nicht aus.

Ehe sie aber den von drei Seiten durch eine Mauer umgebenen Garten benutzen durfte, mußte seine nach dem Gefängnishof offene Seite durch einen Zaun versperrt werden. Den zahlte allerdings oder ausnahmsweise der Staat.

Diesen Garten konnte Rosa Luxemburg, sooft sie wollte, bis 18 Uhr betreten. Mathilde: «Rosa Luxemburg behauptete, sich in dieser neuen Umgebung wohl zu fühlen.» Mathilde scheint nicht recht überzeugt davon. Damit hat gewiß ihr eigener Eindruck von Wronke zu tun: «Das kleine Städtchen Wronke, zu deutsch ‹Krähennest›, liegt eine Stunde Bahnfahrt von der Stadt Posen entfernt. Es gehörte zu dem Preußen zugeteilten Gebiet Polens und ist nach dem Ersten Weltkrieg Polen wieder zugefallen. Zum ersten Mal kam ich in ein von Preußen annektiertes Gebiet. Eine dünne Schicht deutscher Einwohner, die hierher verpflanzt worden war, bestand hauptsächlich aus der Beamten- und Lehrerschaft sowie aus Geschäftsleuten. Sie wurden von den Polen gehaßt. Ich fühlte mich nicht behaglich in dieser Umgebung und hatte den Polen gegenüber das Gefühl eines Eindringlings.»

Rosa mußte sich einleben, so gut sie konnte. Mathilde: «Sie hatte mit Spatzen, Buchfinken, Meisen, Amseln, Staren usw. Freundschaft geschlossen. Die Vögel bekamen Futter, ganz ihrem Geschmack entsprechend: die kleinen Meisen Fett- und Speckstückchen, auch Nüsse, die zu jener Zeit knapp und teuer waren, so daß ich nicht allzuviel beschaffen konnte. Starenkästen ließ sie von Klara Zetkin senden, kurz, sie tat alles, den Tierchen Liebes zu erweisen, wie es ihre Art war. Strahlend erzählte sie dem Staatsanwalt von den vielen Besuchern, die ohne seine Erlaubnis zu ihr kämen.»

Der Staatsanwalt Dr. Ernst Doßmann war während des Krieges gleichzeitig Gefängnisdirektor in Wronke. Mathilde: «Ein humaner und vielseitig unterrichteter Mann, der für das Wohlergehen der Gefangenen zu sorgen bemüht war.»

Doßmann: «Als Rosa Luxemburg ins Gefängnis eingeliefert wurde, war sie mir selbstverständlich ein Begriff. Ich wußte, wen ich vor mir hatte.»

Für das Frauengefängnis in Wronke war die Oberin Eva Schrick als Assistentin des Direktors verantwortlich. Sie entdeckte gleichfalls in Rosa Luxemburg einen außergewöhnlichen Menschen und bewunderte den Gleichmut, mit dem Rosa ihr Schicksal ertrug, und wie sie bemüht war, ihrer Umgebung Aufmerksamkeit und Interesse zuzuwenden.

Als Mathilde zum erstenmal Besuchserlaubnis erhielt, nahm außer der Oberin Schrick auch Doßmann an der Sprechstunde teil. Man hatte ihn holen lassen.

Mathilde: «Dieses erste Wiedersehen mit Rosa Luxemburg fand in dem üblichen Sprechzimmer statt, einem schmalen, weißgetünchten Raum, dessen Hintergrund, etwa zwei Meter im Quadrat, durch eine dicke Zementbarriere abgetrennt war. Dorthin wurden die Gefangenen geführt, wenn sie angemeldeten Besuch bekamen; anderer kam nicht in Frage. Die Barriere trennte die Besucher von den Gefangenen. Wir umarmten uns über die Barriere hinweg so gut es ging. Ausgehungert nach Nachrichten flüsterte mir Rosa zu: ‹Bringen Sie nichts von Leo?› Ich drückte ihr einen Kassiber in die Hand, dazu den Augenblick benutzend, in dem die Oberin und der Staatsanwalt sich in Komplimenten ergingen, wer den Vortritt in den Sprechstundenraum haben sollte.» Die Zeit war kostbar. Jede der beiden hielt einen Zettel in der Hand mit Notizen, was besprochen werden sollte.

Mathilde blieb in Wronke, um die ihr bewilligten drei oder vier Besuche nicht zu schnell hintereinander zu machen. Rosa sollte dadurch für längere Zeit Abwechslung haben, deshalb kam Mathilde nur jeden zweiten oder dritten Tag, aber ihre Nachrichten lieferte sie täglich. Mathilde gab Blumen oder andere Kleinigkeiten für Rosa ab. Sie enthielten Mitteilungen, die dem scharfen Auge des Staatsanwaltes entgingen. «Wir wußten sie uns in gewohnter Übung, auch ohne daß wir uns sahen, zukommen zu lassen.»

Mathilde fand bei ihren Spaziergängen am Wartheufer eine Menge Ligustersträucher mit schwarzen Beeren, die sie mit Tannen- und Kiefernzweigen ins Gefängnis brachte. «Wronke ist schön gelegen, aber wohin ich meine Schritte lenkte, sah ich stets das riesengroße Gefängnis.»

Eva Schrick, die Oberin, «besaß Takt und Herzensbildung. Als ich die von Rosa Luxemburg am ersten Tag erbetenen Blumen abgeben wollte, sagte die Oberin zu mir: ‹Möchten Sie diese Blumen Frau Luxemburg nicht selbst auf den Tisch stellen?› Auf soviel Freundlichkeit war ich nicht vorbereitet; ich nahm das Anerbieten dankbar an. Als ich zum erstenmal in Wronke in ihr Wohnzimmer trat, klatschte Rosa in die Hände und eilte mir entgegen.»

Große Freude. Sogar der Staatsanwalt ließ sich davon anstecken. Mathilde erzählte ihm von Rosas Zimmern. Daraufhin hielt er manchmal dort die Sprechstunde ab und nicht in dem Raum mit der Betonbarriere. Später, an warmen Tagen, gehen die beiden Frauen mit ihm in dem Gärtchen spazieren. Rosa pflückt zum Dank jedem einen Strauß selbstgezogener Blumen.

Frau Oberin Schrick erbat von Dr. Doßmann die Erlaubnis, manche freie Abendstunde bei Rosa Luxemburg verbringen zu dürfen. Er erlaubte es, weil er sich selber gern mit seiner Gefangenen unterhielt. Bei aller

Dr. Ernst Doßmann

äußerlichen Distanz und allen weltanschaulichen Unterschieden entsteht fast eine Freundschaft. Mathilde: «Man nahm sich gegenseitig vor, auch in späteren Zeiten Fühlung zu behalten; der Staatsanwalt wie die Oberin wollten Rosa Luxemburg aufsuchen, sobald sie sich wieder in Freiheit befände.»

Postkarte von Rosa Luxemburg an Mathilde vom 9.12.1916: «Ob ich Sie hier zu Weihnachten oder zu Silvester habe, ist für *mich* die gleiche große Freude. *Sie* aber möchte ich nicht gern am Silvester allein im Hotelzimmer hier sitzen lassen! Freilich auch zum Heiligen Abend wird das traurig sein. Bestimmen Sie selbst, wie es *Ihnen* paßt, ich freue mich auf alle Fälle. Ich umarme Sie und Mimi vielmals und grüße alle herzlich ...»

Sie fragt nach einem Manuskript, das sie vor fast zwei Wochen für Mathilde an die Kommandantur in Berlin geschickt hatte. Es handelt sich um Korolenkos «Geschichte meines Zeitgenossen». Damit sie etwas Geld in Händen hätte, wenn sie entlassen würde, übersetzte Rosa Luxemburg dieses Buch («ein ausgezeichnetes Kunstwerk, zugleich ein kulturhistorisches Dokument ersten Ranges») aus dem Russischen. Der sozialdemokratische Dietz Verlag hatte es abgelehnt, aber der Berliner Verleger Paul Cassirer nahm und veröffentlichte es 1919. Als Mitte Januar 1919 das Honorar von 2000 Mark überwiesen wurde, erreichte es Rosa Luxemburg nicht mehr.

Der Gefängnisdirektor Staatsanwalt Dr. Ernst Doßmann lebte nach dem zweiten Weltkrieg in Blankenburg im Harz und hat 1950 einige Erinnerungen an Rosa Luxemburg festgehalten. Er erinnerte sich an gemeinsame Waldspaziergänge, bei denen das Abkommen galt, fast keine politische Unterhaltung zu führen.

«Ich bekam die Anweisung, die Gefangenen darauf hinzuweisen, daß sie in Briefen ihre Angehörigen auffordern, Kriegsanleihe zu zeichnen. Bei einem Spaziergang fragte ich sie: ‹Nun, Frau Doktor, wieviel werden

Sie für die Kriegsanleihe zeichnen?› Darauf überlegte sie kurz und erwiderte in ihrer Art: ‹Wissen Sie, Herr Doktor, ich werde genau so viel zeichnen wieviel Sie geben für unseren Parteifonds.»

Bei den Sprechstunden, die er überwachte, tat er den beiden Frauen – wie Mathilde berichtet – «zu Gefallen, was irgend in seiner Macht lag. Gelegentlich versuchte er sogar, die Gesetze unseren Wünschen anzupassen; aber nur, wenn ihm das gelang, gestattete er Kleinigkeiten, die eigentlich nicht erlaubt waren.» Einer der Sätze Doßmanns klingt wie ein Stoßseufzer: «Ihre Sekretärin Mathilde Jacob hatte genau die gleiche Handtasche wie Rosa Luxemburg.»

Mathilde: «‹Ach›, sagte ich einmal zu Leo Jogiches, ‹er ist so anständig, daß es mir schwerfällt, ihn zu hintergehen. Was mir bisher bei anderen Beamten eine ungetrübte Freude gewährte, verursacht mir jetzt Gewissensskrupel.›

Leo Jogiches setzte mir auseinander, daß ich diesen Staatsanwalt nicht als Person betrüge, daß vielmehr mit allen Mitteln versucht werden müsse, das herrschende korrumpierte und korrumpierende Regierungssystem samt den Funktionen des Staatsanwaltes aus der Welt zu schaffen.»

Ob Mathilde überzeugt und beruhigt war? Ein interessantes Thema zum Meinungsaustausch.

Die unzensierten Nachrichten hinüber und herüber gingen weiter.

Mathilde: «Allerdings machte der Staatsanwalt uns das nicht leicht. Wir mußten all unseren Witz anstrengen, um keinen Reinfall zu erleben. Als ich einmal Rosa Luxemburgs Hand streichelte und mich dicht neben sie setzte, sagte der Staatsanwalt: ‹Bitte, versprechen Sie mir, sich nichts zuzustecken.› – ‹Gewiß›, sagten wir wie aus einem Munde, ‹das versprechen wir.› – ‹Aber wie verständigen Sie sich eigentlich? Daß Sie es tun, ist mir längst klar.› – ‹Das, Herr Staatsanwalt, bleibt unser Geheimnis›, sagte lachend Rosa Luxemburg. Wenn wir auch lachten, unsere Nerven wurden in Wronke auf eine harte Probe gestellt. Erschien dem Staatsanwalt eine Sendung verdächtig, und fast jede erschien ihm verdächtig, so ließ er sie über die Posener Kommandantur gehen. Dann blieben die Mitteilungen an mich oft lange aus und demzufolge meine Empfangsbestätigung an Rosa, so daß wir angsterfüllte Tage und Nächte durchlebten.»

Was hätte Rosa ohne sie angefangen, falls Mathilde ebenfalls eingesperrt worden wäre.

Zum erstenmal heißt es «Meine liebste Mathilde» im Weihnachtsbrief 1916. Mathilde hat ein Geschenk übergeben lassen. Frische Blumen und Kuchen, den ihre Mutter gebacken hatte. Sonja Liebknecht schickte einen kleinen Weihnachtsbaum.

Was für Blumen es waren, wissen wir leider nicht. «Ich bin ganz beglückt, das leuchtet ja im Zimmer und gibt ihm ein ganz festliches Aussehen. Die arme Gefangene, die bei mir aufräumt, hat heute gesagt: ‹Wenn man das sieht, lacht einem das Herz im Leibe.› Und das ist genaue Wahrheit. Mir lacht wirklich das Herz, wenn ich diese Pracht anschaue. Aber ich bin natürlich erdrückt von diesem wahnwitzigen Luxus, den Sie mit mir treiben.» Rosa hat gar keine Geduld zum Schreiben. «Ich will mit Ihnen *reden*.» Und am Schluß: «Leider *ging das hier nicht*, daß wir uns zum Fest sehen. Aber ich mache mir eben das Fest, wenn Sie hier sind. Nochmals Kuß Ihre R.»

Als Mathilde im Januar 1917 nach Wronke kommt, gibt es eine schlechte Nachricht. Die Oberin Schrick hat sich zum Kriegsdienst in ihre Heimatstadt Metz beurlauben lassen. Mathilde: «Sie hat Rosa Luxemburg dort nicht vergessen. Sie schrieb öfter einige Zeilen an mich, um sich nach dem Ergehen ihrer früheren Gefangenen zu erkundigen.»

Eva Schrick an Mathilde: «Grüßen Sie Ihre Freundin

bitte herzlich von mir, wenn Sie unauffällig Gelegenheit haben, die Klugheit gebietet weitgehende Vorsicht... Meine Gedanken sind oft bei ihr, ich weiß, sie wird stolz und tapfer durchhalten, wie bisher.» Oberin Schrick ist keine Sozialistin. Sie hat sich nach Metz versetzen lassen, um mehr für das Vaterland tun zu können. «Bei der Weltanschauung, die ich vertrete, muß es mich glücklich machen, mitdenken, mitarbeiten zu können für die *eine* Sache.»

Durch den Weggang der freundlichen Oberin wird Mathildes Dasein für Rosa noch wichtiger.

Rosa an Sophie Liebknecht: «... Ach, heute gab es einen Augenblick, da ich's bitter spürte. Der Pfiff der Lokomotive um 3.19 sagte mir, das Mathilde abdampft, und ich lief gerade wie ein Tier im Käfig den gewohnten ‹Spaziergang› an meiner Mauer entlang, hin und zurück, und mein Herz krampfte sich zusammen vor Schmerz, daß ich nicht auch fort von hier kann, oh, nur fort von hier! Aber das macht nichts, mein Herz kriegte gleich darauf einen Klaps und mußte kuschen; es ist schon gewöhnt, zu parieren wie ein gut dressierter Hund. Reden wir nicht von mir.» Geschrieben am 15. Januar 1917. Genau in zwei Jahren wird ihr Todestag sein.

Rosa Luxemburgs Briefe an Sophie Liebknecht sind seit 1946, als zum 75. Geburtstag Rosas die erste Nachkriegsausgabe erschien, einem zahlreichen Leserkreis unter dem Titel «Briefe aus dem Gefängnis» ebenso bekannt geworden wie ihre Briefe an Mathilde Jacob lange unbekannt geblieben sind. In Band 5 der «Gesammelten Briefe» (Dietz Verlag, Berlin 1984) liegen sie nun dem interessierten Leser vor. Diese Ausgabe wird hier als Quelle benutzt, wobei wegen der besseren Lesbarkeit manches Zitat verkürzt angeboten wird. Über die interessante Geschichte der Rettung dieser Briefe wird bald zu reden sein.

Die erste Ausgabe der «Briefe aus dem Gefängnis» an Sophie verdient noch einen Dank an den ungenannten

Gestalter. Er hat auf dem Einband einen Löwenzahn gezeichnet; ziemlich blaß, nur die Blüte leuchtet gelb. Sicher hat er im Unterschied zu manch Späterem seiner grafischen Kollegen das Manuskript gelesen, das er illustrieren sollte, und zwar die Stelle: «Freude habe ich z. B. an dem einfachen Löwenzahn, der so viel Sonne in seiner Farbe hat und so ganz wie ich dem Sonnenschein sich voll und dankbar öffnet, beim geringsten Schatten aber wieder scheu verschließt.»

Im Februar 1917 kam aus Berlin das Urteil wegen der Beleidigung des Kriminalbeamten Palm. Zehn Tage Gefängnis und die Kosten. Bedeutsamer ist für Rosa, daß Mathilde ihre Besucherlaubnis für Anfang März, wenn Rosa Geburtstag hat, an Luise Kautsky abtreten wollte. Rosa protestiert: «Davon kann gar keine Rede sein. Ich freue mich doch schon seit zwei Wochen auf diesen Ihren Besuch und bis jetzt habe ich Sie noch stets am Geburtstag gehabt, und nun wollen Sie auf meine Kosten die Großmütige spielen. An Luise schreibe ich eben, daß ich sie zum Mai einlade, bitte, überlassen Sie mir doch, wer und wann zu mir kommen soll.»

Auch wenn Mathildes Antwortbriefe fehlen und vor allem die vielen kleinen Zettel und Kassiber, Rosas lange und kurze Briefe an sie sind so unmittelbar und impulsiv; keine absichtsvollen Literaturbriefe für Nachweltleser.

«O Mathilde, wann werde ich mit Ihnen und Mimi in Südende sitzen und Euch beiden wieder Goethe vorlesen?» Da fällt ihr ein Gedicht von Conrad Ferdinand Meyer ein, «Huttens Beichte»; das schreibt sie aus dem Kopf nieder, der Wortlaut stimmt nicht ganz, was macht das, es geht um die letzten beiden Zeilen:

«Mich reut, ich beicht' es mit zerknirschtem Sinn,
Daß ich nicht dreifach kühn gewesen bin.»

«Diesen Schluß werden Sie mir aufs Grab setzen... Haben Sie das ernst genommen, Mathilde? Ei, lachen Sie darüber. Auf meinem Grabe wie in meinem Leben wird es keine großspurigen Phrasen geben.» Zu Lebzeiten liegt es wirklich in der Hand des einzelnen.

«Auf meiner Grabestafel dürfen nur zwei Silben stehen: ‹*Zwi-zwi.*› Das ist nämlich der Ruf der Kohlmeisen, den ich so gut nachmache, daß die sofort herlaufen. Und denken Sie, in diesem Zwi-zwi, das sonst ganz klar und dünn, wie eine Stahlnadel auffunkelte, gibt es seit einigen Tagen einen ganz kleinen Triller, einen winzigen Brustton. Und wissen Sie, Fräulein Jacob, was das bedeutet? Das ist die erste leise Regung des kommenden Frühlings – trotz Schnee und Frost und Einsamkeit glauben wir – die Kohlmeisen und ich – an den kommenden Frühling! Und wenn ich den vor Ungeduld nicht erleben sollte, dann vergessen Sie nicht, daß auf meiner Grabestafel *nichts* stehen darf außer ‹Zwi-zwi...› – Ich umarme Sie und Mimi in schrecklicher Sehnsucht, Ihre R.»

6

Während der ganzen Zeit arbeitete Mathilde Jacob in Berlin für Leo Jogiches und den Spartakusbund. Nach Liebknechts Verhaftung hatte der Redakteur Dr. Ernst Meyer die Leitung übernommen. Als er verhaftet wurde, trat Leo Jogiches an seine Stelle und leitete die Berliner illegale Organisation. Mathilde: «Er war ein Verschwörer in Reinkultur: ohne persönlichen Ehrgeiz, ruhig und zielklar erledigte dieser Revolutionär seine Obliegenheiten. Er kannte keine Ruhepausen bei der Arbeit, die er bis tief in die Nacht, nicht selten bis zum frühen Morgen ausdehnte. Er hatte weder Sonn- noch Feiertag. Es schien, als ob er Schlaf und Nahrung entbehren könnte. Nur auf den Tee verzichtete er nicht. So eigensinnig er das ihm angebotene Essen ausschlug, so oft verlangte er ein Glas Tee.»

1918 gab es im Januar den ersten groß durchgeführten Streik.

«Die mir von Leo Jogiches diktierten Flugblätter enthielten Losungen, die zum ersten Mal in die Massen getragen wurden.» Forderungen nach Absetzung der Hohenzollern und Landesfürsten und nach Gründung einer Republik. «Der deutsche Spießer, der solches Flugblatt las, empörte sich in seinem tiefsten Innern ob solchen ‹Landesverrats›... Sein geringes Denkvermögen war durch die Presse vollends ausgeschaltet. Ihm war der zu erwartende endgültige Sieg jahrelang Tag für Tag vorgetäuscht worden.» Wie runde fünfundzwanzig Jahre später erneut. «Wie der Gläubige an seine Religion, so glaubte er an die Wahrhaftigkeit der Zeitungen.»

Jogiches verfaßte für Rosa Informationsberichte, die er Mathilde diktierte, «was bei seiner gründlichen Art viel Zeit erforderte. Aus Furcht vor der Polizei, die zu jener Zeit nachts noch nicht kam, wohl aber häufig während des Tages, schrieb ich die Berichte in Geheimschrift ausschließlich nachts.»

Der Geheimcode, mit dem Rosa in ihren Briefen politische Instruktionen an Jogiches und Mathilde gab, blieb bis heute unbekannt. Immer wieder gibt es dort Hinweise auf bestimmte Bücher, Broschüren, geflügelte Worte, literarische Anspielungen. «Ich bin mir bewußt», schrieb 1963 der amerikanische Historiker Ralph H. Lutz, «dass Rosa Luxemburg im Gefängnis die sogenannte Analpha Chiffre benutzte, zwei weitere Codes und den unbekannten Code für Mitteilungen, welchen nur Leo und Mathilde entziffern konnten.» Das bedeutet nicht, daß der ironisch-polemische Grundton ihrer Briefe, die vielen poetischen und romantischen Bemerkungen in jedem Falle etwas Geheimes zu bedeuten hätten. Mathilde wiederum hat mit geschickter Hand auch in ihren zahlreichen Blumengrüßen Nachrichten verborgen. Wie, das weiß keiner.

Leo Jogiches

Rosa Luxemburg hatte in Wronke zwei Artikel für den im Mai 1917 erschienenen Spartakusbrief Nr. 5 verfaßt. Die mutige Mathilde hat sie auf ihre Weise herausgeschmuggelt und zu Hause vervielfältigt. Mit Genugtuung erzählt Mathilde, daß die Kriminalpolizei den ihr unbekannten Herausgeber der Spartakusbriefe auch für den Verfasser all derjenigen Flugblätter und Artikel hielt, die von Rosa Luxemburg stammten. «Die ganze Polizeidummheit gehörte dazu, einen so charakteristischen Stil wie den Rosa Luxemburgs jahrelang nicht herauszufinden.»

Je länger aber der Krieg dauerte, desto größer waren die Verluste unter den Genossen. Solche, die den Behörden «verdächtig erschienen, wanderten in den Schützengraben, andere ins Gefängnis oder Zuchthaus».

Wenn Jogiches nicht zu Mathilde in die Wohnung kam, rief er an, «damit ich wußte, daß er noch da war. Ich mußte außerdem wissen, wo er zu erreichen war, da alle, die ihn sprechen wollten, sich bei mir meldeten, damit ich die Verbindung mit ihm herstellen konnte.»

Es ist dieselbe Mathilde und doch eine andere, die sich uns in diesen wenigen Zeilen zeigt. Konnte man zunächst vermuten, ihre große Verehrung von Rosas revolutionärer Persönlichkeit sei der Antrieb für ihre Treue und Zuverlässigkeit gewesen, so offenbart sie sich an der Schreibmaschine und am Telefon als kaltblütige Widerstandskämpferin: «Wir hatten eine recht verklausulierte Art, uns zu verständigen. Namen wurden nicht genannt, jeder wurde entweder mit einem Spitznamen bezeichnet, oder die Person wurde umschrieben, so daß ein Lauscher – der von Amts wegen nicht selten die Telefonleitung behorchte – nichts heraushören konnte.»

So hat Mathilde Jacob jahrelang gegen den Krieg gearbeitet und, abgesehen vom Risiko der Verhaftung, viel Entbehrung auf sich genommen.

Mathilde: «Als im März 1918 bis zum späten Abend weder ein telefonischer Anruf erfolgt, noch Leo Jogiches selbst gekommen war, wußte ich, daß sein Schicksal besiegelt war. Am nächsten Morgen fuhr ich in seine Wohnung.» Er war am Vortage verhaftet und in das Polizeigefängnis am Alexanderplatz gebracht worden; anschließend kam er nach Moabit ins Untersuchungsgefängnis. «Trotz strenger Kontrolle versah ich Leo Jogiches, der immer neue Arten des Schmuggelns ersann, mit politischen Nachrichten.

Nachdem ich alles Nötige für Leo Jogiches in die Wege geleitet hatte, reiste ich zu Rosa Luxemburg, die mich ungeduldig erwartete.»

Mathilde: «Nach einiger Zeit war eine neue Gefängnisoberin in Wronke eingetroffen, eine verarmte adelige Dame, etwa Ende der Dreißig, die schon rein äußerlich einen unangenehmen Eindruck machte. Sie war so vulgär und anmaßend in ihren Äußerungen, daß Rosa Luxemburg sie ignorierte. Die armen Gefangenen hatten durch die unerfreuliche Art dieser Oberin sehr zu leiden; auch das Gefängnispersonal war erschrocken über die neue Vorgesetzte.»

Frau Schrick hatte die Einzelhaft für Rosa erträglicher gemacht; die «neue Oberin indes verstand es, der Gefangenen das Leben durch tausend Kleinigkeiten zu vergällen. Ich war erschrocken, in welch schlechtem Gesundheitszustand ich Rosa Luxemburg damals antraf. Sie war arbeitsunfähig. Sie, die ihre körperlichen Schmerzen nicht zu beachten pflegte, schrieb mir jetzt unterirdisch; ‹Ich leide an seelischen Depressionen. Es ist manchmal so schlimm, daß ich arge Befürchtungen habe.› Die Magenbeschwerden traten zuweilen wieder so heftig auf, daß Rosa Luxemburg oft keine oder zu wenig Nahrung zu sich nahm. Sie wünschte mein Kommen häufiger und litt an Sehnsuchtsqualen.»

Weil er wußte, daß die neue Oberin den beiden Frauen so unangenehm war, hielt Staatsanwalt Dr. Doßmann selber die Sprechstunde ab.

«Wenn ich dann zu Besuch kam, setzte Rosa Luxemburg sich auf meinen Schoß, lehnte ihren Kopf an meine

Schulter, ließ sich Zärtlichkeiten gern gefallen, während sie dies sonst nicht duldete. Sie war krank und hilflos.»

Doßmann: «Am zärtlichsten war sie mit ihrer Sekretärin. Mit ihr umarmte sie sich. Das war für die Oberin zu viel und sie gab die Anweisung, zwischen Rosa Luxemburg und dem Besucher einen Tisch aufzustellen.»

23.5.1917 «Meine liebste Mathilde!

... wir sitzen hier jetzt anders, der Tisch zwischen uns. Bitte, verziehen Sie keine Miene. Ich schreibe das nur, damit Sie nicht enttäuscht sind. Ich habe solche Sehnsucht!! Kuß Ihre R.»

Am gleichen Tag schreibt die niedergeschlagene Rosa Luxemburg einen langen Brief an Sophie Liebknecht, den Pfingstgruß. Vom blühenden Flieder, von den Kohlmeisen und dann: «Sonjuschka, Sie sind erbittert über meine lange Haft und fragen: ‹Wie kommt es, daß Menschen über andere Menschen entscheiden dürfen. Wozu ist das alles?›» Sophie Liebknecht ist nicht die einzige, die solche Fragen stellt und sie sich nicht beantworten kann. Rosa: «Verzeihen Sie, aber ich mußte beim Lesen laut herauslachen. Bei Dostojewski, bei den Brüdern Karamasoff, gibt es eine Madame Chochlakowa, die genau solche Fragen zu stellen pflegte, wobei sie ratlos von einem zum anderen in der Gesellschaft herumblickte, ehe aber auch nur einer zu antworten versuchte, schon auf etwas anderes herübersprang. Mein Vöglein, die ganze Kulturgeschichte der Menschheit, die nach bescheidenen Schätzungen einige zwanzig Jahrtausende dauert, basiert auf der ‹Entscheidung von Menschen über andere Menschen›, was in den materiellen Lebensbedingungen tiefe Wurzeln hat. Erst eine weitere qualvolle Entwicklung vermag dies zu ändern, wir sind ja gerade jetzt Zeugen einer dieser qualvollen Kapitel, und Sie fragen, wozu das alles? ‹Wozu› – ist überhaupt kein Begriff für die Gesamtheit des Lebens und seine Formen. Wozu gibt es Blaumeisen auf der Welt?»

Mathilde: «In dieser Zeit ihrer Krankheit war Rosa Luxemburg unberechenbar launisch. In ihrer Reizbarkeit fürchtete sie, ich könnte die ihr so unangenehme Oberin um etwas bitten. So wies Rosa Luxemburg mich bei einem unerwarteten Besuch ab in der Annahme, ich hätte die Oberin um diesen Besuch gebeten. In Wirklichkeit hatte mir der Staatsanwalt, selbst ängstlich wegen Rosa Luxemburgs Gesundheitszustand, angeboten, des öfteren zu ihr zu gehen, damit sie dadurch Freude und Ablenkung hätte.

Als sie sich nun weigerte, mich zu empfangen, suchte ich, traurig darüber, meine Zuflucht im Walde. Ich machte mir klar, wieviel Rücksicht wir Rosa Luxemburg schuldig waren. So mit Gedanken beschäftigt, sah ich am Ufer eines Teichs durch das Grün herzförmiger Blätter viele weiße Blüten leuchten. Es war Sumpfkalla. Ich zog Schuhe und Strümpfe aus und wagte vorsichtig einige Schritte in den Morast, um die Blumen zu pflücken. Auf dem Rückweg gab ich sie im Gefängnis ab.

Als die Pforte geöffnet wurde, winkte Rosa Luxemburg mit dem Taschentuch aus ihrem Gärtchen. Ich eilte an das Gitter.

‹Sind Sie bös?›

‹Ach, wie könnte ich das!›

‹Ich habe schon zu Frau Doktor gesagt›, ließ sich die Stimme der Oberin vernehmen, ‹wenn ich Fräulein Jacob wäre, würde ich mich für solche Freundschaft bedanken.›

‹Wenn Sie Fräulein Jacob wären, so kämen Sie als Freundin für mich nicht in Betracht›, lautete die prompte Antwort.»

Staatsanwalt Dr. Doßmann: «Eines Tages sah ich, daß ihr Kuchen angeknabbert war. Sie sagte, daß dies von einer Maus käme. Daraufhin meinte ich, daß man eine Mausefalle aufstellen muß und drohte dies auch an. Darauf überlegte sie kurz und sagte: ‹Das war die erste

Denunziation in meinem Leben!› Die Falle selbst fanden wir jeden Morgen abgestellt vor.»

17.4.1917. «Meine liebste Mathilde!

... Ich habe doch noch eine Maus! Heute früh um 5 beobachtete ich, wie sie ruhig in meinem Schlafzimmer aus meinem Vorratsschüsselchen naschte. Aber das ist eine Hausmaus, und die verstorbene war eine Zwergmaus aus dem Felde. Ich zehre immer noch von Ihrem Besuch und erwärme mich daran. Innigste Grüße! Ihre R.

Schreiben Sie oft! Das tut so wohl.»

19.4.1917. «Meine liebste Mathilde!

... Ich bin Ihnen so dankbar, daß Sie mir häufig ein Lebenszeichen geben! Das hält mich warm und fröhlich. ... Von Sonja kriegte ich einen Kartengruß, der wie ein Schrei einer wunden Seele klingt. Es ist schrecklich, wie sie ständig deprimiert ist; sie müßte unbedingt jemand bei sich haben. Ich will ihr jedenfalls häufig schreiben, um sie ein bißchen aufzumuntern.»

Auf diese Weise kommt es zu den vielzitierten, bewundernswerten «Briefen aus dem Gefängnis». Am gleichen Tag schreibt Rosa, für die Post so lebensnotwendig ist, ermutigend an Sophie Liebknecht: «Sie sollen sich nicht mit Briefen abquälen. Ich will Ihnen häufig schreiben, mir genügt aber vollkommen, wenn Sie einen kurzen Gruß auf einer Postkarte schicken!» Der Brief ist lang, heiter und trostreich. «Wie möchte ich jetzt bei Ihnen sein, um Sie wieder zum Lachen zu bringen wie damals nach Karls Verhaftung, als wir beide – wissen Sie noch? – im Café Fürstenhof durch unsere übermütigen Lachsalven einiges Aufsehen erregten. Wie war das damals schön – trotz alledem! Unsere tägliche Jagd am frühen Morgen auf ein Automobil auf dem Potsdamer Platz, dann die Fahrt zum Gefängnis durch den blühenden Tiergarten» – sie ahnen beide nicht, daß in diesem Tiergarten Karl hinterrücks erschossen und am Rande dieses Parks Rosa in den eisigen Landwehrkanal geworfen werden wird –, «... dann auf dem Rückweg das obligate Absteigen im Fürstenhof, dann Ihr obligater Besuch bei mir in Südende, wo alles in der Maipracht stand, die gemütlichen Stunden in meiner Küche, wo Sie und Mimi am weißgedeckten Tischchen geduldig auf die Erzeugnisse meiner Kochkunst warteten (wissen Sie noch die feinen haricots verts à la Parisienne? ...)»

Grüne Bohnen auf Pariser Art. Die hat sie also gern gekocht und gegessen?

Die Zeitungen bringen, wenn die Zutaten für alle reichen, eine Rubrik «Prominente kochen». Speisen, die von Berühmten stammen oder nach ihnen benannt wurden, sind wohlbekannt. Das Schnitzel à la Holstein, Tournedos Rossini, Esterhazy-Rostbraten, Filet Wellington und Fürst-Pückler-Eis. Aber einen Auflauf à la Jenny Marx oder eine Engels-Zunge? Was hat Wilhelm Pieck gern gegessen? Es muß ja nicht gleich ein revolutionäres Kochbuch werden.

Bei Rosa Luxemburg auch auf diese Weise Feinschmecker werden können ...

Grüne Bohnen à la Rosa Luxemburg? Leichter gesagt als nachgemacht. Die Kochbücher schweigen. Das «à la Parisienne« ist nicht beschrieben. Grüne Bohnen sind dort kaum mehr als eine Beilage oder der Eintopf. Aber nicht auf eine Pariser Art.

Es ergibt sich bei der Gelegenheit einer Rundfunksendung – Mitternachtsbar bei Radio DDR –, in der ich Hörerfragen beantwortete, die per Telefon kommen. Warum kann ich nicht das unbekannte Publikum fragen, ob jemand ein Rezept kennt für «Grüne Bohnen auf Pariser Art». Es soll möglichst aus der Zeit vor dem ersten Weltkrieg stammen. Ich erwähne eine namhafte Persönlichkeit, die es gern kochte, nenne aber den Namen nicht. Es ist besser so. Leicht erfindet dann jemand etwas Passendes oder nennt Weihrauch unter den Zutaten. Gerade er soll vermieden werden.

Offenbar hören etliche alte Damen am Sonntagmorgen zwischen 0 und 2 Uhr diese Sendung, denn gleich drei rufen an oder schicken nachträglich ein Rezept. Ich frage noch einen Berufsschullehrer im Gaststättenwesen – dort müßten sie doch wissen, was die Pariser Art ist im Unterschied zur Elsässer, provençalischen oder französischen Art und wie sie sonst heißen. Diese grünen Bohnen sind komplizierter als ein raffiniertes Filet.

Die Berufsschullehrer schreiben von «schier unlösbarem Kopfzerbrechen»; Befragungen und Nachschlagen ergab: Man müßte den Koch kennen. Dann ließe sich «die Tendenz, aber nicht einmal sicher das Rezept nachempfinden», das heißt, und Beispiele mit anderen Gemüsen zeigen es, «es gibt keine feststehende ‹Pariser Art›. Meine Fachkollegen vermuten, die gewünschten haricots verts wären mit Bratensaft angemacht – doch verbürgen möchte sich niemand angesichts einer fehlenden Definition.» Das sind zwar nicht die erwünschten, aber doch recht aufschlußreiche Angaben: Wer kennt nicht die Geschichte von der jungen Frau, die in eine Kochschule ging. Nach einem Vierteljahr wird ihr etwas elend aussehender Mann von einem Bekannten auf der Straße gefragt, welche Fortschritte seine Frau gemacht habe. Der Mann schüttelt den Kopf: «Sie sind erst bei der Pariser Kommune.»

Ein paar Zeilen an Dieter Bongé, den Küchenchef des Weinrestaurants «Ganymed», der zuweilen in der «Berliner Zeitung» Appetit macht.

Er antwortet: «Für Umlagen, Beilagen etc. gibt es Zubereitungen nach Pariser Art, die alle irgendwie mit Fleischextrakt (Glace), gehackter Petersilie, Butter und Zitronensaft angemacht werden. Wenn Ihre Hauptperson vor 1914 diese grünen Bohnen so gekocht hat, so nehme ich an, daß sie in Anlehnung an haricots verts à la française die grünen Bohnen ‹nach Pariser Art› genannt hat. Es gibt doch eine dichterische Freiheit in der Literatur, warum eigentlich nicht in der Kochkunst?»

Wenn ein erfinderischer Koch oder eine ebensolche

Köchin ein Gericht aus grünen Bohnen auf die erwähnte Pariser Art komponiert und es «grüne Bohnen Rosa Luxemburg» nennt, kommt es im Palast der Republik auf die Speisekarte? Kommt es nicht auf die Speisekarte?

Die kranke und deprimierte Rosa Luxemburg hat die Kraft, Sonja Liebknecht mit langen Briefen Lebensmut zu vermitteln oder doch wenigstens anzubieten. Sie selber kümmerte sich um ihre Katze. Ob Mathilde Kondensmilch für Mimi hat? «Ich spare wieder Eier auf ... dann kann Mimi auch noch eins kriegen. Ich habe solche Gewissensbisse, daß ich ihr kein Fleisch schicke, aber es bleibt jetzt so wenig, und ich fürchte auch, das bißchen kommt nicht frisch an.» Eine Woche später: «Sie schreiben gar nicht, ob das Fleischchen für Mimi frisch angekommen ist, dann ist es sicher nicht gut angekommen! Ich will doch immer die Wahrheit erfahren, merken Sie sich das.» Die Wahrheit ...

«Wir haben hier ein Kind von 2 Monaten, das keine Hemdchen und Windeln besitzt. Sagen Sie der Luise, sie soll Ihnen welche mitgeben, wenn Sie herkommen.» Ein paar Wochen später bedankt sie sich für die eingetroffenen Kindersachen.

21. Mai 1917: «Ich fühle mich heute wieder so jämmerlich – wenn ich bloß wüßte, was ich verbrochen habe, ich Unglückswurm. Nun, Ihr Pfingstbesuch wird mich vielleicht wieder aufrichten.»

8. Juni 1917. «Ich habe Migräne und bin nicht imstande zu suchen, was ja sehr ermüdend ist, und meine Migränen halten mich gewöhnlich 1–2 Wochen in den Klauen. ... O Mathilde, wie ich mich nach Ihnen sehne! Mir geht es, um die Wahrheit zu sagen, ganz miserabel, ich glaube manchmal, ich werde wahnsinnig. Aber machen Sie sich nichts daraus, vielleicht überwinde ich das wieder, wie schon so manches Mal. Ich umarme Sie und Mimi vielmals in schmerzlicher Sehnsucht Ihre R. Apropos: die Frau Meyer hat mich vom 1. 10. 17 auf 900 M gesteigert. Ich mußte natürlich zustimmen, denn von die-

ser Wohnung wollen wir uns doch nicht trennen, nicht wahr?»

Die Frau Meyer in Südende kommt ziemlich spät auf den Gedanken, die Jahresmiete zu erhöhen. Die Hausbesitzerin Redepenning in Stettin, die mehrere Häuser besaß, schickte den dort wohnenden Mietparteien bald nach Kriegsbeginn 1914 folgenden Brief: «Die gewaltige Wendung, die durch die Gnade des Allmächtigen Gottes unsere durch seine Macht und Kraft bewaffneten Truppen uns errungen haben, lassen uns in eine große gesegnete kommende Zeit blicken. Möchte unser Volk so viel Gnade nie vergessen, nie den alten Gott, der Staat und Volk vor allem Übel bewahrt. Ihre Wohnung kostet vom 1. Oktober ab 30 Mark mehr.»

Man sieht, Frau Redepenning bemüht sich um eine ideologische Begründung. Sie verbindet das Beschlossene mit einer patriotischen Vorgabe, gegen die einer nur auf Kosten seiner Existenz etwas einwenden könnte. Die durchdringende Wirksamkeit solcher Mitteilung, die auch ganz andere Lebensinteressen als die Wohnungsmiete betreffen kann, hängt sehr vom jeweils gültigen Wortschatz ab. Den liefert hochnotpeinlich der Alltag.

15.6.1917. Rosa an Mathilde: «Verzeihen Sie meine Zappligkeit, ich hatte vorgestern eine so fieberhafte Aufwallung von Heimweh, daß ich Sie mir für heute herzaubern wollte, aber das wird nicht mehr passieren, ich beherrsche mich schon wieder gut.»

21.6.1917. «Sie Ärmste, diese Reise von 7 Stunden bei der jetzigen Hitze war wirklich ein riesiges Opfer; ich machte mir die ganze Zeit Vorwürfe, daß ich Sie so abgehetzt habe. ... Der Rock im neuen Kleid wird doch oben *glatt* gemacht, nicht etwa faltig?! Ein paar weiße Handschuhe. Und Haferflocken!»

26.6.1917. «Ich rate Ihnen nicht, Schulze-Delitzsch zu

lesen. Er erfordert angestrengte und ausdauernde Konzentration des Gedankens, was bei Ihrer sporadischen Art zu lesen unerreichbar ist. Hingegen würde ich Ihnen sehr raten, die Lessing-Legende vorzunehmen; sie wird Ihnen auch ‹stückweise› genossen viel Erfrischung und Anregung verschaffen. – Daß Ihre Cousine den schönen Zwieback an mich verschwendet, ist Sünde! Aber vielen Dank und herzlichen Gruß!»

Mathildes Cousine, das ist wieder Leo Jogiches.

7. 7. 1917. «Bitte, bringen Sie mir etwas weißes Konzeptpapier mit, dann noch Spiritus, wenn Sie kommen, ich bin damit zu Ende, und auch weißes Löschpapier (wenn möglich Format 28 × 43) für meine Schreibmappe. Kleider bringen Sie natürlich auch mit; es lohnt sich ja nicht mehr, ein Paket zu schicken.» Mathilde hatte beschlossen und mitgeteilt, sie wolle einige Urlaubswochen in Wronke verbringen. «Noch eine Kleinigkeit! Können Sie mir vielleicht solche roten Anklebezettel für Eilbriefe mitbringen?»

Das alles sind nur Auszüge, Satzfetzen aus längeren Briefen nach Berlin. Wer alle lesen möchte, sei auf die vollständige Briefsammlung verwiesen.

Im Sommer 1917 kam Mathilde Jacob nach Wronke. Sie wollte häufiger in Rosas Nähe sein. Kein Spaziergang, von dem sie nicht Blumen mitbrachte. Wir wissen, wir ahnen, was auf diese Weise durch die Blume gesagt wurde, aber es geht auch immer um die lebenstärkende Natur. Rosa freute sich, «wenn ich eine Blume nicht kannte und sie mir ihren Namen nennen und sie erklären konnte». Mathilde muß von der Außenwelt erzählen, von «Kühen, Ziegen, Gänsen und Enten», von Singvögeln. «Der Wronker Wald barg so viele, aber selten erkannte ich, welchen Vogels Lied ertönte.»

Nach etwa acht Tagen wird die Freude jäh unterbrochen. Während der Sprechstunde sagt Doßmann den beiden, Rosa Luxemburg werde in ein anderes Gefängnis überführt. Der Grund: «Im Felde sei eine Dame zu mehrjähriger Festungsstrafe verurteilt worden; da es in Deutschland nur zwei Festungen für weibliche Personen gäbe, müsse Wronke für die Verurteilte zur Verfügung gestellt werden.»

Wieder zeigt der Staatsanwalt Sympathie für seine Gefangene. Wenn ihm das nicht ausdrücklich verboten wird, will er den neuen Ort nennen, damit sich Mathilde vorher über die dortigen Verhältnisse unterrichten kann. Nur Tag und Stunde der Abfahrt dürfe er nicht angeben.

Die umsichtige Mathilde – was für ein Glück, daß sie gerade in Wronke ist – läßt alles einpacken, was Rosa Luxemburg nicht selber mitnehmen kann. Sie beschafft Kisten für Bücher, Bilder, Geschirr und für Lebensmittel.

Dann teilte Doßmann mit, die Fahrt ginge nach Breslau. «‹Wenn Sie mir versprechen, nicht auf den Bahnhof zu kommen, will ich Ihnen auch sagen, wann und mit welchem Zug Frau Dr. Luxemburg abreist.›»

Da kennt er Mathilde schlecht. Nein, antwortet sie, das läßt sie sich nicht nehmen. «Ich werde täglich zu den beiden nach Breslau gehenden Zügen an der Bahn sein, nachmittags und auch um 5 Uhr früh.»

Den Abreisetag kannte Mathilde. Die genaue Zeit sollte ihr Rosa mitteilen, der noch lieber gewesen wäre, wenn Mathilde gleich mitgereist wäre. «Ich riet ab, weil ich Unannehmlichkeiten fürchtete und weil es außerdem zweifelhaft war, ob wir während der Fahrt miteinander reden durften.»

Am Nachmittag des 22. Juli 1917 stand Mathilde auf dem Bahnsteig und drückte die Hand Rosa Luxemburgs, als sie zusammen mit einem Breslauer Gefängnisaufseher und Dr. Doßmann erschien. «Wahrscheinlich war es ihm auch eine liebe Pflicht, seiner Gefangenen das Geleit zu geben.» Als er Mathilde sah, war der Staatsanwalt verblüfft, denn er hatte angewiesen, daß an diesem Tage keine Bahnsteigkarten verkauft werden durften. Doch er kannte Mathilde schlecht. Sie hatte daraufhin eine Fahrkarte bis zur nächsten Station gelöst. Mit ihr durfte sie den Bahnsteig betreten, und Doßmann sah zu, wie die beiden Gefährtinnen sich unterhielten, «bis der Zug einlief, der Rosa Luxemburg wieder in ein anderes Gefängnis entführte – das vierte während der Kriegszeit». Das neunte insgesamt.

Mathilde fuhr mit dem nächsten Zug hinterher, am anderen Morgen um fünf Uhr. Der wachhabende Feldwebel und – wir lächeln, wenn wir es erfahren – einige russische Kriegsgefangene bringen das umfangreiche Gepäck zur Bahn.

Noch ehe «Dr. Luxemburg, Strafgefängnis» an «Frau Mathilde Jacob, Hotel Vier Jahreszeiten, Breslau» eine Karte schreiben kann («Liebste Mathilde! Gestern bin ich hier angekommen halbtot vor Müdigkeit: ich bin ja so abgewöhnt von Menschen und Trubel!»), hat sich die umsichtige Mathilde auf der Kommandantur in Breslau drei bis vier Sprechstunden erlauben lassen. «Bereits gegen Mittag war ich zu Rosas Überraschung bei ihr. Sie hatte erst für den nächsten Tag auf ein Wiedersehen gerechnet.»

Rosas Karte: «Der erste Eindruck meiner hiesigen Behausung war so niederschmetternd, daß ich mit Mühe die Tränen zurückhielt.» Abgesehen von den völlig anderen Bedingungen in einer Strafanstalt, ist das «Schlimmste die Frage der Verpflegung – für mich der Kardinalpunkt! Heute wurde mir mitgeteilt, daß sich gar kein Restaurant findet, das für mich das Essen schicken würde! Was das werden soll, ist mir nicht klar, das hieße ja einfach, daß ich hungern soll, denn ich kann doch bei meiner schweren Magenkrankheit keine Gefängniskost einnehmen!»

Mathilde: «Sie hatte Tränen in den Augen, als sie zu mir geführt wurde. ‹O Mathilde›, sagte sie, ‹der Umschwung ist zu schrecklich. Ich habe eine kahle Zelle.

Ich darf nicht auf den Hof hinunter. Es gibt kein Restaurant am Platz, das meine Verpflegung übernimmt. Ich werde hier zugrunde gehen.»

Es lag vor allem an Mathilde Jacob, daß Rosa Luxemburg Breslau überlebte.

Mathilde: «Ich hielt den Wechsel nicht für trostlos, Rosa war jetzt der völligen Abgeschiedenheit in Wronke entronnen; in Breslau, wo sie mit vielen gemeinsam in einem großen Gefängnis untergebracht war, drang der Pulsschlag des Lebens wieder zu ihr.» Die lebenstüchtige, umsichtige, zuverlässige Mathilde, die ihr in kurzer Zeit die Zelle wohnlich herrichtet, «die sogar, statt des üblichen vergitterten Gucklochs oben an der Wand, normale Fenster hatte».

Damals verschafften sich die Breslauer wie alle anderen Städter aus den umliegenden Dörfern Gemüse, Obst, Fleisch und Butter. «Aber ein Restaurant ausfindig zu machen, das Rosas Verpflegung übernahm, war unmöglich; denn jede Gastwirtschaft hütete sich, ins Gefängnis mehr Lebensmittel für eine Person zu liefern, als diese nach ihren Lebensmittelkarten zu beanspruchen hatte. Mit diesen geringen Mengen konnte aber niemand ohne gesundheitliche Schädigung auskommen. Was tun?»

Mathilde erzählt sachlich, ohne ihre Mühen darzustellen, was sie für Rosa tun konnte. Es war nicht einfach.

Mathilde, die von Aufgabe zu Aufgabe reift, hat sich eine Adresse besorgt. Sozialdemokratische Parteifreunde, «von denen man annehmen konnte, sie würden sowohl interessiert als mutig genug sein, Rosa Luxemburg zu betreuen». Mut und Interesse. Die Familie, die beides hatte, hieß Schlisch und wohnte nahe beim Gefängnis. Als Mathilde kam, war Robert Schlisch nicht zu Hause. Er war im Garten, eine halbe Wegstunde entfernt. Sein ältester Sohn setzte sich aufs Rad, «um dem Vater die Nachricht zu bringen, daß Rosa Luxemburg in das Breslauer Frauengefängnis gebracht worden sei und daß man seine Hilfe für sie erbäte. Nach kurzer Zeit war Robert Schlisch zur Stelle.»

Er kam, erfuhr und sagte: «Seien Sie außer Sorge, für unsere Rosa habe ich immer etwas übrig. Ich habe als Schiffer häufig in Oberschlesien zu tun, dort sind Lebensmittel noch nicht knapp.»

«‹Selma›, sagte er zu seiner Frau, ‹nicht wahr, du wirst für Rosa kochen? Das Hinüberschaffen ins Gefängnis ist ja eine Kleinigkeit, kaum fünf Minuten Weg.› – ‹Selbstverständlich›, sagte, sichtlich erfreut, Selma Schlisch. Und sie tat für Rosa Luxemburg, was in ihren Kräften stand.» Die ganze Familie half. Nach einiger Zeit wurde Robert Schlisch zum Militärdienst eingezogen. «Seine Frau wollte ihn besuchen und schrieb ihm, sie wolle während ihrer Abwesenheit die Verpflegung andern überlassen. Er antwortete, sie möchte vorläufig nicht kommen, so gern er sie sehen würde. Rosa Luxemburg ginge vor.»

27.7.1917. Rosa an Mathilde: «Frau Schlisch mästet mich sehr sorgfältig, ich habe ihre Rationen noch reduzieren müssen, jetzt stimmt's. ... Was macht nun meine geliebte kleine Mimi? Wie hat sie die lange Abwesenheit ihrer Pflegemutter vertragen? Sie schrieben und sprachen in der letzten Zeit von ihr so wenig, daß ich ganz traurig und unruhig bin. Hoffentlich ist sie wohlauf und munter und freut sich jetzt über Ihre Rückkehr. Bitte genauen und häufigen Bericht über sie.»

6.8.1917. Rosa an Mathilde: «Zwei Räume sind nämlich schön, wenn man zu ihnen Zutritt hat, ich bin aber immer fast eingesperrt, und bis ich in meine andere Zelle gelange, muß ich klopfen und die Aufseherin in Bewegung setzen. Abgesehen davon, daß es mir in der Seele wiedersteht, jemand öfters für mich zu beanspruchen, ist das auch praktisch nicht gut möglich, denn die Aufseherin hat natürlich verschiedentlich zu tun und ist häufig gar nicht auf der Station; außerdem aber ist sie von 1 bis 4 Uhr überhaupt nicht da (Mittagspause) und abends nach 6 ist sie fort, während ich bis 10 Licht haben darf. Mit alledem geht es also schwierig, und ich bin entweder getrennt von meinem Bett, wo ich mich zwischen der Arbeit oder wenn ich mich schlecht fühle, mal hinlegen kann, sowie von meinem Teekocher und meiner Apotheke, oder aber ich bin getrennt von meinem Schreibtisch und vom Licht abends. Das ist nämlich anders hier als in Wronke oder in der Barnimstraße, wo die Schutzhaftgefangenen nur zur Nacht eingesperrt werden ...»

Die Katze läßt ihr keine Ruhe. «Mir scheint, daß Sie zu Mimi kälter geworden sind! ... Das tut mir weh. Sie empfindet das sicher, glauben Sie mir. Sie wird dann apathisch und unbeweglich. Seien Sie doch zu ihr lieb, wie früher!»

11.8.1917. Rosa an Mathilde: «Ich kann Ihnen gar nicht sagen, wie mich Ihr gestern erhaltener Brief v. 8. erschüttert hat. Also meine Mimi ist seit Monaten schwer krank, und ich erfahre das erst jetzt, zufällig, weil ich Sie sozusagen mit meinen Fragen an die Wand drückte! Und Sie brachten es fertig, mir etwas zu verheimlichen, was mir so nahe geht! Ich frage, wo ist einfach der *Respekt* vor mir, um mich nicht wie ein unmündiges Kind, ein ‹Objekt› zu behandeln? ... Sie waren noch die Einzige, deren Worten ich glaubte trauen zu können, jetzt traue ich Ihnen auch nicht mehr und bin nun völlig einsam. Meinetwegen. – Und nun schreiben Sie mir einfach, Mimi sei krank. Das soll mir genügen! Kein Wort darüber, wie und was! Und diese Redensarten vom ‹Alter› Mimis! Vor einem Jahr, als ich verhaftet wurde, war sie noch jung und schön und gesund und in glänzendem Zustand. Ja, noch zu Pfingsten wollten Sie sie mir doch nach Wronke bringen, da war auch alles gut. Und plötzlich muß ich von ihrem ‹Alter› hören! Nun bitte aber *umgehend* und *genaueste* Angaben: 1) seit wann Mimi krank ist, 2) worin äußert sich das, 3) ob und seit wann Verschlimmerung zu merken ist, 4) ob sie ißt und *was*,

5) welcher Tierarzt sie gesehen hat. ... Über meine Gesundheit werde ich Ihnen soviel schreiben, wie Sie mir über Mimis schrieben.»

17.8.1917. Rosa an Mathildes Mutter: «Meine liebe, sehr verehrte Frau Jacob! Ich habe mich unendlich gefreut über Ihre paar Zeilen und auch, daß Sie in meiner Wohnung waren. Wie herzlich gern hätte ich Sie dort selbst bewirtet! Aber wenn ich herauskomme – einmal muß es doch soweit sein –, dann werde ich mir die Freude nicht nehmen lassen, Sie bei mir zusammen mit Fräulein Gretchen zu empfangen.» Leider kam es nie dazu. «Ich küsse Ihnen beide Hände 1. dafür, daß Sie Mathildes Mutter sind, 2. weil Sie zu meiner Mimi so gut sind und 3. überhaupt. Ihre ergebne und dankbare R. Luxemburg.»

Mathilde: «Rosa gab auch das damals im Hungerjahr so rare Weißbrot einer Ziege, die sie auf dem Wege zum Zahnarzt entdeckt hatte. So oft sie diesen Weg ging, versäumte sie nie, das Tier zu füttern. Ihre Tierfreundschaften waren von großer Innigkeit. Sie hatte sogar einmal ein Kaninchen in der Wohnung gehalten und einen erbitterten Kampf mit den Hausbewohnern seinetwegen geführt, die sich beklagten, es röche schlecht und mache viel Lärm; beide Eigenschaften wollte seine Besitzerin nie bemerkt haben. Erst als die Hausbesitzerin sie vor die Wahl stellte, die Wohnung zu räumen oder das Kaninchen abzuschaffen, entschloß sie sich, das Tier wegzugeben. Ersatz wurde dann in der Katze Mimi gefunden.»

18.8.1917. Rosa an Mathilde: «Liebste Mathilde, soeben erhalte ich Ihren Brief vom 15. Sie wollen mich wohl erst auf die Folter spannen! Immerzu reden Sie, daß Mimi krank ist und kein Wort, *was* ihr fehlt?!! Zum Teufel, ich muß doch wissen, *was für Krankheit* sie hat. Oder lebt sie gar nicht mehr? Ist vielleicht schon längst tot und Sie führen mich nur so an? Wenn das wäre, ich würde Ihnen nicht verzeihen. Ich will die *Wahrheit* wissen, *sofort, volle Wahrheit*!

Kuß und Gruß Ihre R.

Was ist am 1. Mai mit Mimi passiert?!

24.8.1917. Rosa an Mathilde: «Über Mimi will ich nun nichts mehr schreiben, lassen wir das traurige Kapitel ruhen. Aber Sie können wieder einmal sehen, daß es barmherziger ist, offen und ehrlich gleich die ganze Wahrheit zu sagen, als vor falscher Rücksichtnahme jemanden monatelang im Irrtum zu lassen. Wieviel leichter wäre es mir doch, wenn ich die traurige Nachricht von Ihnen mündlich noch in Wronke vernommen hätte, wo ich Sie so oft um mich hatte und nach allen Einzelheiten, die mir teuer sind, ausfragen konnte!»

Auch hier der Wunsch nach der Tatsache, nach der Einzelheit. Die detaillierte Nachricht ist demnach kein Privileg der Bourgeoisie.

Rosa kommt sich «roh und herzlos vor», weil sie «4 Monate in völliger Unkenntnis von ihrem traurigen Ende leben konnte ... Nun lassen wir das; ich werde Sie doch nicht anders machen und die meisten Menschen handeln in solchen Fällen genau so wie Sie. Also Schluß damit.» Eine Sorge weniger.

Nun kümmert sie sich um Sonja Liebknecht, die «ganz verzweifelt» schreibt, und um Mathilde, die «so gedrückt und mißmutig» ist. «Aber *Sie* hatten ja sonst immer Lebensmut und innere Frische! Bitte, lassen Sie sich doch nicht von allerlei niederdrückenden Einflüssen unterkriegen. Lesen Sie in jeder freien Minute was Gutes, und gehen Sie vor allem viel ins Feld, ins Freie. Dort holt man sich immer Trost und Lebensfreude ...»

Gleichzeitig schickt sie achtzig Seiten vom Korolenko-Manuskript. Und bittet um «Gertruds Bild», das ist ihre ehemalige Hausgehilfin, Gertrud Zlottko, für deren malerisches Talent sich Rosa Luxemburg sehr interessierte.

Schließlich: «Ich schreibe Ihnen bald wieder. Meine liebste Mathilde, lassen Sie doch den Mut nicht sinken und die Freude am Leben nicht ausgehen. Alles wird schon auch anders werden! Wenn wir beide erst wieder in Südende hausen und ins Feld gehen Blumen pflücken! ... Also seien Sie frisch und fröhlich – trotz alledem, ja? Ich danke vielmals für die lieben Zeilen Ihrer Frau Mutter. Ich umarme Sie und grüße herzlichst die Ihrigen

Ihre immer R.

Anbei ein paar Federchen von Tauben, die ich im Hof fand. Eins schillert am Ende blau-rot.»

Die zuständige Berliner Behörde ließ überprüfen, wie Rosa Luxemburg im Breslauer Gefängnis untergebracht war, und veranlaßte, daß die Zelle einen Durchbruch zur benachbarten bekam. So standen ein Wohn- und ein Schlafraum zur Verfügung. Dort durfte sie Besuche empfangen. Der Gefängnisarzt, der ein Literaturfreund war und sich gern mit seiner Patientin unterhielt, verschaffte ihr sogar eine Lesekarte für die Breslauer Universitätsbibliothek.

Rosa bat Mathilde, «daß wir einander regelmäßig zweimal in der Woche Nachricht geben, wenn auch nur ein paar Zeilen auf einer Postkarte». Aber bald wurde das der Kommandantur zu viel. «Bitte schreiben Sie mir nur einmal in der Woche und kürzer.»

Sonja Liebknecht, die Rosa besucht hatte, an Mathilde: «Sie will mit keinem mehr außer Ihnen korrespondieren. Sie sollen ihr wöchentlich schreiben, sollen aber, das hat sie zweimal wiederholt, sich zu dieser neuen Heldentat der Kommandantur nicht äußern ...»

Drei Briefe an Mathilde kommen von Martha Rosenbaum, die Ende Oktober mehrmals zu Besuch ins Gefängnis durfte und auch mit Rosa Spazierfahrten unternahm.

Ist Mathilde darüber verstimmt? Ist es Eifersucht?

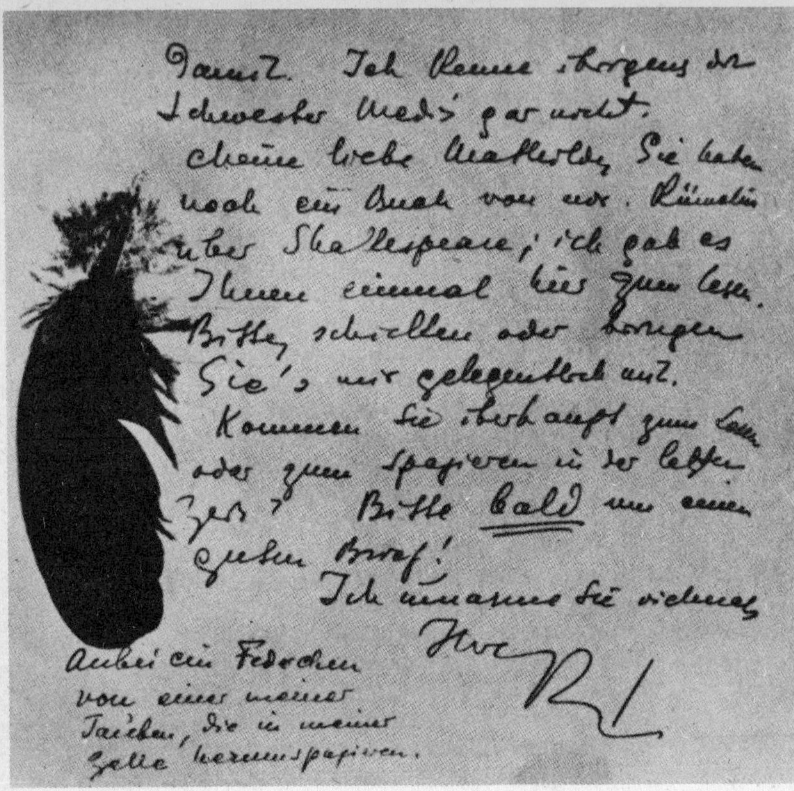
Darmst. Ich kenne übrigens die
Schwester Medi's gar nicht.
Meine liebe Mathilde, Sie haben
noch ein Buch von mir: Künstler
über Shakespeare; ich gab es
Ihnen einmal hier zum lesen.
Bitte, schicken oder bringen
Sie's mir gelegentlich mit.
Kommen Sie überhaupt zum Lesen
oder zum Spazieren in der letzten
Zeit? Bitte bald um einen
guten Brief!
Ich umarme Sie vielmals
Ihre
R L

Anbei ein Federchen
von einer meiner
Täubchen, die in meiner
Zelle herumspazieren.

Brief von Rosa an Mathilde mit einer Taubenfeder
(14. August 1917)

Liegt es an der größeren Entfernung, an den selteneren Briefen? Am 9. November 1917 schreibt Rosa: «Meine liebste Mathilde! ... Ich habe schon solche Sehnsucht nach Ihnen; ich glaube, es ist höchste Zeit, daß wir uns wieder einmal sehen. So lange wie diesmal – 4 Monate! – haben wir noch nie ausfallen lassen, und ich fühle mich ganz wehmütig, daß dies jetzt möglich war. Es will mir nicht aus dem Kopf, daß es zwischen uns jetzt anders ist als früher, und ich habe keine Ahnung, woran das liegt. Ich meine nicht bloß, daß wir uns so lange nicht gesehen haben, sondern daß ich auch so selten jetzt Nachricht von Ihnen kriege und daß Sie mir in Ihren Briefen so geistesabwesend scheinen. Ich möchte so gern wissen, wie es Ihnen innerlich geht, so wie ich mit Ihnen ständig Fühlung hatte, als ich in Wronke war. Daß ich Ihnen oft schreiben möchte, werden Sie doch nicht bezweifeln, ich *darf's* doch bloß nicht.» Und dann bittet sie um alle ihre Wintersachen.

Zwei Briefe mit dem Poststempel 19. 11. 1917 sind erhalten. Der eine an Mathildes Mutter. «Um mich können Sie unbesorgt sein, mir geht es – dank der Sorge solcher Freunde wie Ihre Mathilde – ganz gut u. ich harre geduldig des Weiteren. Wenn ich an die Zukunft denke u. mir was Schönes vorstellen will, denke ich mit Freuden an den ersten Besuch, den Sie mir in Südende machen müssen mit Frl. Gretchen.»

An diese Schwester Mathildes ist der andere Brief gerichtet. Ein Beileidsschreiben. Wir wissen nicht, wer ihr gestorben ist. «Ich begreife gar nicht, wie das so plötzlich hat kommen können» – also scheint es kein Soldat gewesen zu sein, denn mit dessen plötzlichem Tod wäre dauernd zu rechnen –, «aber der Tod der liebsten Menschen ist ja immer etwas Unbegreifliches.»

Am 2. Dezember an Mathilde: «Schreiben Sie bald wieder einige Zeilen, ich brauche jetzt so sehr ein bißchen Fühlung!»

Am 6. Dezember folgen «sehr eilige Bitten wegen Weihnachten». Rosa möchte Clara Zetkin «etwas Schönes schicken», einen Bildband, «Die Plastik der Ägypter», bei Paul Cassirer erschienen. Ferner von Broodcoorens «Rotes Flamenblut», das Buch soll Sonja Liebknecht bekommen. Wir wollen uns beide Buchtitel merken, weil wir ihnen begegnen werden.

Rosa hat Sehnsucht nach ihrer Wohnung in Südende und freut sich, daß Mathilde wieder dort nach dem Rechten sah und vom Sonnenschein berichtet hat. «Ich habe mir gut vorstellen können, wie die lieben stillen Zimmer aussahen und der schöne Blick aus dem Balkon.»

13. Dezember 1917. Rosa dankt und wartet auf die Bücher, die sie mit Widmungen verschenken will. «Und Ihnen, Sie vorwitziges Wesen, wollte ich natürlich – überhaupt nichts schenken. Was fällt Ihnen denn ein? ...

Von morgen in 10 Tagen sehe ich Sie hoffentlich!

Jetzt noch eine Bitte: für das Weihnachtsgeschenk, das ich mir selbst machen will, bestellen Sie mir folgendes:

W. R. Eckhardt: Das Klimaproblem, Braunschweig 1909.»

Pünktlich am Neujahrstag «brachte der Gärtner die Blumen (Maiglöckchen und einen Topf Tradescantia), Sie sind unverbesserlich! Dann kamen die Kuchen, die Drucksachen und die Postkarte Nr. 1. Tausend Dank für alles!»

Vermutlich ist Mathilde nicht in Breslau gewesen oder nur kurz. Rosa bestellt Orchideen für Sonja Liebknecht zum Geburtstag und fragt: «Was ist mit dem von mir bestellten Buch über das ‹Klimaproblem›? Ich möchte mir auch noch ein Exemplar von ‹Rotes Flamenblut› Pierre Broodcoorens bestellen, für mich selbst. Es ist ein so ausgezeichnetes Buch, daß ich es noch hin und wieder lesen will.»

12. Januar 1918. Telegramm an Fräulein Jacob, St.-Hedwigs-Krankenhaus, Zimmer 227.

«Eben Mutters Brief erhalten bin sehr besorgt tausend herzliche Grüße Brief folgt – Rosa»

Am selben Tag noch ein langer Brief, der so beginnt: «Meine liebste Mathilde, mir ist ganz heiß vor Schreck geworden, als ich vor 5 Minuten das Kuvert mit der Handschrift Ihrer Mutter erhielt. Diese plötzliche Hiobsnachricht habe ich wirklich nicht erwartet, obwohl ich schon seit Tagen auf ein Lebenszeichen von Ihnen lauere. Sagen Sie nun jetzt: brauchte das so zu kommen, wenn Sie etwas vernünftiger gewesen und rechtzeitig, vor Wochen, zum Arzt gegangen wären? Freilich, jetzt hat es keinen Sinn mehr zu schelten, aber ein bißchen Grimm über Sie regt sich doch noch in meinem Herzen neben dem Schreck, daß es doch recht bös hätte werden können. Nun Ihr Gretchen schreibt, alles sei glatt abgelaufen und Sie seien ohne Fieber ...» Am Schluß die Bitte, Mutter und Schwester zu grüßen; «ich würde ihnen gern selbst schreiben, muß aber, wie Sie wissen, mit Briefen sparsam sein».

Das renommierte St.-Hedwigs-Krankenhaus liegt in der Großen Hamburger Straße. Ob 1982 noch festzustellen ist, was Mathildes plötzliche Einlieferung notwendig machte?

Aus dem Schreiben der Krankenhausaufnahme des St.-Hedwigs-Krankenhauses:

«... Auszug aus unserem Aufnahmejournal:

Jacob, Mathilde, geb. 8.3.1873, Rel. jüd.» Das katholische Krankenhaus hatte keinen Vorbehalt, eine Jüdin aufzunehmen!

«Beruf: Stenotypistin, wohnh: Berlin, Altonaer Str. 11 bei den Eltern.

Eltern: V. Julius Jacob, Schlächtermeister,

M. Emilie Jacob geb. Bernd (muß Bernhard heißen), 7 Geschwister. Krankenhausaufenthalt vom 6.1. bis zum 26.1.1918.
Diagnose: Ovarialkystom r.

Ob es sich um eine Notaufnahme gehandelt hat, können wir nicht mehr feststellen. Die Krankenblätter von 1918 sind nicht mehr vorhanden.»

Rosa spart jetzt nicht mit ihren erlaubten Briefen. Nach zwei Tagen: Der nächste Brief von Emilie Jacob hat sie beruhigt. «Möge es Ihnen nur weiter gut gehen. Bitte fangen Sie nicht zu früh zu lesen an, schonen Sie sich.»

Drei Tage später der nächste Brief. «Gestern erhielt ich Ihren ersten selbstgeschriebenen Gruß.» Mathilde soll ruhen, soll nicht selber schreiben. «Warum sind Ihre Nerven so aufgeregt? Seien Sie doch ruhig um alles und auch um mich; alles wird schon gut werden ...»

Am gleichen Tage an Emilie Jacob: «Bitte, bringen Sie ihr für die beiliegenden M. 5 Maiglöckchen (geschnittene: sie halten sich jetzt besser im Zimmer, als ein Topf).»

Drei Tage später an Mathilde: Freude über Besserung und einen Zettel, der einer Zeitung beilag. «Daß Ihre Cousine sich um Sie gar nicht kümmert, ist schändlich; ich werde mich dann um sie auch nicht kümmern.» Wer weiß, was Leo Jogiches zu tun hatte. Noch Anfang Januar hatte Rosa gefragt: «Haben Sie die Schuhe für Ihre Cousine besorgen können?»

Nach drei Wochen Krankenhausaufenthalt ist Mathilde entlassen worden. «Ich bin so froh, Sie wieder in der Altonaer Straße zu wissen!»

Anfang Februar erbittet Rosa, die ihre Korolenko-Übersetzung abschließt, um Bücher über die ukrainische Poesie. «Man wird sie wohl in der Königlichen», das ist die heutige Deutsche Staatsbibliothek, «oder in der Stadtbibliothek kriegen, da aber die Pakete sehr lange gehen und auch nicht absolut sicher sind, so möchte ich Bücher aus einer öffentlichen Bibliothek nicht riskieren und lieber durch Gelegenheit in Empfang nehmen ...»

Bemerkenswert, dieser Umgang mit Büchern. Falls

Sonja Liebknecht sie nicht mitbringen kann, dann soll man sie ihr als Wertpaket schicken.

Wenn die Büchermarder, die Stehler und Rausreißer, unter denen die öffentlichen Bibliotheken zu leiden haben, nur ein Fünkchen von dieser Ehrfurcht vor Büchern hätten ...

Heimweh nach Südende. «Ich suchte mir heute beim Spazieren auf dem gepflasterten Hof krampfhaft vorzustellen, daß ich dort im Feld bin und nach den ersten roten Taubnesseln suche, die oft schon im Februar hervorgucken.»

Im Frühjahr 1918 war Leo Jogiches verhaftet und vom Polizeigefängnis ins Untersuchungsgefängnis Moabit überführt worden. Mathilde, die man dort nicht kannte, versorgte ihn. Aus Mathildes Bericht, nach dem sie zu Rosa Luxemburg gefahren war: «So sehr sie um Leo Jogiches während seiner illegalen Tätigkeit gezittert hatte, so ruhig nahm sie, wie das ihre Art war, das Unabänderliche auf. Nur verbat sie sich jede weitere Zuwendung von Lebensmitteln durch mich. Sie sei in Breslau gut verpflegt, ich müsse jetzt für Jogiches sorgen. ‹Du weißt doch›, sagte sie, ‹daß das Essen in den Gefängnissen ungenießbar ist, und Leo fast ausschließlich von dem lebt, was du hineingibst. Bitte, sage mir, was du ihm bringst.›»

Plötzlich eine vertraute Anrede. Das «Du», das beide Frauen wahrscheinlich schon länger benutzten. Das «Sie» in den Briefen blieb für die Behörden bestimmt. Zur Sekretärin passend.

«Ich zählte auf. ‹Ich merke schon, du machst deine Sache gut. Habe ich auch nicht anders von dir erwartet.› – Ich mußte meine Sache sieben Monate hindurch gut machen.

Es war rührend, wenn Rosa Luxemburg mir bei jedem Besuch irgendeine Kleinigkeit für Leo Jogiches mitgab, die sie sich entweder abgespart oder in Breslau durch Frau Schlisch hatte auftreiben lassen. Auch für Zigaretten sorgte sie, denn Leo Jogiches war ein leidenschaftlicher Raucher. Ganz ihrer Art entsprach es, als sie mir vorschlug, ihre Laken verarbeiten zu lassen, falls Jogiches Wäsche benötigte, was allerdings nicht der Fall war.»

14. Mai 1918. Rosa an Mathilde: «Sie werden heuer vom Pfingstfest ungefähr soviel haben wie ich, Sie Ärmste, so überarbeitet und abgehetzt! Und doch möchte ich, daß Sie mir zum Fest das Geschenk machen und wenigstens einmal für 2 Stunden ins Feld gehen, spazieren und Blumen pflücken! Eine solche kleine Pause wäre Ihnen so nötig, um Gedanken und Sinne zu sammeln! Ich würde mich so freuen. Könnten Sie nicht mit irgendjemand, z. B. mit Sonja, mal nach Lichtenrade fahren?»

Rosa an Mathilde am 3. Juni 1918: «Mich peinigt so der Gedanke, daß Sie sich immer noch abhetzen und eigentlich noch nicht aus dem Nachholen der Lücke herausgekommen sind, die Ihr Aprilbesuch bei mir in Ihren Pflichtenkreis gerissen hat! Denken Sie diesmal ja nicht an ein Kommen, ehe Sie mit *allem*, was Sie zu erledigen haben, hübsch in Ordnung sind, sonst haben wir keine innere Ruhe, um die Freude des Wiedersehens und des Ausgangs zu genießen. Wenigstens bin ich's bei meinem jetzigen Nervenzustand nicht fähig. Ich muß erst hören, daß Sie wieder in ein menschliches Tempo des Lebens gekommen sind, daß Sie für einen Spaziergang im Freien, für ein vernünftiges Buch eine Stunde finden, dann verabreden wir, wann Sie herkommen.»

Anfang August 1918 berichtet Rosa von «zwei wunderschönen Spaziergängen». «Eine Menge Blumen gepflückt, die jetzt noch bei mir im Wasser stehen, unterwegs ein winziges schwarzes Kaninchen gesehen, das direkt auf mich zugelaufen kam und sich abküssen ließ, im Botanischen Garten zwei Kröten gesehen, die Ziege gefüttert, kurz, es war großartig. Wenn Sie hier sind, müssen wir wieder in den Botanischen gehen. Wann wird das sein?»

Aus Mathildes Bericht: «Im August und September machte ich meine letzten Gefängnisbesuche bei Rosa Luxemburg. Wir waren übereingekommen, daß ich einen Ort zu meiner Erholung wählen sollte, bei dem ich auf der Hin- und Rückreise Breslau berühren konnte. Rosa hatte sich bemüht, einen passenden Erholungsort für mich zu erkunden.» Die Gefängnisaufseherinnen hatten das Glatzer Bergland empfohlen.

Die listenreiche Mathilde ging auf der Hinreise nicht erst zur Kommandantur, sondern gleich ins Gefängnis und sagte «zu der diensttuenden Aufseherin, ich wolle nur kurz mit Frau Luxemburg besprechen, für wann sie die Besuche und Ausfahrten haben möchte. Der Trick gelang, die Aufseherin holte Rosa auf den Hof hinunter, die mich stürmisch umarmte. Sie sei gerade in so niedergedrückter Stimmung gewesen, von der habe diese freudige Überraschung sie nun befreit.»

Beim Fortgehen läßt Mathilde mit der Erlaubnis der Aufseherin eine unverfängliche Zeitung zurück. Darin befindet sich die erste, während des Kriegs nach Deutschland gelangte Schrift von Leo Trotzki «Von der Oktoberrevolution bis Brest Litowsk». Mathilde besuchte zuweilen die in Berlin wieder eingerichtete Russische Botschaft Unter den Linden.

«Nach einigen Ausfahrten mit unserer Gefangenen reiste ich ins Gebirge. Seitdem sich meine Gedanken fast ausschließlich bei Rosa Luxemburg befanden, hatte ich mir angewöhnt, allein zu reisen. Da ich ihr fast täglich Geheimbriefe schrieb, war das Alleinsein eine notwendige Vorsicht.»

Rosa Luxemburg an Mathilde am 12. September 1918: «Meine liebste Mathilde! Heute erhielt ich Ihr zweites Brieflein und freute mich herzlich, ebenso wie über das Schächtelchen Blumen, die heute hier eingetroffen sind. Ich sehe, daß Sie wohlauf und guter Laune sind und da hoffe ich stark, daß Sie sich dort schön erholen werden. Es ist famos, daß die Gegend Ihnen so gut gefällt, ich erwartete, um die Wahrheit zu sagen, nichts besonderes, da der Ort gar nicht hoch liegt (etwas über 300 m) und nicht ‹berühmt› ist. Aber hier wie sonst liegt es doch in der Hauptsache an dem Menschen selbst, ob er das Schöne herausfindet oder nicht.»

Der nicht berühmte Ort hieß Schreckendorf.

Aus Mathildes Bericht: «Bei meiner Rückreise machte ich, wie verabredet, in Breslau Station und ging ins Gefängnis. Von einem Fenster aus sah ich Rosa Luxemburg im ‹Küchengarten› auf- und abgehen. Ich rief ihr zu: ‹Hast du die heutige Zeitung gelesen?› – ‹Ja›, lachte sie herauf, ‹sie hat mich erfrischt.›»

Die Zeitungen waren voll von Anzeichen des Zusammenbruchs. Mathilde nahm zum letzten Mal etwas heimlich aus dem Gefängnis mit nach Berlin. 108 Schulheftseiten Text, ein unvollendetes Manuskript.

Rosa Luxemburg an Mathilde am 10. Oktober 1918: «Die Spannung, die jetzt in der Luft liegt, die Erwartung, bald herauskommen zu können, läßt mir kaum noch die Geduld, Briefe zu schreiben.»

Am 4. November: «Meine liebste Mathilde, erst dachte ich, ich würde jeden Augenblick herauskommen, und hatte deshalb gar keine Geduld mehr, Briefe zu schreiben. Deshalb ließ ich Sie so lange ohne Nachricht. Jetzt sehe ich, daß die Sache sich sehr in die Länge zieht, und beeile mich nun wieder, mit Ihnen Fühlung zu bekommen – wenigstens brieflich.»

Die Amnestie der bürgerlich-sozialdemokratischen Koalitionsregierung für politische Gefangene, durch die Karl Liebknecht am 23. Oktober befreit wurde, galt nicht für die in «Schutzhaft» gehaltene Rosa Luxemburg.

«... Bitte, hetzen Sie sich mit der Putzerei in meiner Wohnung nicht ab. Sie sehen, es hat keine Eile. Die schweren Bücherkisten würde ich immerhin gern schon allmählich absenden, aber in der Wohnung ist ja niemand da, um sie in Empfang zu nehmen.»

Der letzte Brief, den Mathilde von Rosa Luxemburg bekommen hat, trägt das Datum des 7. November 1918. Der Inhalt beschäftigt sich mit der Mieterhöhung für die Wohnung.

«Mir graute nur vor dem Gedanken, daß Sie nun auf die Suche nach einer neuen Wohnung gehen müßten und daß wir unser liebes Nest in Südende verlieren könnten.»

Der letzte Brief, den Mathilde aufbewahrt hat und retten ließ, stammt von der ehemaligen Wronker Oberin Eva Schrick. Drei Tage nach der Mordtat schreibt sie am 18. Januar 1919 aus Dresden, aus dem Sidonienheim und katholischen Hospiz in der Portikusstraße 12:

«Sehr geehrtes Frl. Jacob!

Wenn ein Mensch wie Rosa Luxemburg dahingegangen ist – den Zeitungsnachrichten nach ist wohl nicht mehr daran zu zweifeln –, so vermag man nicht mit den Ausdrücken üblicher Form denen Beileid zu zollen, die sie lieb gehabt haben. Ohne ihre politische Überzeugung geteilt zu haben, gedenke ich ihrer so, wie ich sie zuletzt sah und wie ich sie vor nunmehr länger als 2 Jahren kennen lernte. Aus diesem Gedenken heraus drängt es mich, Ihnen, die Sie in der Verstorbenen Ideal und Freundin verloren haben, voll ernster Teilnahme die Hand zu drücken.

Ihre ergebene E. Schrick.»

7

Auf der Suche nach Mathilde Jacob. Woher kam die Familie? Wenn die Adreßbücher und die Fernsprechverzeichnisse erschöpft sind, wenn die Standesämter keine weiteren Unterlagen bieten und die alten Zeitungen stumm bleiben, dann redet der Friedhof.

Ein jüdischer Friedhof soll die «ewige Ruhe» der Begrabenen garantieren. Das ist sein wesentlicher Unterschied zu anderen Begräbnisplätzen, auf denen Liegefristen und Exhumierungen mehrfache Belegung ermöglichen. Das bedeutet, Mathildes Eltern müßten auf einem der Berliner Friedhöfe liegen, ihr Grab dort zu finden sein.

In Frage kommt der Friedhof in Berlin-Weißensee. 1880 wurde dort in der Lothringenstraße, die in unserer Zeit nach dem jüdischen Widerstandskämpfer Herbert Baum benannt worden ist, ein Friedhof eingeweiht, der mit seinen 115 000 Gräbern als der größte jüdische Begräbnisplatz in Mitteleuropa gilt. Er steht unter Denkmalsschutz.

Seit hundert Jahren zeigen die Stadtpläne den Umfang dieser Anlage, die bei ihrer Gründung weit im Norden und außerhalb der Stadt lag, so wie einst ihr Vorgänger, der Friedhof an der Schönhauser Allee, 1827 außerhalb der Stadtgrenze angelegt worden war, und dessen Vorgänger, der Ruheort in der Großen Hamburger Straße, einst ebenfalls vor den Toren Berlins lag.

Im Süden der Großstadt, gar nicht weit entfernt von Rosa Luxemburgs letzter Wohnung in Südende, sollte eine ebensolche, wenn nicht sogar in der Fläche größere jüdische Begräbnisstätte eingerichtet werden. Unter normalen, also menschlicheren Verhältnissen, hätte Groß-Berlin diesen Friedhof benötigt. Wir wissen, warum er nie angelegt wurde. Kurz vor Hitler, um das Jahr 1930, zeigt ein Stadtplan dieses Gebiet mit dem Vermerk «Proj. Jüdischer Friedhof». Der Stadtplan, der um 1936 im Handel ist, weiß davon nichts mehr. So schnell geht das. Nur die Hochspannungsleitung an der Marienfelder Chaussee blieb eingezeichnet. Deutete sich für den aufmerksamen Leser die Judenvernichtung zu allererst dort an? So sichtbar? Die Berliner Juden würden keinen neuen Friedhof benötigen ... Oder doch! Einen ungeheuren, ungeheuerlichen. Aber nicht mehr in Berlin ...

Weißensee. Wer hier durch das Tor geht, ahnt wohl kaum, kann ahnen, was für ein Stück Berliner Leben vor ihm ausgebreitet liegt. Wissen es die meisten Einwohner?

Nach dem Krieg ist von diesem Gelände ein beträchtliches Stück an einen angrenzenden Betrieb, an das Getränkekombinat, verkauft worden. Es war abzusehen und an den Fingern abzuzählen, daß die dezimierte Anzahl jüdischer Einwohner und ihre wenigen Nachkommen das um 1880 geplante Gebiet nie benötigen würden. Wir wollen diese Seite im deutschen Geschichtsbuch nicht zu schnell umblättern.

Das Tor. Sein eisernes Gitter. Kunstschmiedearbeit. Wer diese hundert Jahre an sich vorbeigehen ließe als Chronist an diesem Eingang ...

Wenige Schritte bis zu einer Gedenkstätte für die sechs Millionen Opfer. Ein Rondell mit Bäumen und einer Hecke, unterbrochen durch kreisförmig angeordnete Steine, die nur die Namen der großen Konzentrationslager tragen.

Alle Gebäude im Bereich des Eingangs sind mit gelben Ziegeln verblendet. Rechts neben der Trauerhalle ist die Kanzlei. Mit der Kartei. Mit der vollständigen, über Faschismus und Krieg hinweggeretteten Kartei der Beerdigungen und allen Unterlagen.

Jacob? Viele heißen Jacob. Es ist wieder wie im Adreßbuch von 1873. Julius, nicht der einzige seines Vornamens, läßt sich diesmal mit Hilfe seines Berufes und der Wohnanschrift genau bestimmen. Der Schlächtermeister starb am 1. Februar 1907 und wurde am 5. beerdigt. Er liegt im Feld X, Abteilung 2, Reihe 17, Grab 31262. Seine Frau Emilie starb 84jährig am 15. Oktober 1933. Sie wohnte Altonaer Str. 11 – also bis zuletzt mit Mathilde in einer Wohnung.

Die Kartei hat gesagt, was sie weiß. Als nächstes das Buch, das großformatige Hauptbuch, in das einer nach dem anderen chronologisch eingetragen worden ist. Von hier stammt die Grabnummer.

Marmorierte Ränder. Vom vielen Aufschlagen und Blättern abgegriffen. Die Kanten sind mit Leukoplast verklebt.

Julius Jacob ist 1839 in Nordhausen geboren. Emilie Bernhard, zehn Jahre jünger, kam in Tangermünde zur Welt.

Nordhausen. Tangermünde. Zwei aus Westen eingewanderte Berliner.

Da Mathilde 1873 geboren ist, könnte das Ergebnis des – wie man auch damals hoffte – letzten Krieges von 1870/71 den dreißigjährigen Fleischer und die zwanzigjährige Emilie in die Hauptstadt des neuen Reiches gezogen haben, wo sie sich kennenlernten.

Mathildes Eltern zu finden hat nur einige Minuten gedauert.

Diese Entdeckerfreude könnte die Neugier dämpfen; das tut sie zuweilen, man muß aufpassen und ihr nicht nachgeben. Die dritte Möglichkeit, eine Grabstelle zu suchen, sind außer der Kartei und dem Hauptbuch die Lagepläne. Für jedes Feld gibt es eine sorgsam gezeichnete und beschriftete Landkarte, auf Leinen aufgezogen. Jedes Grab ist in seinen Umrissen eingezeichnet, und dort steht die jeweilige Nummer.

Feld X, das ist nicht die römische Zehn, sondern der drittletzte Buchstabe. Abteilung 2. Sie ist in den Jahren 1906/07 belegt worden. Die Nummern der Gräber sind mit Tusche eingeschrieben. Nachträge mit Tinte. Julius (31262) und Emilie (88268) haben eine weitere Zahl bei sich im Rechteck. 112582. Wer ist das?

Im Register findet sich unter dieser Nummer Klara Bublitz, geb. Jacob. Den Daten nach eine Tochter. Ihre Urne ist im Februar 1950 im Grab der Eltern beigesetzt worden. Also hat Klara überlebt. Ob es noch Angehörige gibt? Wer hat 1950 ihre Beisetzung bestellt und bezahlt?

Wegen solcher Unterlagen muß die Sachbearbeiterin in den Keller gehen.

Große Stille im Büro. Nur eine Uhr tickt. Es ist der oft zitierte Puls der Zeit. Wer das fühlt, hört das Jahrhundert atmen in diesen vier Wänden. Die feierliche Einweihung am 9. September 1880, Seine Majestät Kaiser Wilhelm I. im Gebet inbegriffen. Bestimmt, denn wo sonst, haben sie in diesen Räumen mit Ehrengästen ein Glas Wein getrunken, die Rabinatsassessoren Dr. Frankl und Dr. Ungerleider mit dem Landrat und den Vertretern der Stadt Berlin. Justizrat Meyer hat in seiner Ansprache besonders den am Bau Beteiligten gedankt. Dem Maurermeister Landré, dem Architekten Freitag und dem Schmiedemeister Fabian, von dem das eiserne Tor stammt, durch das wir vorhin hereingekommen sind.

Wieviel Dank mag Louis Lewandowski gehört haben, der zu Lebzeiten (1821–1884) hochverehrte Komponist und Chordirigent, ohne dessen Melodien kein Berliner Gemeindegottesdienst denkbar ist. Louis Lewandowski leitete zur Einweihung des Friedhofs die musikalische Begleitung. Hochbegabt und mittellos war er als Junge aus Wreschen, einer Kreisstadt im preußischen Regierungsbezirk Posen, nach Berlin zugewandert, wo ihn Alexander Mendelssohn förderte, ein Enkel des Herrn Moses, der ein knappes Jahrhundert zuvor unter ähnlichen Umständen eingetroffen war und Hilfsbereitschaft fand. Louis Lewandowski war der erste Jude, den die Klasse für Musik an der Akademie der Künste als Schüler aufnahm.

Stundenlang, seitenlang kann so erzählt werden. Ärzte, Erfinder, Künstler, Journalisten, Warenhausgründer, Hoteliers, Universitätslehrer. Und Unbekannte. Und inzwischen unbekannt gewordene.

Kriegsgefallene von 1914/18, für die ein Ehrenhain eingerichtet wurde. Dann die Schreckenszeit, in der bei Luftangriffen rund 4000 Gräber getroffen werden. Aber was ist die Gefahr aus der Luft gegen die im Alltag. Über 1200 Berliner Juden zogen den Freitod den seelischen Qualen und der Deportation vor. Martin Riesenburger, der hier Prediger war, hat ein kleines Buch verfaßt. «Das Licht verlöschte nicht». Vom Kellerfenster aus sah er Ende April 1945 den ersten sowjetischen Soldaten durch das eiserne Friedhofstor kommen. Es war, als ob jener «mit jedem Schritt ein Stück des verruchten Hakenkreuzes zertrat».

Nach dem Kriege und bis heute: Viele, so viele kommen aus anderen Gegenden, Ländern, Erdteilen, um das Grab ihrer Eltern und Vorfahren zu suchen. Nicht wie viele, sondern wie wenige. Es gibt nur rund tausend Pflegeaufträge.

In dieser Kanzlei hat Emilie Jacob gestanden und die Formalitäten für die Beisetzung ihres Julius erledigt. In dieser Kanzlei haben wir im vergangenen Jahr ein Glas Wein getrunken, zur Feier des hundertjährigen Bestehens dieses Friedhofs.

Die Sachbearbeiterin kommt wieder ins Zimmer. Sie hält einen Ordner in der Hand. Das Königliche Standesamt Berlin IX bescheinigt die Eintragung des Sterbefalls Julius Jacob, der an einem Schlaganfall verschied. Außer der Ehefrau sind auf der Urkunde handschriftlich drei Kinder eingetragen. Zwei wohnen bei den Eltern in der Kaiser-Wilhelm-Straße, Trude, das ist Gertrud, und Walter, er ist Mechaniker. Klara, die Karl Bublitz geheiratet hat, wohnt am Tempelhofer Ufer 31, das ist in der Nähe vom Anhalter Bahnhof.

Emilie Jacobs Beerdigung (ohne Rabbiner) am 19. Oktober 1933 kostete 175,– Reichsmark, zuzüglich 35,– RM für das Harmonium. Als ihre nächste Angehörige ist nicht Mathilde, sondern Margarete Jacob eingetragen, die jüngste Tochter. Das müßte das «Fräulein Gretchen» sein, das Rosa Luxemburg in ihren Briefen so häufig herzlich grüßen läßt.

Damit sind uns vier Geschwister Mathildes namentlich bekannt.

Die Urne von Klara Bublitz, geborene Jacob, wurde im Februar 1950 beigesetzt. Die Kosten trug ihr Sohn Felix.

Außer dem Grabstein für die Eltern Julius und Emilie gibt es nach den Unterlagen am Grab eine Tafel für Klara Bublitz. Ob ihr Sohn Felix, ein Neffe unserer Mathilde, noch lebt? Aber inzwischen sind einunddreißig Jahre vergangen. Eine lange Zeit. In den Friedhofspapieren stehen zwei Adressen. Beide in Westberlin. Also einen Brief schreiben.

Ich konnte mit diesem Märztag 1981 zufrieden sein. Und war zufrieden. So viel unerwartet Neues. (Ich besaß noch nicht das Buch mit den Briefen Rosa Luxemburgs an Mathilde, kannte nur Auszüge, wußte demnach viel weniger als der Leser.)

Der Gedanke, den Neffen vielleicht lebend zu finden, faszinierte.

Aber, wenn Felix Bublitz gefunden ist, wird er erzählen mögen? Mancher und manche, die ich kennenlernte, haben so viel durchgestanden, daß sie nicht daran erinnert werden möchten und es auch nicht aufschreiben. Verständlich, aber zu bedauern. Der Nachwelt werden die Augenzeugenberichte fehlen, die menschlichen Dokumente. Der glaubhafte Alltag.

An dieser Stelle könnte eine Figur geschaffen werden. Der Mann oder die Frau, die mir jetzt fehlt, die ich vielleicht nie finden werde, weil ich um Jahrzehnte zu spät anfange. Gleichzeitig könnte diese Figur in einem Roman genau das wissen und tun, was ich noch über Mathilde weiß und bisher noch nicht mitgeteilt habe. Der Stoff «Mathilde Jacob» als herkömmlicher Roman? Nein, lieber weiter wie bisher. Das ist kein Autorenzwiespalt. Es soll lediglich vorgeführt worden sein, welche Möglichkeiten sich dem Schreibenden bieten. Ich bleibe bei meiner Methode, bei den ermittelten und gedeuteten Tatsachen. Der Leser wird mitmachen.

Ich war zufrieden mit diesem Vormittag im März. Es

war kalt, aber sonnig. In den Blumenläden gab es Krokustöpfe, also war der Frühling in den Treibhäusern gewesen und würde bald zu uns ins Freie kommen.

Ich stand auf dem Platz vor der Trauerhalle und sah zur Gärtnerei hinüber. Dieser Friedhof ist ein aufgeschlagenes Geschichtsbuch. Ich weiß eine Menge über ihn als Mitautor der Broschüre zu seinem einhundertjährigen Bestehen, in der über Berliner historische jüdische Friedhöfe berichtet wird. Weißensee bietet ein anschauliches Beispiel dafür, wie die zunehmende Liberalisierung und der Einfluß christlicher Friedhofskunst den Unterschied zwischen arm und reich betonten, der auf älteren jüdischen Friedhöfen weniger ins Auge fällt. Prunkvolle Erbbegräbnisse wurden Mode.

Wochen vor der Jubiläumsfeier im September 1980 hatten wir im vorderen Teil dieses Friedhofs Grabstellen gereinigt, Gestrüpp entfernt; Urwälder von Ahorntrieben und Schlingpflanzen. Nicht zum erstenmal praktisch Denkmalpflege treibend, waren einige Dutzend Mitglieder dieser Interessengemeinschaft des Kulturbundes und Jugendliche aus dem Stadtbezirk gekommen. Als Dank für die Arbeit gab es ein paar Tage danach etwas zu besichtigen, zu bestaunen, das nie öffentlich zu sehen war. Die Ausgrabungen rund um die und in der Nikolaikirche, wo tief im Boden Schädel gefunden worden waren und noch wie gelbliche Steine im Erdreich steckten; Knochen, die bewiesen, daß Berlin noch fünfzig Jahre älter sein mußte als bisher angenommen. Nur ein paar Schritte entfernt vom Molkenmarkt, dem Laden des Fleischers Jacob und seiner Wohnung, in der Mathilde zur Welt kam.

Ich blieb vor der Trauerhalle stehen und dachte: Wenn du nun schon das Grab von Julius und Emilie Jacob gefunden hast, dann sieh es dir an. Zwar hatte die Kanzlei mehr geboten, als ein Erdhügel könnte, der schwer zugänglich sein mochte wegen vielerlei Gestrüpp. Warum hingehen? Notwendig war es nicht. Der Ordnung halber? Wegen der Vollständigkeit? Es wird der uralte Wunsch des Menschen sein, Bescheid zu wissen. Sich selber überzeugen. Es geht um den Augenschein. Mag dieser Schein – nicht umsonst steckt er im Wort – zuweilen trügen, so hat das Auge doch eine Menge gesehen.

Der Weg führt um das Verwaltungsgebäude herum und die Ehrenreihe entlang. Da liegen sie, die Namen von vorhin. Frankl, Ungerleider, Lewandowski. Am Ende der Reihe Riesenburger.

Dann vorbei an den Grabstellen von Herbert Baum und Lesser Ury, der wie elektrisiert Berlins neue, elektrische Großstadtlichter malte, als die Familie Jacob in die Kaiser-Wilhelm-Straße zog.

Es gibt in der Verwaltung eine kleine Karte, mit deren Hilfe sich die Besucher zurechtfinden können. Zwischen Abteilung 1 und 2 liegt ein ungepflegter, unbelegter Geländestreifen, der seit der Gründung des Friedhofs der Verlängerung der Ausfallstraße dienen sollte, die heute den Namen von Artur Becker trägt. Sie führt seit 1880, ein Jahrhundert lang, nur theoretisch quer durch den Friedhof, und so bleibt es in Zukunft.

Vorbei an dem durch Fliegerbomben beschädigten und mit Balken vorm Einsturz gesicherten Protzmausoleum eines Kommerzienrats. Geradeaus weiter nach D 2. Einsamkeit und Stille. Dann entlang an den Feldern K 2, S 2, X 2. Und rechts einbiegen in den Weg zwischen X 2 und D 3.

Die Suche nach einer bestimmten Reihe kann schwierig sein, weil längst nicht mehr überall jede fünfte oder zehnte durch einen numerierten Pfahl markiert ist.

Den Weg zwischen X 2 und D 3 langsamer entlang, den Blick nur nach rechts auf die zweite und dritte Gräberreihe, soweit sie nicht verdeckt ist durch hohe Steine und Aufbauten. Die Erbbegräbnisse am Wegrand rechnen nicht als Reihe.

An der nächsten Ecke, wo Z 2 beginnt, müßte im Feld X 2 die zweite Reihe abgeschritten werden, über

Schneereste und krachende Äste abzählend bis zum 18. Grab. Aber dazu kommt es nicht.

Noch zehn Meter vor der Ecke Z 2: Zwischen den mit teuren Steinen und viel Architektenaufwand gesetzten Erbbegräbnissen ist eine breite Lücke. Und genau dahinter das gesuchte Grab. Wie mit Absicht. Gut zu erkennen vom Weg aus.

Ein Stein im Stil des frühen 20. Jahrhunderts, in Serie gefertigt und dutzendfach auf diesem Friedhof anzutreffen. Das billigste Fabrikat: eine abgesägte Eiche mit Aststümpfen. Oben ist an diesem steinernen Baumstamm eine Tafel befestigt:

Julius Jacob
geb. 6. 12. 1839
gest. 1. 2. 1907

Emilie Jacob
geb. Bernhard
geb. 29. 5. 1849
gest. 15. 10. 1933

Unten in den Ecken die Grabnummern der beiden.

Und die Überraschung! Wahrscheinlich stößt man irgendeinen Laut aus, klettert über ein verrostetes Gitter, stolpert über Zweige und Unebenheiten, um eine andere Tafel besser lesen zu können. Schneller. Mathildes Name! In der Mitte des Steinstamms eine helle Steintafel:

Zum Gedenken
an unsere Geschwister
Mathilde Jacob
1872–1943

Harry Jacob
1878–1943

Grete Jacob
1886–1943

Durch Nazi Terror
ums Leben gekommen

Mathildes Name auf einer Gedenktafel in Berlin!

Von dieser Tafel steht nichts in den Unterlagen der Friedhofsverwaltung. Abgesehen davon, daß – wie sich später herausstellt – die Lebensdaten nicht alle stimmen, erscheint hier ihr Bruder Harry Jacob.

Die dritte, die erwartete Tafel befindet sich unter diesen beiden und berührt die Erde. Die Inschrift lautet:

Klara Bublitz
geb. Jacob
18. 11. 1879–18. 2. 1950

Karl Bublitz
19. 1. 1882–1945

Darunter steht noch etwas. Vermutlich eine Zeile, aber vorläufig ist sie nicht zu entziffern. Vom Efeu, der das gesamte Grab und seine Umgebung bedeckt, sind Blätter am Stein festgefroren. Sie lassen sich nicht ohne Schädigung der Schrift entfernen. Es ist, als ob nicht alles auf einmal preisgegeben werden soll.

Karl Bublitz, das wird der Vater von Felix sein. Felix ließ 1950 die Urne seiner Mutter bestatten. Die mittlere Tafel für die drei Geschwister muß früher, bald nach Kriegsende angebracht worden sein. Nicht von Felix, wie sich später herausstellt.

Im Westberliner Fernsprechbuch steht kein Felix Bublitz. Bleibt die letzte Wohnanschrift.

Auskunft aus dem Berliner Einwohnerdatenbestand: Felix Bublitz hat sich mit folgender Adresse abgemel-

Grab der Familie Jacob,
Jüdischer Friedhof Berlin-Weißensee

det: Australien, Perth/Westaustralien. Ohne Angabe des Jahres.

Ist Australien zu weit entfernt?

Warum nicht auf gut Glück einen Brief schicken auf die andere Seite der Erdkugel. Noch nie habe ich nach Australien geschrieben. Wann, wenn nicht jetzt?

An wen?

An die Stelle, die Einwanderer erfaßt? Oder an das Einwohnermeldeamt, falls sie dort so gründlich sind wie die Deutschen?

Ich schreibe einfach, denn es wird sie geben, an die Jüdische Gemeinde in Perth/Westaustralien: I am looking for Felix Bublitz, who . . .

8

Und damit zurück zu Mathilde Jacob und Rosa Luxemburg am 9. November 1918. Die Revolution hatte begonnen. An diesem Tag ging Mathilde nicht aus ihrer Wohnung, weil sie einen Anruf von Rosa Luxemburg erwartete.

Mathilde: «Endlich meldete sie sich. Ihr war am 8. November 10 Uhr abends von der Gefängnisdirektion mitgeteilt worden, daß sie frei sei. Da sie ihre Sachen nicht vollständig gepackt hatte und auch so spät am Abend nicht wußte, wohin sie gehen sollte, blieb sie während der Nacht vom 8. zum 9. November noch im Gefängnis. Am Morgen des 9. November ging sie zur Familie Schlisch und telefonierte von dort mit uns.

Auch an diesem Tage gingen keine Züge von Breslau nach Berlin, und Rosa Luxemburg mußte die Heimreise verschieben. Am Abend zog sie mit Parteifreunden durch die Straßen Breslaus, in denen die Revolution ausgerufen wurde.» Auf dem Domplatz hielt sie eine Ansprache.

«Leo Jogiches bestimmte, daß ich am 10. November, falls die Bahn noch immer nicht in Betrieb sei, Rosa Luxemburg im Auto holen sollte. Da ließ sie mich telefonisch wissen, daß die Züge nunmehr bis Frankfurt an der Oder führen und daß man sie von dort holen sollte.» Mit Mathilde wollte Jogiches hinfahren, denn Rosa «müsse sofort mit ihm in die Versammlung der Arbeiter- und Soldatenräte zum Zirkus Busch kommen». Dessen Bau stand in der Burgstraße, etwa dort, wo heute südlich der S-Bahnstrecke eine Grünanlage bis zur Spree reicht. Die Versammlung nahm einen ungünstigen Verlauf und wählte einen Vollzugsrat, der in seiner überwiegenden Mehrheit aus entschiedenen Gegnern der Revolution bestand. Die Regierung, der Rat der Volksbeauftragten, setzte sich aus drei SPD-Führern (an der Spitze Ebert und Scheidemann) und drei Führern der USPD zusammen. Liebknecht und seine Freunde verließen die Versammlung, nachdem sie abgelehnt hatten, mit den Regierungssozialisten zusammenzuarbeiten.

•

In dem Auto, das am 10. November zu Mathilde kam, saß statt Leo Jogiches, der in Berlin unabkömmlich war, ein anderer Bekannter. Der Schriftsteller Eduard Fuchs. Kunstsammler und sachkundiger Verfasser von umfangreichen, reich bebilderten Standardwerken, unter denen seine dreibändige «Sittengeschichte» mit ihren Ergänzungsbänden bis heute nicht an Popularität eingebüßt hat. Dagegen ist so gut wie unbekannt, daß derselbe Eduard Fuchs an diesem revolutionären Novembervormittag zweimal in Militärdepots ein Auto beschlagnahmt, weil die benutzten Wagen auf der Strecke stehenbleiben.

Fuchs und Mathilde hatten etwa fünfzehn Soldaten als Begleitmannschaft bei sich. Sie fuhren mit einem offenen Lastwagen. Wir kennen diese Fahrzeuge von Fotos aus jenen Tagen. Rote Fahnen, Maschinengewehr, Winken.

Mathilde, die Vorgänge nüchtern registrierend, notierte zweierlei: «Während dieses Herumfahrens konnte ich das Berliner Publikum und das der Vororte, durch die wir kamen, beobachten. In den Arbeitervierteln wehten vereinzelt rote Fahnen, die Menschen aber, die wir trafen, waren stumpf und ohne Begeisterung, kaum daß hin und wieder Passanten unserem mit roten Fahnen geschmückten Wagen zuwinkten ... Kein einziger von den Soldaten unserer etwa 15köpfigen Begleitmannschaft wußte, wem er entgegenfahren sollte. Als wir durch die gemeinsame Fahrt miteinander bekannt geworden waren, fragte man mich, ein wenig verlegen, wer eigentlich Rosa Luxemburg sei, die man holen wolle.»

So fuhren sie fünf Stunden umher, kreuz und quer durch Berlin auf der Suche nach einem brauchbaren Wagen, der die Fahrt nach Frankfurt an der Oder und zurück überstehen würde. Schließlich stiegen Fuchs und Mathilde an einem Vorortbahnhof aus und gelangten mit der Stadtbahn zurück in die Stadt.

Inzwischen war Rosa Luxemburg in einem durch den Rücktransport der Truppen überfüllten Zug nach Berlin gelangt.

«Auf einem Koffer im Gang sitzend» – also erkannte sie keiner der Soldaten. Bot ihr keiner einen Sitzplatz an. Sie kehrte nicht im Triumphzug in ihr Berlin zurück, sondern stand erschöpft auf dem Schlesischen Bahnhof (heute Ostbahnhof und künftiger Hauptbahnhof, H. K.) und schleppte ihr Gepäck zur Aufbewahrung. Dann rief sie Mathilde an. Deren Mutter meldete sich und riet, in die Altonaer Straße zu kommen. Mathilde erfuhr davon und «eilte nun heim, um die lang entbehrte Gefangene zu den Freunden zu begleiten».

Ausruhen nach der Haft? Kein Gedanke. «Wir fuhren sogleich in die Redaktion des ‹Berliner Lokal-Anzeiger›, die am 9. November von einigen enthusiasmierten Revolutionsromantikern mit Beschlag belegt worden war. Man hatte mit dem vorgefundenen technischen Personal sofort eine Abendausgabe unter dem Titel ‹Die rote Fahne› herausgebracht. Hinterher wurde die Morgenausgabe für den nächsten Tag fertiggestellt. Und damit hatte die Herrlichkeit bei Scherl ein Ende gefunden.» So sah Mathilde die Situation.

Hermann Duncker hatte den Setzern und Redakteuren den revolutionären Umschwung begreiflich gemacht und arbeitete an der zweiten Nummer der «Roten Fahne», die eine Mischung aus «revolutionärer proletarischer Sprachgewalt und dem trockenen Papierdeutsch der bürgerlichen Redakteure» darstellt, wie er in seinen Erinnerungen schreibt, denn die Ausgabe mußte zur Füllung allerlei fertigen Satz verwenden.

Hermann Duncker: «Als Rosa Luxemburg an jenem 10. November in die Redaktion kam, wehte dort bereits ein anderes Lüftchen. Die Gefügigkeit, mit der sich die Herren und das gesamte Personal dem revolutionären Willen des Proletariats unterworfen hatten, war einer immer stärker werdenden Widersetzlichkeit und Sabotage gewichen. Die Herren von Verlag und Redaktion gingen zur Regierung» – und Ebert verfügte, daß die Zeitung ihren ehemaligen Besitzern wieder auszuliefern sei.

Paul Levi: «Wir waren alle versammelt. Rosa Luxemburg, Karl Liebknecht, zehn oder zwölf andere Genossen, als plötzlich sich die Tür auftat, der Verlagsdirektor erschien und erklärte, daß künftig keine Zeitung mehr erscheine. Das sei noch schöner, meinten wir. Der Verlagsdirektor ward frech; auch das Personal weigerte sich, zu drucken. Es gab ein langes Parlamentieren, das kurz schloß: als nämlich einer von uns sich entfernen wollte, um sich an den Arbeiter- und Soldatenrat zu wenden, fand er im Hausflur Gewehrläufe gegen sich gewendet. Der Verleger Scherl hatte unsere Wache aufgekauft und sie erklärte, daß keiner von uns das Haus verlasse, ehe die Firma Scherl zustimme. So saßen wir, ein Dutzend Gefangene unserer eigenen Militärmacht, am dritten Tage der Revolution ...»

Rosa Luxemburg rettete die zweite Nummer der «Roten Fahne», weil sie eindringlich und leidenschaftlich zu den Versammelten sprach. Mathilde: «Rosa Luxem-

9. November 1918 – Nr. 1

Preis 10 Pfennig

Die rote Fahne

Ehemaliger Berliner Lokal-Anzeiger – 2. Abend-Ausgabe

Verlag August Scherl G. m. b. H., Berlin SW 68, Zimmerstr. 35-41. – Fernsprecher: Amt Zentrum 9001 bis 9029. – Telegramme: Scherlverlag.

Berlin unter der roten Fahne.

Polizeipräsidium gestürmt. – 650 Gefangene befreit. – Rote Fahnen am Schloß.

Die Redaktion des „Berliner Lokal-Anzeigers" ist von Vertretern des revolutionären Volkes (Spartakus-Gruppe) besetzt. Die Redaktionsführung ist damit an die Leitung der Genossen übergegangen.

Mit rasender Wucht rollt sich die Entwicklung der Ereignisse nun auch in Berlin ab. Seit heute vormittag sind fast alle Stellen, die für den Verkehr, die Verwaltung und die Sicherheit der Stadt wichtig sind, in den Händen des Arbeiter- und Soldatenrates und seiner Beauftragten. Die Umwälzung setzte vormittags ruhig ein und vollzog sich auch weiterhin in völlig geordneten Formen.

Ueber die Vorgänge des Nachmittags liegen uns die folgenden Nachrichten vor:

Die Uebernahme der Kasernen.

Beim 3. Garde-Regiment zu Fuß, dessen Kaserne in der Wrangelstraße ist, hat sich auch ein Soldatenrat gebildet. Die Mannschaften bewahren Ruhe.

Ueber die Vorgänge in der Müllerstraße wird uns noch berichtet: Um ½12 Uhr kam vom Stettiner Bahnhof her, ein nicht endenwollender Zug von Frauen und Männern mit roten Fahnen. Diese machten sich auf den Weg zur Maikäferkaserne. Hier fielen die ersten Schüsse. Der Führer der Jugendwehr und zwei Mann wurden getroffen. Nunmehr schlug die Menge die Scheiben ein und befreite die Soldaten. Die Uebergabe der Kaserne erfolgte. Sämtliche Gewehre, 4 Maschinengewehre, viel Munition und zwei Autos fielen in die Hände der Menge. Die Maschinengewehre wurden auf den Autos untergebracht und dort geladen. Die Soldaten und bewaffnetes Zivil machte sich nun unter den Hochrufen der Menge auf den Weg zum Lehrter Bahnhof. Unzählige Rufe, wie „Hoch Liebknecht", „Hoch die Revolution", erschallen. Eine Abordnung begab sich in die Kaserne der Garde-Ulanen, und forderte die Uebergabe, sie erfolgte nicht. Es wurde Aufstellung genommen, der erste Schuß fiel, hiernach betrat die Kommission nochmals die Kaserne, es erfolgte nunmehr die Uebergabe. Alle Gewehre nahm die Menge an sich. Auch wurden zwei weitere Autos angehalten. Einem Oberleutnant wurde der Degen und Revolver abgenommen, man stellte ihm eine Bescheinigung aus. Ein Herr Cohen-Heinz hielt vom Auto aus eine Ansprache und teilte die Abdankung des Kaisers mit, nicht endenwollende Hochrufe erschollen. Im Namen des Reichskanzlers ersuchte er um Ruhe, daß kein unnützes Blut fließt. Die Menge ging nun nach dem Militärgefängnis Lehrter Straße und holte die Soldaten aus der Haft. Wie wir soeben hören, sind aus dem Militärgewahrsam in der Dircksenstraße 700 Mann befreit worden.

In der Wilhelmstraße.

Um ½3 Uhr marschierte ein Trupp von einigen hundert Arbeitern und Soldaten mit zahlreichen roten Fahnen durch die Wilhelmstraße. Am Palais des Prinzen August Wilhelm machte er Halt. Ein Teil der Arbeiter und Soldaten drang in den Hof und zwang die dort aufgestellte Infanteriewache, die Gewehre abzugeben. Am benachbarten Reichsamt des Innern überredeten sie die Führer eines dort haltenden Militärautos, sich ihnen anzuschließen. Zwei Soldaten erkletterten das Deck und schwangen im Weitermarsch rote Fahnen. Vor dem Auswärtigen Amt machten die Demonstrierenden ebenfalls eine kurze Pause, betraten das Haus, kehrten aber sofort wieder freiwillig um. Ebenso ließen sie das angrenzende Reichskanzlerpalais unbehelligt. Der Zug bewegte sich sodann in der Richtung auf die Leipziger Straße.

Rote Fahnen am Schloß.

Am Kgl. Schloß und am Kronprinzenpalais waren am Eingang zu den Portalen rote Fahnen angebracht. – Die Hauptwache Unter den Linden ist von Militär entblößt, dafür sind drei Zivilisten mit Gewehr aufgezogen, die Ansprachen an das Publikum hielten. Sie behaupteten darin unter anderem, daß an der Front das Schießen eingestellt sei.

Der Sturm auf das Polizei-Präsidium.

In den Nachmittagsstunden begannen bewaffnete Trupps in Kraftwagen mit Umzügen durch die Stadt. In der Nähe des Halleschen Ufers wurden aus einem

geheimen Waffendepot

Gewehre verteilt, und nun begann die Rundfahrt, die zweifellos gut organisiert war.

Vom Norden her drang ein Zug von mehreren Hundert Personen, darunter eine Abteilung Soldaten der vom Soldatenrat bereits besetzten Maikäferkaserne gegen das Polizeipräsidium vor. Unterwegs schlossen sich neue Mengen an, so daß beim Eintreffen des Zuges der Alexanderplatz binnen weniger Minuten mit einer unübersehbaren Menge besetzt war.

Von allen Seiten wurde nun der Sturm auf das Polizei-Präsidium begonnen. Vom Präsidenten war einige Zeit vorher der Befehl gegeben worden, sämtliche Türen des Gebäudes zu schließen.

Mit dem Gewehrkolben

wurde an die Türen gehämmert. Nichts rührte sich. Aus der Menge fielen Rufe: „Schlagt die Fenster ein!" Im selben Augenblick klirrten die Scheiben und eine Reihe von Schüssen wurde gegen die Fenster abgegeben. Um Blutvergießen zu vermeiden, wurden schließlich die Türen geöffnet, und eine Abordnung Bewaffneter drang in das Gebäude. Das Gefängnis wurde geöffnet und

650 Gefangene befreit.

Die Bewaffneten nahmen den Schutzleuten das Versprechen ab, keinen Widerstand zu leisten, und der Polizeipräsident verließ darauf mit den höheren Beamten das Gebäude, das von dem Anführer der Aufständischen besetzt wurde.

Gegen zwei Uhr nachmittags zog von der Straße Unter den Linden her ein starker Trupp die Wilhelmstraße entlang, um die öffentlichen Dienststellen zum Niederlegen ihrer Tätigkeit zu zwingen. In die Reichskanzlei drangen Bewaffnete, fanden die Räume aber bereits verlassen. Am Wilhelmplatz sammelte ein Zivilist die Bewaffneten zu einer Abteilung, kletterte auf ein von dem Trupp mitgeführtes Auto und erklärte: „Kameraden, Genossen! Als kriegsbeschädigter Offizier, dem im Felde bereits großes Unrecht geschehen ist, ersuche ich euch, der Freiheit zum vollen Siege zu verhelfen. Wir wollen jedes Blutvergießen vermeiden, müssen aber selbst Ordnung halten. Achtet besonders auf die Gewehrträger unter euch, die etwa die Waffen zum Mißbrauch benutzen. Jede unnötige Gewalt muß unterbleiben. Es lebe die soziale Revolution!"

W.T.B. von A. und S. besetzt.

In den ersten Nachmittagsstunden erschienen Abgesandte des Arbeiter- und Soldatenrates in den Räumen des bisher amtlichen Wolffschen Telegraphenbureaus und übernahmen es im Auftrage des Rates. Die Eingänge wurden scharf kontrolliert, nur Personen mit Ausweis bekamen Zutritt. Die Uebermittlung der Nachrichten durch den Ferndrucker setzte um diese Zeit aus. Gegen 4 Uhr kam wieder die erste Meldung aus dem W.T.B. in die Redaktionen. Sie lautet:

Das Wolffsche Telegraphische Bureau wurde heute mittag durch den Arbeiter- und Soldatenrat besetzt. Seit 3 Uhr steht der Nachrichtendienst dieses Bureaus unter der Vorzensur des Arbeiter- und Soldatenrates. Die Besetzung des Bureaus geschah ohne Schwierigkeiten, so daß der Nachrichtendienst für die deutsche Presse hierdurch keine Verzögerung erleidet.

Gefangenenbefreiung im Lazarett.

Ein Trupp von etwa 80 bis 100 Zivilpersonen, durchweg mit Gewehren und Handgranaten bewaffnet, drang in den heutigen Mittagsstunden in die Parkanlagen des Garnisonlazaretts in der Scharnhorststraße und von da aus in das Lazarett selbst ein. An ihrer Spitze befand sich eine Frau mit einer großen roten Fahne. Die zur Bewachung des Lazaretts dort befindlichen Soldaten ließen sich ohne Widerstand entwaffnen. Hierauf erfolgte nach Verhandlung mit einem der im Lazarett tätigen Stabsärzte die Befreiung sämtlicher wegen politischer Vergehen dort festgehaltenen Insassen der Gefangenenstation. Die Leute durften ihre Kleidung in der Kammer in Empfang nehmen und alsbald das Lazarett verlassen. Gefangene, die wegen gemeiner Vergehen in Haft gehalten werden, sowie solche mit Geisteskrankheiten und nicht Gehfähige wurden ohne weiteres im Lazarett belassen.

Die Kokarden.

Am Nachmittag wurden den Soldaten und Offizieren von den Beauftragten des Arbeiter- und Soldatenrats die Kokarden von den Mützen abgenommen. Das geschah meistens in ziemlich höflichen Formen. Die Offiziere wurden umringt, und es blieb ihnen schließlich nichts weiter übrig, als dem Willen der Delegierten nachzukommen. Auch in die Droschken, in denen Soldaten und Offiziere saßen, sprangen Delegierte hinein und entfernten die Kokarden. Später legte die Mehrzahl der Soldaten, die auf den Straßen zu sehen waren, freiwillig die Kokarden ab.

Die Rundfahrt der Roten Flagge.

Der Arbeiter- und Soldatenrat ließ heute nachmittag eine große Anzahl Militär- und Privatautomobile, mit roten Fahnen besteckt, durch die Stadt fahren, um der Bevölkerung die Abdankung des Kaisers mitzuteilen. Die Automobile waren dicht besetzt mit Arbeitern und Soldaten, die Mehrzahl mit Gewehren bewaffnet. Vorne auf den Automobilen stand je ein Arbeiter und ein Soldat, die sich die Hand reichten. Auf einem Automobil sahen wir auch einen Feldwebelleutnant. Von den Automobilen wurden zu Tausenden Flugblätter heruntergeworfen, die zumeist den bekannten Erlaß des Reichskanzlers mitteilten und dann noch folgende Mitteilungen enthielten:

„Es wird nicht geschossen!"

Der Reichskanzler hat angeordnet, daß seitens des Militärs von der Waffe kein Gebrauch gemacht werde.

Parteigenossen! Arbeiter! Soldaten! Soeben sind das Alexanderregiment und die Vierten Jäger geschlossen zum Volke übergegangen. Sozialdemokratischer Reichstagsabgeordneter Wels u. a. haben zu den Truppen gesprochen. Offiziere haben sich den Soldaten angeschlossen. Der sozialdemokratische Arbeiter- und Soldatenrat."

Die französische Front.

In Berlin sind heute Nachrichten eingetroffen, denen zufolge an oder hinter der französischen Front ähnliche Bewegungen ausgebrochen sind wie jetzt in Deutschland.

Hughes' Friedensforderungen.

Drahtbericht unseres Korrespondenten.

1. **Rotterdam**, 8. November. Der australische Ministerpräsident Hughes hielt gestern im Australischen Klub in London eine Rede. Er erinnerte daran, daß der Rat von Versailles nicht nur über die Waffenstillstandsbedingungen, sondern auch über die Friedensbedingungen die Entscheidung getroffen habe, und äußerte sein Bedauern über die Tatsache, daß die Dominien über die Friedensbedingungen nicht gefragt worden seien. Zum dritten Punkte Wilsons erklärte er, daß das australische Volk nicht daran denke, Deutschland auf dem Gebiet der Tarif- und Handelsabkommen die nämliche Behandlung zu gewähren wie den Verbündeten. Diese Bedingung würde den Völkern ihre souveränen Rechte nehmen, die Gesetze nach ihrem eigenen Gutdünken zu machen. Im Namen Australiens protestiere er dagegen. Er fordere eine Vereinbarung der Verbündeten über die Rohstoffe. Ob eine solche Vereinbarung bestehe, welche Deutschland nicht so zu behandeln wünsche wie die Verbündeten, sei noch nicht ausdrücklich erwiesen worden. Deshalb müsse man eine Erklärung über die Entschlüsse, die die Verbündeten über die Rohstoffe gefaßt haben, fordern. Hughes sagte weiter, er würde die Friedensbedingungen beanstanden, welche keine Kriegsentschädigung vorsehen.

Aus Oesterreich.

Telegraphische Meldungen.

Graz, 7. November. Wie dem Grazer Volksblatt aus Cilli gemeldet wird, werden die deutschen Gemeinden des slowenischen Unterlandes zum Rücktritt gezwungen. Die Stadtverwaltung von Rann wurde bereits am 31. Oktober den Slowenen übergeben. Auch die deutschen Geldinstitute wurden unter slowenische Verwaltung gestellt. Die südslawische Regierung hat für den slowenischen Teil Krontiens den Schriftleiter des Mir, Franz Smodi, zum Kommissar ernannt, der mit weitgehenden Vollmachten ausgestattet wurde. Die Postanstalten Untersteiermarks liefern das Geld nach Laibach ab.

Innsbruck, 7. November. Wie aus Bregenz gemeldet wird, sind die Verhältnisse in Vorarlberg vollständig normal. Das Leben wickelt sich in vollster Ruhe und Ordnung ab. Plünderungen und Ausschreitungen sind nirgends vorgekommen. Der Soldatenrat hat die Geschäfte der Landesverwaltung übernommen und führt sie in zielbewußter Weise.

Nr. 1 der «Roten Fahne» vom 9. November 1918

burg konnte an der vergeblichen Verhandlung mit dem Direktor des Scherl-Verlages gerade noch teilnehmen, dann führten Leo Jogiches, Paul Levi, Karl Liebknecht und Ernst Meyer sie ins Hotel ‹Excelsior›, gegenüber dem Anhalter Bahnhof. Es war vereinbart worden, daß man vorläufig nicht nach Hause zöge, sondern im Hotel bliebe, um ständig miteinander beraten zu können.»

Rosa Luxemburgs Gepäck war noch auf dem Bahnhof.

«Es sei zwecklos, sagte man mir, daß ich dorthin wolle, da ich keinen Passierschein hätte. Den aber mußte man in jenen Tagen haben, wenn man abends auf die Straße wollte. Ich war fest entschlossen, auch ohne Passierschein mein Glück zu versuchen.» Die energische Mathilde. «Und wirklich ließ man mich überall durch, sobald ich sagte, ich müsse Rosa Luxemburgs Koffer holen.» Da traf sie auf Posten, denen dieser Name etwas bedeutete. Am späten Abend kam Mathilde ins Hotel zurück.

Am anderen Tag, am 11. November 1918, wurde im Hotel «Excelsior» gegenüber dem Anhalter Bahnhof der Spartakusbund gegründet und seine Zentrale gebildet. Der Bund war noch keine Partei. Seine Mitglieder gehörten organisatorisch zur USPD, zur Unabhängigen Sozialdemokratischen Partei Deutschlands.

Mathilde blieb in der Nähe. «Rosa Luxemburg lebte jetzt von früh bis spät in einer unbeschreiblichen Hetzjagd. Es kamen Besucher von nah und fern und aus allen Gesellschaftsklassen, die bei den Spartakisten die Macht wähnten und Vorteile für sich witterten, es fanden Beratungen zu politischen Tagesfragen statt, Versammlungen mußten abgehalten werden, und nicht zuletzt tobte der Kampf um den Besitz des Scherl-Verlags, den man käuflich erwerben wollte. Aber alle Versuche, die ‹Rote Fahne› dort weiterzudrucken, scheiterten.»

Der Scherl-Verlag war einer der großen Drei. Neben Rudolf Mosse und Leopold Ullstein war August Scherl mit seinem 1883 gegründeten «Berliner Lokal-Anzeiger» der jüngste Zeitungskönig. Der reaktionärste.

Die Geschichte spart nicht mit Ironie. Wir sehen auf unserem Stadtplan Scherls Verlag, einen kleinen Drukker und Verleger aus der Kreuzberger Naunynstraße, 1848 auf der Barrikade gegen die Obrigkeit kämpfen. Sein Sohn August mitsamt seinen Blättern ist kaiserfreundlich, kaisertreu und angeblich unpolitisch. Aber der Scherl-Verlag, den die Spartakusleute besetzten, gehörte längst nicht mehr dem Namensgeber, sondern seit 1916 der Schwerindustrie von Rhein und Ruhr. August Scherls kostspielige Lebensführung, seine extravaganten Unternehmungen ruinierten den Verlag so, daß Scherl sich nach und nach zurückziehen mußte, Geschäftsführer wurde, bis er ganz austrat. Unter Leitung von Alfred Hugenberg baute man einen Zeitungskonzern. Wie und mit welchen Mitteln der Spartakusbund von ihm den «Lokalanzeiger» oder den ganzen Verlag «käuflich erwerben wollte», wie Mathilde berichtete, bleibt unklar. Kein Gedanke mehr an eine Enteignung. Sie kam auf andere Art. Hugenberg wurde zum Wegbereiter Hitlers und Minister in dessen erstem Kabinett. Der «Berliner Lokal-Anzeiger» wurde im Sommer 1944 ein Opfer des «totalen Krieges», den er seit dem November 1918 als Blatt der Antidemokraten und Republikfeinde mit vorbereitet hatte.

Mathilde: «Der Kampf um den Besitz des ‹Berliner Lokal-Anzeigers› mußte aufgegeben werden, und man kaufte die Zeitung ‹Das kleine Journal› in der Königgrätzer Straße.» Dort erschien am 18. November 1918 die Nummer 3 der «Roten Fahne». Eine kostbare Woche ohne Zeitung war verstrichen.

«Das kleine Journal» hat eine seltsame Geschichte. Gegründet von einem Mann, der in den Gründerjahren aufstieg und sich ruinierte. Der Großunternehmer Bethel Henry Strousberg, eigentlich Barthel Heinrich Straussberg (1823–1884), war der Erbauer zahlreicher

Eisenbahnstrecken und eine der bedeutendsten Persönlichkeiten des Kapitalismus der freien Konkurrenz, an dem er scheiterte. Als er 1879 «Das kleine Journal» gründete, war seine Glanzzeit längst vorbei. Er wollte neue Pläne popularisieren, große Erwartungen, schrieb Leitartikel, suchte finanzkräftige Helfer.

Vergebens.

Ist das nicht bemerkenswert? Die erste deutsche kommunistische Zeitung erscheint an Stelle der letzten Gründung eines an den kombinierten Interessen von Hochfinanz, Großindustrie und Staat gescheiterten privaten Kapitalisten. Marx hätte gelächelt.

Als Strousberg tot war, erschien das Blatt mit dem Untertitel «Zeitung für alle Gesellschaftsklassen» unter neuen Besitzern weiter. 1918 entdecken wir «Das kleine Journal (Berliner Mittagszeitung)», das mehrfach Redakteure und Besitzer wechselte, in der Druckerei Lehmann in der Königgrätzer Straße. Gleich neben dem Anhalter Bahnhof, dem Hotel «Excelsior» gegenüber. Und obgleich der Spartakusbund das Blatt gekauft hat und seine «Rote Fahne» nun regelmäßig herausbringt, erscheint «Das kleine Journal» bis zum Monatsende weiter. Dann tritt, ohne daß eine Zeile es den Lesern mitteilt, eine Änderung ein.

Am Sonnabend, dem 30. November 1918: «Das kleine Journal (Berliner Mittagszeitung)».

Am Montag, dem 2. Dezember 1918: «Berliner Mittagszeitung (Das kleine Journal)». Nummer und Jahrgang, es ist der 40., zählen weiter. Als ob nichts geschehen ist.

Da «Die Rote Fahne» seit dem 18. November regelmäßig erscheint und in ihrem Titel links oben vermerkt: «Redaktion und Expedition: SW 11, Königgrätzer Straße 40/41» und in der Mitte: «Schriftleitung: Karl Liebknecht und Rosa Luxemburg», wen wundert es, wenn die «Berliner Mittagszeitung (Das kleine Journal)» vom 7. Dezember berichtet, daß am 6. Dezember abends eine Kompanie Soldaten erschien, die den Hof König-

Alfred Stiller (1883–1954): Sitzung des Spartakusbundes.
Der Maler und Graphiker war Mitglied und stellte sein Atelier in der Zimmerstraße 77 zur Verfügung

Sonder-[illegible]be.

Nr. 1.
Erste Dezember-Ausgabe
1918.

Der Galgen

Preis 15 Pfg.

Internationale Zeitschrift für alle kulturellen Interessen.
Offizielles Publikationsorgan der „Deutschen Sozialaristokratie" (Ortsgruppe Berlin)
(Bund der Freien Deutschlands.)
Herausgeber: Adolf Pleßner, Berlin.

Bezugspreis für 10 aufeinanderfolgende Ausgaben Mk. 2.– inkl. freier Zustellung. Sprechstunde des Herausg. Mittw. u. Sonnab. von 9–12 Uhr Vorm.

Manuskripte und Zuschriften sind an die Redaktion Berlin C 2, Burgstraße 30 (Bürohaus Börse, Zimmer 21, zu senden.

100 000 Mark für Liebknecht's Leiche.

Selten habe ich einer so ruhigen und würdevollen Versammlung beigewohnt wie neulich Sonntag Vormittags in der Patzenhofer-Brauerei in Moabit. Sie war, mein lieber Galgenleser, höre und staune, vom Spartacusbunde einberufen und der Referent Doktor Dunker referierte über das Thema: Was will der Spartacusbund? Eine tausendköpfige, aus allen Schichten der Bevölkerung zusammengesetzte Menge lauschte andachtsvoll den sachlichen, trefflichen Ausführungen des Redners und außer mir gingen wohl Viele mit der Überzeugung heim, daß man sich von den Spartaciden doch eine ganz falsche Vorstellung gemacht habe, und daß den Blättern der Bürgerlichen und Mehrheitssozialisten daran gelegen sei, absichtlich Unwahrheiten über Liebknecht, die blutige Rosa und den Spartacusbund zu verbreiten.

In dieser Versammlung nun berichtete Dr. Dunker, daß für die Beseitigung Liebknechts ein Kopfpreis von 100 000 Mark ausgesetzt sei, und ich bin überzeugt, ehrlich: **Wieviel Tränen und Elend wären uns erspart geblieben, wieviel Väter und Söhne wären nicht verblutet, wenn die Revolution nicht erst im November 1918 sondern im Jahre 1915 gekommen wäre!!** Glaubt Jemand, daß wir damals einen schlechteren Frieden bekommen hätten als heute? Liebknecht und der Spartacusbund haben systematisch auf den Frieden hingearbeitet, immer wieder kleine Anfragen im Reichstage eingebracht und gegen Alle Annexionisten gekämpft. Die Zuchthäuser und Gefängnisse füllten sich mit denen, die für die Wahrheit und gegen den Wahnsinn des Massenmordes auftraten. Und endlich hat die Geduld des Volkes ein Ende. Ein hohles Gebäude, ein Lügengewebe bricht zusammen, die Revolution bricht aus, die Märtyrer werden aus den Gefängnissen befreit und umjubelt. Kaum acht Tage später beginnt die Hetze derer, die um ihre armseligen Groschen fürchten, die Angst haben, daß sie arbeiten müssen.

Straflosigkeit der Abtreibung — Mittel für Schwangerschafts-Verhütung.

Zwei Forderungen des „Galgen."

Von Prof. E. Hardy.

Man wird mir zweifellos Recht geben, daß die Frau Herrin ihres Körpers sein soll. In Wirklichkeit findet sich jedoch ihre geschlechtliche Freiheit durch soziale Bestimmungen, moralische und gesetzliche Hindernisse und durch die Mutterschaft behemmt. Die öffentliche Meinung kann sie schließlich verachten, Sitte und Gesetz trotzen: das ist Sache ihrer Charakter-Eigenschaft, ihres Willens und selbständigen Handelns! Aber gleichwohl, möge sie in freier oder gesetzlicher Ehe

Zeitungsblatt, karminrosafarbenes Papier,
Anfang Dezember 1918

grätzer Straße 40/41 besetzte und die Eingänge, darunter auch den zur Möckernstraße. Die Redaktion beeilt sich, mitzuteilen, daß die Herstellung der «Roten Fahne» lediglich ein Druckauftrag ist. Die Geschäftsräume dieser Redaktion befinden sich «anderswo». Nur abends seien einige Redakteure in der Druckerei zur Schlußredaktion.

Die Soldaten suchten Karl Liebknecht und Rosa Luxemburg. Die waren aber nicht da. Meldung: «Wie wir hören, soll gestern in einer Versammlung beschlossen worden sein, auf den Kopf Liebknechts eine Prämie von 10000 Mark auszusetzen.» In anderen Veröffentlichungen jener Tage ist von 100000 Mark Kopfprämie die Rede.

Es handelte sich um einen Putsch, der 14 Tote kostete. Wie die «Rote Fahne» meldete, besetzten Truppen vom Garde-Grenadierregiment Kaiser Franz die Redaktionsräume. «Treppen, Hof und Hauseingang wurden abgesperrt, die Maschinen angehalten, Schränke

Werbeplakat, Ende 1918

erbrochen, Tische und Schubladen durchsucht. Man fahndete nach Liebknecht» und berief sich auf einen Befehl der Regierung Ebert-Haase.

Mit der Gründung der «Roten Fahne» begann, so Mathilde, «Rosa Luxemburgs Tätigkeit als Chefredakteur, während Karl Liebknecht sich ganz der Agitation der Massen widmete. Er gönnte sich kaum einige Stunden Schlaf, sprach in drei bis vier Versammlungen täglich, in Betrieben, auf öffentlichen Plätzen, und war überall, wo immer er nötig war. Rosa Luxemburg mußte fast täglich den Leitartikel schreiben. Sie hatte Paul Levi zur engeren Mitarbeit und einen Stab gescheiter, aber im Zeitungswesen nicht eingearbeiteter Redaktionskräfte. Sie hat die Redaktion fast niemals vor elf Uhr abends, oft aber erst nach Mitternacht verlassen. Die Reihenfolge der Artikel, Notizen und Nachrichten, der sogenannte Spiegel, die letzte Prüfung bei den Setzern», alles war ihre Arbeit. «Kümmerte sie sich nicht darum, so kam irgendetwas verkehrt heraus, und sie ärgerte sich am nächsten Tag, daß eine Zeitung, die unter ihrem Namen erschien, Fehler aufwies.»

Die allgemeine Hetze gegen die Spartakisten und ihre Zeitung bewirkte, daß sich das vornehme Hotel «Excelsior» seiner Gäste entledigte, «um zu zeigen, daß es nichts mit ihnen zu schaffen habe. Man zog von einem Hotel ins andere und wohnte getrennt voneinander. Sehr bald mußten diese Revolutionäre unter falschem Namen leben, um sich und die Sache nicht zu gefährden.»

Am 17. Dezember 1918 – mit der Nummer 32 – übersiedelte die Redaktion der «Roten Fahne» in ein Hotelgebäude in der Wilhelmstraße 114, behielt aber mehrere Zimmer im Hotel «Ascanischer Hof» zwischen Potsdamer Platz und Anhalter Bahnhof. In diesem Hotel in der Königgrätzer Straße hatte 1913 Franz Kafka gewohnt und auf seine Berliner Braut gewartet.

«Dieser Hetzjagd müde, ging Rosa Luxemburg Ende Dezember in ihre Wohnung. Ich schlief bei ihr. Nachts

Hotel «Ascanischer Hof» in der Königgrätzer Straße

zwischen 12 und 1 Uhr holte ich sie nach vorheriger telefonischer Verständigung von der Bahn ab. Müde aß sie dann eine Kleinigkeit zur Nacht und ging schlafen. Wie ein Kind streckte sie sich im Bett zufrieden aus und sagte: ‹Ich werde gut schlafen, ich habe alles geschafft, was ich mir vorgenommen hatte. Ich bin so zufrieden.›»

Als im Spartakusbund die Aufgaben verteilt wurden, hatte Rosa gebeten, daß Mathilde Jacob als ihre persönliche Sekretärin arbeiten dürfe.

Mathilde: «Leider verstand ich dieser kostbaren Wirklichkeit keine Freude abzugewinnen.» Kostbare Wirklichkeit, eine Formulierung für jedermanns Alltag. «Ich war plötzlich Rosa Luxemburgs wechselnden Stimmungen nicht mehr mit gleichem Verständnis ergeben. Tausend Kleinigkeiten zerrten an mir herum. Rosa Luxemburg war weit über ihre Kräfte in Anspruch genommen. Sie war gewohnt, alles mit der Hand zu schreiben, so daß ich kaum zum Arbeiten mit ihr kam. Für eine gegenseitige Verständigung blieb keine Zeit übrig. Anstatt geduldig abzuwarten, wie sich die Dinge entwickeln würden, arbeitete ich mit Leo Jogiches.

‹Ich freue mich über deinen guten Geschmack›, sagte Rosa Luxemburg, ‹aber daß Leo verträglicher als ich sein soll, das ist mir unverständlich. Er ist der schwierigste Charakter, den ich kenne, mit mir kann man doch auskommen.› Leider konnte ich es damals nicht.»

Rosa gehörte ihrer Sekretärin nicht in dem Umfang, wie Mathilde sich das gewünscht und in den vergangenen Jahren, als die Schutzhaftgefangene von ihrer Betreuung abhängig war, ausgemalt haben mochte. Es gab aber noch einen anderen Grund.

Rosa Luxemburg nahm «ein junges Mädchen zu sich, das nach dem Tode Hans Diefenbachs brieflich bei ihr Zuflucht gesucht hatte. Wir hatten gemeinsam überlegt, daß das junge Mädchen kam, und ich war durchaus einverstanden damit gewesen. Als sie aber eintraf, verließ ich die Wohnung. Ich bekam es nicht fertig, Rosa Luxemburg fortab zu besuchen. Tat ich es gelegentlich, so

Hans Diefenbach

litt ich solche Qualen, daß ich mir vornahm, meine Besuche einzustellen.»

Hans Diefenbach, ein sozialdemokratischen Kreisen nahestehender Arzt, war bis zu seinem Tode an der Front im Oktober 1917 eng mit Rosa Luxemburg befreundet. Sie erhoffte von dem literarisch Begabten, er möge «uns eine in der deutschen Literatur noch nicht vertretene Gattung schaffen: den literarischen und historischen Essay». Weshalb diese in England und Frankreich so glänzend vertretene Kunstform in Deutschland fehlt? «Ich glaube, das liegt daran, daß die Deutschen zu viel pedantische Gründlichkeit und zu wenig geistige Grazie besitzen, und wenn sie was wissen, schon gleich eine schwere Dissertation mit einem Sack Zitate lieber als eine leichte Skizze machen.»

Das heißt auch, erst mit pedantischer Gründlichkeit erklären, wer Hans Diefenbach war. Aber er verdient unsere Aufmerksamkeit. Er schrieb Artikel und Rezensionen für die «Neue Zeit» und andere sozialdemokratische Blätter. Deshalb ermutigte Rosa in Briefen aus Wronke ihren dreizehn Jahre jüngeren Freund und Verehrer immer wieder: «Ich bleibe dabei: es ist die deutsche Gründlichkeit, die es verhindert, ein mit leichten Strichen hingeworfenes Lebens- oder Zeitbild zu schaffen, das zugleich ein volles köstliches Erlebnis sein kann.»

Wie kann unsereiner, beschäftigt mit dem Lebens- und Zeitbild der Mathilde Jacob, diesem Anspruch und solcher Mahnung gerecht werden? Ja, es ist die deutsche Gründlichkeit, die manchen leichten Strich verhindert. Da aber manche Kenntnis gründlich verhindert und behindert worden ist und ein genormter Überbringer sich oft mit allgemeinen Sätzen und verhängten Bildern befriedigte, flugs manche Etappe überspringt und manches Ereignis vergessen muß und manchen Menschen, kann solcher nicht nur deutschen Gründlichkeit nur begegnet werden mit Gründlichkeit. Wenn Rosa Luxem-

Die

Garde-Kavallerie-
Schützen-Division

ist in Berlin einmarschiert.

Berliner!

Die Division verspricht Euch, nicht
eher die Hauptstadt zu verlassen, als
bis
die Ordnung endgültig wieder
hergestellt ist.

Plakat, Dezember 1918

burg ihrem Freunde schreibt, «daß das Ausschöpfen aller Einzelheiten auf einen feiner empfindenden Menschen ermüdend und beleidigend wirkt, während wenige künstlerisch gewählte Züge die Phantasie des Lesers anregen und von ihm selbst zu einem geschlossenen Bild abgerundet werden» – recht hat sie, aber erst muß ausgeschöpft werden.

Als die Nachricht kam, daß ihn eine Granate zerrissen hatte, schrieb Rosa an Diefenbachs Schwester: «Hans übertraf alle Menschen, die ich kenne, an innerer Noblesse, Reinheit und Güte. Das ist bei mir nicht der übliche Drang, von einem Toten Gutes zu sagen.»

Auch Benedikt Kautsky rühmt Diefenbachs Güte und Hilfsbereitschaft, «aus der sein Bekenntnis zum Sozialismus und sein politisches Interesse entsprangen und er kannte keine größere Freude, als daß er, der aus behaglichen materiellen Verhältnissen stammte, anderen helfen konnte».

Hans Diefenbachs Testament: «Meiner Freundin Dr. Rosa Luxemburg, Berlin-Südende, Lindenstraße, vermache ich 50000 M., jedoch mit einer Klausel: Die genannte Summe soll von irgendeiner entsprechenden Instanz, z. B. meiner Schwester verwaltet und der Erbin der jährliche Zins bis zu ihrem Tode regelmäßig ausgezahlt werden. Ich treffe diese Bestimmung, da meine ausgezeichnete Freundin in der Privatökonomie vielleicht keine ganz so geniale Meisterin ist wie in der Nationalökonomie. Ein impulsives Ausgeben der genannten Summe für irgendeinen momentanen politischen Zweck läge nicht im Sinn meines Vaters, des Erwerbers dieses Geldes, als dessen bloßer Verwalter ich mich eigentlich nur fühle, nicht als dessen gemeiner Besitzer. Wohl aber bitte ich meine Freundin Rosa Luxemburg für den Fall ihres Ablebens, eine Bestimmung zu treffen, wie die genannte Summe von 50000 M alsdann für unsere gemeinschaftlichen großen politisch-sozialen und philantropischen Ideale zweckentsprechend verwendet werden sollen. Das Bestimmungsrecht hierüber soll *ihr* für *ihr* Testament vollkommen zustehen. Die jährlich ausgezahlte Zinssumme bitte ich sie sorglich in meinem Sinne zu verwenden und dabei vor allem zu berücksichtigen, daß nicht bloß die Gemeinschaft unserer Ideen, sondern auch ihr eigenes körperliches Wohlergehen stets eine nahe Herzensangelegenheit gewesen ist. Sie soll also die jährliche Rente nicht bloß, wie dies ihrem großartigen Naturell entspräche, für andere bedürftige Leute, sondern in erster Linie für sich selbst verwenden.» Rosa Luxemburg konnte die Erbschaft nicht mehr antreten. Was davon nach der Inflation ihren erst 1927 erbenden Verwandten übrigblieb, kann nicht viel gewesen sein.

Das junge Mädchen, das nach dem Tode Diefenbachs in Rosa Luxemburgs Wohnung lebte, hieß Medi Urban. Später heiratete sie Hans Kautsky jun. Medi erscheint in Rosas Briefen an Mathilde im Sommer 1918: «Ich bin so froh, daß Medi mit Ihnen und Sonja gleich so gut harmoniert.» Nur wenn Mathilde *«absolut»* nicht kommen kann, soll Medi den erlaubten August-Besuch in Breslau in Anspruch nehmen.

Am 10. Oktober 1918 an Mathilde: «Von Medi erhielt ich endlich Nachricht, daß sie in dieser Woche nach Berlin fährt und daß ihre Schwester wohlbehalten noch in Berlin ist. Ich schicke für Medi hier bei einen ersten Gruß, den Sie ihr übergeben wollen. Ich denke, daß ich bald Medis Einsamkeit in Südende teilen werde. Wie wir dort beide wirtschaften werden, habe ich noch keine Vorstellung, denke mir es aber sehr schön.»

Wir haben erfahren, daß sich Mathilde das nicht «sehr schön» vorstellte und empfand. Sie spricht nur von «einem jungen Mädchen, das nach dem Tode Hans Diefenbachs brieflich bei ihr Zuflucht gesucht hatte». Wie dem auch sei, Mathilde mied ihretwegen die Wohnung in Südende.

Mathilde: «Rosa Luxemburg verstand von alledem

nichts. ‹Ich begreife nicht, daß du nicht zu mir kommst›, sagte sie des öfteren.

‹Es geht jetzt nicht›, erwiderte ich. ‹Ich arbeite bis spät abends mit Leo.›

In der Tat arbeiteten wir von morgens 9 bis nachts gegen 12 Uhr. War ich früher fertig, so lief ich in die Redaktion der ‹Roten Fahne› und begleitete Rosa Luxemburg von dort zur Bahn, fuhr aber trotz jedesmaliger Aufforderung nicht mit nach Südende. Einmal, als wir kurz vor Mitternacht zur Bahn gingen und Rosa Luxemburg vor Müdigkeit kaum sprechen konnte, sagte sie: ‹Kannst du mir sagen, weshalb ich stets so lebe, wie ich nicht die geringste Neigung habe? Ich möchte malen und auf einem Fleckchen Erde leben, wo ich Tiere füttern und sie lieben kann. Ich möchte Naturwissenschaften studieren, vor allem aber friedlich für mich allein leben können, nicht in dieser ewigen Hetzjagd.›»

Heute hätte sie dafür das Wort Streß benutzt.

Eine während der Revolutionstage so seufzende Rosa Luxemburg? Der Leser kennt womöglich nur eine unermüdliche Kämpferin. Sie kämpft tatsächlich unermüdlich. Sie schreibt, redigiert, liest und was der Dutzend andere Arbeiten sind, die einer Chefredakteurin auf den Tisch und zu Ohren kommen. Darf ihr die Arbeit nicht zum Halse heraushängen? Darf sie nicht ihrer besten Freundin, ihrer engsten Vertrauten, auch wenn die sich gerade vor Eifersucht auf eine Jüngere quält, darf sie der nicht sagen, was ihr lieber wäre? Die jetzt 47jährige Rosa Luxemburg möchte Naturwissenschaften studieren und friedlich für sich allein leben können ...

Mir fällt eine Veranstaltung ein. Ich war im Programm einer Berliner Hochschule zum 8. März, dem Internationalen Frauentag, der – purer Zufall – auch der Geburtstag von Mathilde Jacob ist, deren Namen ich damals noch nie gehört hatte. Ich war eingeladen, aus meinen «Friedrichsfelder Gedanken» vorzulesen, die ich im Jahre 1969, zum 50. Todestag, geschrieben hatte. Darin steht beispielsweise ein Zitat Lenins, das damals seit

1945 noch nicht wieder in vollem Wortlaut veröffentlicht worden war. *«Wie jeder Mensch hat Rosa Luxemburg fehlerhafte Ansichten gehabt. (Warum schreibe ich das so gedankenlos hin, so wichtigtuerisch, so, als ob sie das eigentlich nicht gedurft hätte, falsche Ansichten zu haben.) Als Anfang der zwanziger Jahre versucht wurde, gerade die verkehrten Ansichten gegen die KPD zu benutzen, reagierte Lenin, indem er sie mit einem Adler verglich und eine alte russische Fabel zitierte: «Wohl traf's sich, daß des Adlers Flug ihn niedriger, als Hühner fliegen, trug, doch fliegen Hühner nie auf Adlershöh'n.» Lenin war ihr schärfster Kritiker. Er zählte ihre Irrtümer auf: Rosa Luxemburg irrte in der Frage der Unabhängigkeit Polens; sie irrte 1903 in der Beurteilung des Menschewismus; sie irrte in der Theorie der Akkumulation des Kapitals; sie irrte, als sie im Juli 1914 neben Plechanow, Vandervelde, Kautsky u. a. für die Vereinigung der Bolschewiki mit den Menschewiki eintrat; sie irrte in ihren Gefängnisschriften von 1918 (wobei sie selbst nach der Entlassung aus dem Gefängnis Ende 1918 und Anfang 1919 ihre Fehler zum großen Teil korrigierte). Aber trotz aller ihrer Fehler war sie und bleibt sie ein Adler; und nicht nur die Erinnerung an sie wird den Kommunisten der ganzen Welt immer teuer sein, sondern ihre Biographie und die vollständige Ausgabe ihrer Werke werden eine sehr nützliche Lehre sein bei der Erziehung vieler Generationen von Kommunisten der ganzen Welt.»* Bedient euch. Die Werke und die Briefe sind mittlerweile vollständig da.

Keine Lesebuchheldin. Ein Mensch. Ein richtiger Mensch mit Unzulänglichkeiten, mit bewundernswerten Eigenschaften und Fähigkeiten, feinfühlig und kämpferisch so genutzt, daß sie über den Tod hinaus wirkt. Also nicht umsonst gelebt. Und dieser letzte Satz trifft auch auf Mathilde Jacob zu.

Friedrichsfelder Gedanken. Man denkt im Gehen an die Demonstration zum Friedhof der Sozialisten, wie sie früher gewesen sein mag, und wie unterdessen: *«Der Sonderfahrplan der Verkehrsmittel sorgt für Massen. Es ist nicht umständlich, hierher zu gelangen. Und wer ein Dutzend Januare mitging, der kennt diesen Sonntag wintergrau oder sonnenklar oder im Schneetreiben oder knirschend kalt und sogar völlig verregnet. Sei es, wie es wolle: Stände mit Bockwurst und heißen, also lauen Getränken unterstützen den Menschenzug. Es gab auch schon Schaschlik und gebratene Leber. Da braucht ein junger Mensch viel Phantasie, wenn er sich ... 1919 ausmalt, 1929 oder 1934.»*

Als er das las, verzog jemand angewidert den Mund. «Bock-Wurst», akzentuierte er. Dabei hatte ich gesehen, wie er ausscherte, aber wiederkehrte in den Demonstrationszug, Bockwurst essend mit vorgestrecktem Mund. Es störte, daß ich profane Bemerkungen in die Prozession trug. So geht mir das manchmal.

Jedenfalls las ich auch diese Stelle in der Hochschule vor. Und dann jene: «Im Frühling 1917 schreibt Rosa Luxemburg aus dem Gefängnis an Sophie Liebknecht: ‹Innerlich fühle ich mich in so einem Stückchen Garten wie hier oder im Feld unter Hummeln und Gras viel mehr in meiner Heimat als – auf einem Parteitag.›» Einige Lehrkörper in der ersten Stuhlreihe verzogen die Gesichter. Offenbar hatten sie zu wenig von Rosa Luxemburg gelesen, kannten die Passage gar nicht, fühlten sich provoziert. Weiter: «Sie spürt sofort, was sie da gesagt hat» – ich sah die Wirkung direkt – «und fügt hinzu: ‹Ihnen kann ich ja wohl das alles sagen: Sie werden nicht gleich Verrat am Sozialismus wittern. Sie wissen, ich werde trotzdem hoffentlich auf dem Posten sterben: in einer Straßenschlacht oder im Zuchthaus. Aber mein innerstes Ich gehört mehr meinen Kohlmeisen als den Genossen ...›» An dieser Stelle muß man eine kleine Pause machen beim Vorlesen. «Und nicht etwa, weil ich in der Natur, wie so viele innerlich bankrotte Politiker, ein Refugium, ein Ausruhen finde. Im Gegenteil, ich finde auch in der Natur auf Schritt und Tritt so viel Grausames, daß ich sehr leide.» Nun war die erste Reihe beruhigt, aber nicht zufrieden. Doch einige Studenten hatten wohl begriffen: Rosa Luxemburg hat uns mehr als politische Ökonomie zu sagen; man muß sie nur ausreden lassen.

Am 1.1.1919 hatte die Garde-Kavallerie-(Schützen)-Division von der Regierung Ebert verlangt: «Solange Spartakus sich der Förderung des Polizeipräsidenten Eichhorn und ähnlicher Leute erfreut, wird es unmöglich sein», «Ruhe» zu schaffen.

Am Abend des 4. Januar kam es zu spontanen Streikaktionen breiter Massen gegen die Absetzung Eichhorns. Daraus entwickelte sich eine Aktion: Arbeiter, Soldaten und Jugendliche besetzten das Berliner Zeitungsviertel, einige Bahnhöfe, Kasernen und öffentliche Gebäude.

Ingo Materna: «Unter dem Eindruck der Massendemonstration, von – jedoch übertriebenen – Nachrichten über eine Bereitschaft von Matrosen und Soldaten, an die Seite der Arbeiter zu treten, sowie unter dem Eindruck allzu optimistischer Berichte aus der Provinz, wurde beschlossen, für den 6. Januar zum Kampf um den Sturz der Regierung und für die Eroberung der Macht durch das Proletariat aufzurufen. Es wurde ein Revolutionsausschuß mit 53 Mitgliedern gebildet.

Am 6. Januar setzte der Generalstreik ein. Über eine halbe Million Arbeiter und viele Soldaten demonstrierten durch das Stadtzentrum gegen die Regierung und mit Hochrufen auf die Revolution. Allgemein war der Ruf nach Waffen; etwa 3000 Arbeiter wurden im Marstall und im Polizeipräsidium bewaffnet.

Die Heeresleitung setzte Freikorps gegen die Demonstranten ein. Der Revolutionsausschuß, in seiner Mehrheit USPD-Funktionäre, erwies sich in dieser Situation als unfähig, entschlossen zu handeln und die kampfbereiten Massen zu führen. Gegen den Protest Karl Liebknechts und Wilhelm Piecks wurden in der Nacht zum

7. Januar Verhandlungen aufgenommen und dazu ein Waffenstillstandsabkommen mit der Regierung geschlossen, die ihrerseits die Zeit nutzte, um weitere Truppen heranzuführen. Den Oberbefehl übernahm der rechte Sozialdemokrat Gustav Noske mit den Worten: ‹Einer muß der Bluthund werden.›

Am 8. Januar setzte noch während der Verhandlungen und unter Bruch des Waffenstillstands ein massiver Angriff auf die Stützpunkte der Revolutionäre ein.»

Der erwünschte Tod in einer Straßenschlacht oder im Zuchthaus?

Mathilde sagt: «Die Pogromstimmung in der Berliner Bevölkerung wuchs von Tag zu Tag. Rosa Luxemburg wohnte nicht mehr zu Hause, auch Karl Liebknecht nicht.»

Im Februar 1919 erschien in Berlin, im Verlag Philipp & Schröder, Gipsstraße 8, zum Preis von 40 Pfennigen eine Broschüre mit dem vielversprechenden Titel: «Liebknechts letzte Tage! Geschildert und herausgegeben von seinem ständigen Begleiter in den Revolutionstagen.»

Auf zehn Seiten schildert der damals vorsorglich ungenannt gebliebene Verfasser Otto Franke die letzten zehn Tage, vom 5. bis zum 15. Januar. In den beiden Nächten vom 7. bis 9. Januar hatte Liebknecht auf einem Billardtisch in der Bötzowbrauerei geschlafen. Das ist Prenzlauer Allee/Ecke Saarbrücker Straße gewesen, wo die Gedenktafel steht. Mittagessen ging man in ein kleines Restaurant in der Puttkamerstraße, ganz in der Nähe der Parteibüros und der «Roten Fahne». «Hier erkannte ihn ein Matrose und wollte ihn zur Rede stellen. Mit den häßlichsten Worten und Redensarten insultierte er ihn und machte ihn für die Vorgänge und Opfer der letzten Tage verantwortlich. Und nun ereignete sich das, was ich so oft zu beobachten Gelegenheit hatte. Liebknecht verteidigte sich und rechtfertigte sich, und

Extrablatt.

Nr. 8 — Jahrgang 1919 | Mittwoch, 8. Januar 1919 | Preis 10 Pfg.

Die Rote Fahne

Zentralorgan der Kommunistischen Partei Deutschlands (Spartakusbund)

Redaktion: Berlin SW 48, Wilhelmstr. 114a. Fernspr.: Amt Kurfürst 3334 u. 3335. Expedition: Berlin SW 68, Friedrichstraße 217a. Fernspr.: Amt Lützow 5736. Nacht-Auslieferung: Möckernstr. 144, Erdgeschoß (am Anhalter Bahnhof).

Schriftleitung: Karl Liebknecht und Rosa Luxemburg

Abonnementspreis für Inland monatlich 1.50 M. Ausland monatlich 3.00 M. Einzelgenpreis: die 7gespaltene Nonpareille-Zeile 75 Pf. Kleine Anzeigen: Ueberschriftswort 30 Pf., jedes weitere Wort 15 Pf.

An unsere Leser!

Infolge einer Schießerei am Anhalter Bahnhof kann unser Blatt nicht im gewohnten Umfange erscheinen. Unsere Geschäftsräume befinden sich in der Hand unserer Truppen. Ein Sturm von Scheidemanns irregeführten Anhängern wurde von unserer Wache abgewiesen.

Die Schriftleitung.

die beiden Gegner schieden mit einem Händedruck als Freunde.»

Die Nacht vom 9. Januar, dem Donnerstag zum Freitag, verbringt Liebknecht in einer nicht näher bezeichneten Wohnung in der Greifswalder Straße. «Als ich ihn dort abholen wollte, wollten die treuen Genossen mich nicht einmal in die Wohnung lassen.»

Die Nacht zum 11. Januar schliefen Liebknecht und Rosa Luxemburg in einer Wohnung gegenüber der Heilige-Kreuz-Kirche in der Blücherstraße 13 nahe dem Halleschen Tor. Der Arzt Dr. Alfred Bernstein gab ihnen Unterschlupf, «der bekannte Anarchist und Gebärstreikpropagandist» (Mathilde). Aber sein Dienstmädchen hatte geschwatzt und herumerzählt, wer zu Besuch gekommen und geblieben war.

Otto Franke berichtet, daß Karl Liebknecht umkehren mußte, als er am anderen Morgen früh das Haus verlassen wollte. Die Regierungstruppen beschossen vom Halleschen Tor aus das «Vorwärts»-Gebäude. Franke: «Er mußte also notgedrungen noch bei seinem Gastgeber bleiben. Leider hatte ihn dort die Portiersfrau» – sie hieß Krause – «erkannt und bemühte sich nun, das so schnell wie möglich weiter zu erzählen. Als er sich ge-

Gratis-Ausgabe.

Vorwärts

Berliner Volksblatt.

Organ der revolutionären Arbeiterschaft Groß-Berlins.

Redaktion und Expedition: SW. 68, Lindenstr. 3. Fernsprecher: Amt Moritzplatz. Nr. 15190—15197. | Freitag, den 10. Januar 1919. | Vorwärts-Verlag G.m.b.H., SW. 68, Lindenstr. 3. Fernsprecher: Amt Moritzplatz. Nr. 11753—54.

Auf zum Generalstreik!
Auf zu den Waffen!
Arbeiter! Genossen! Soldaten!

Grenzenlos war die Langmut der revolutionären Arbeiter Deutschlands; über alle Maßen ihre Geduld mit den vom Bruderblut besudelten Ebert—Scheidemann. Die Verbrechen dieser Verräter des Proletariats, dieser elenden Handlanger der kapitalistischen Blutsauger, dieser Verkörperung der Gegenrevolution, schrien längst zum Himmel. Der 6. Dezember, der 24. Dezember, die Metzelei unter den wehrlosen Urlaubern und Frontsoldaten, die Niederkartätschung revolutionärer

revolutionäre Proletariat am Montag zum Opfer. — Endlich mußte das Gericht die Schuldigen ereilen.

Aber das revolutionäre Proletariat war von solch unerhörter Langmut und Geduld, daß es sich dennoch mit ihnen in Verhandlungen einließ; und um weiteres Blutvergießen zu verhüten, noch einmal an das Gewissen der schurkischen Mordbuben appellierte.

Hinterlistig gingen diese darauf ein, höhnten die Vertreter der Arbeiter durch übermütige Forderungen

keine Wahl! Es muß gekämpft werden bis aufs Letzte!

An jeden Proletarier, an jeden revolutionären Soldaten ergeht der Donnerruf des unerbittlichen Geschicks: Auf zum letzten, zum entscheidenden Kampf!

Heraus aus den Fabriken, ihr Arbeiter und Arbeiterinnen! Der Generalstreik aller Betriebe muß Eure erste Antwort sein!

Alle Räder müssen still stehen! Heraus aus den Betrieben, heraus auf die Straße!

Einseitig bedrucktes Extrablatt des «Vorwärts»
aus dem von Revolutionären besetzten Druckhaus

rade zu Tisch setzen wollte, kam der Friseur des Gastgebers, um die Neuigkeit zu erzählen: Bei ihm im Geschäft wäre davon gesprochen worden, daß sich Liebknecht und Rosa Luxemburg da und da aufhielten. – Ich bat Liebknecht, sofort das Haus zu verlassen, aber er sagte mir: ‹Der Hunger ist größer als die Angst, wir müssen hier erst noch essen.› Er aß in Ruhe, und dann gingen Rosa Luxemburg und er aus dem Hause heraus und verschwanden in eine an der Ecke stehende Droschke.»

Mathilde: «Die Familie des Arztes hatte Furcht, daß durch das Geschwätz ihres Dienstmädchens die Sicherheit ihrer verfolgten und gehetzten Gäste gefährdet würde.»

In Sichtweite der Wohnung schießt die Artillerie, bis die Parlamentäre kommen, deren Schicksal wir zu Beginn dieses Buches kennenlernten.

Als Mathilde auftauchte, um Rosa bei Dr. Bernstein

zu treffen, «waren beide bereits zu einer Arbeiterfamilie nach Neukölln gefahren».

Als Mathilde, zunächst in ihre Wohnung zurückgekehrt, sich auf den Weg nach Neukölln machen wollte, läutete ihr Telefon.

«Aufgeregt meldete eine befreundete Genossin, daß Wolfgang Fernbach erschossen worden sei. Ich ließ mir die Nachricht wiederholen, sie erschien mir unglaublich. Noch am vorhergehenden Tag hatte ich unseren Freund auf der Redaktion der ‹Roten Fahne› gesprochen. Er war voller Zuversicht und bat Leo Jogiches, irgendetwas im Dienste der Revolution tun zu dürfen.»

Auf dem Wege nach Neukölln, einem Arbeiterviertel im Südosten der Stadt, hörte Mathilde Äußerungen wie «Man müsse sie in Stücke schneiden und den Raubtieren zum Fraß geben». Das hatten die Zeitungsberichte, Flugblätter und Reden bewirkt. «In solchen bestialischen Drohungen äußerte sich die maßlose Hetze gegen Rosa Luxemburg und Karl Liebknecht.»

Egon Erwin Kisch (1919): «1919 kämpfte die Revolution nicht mehr um Bastille und Palais Royal. Im Berliner *Zeitungsviertel* lagen die wehrhaften Genossen von Liebknecht und Luxemburg, und zum Entsatz von Mosse, Ullstein und Scherl rückten, von ‹Genossen› Noske kommandiert, die Boches (frz. Schimpfwort für deutsche Soldaten, H.K.) durch die Jerusalemer Straße, Kochstraße und Mauerstraße heran! Solange die Bourgeoisblätter mitsamt dem ‹Vorwärts› nicht erscheinen konnten, dachte das Proletariat selber nach und war auf der Seite der Spartakisten. Als die Lügenfabriken, die Verleumdungspressen wieder arbeiteten – da war es um Liebknecht, war es um die Luxemburg, war es um das deutsche Proletariat getan!»

«Als ich mein Ziel auf Umwegen erreicht und sicher war, keine Spitzel hinter mir zu haben, stieg ich von einem kleinen Hof aus vier Treppen zu dem Versteck der

Extrablatt „Vorwärts"

Organ der Sozialdemokratischen Partei Deutschlands

Nummer 4 | Freitag, den 10. Januar 1919 | Nummer 4

Offensive gegen Spartakus

Berliner!

Die Reichsregierung hat mir das Amt des ersten Kommandanten von Groß-Berlin übertragen mit dem Befehl, die öffentliche Ordnung wiederherzustellen.

Helft mir!

Ich kann diese schwere Aufgabe nicht erfüllen, wenn ihr nicht

Sie kletterten auf die Dächer der Lindenstraße an der Ecke der Schützenstraße, schwangen sich von Dach zu Dach die ganze Schützenstraße weiter und erreichten so die Ecke Schützen- und Jerusalemer Straße. Dort bauten sie die Maschinengewehre ein und bestrichen nun das Eckfenster des Mosseschen Gebäudes und das Dach. Dabei wurde auch festgestellt, daß die Eingeschlossenen über die Dächer der Schützenstraße bis zur Markgrafenstraße sich fortbewegten und von dort laufend mit Munition und Lebensmitteln versorgt wurden. Diese Tatsache wurde dem Führer der Regierungstruppen gemeldet, und dieser ließ nun auch die Markgrafenstraße durch eine dichte Postenkette absperren, so daß die Verteidiger tatsächlich von der Außenwelt abgeschnitten waren. Inzwischen hatte man

Der Entscheidung zu!

Militärisches.

Die Kämpferschar der Gegner rekrutiert sich in erster Linie aus jenen Bevölkerungskreisen Berlins, die sich einreden ließen, die sozialdemokratische Arbeiterregierung Ebert-Scheidemann sei nicht radikal genug. Es handelt sich — in der Dreimillionenstadt — um einige Zehntausend Leute, die bei allen Demonstrationen zur Stelle sind, von denen aber naturgemäß nur ein Teil für den Dienst mit der Waffe in Betracht kommt. Viele von ihnen sind Familienväter und geneigt, möglichst bald in ihr Heim zurückzukehren.

Extrablatt des «Vorwärts»,
der Regierungszeitung

beiden hinauf.» Auch Jahre später, als sie ihren Bericht schreibt, nennt Mathilde weder Namen noch Anschrift.

«Ich hatte das Gefühl, nachdem ich mit Rosa Luxemburg und ihrer neuen Wirtin gesprochen hatte, daß ich dort bleiben müßte, um rechtzeitig warnen und helfen zu können.

‹Aber wo wollen Sie schlafen?› fragte mich Rosa Luxemburg, als ich diesen Wunsch äußerte. ‹In dem Bett hier schläft die Genossin mit ihrem Kind, ich selbst liege auf dem Sofa.› Es war eine schmale, harte Lagerstätte.

‹Ach›, warf die Genossin ein, ‹Sie könnten schon bleiben, wenn nur nicht gar so viele Menschen herkämen. Ich habe Angst, daß Karl und Rosa bei uns entdeckt werden.›

Ich überlegte. In dem zweiten Zimmer debattierte Karl Liebknecht mit einer wirklich recht beträchtlichen Zahl von Genossen. Es war ein wirres Durcheinander in dem kleinen Haus.

‹Karl›, bat ich, ‹lassen Sie Rosa allein wohnen, Sie dürfen nicht beide zusammen bleiben, es genügt, wenn einer entdeckt wird.›

‹Das ist ganz ausgeschlossen›, war die bestimmte Antwort. ‹Wir müssen zusammenbleiben, um stets sofort beraten zu können.›

Alle meine Einwendungen nützten nichts. ‹Bitte›, sagte ich, ‹kommen Sie einen Augenblick zu Rosa hinüber.›

Hier wiederholte ich meine Bitte auf Trennung und fügte die Nachricht von Wolfgang Fernbachs Tod hinzu.

‹Das ist nicht möglich›, rief Karl Liebknecht aus. ‹Sie müssen sich irren.›

‹Nein, Karl, ich irre mich nicht. Ich habe die Angehörigen gesprochen, es ist so.›

Rosa Luxemburg weinte leise. ‹Ich gebe dir einen Brief, Mathilde, du wirst ihn morgen Frau Fernbach bringen.›

‹Auch ich schreibe›, sagte Karl Liebknecht und gab in einigen Zeilen seinem Mitgefühl Ausdruck.»

Auf dem Wege in das letzte Versteck nach Wilmersdorf hörte Otto Franke Rosa Luxemburg sagen: «Es ist traurig, daß man nicht einmal einen Spaziergang machen kann, es ist ja hier schlimmer als im Zuchthaus.»

Ähnliches hält Mathilde fest, als sie sich mit der Neuköllner Wirtin unterhalten hat, die meinte, «sie könne die Verantwortung nicht länger übernehmen. Es kämen unausgesetzt Leute: Ich sollte selbst sagen, ob das nicht auffiele in einem Hinterhaus. Sonst besuche sie nur selten jemand.

‹Ach Mathilde›, sagte Rosa Luxemburg, als ich wieder bei ihr war, ‹wäre ich doch wieder im Loch.›

‹Wie kannst du so etwas so Schreckliches wünschen!›

‹Tausendmal besser als dieses Herumvagabundieren. Im Gefängnis habe ich meine Ruhe: Da ist meine Zelle, und außer mir hat niemand in ihr etwas zu suchen. Aber hierher kommen so viele Menschen, daß ich es einfach nicht ertragen kann.›»

Rosa erklärt ihr, daß sie am nächsten Abend kaum noch in dieser Wohnung sein würde. Die Wirtin hätte Angst. «Fast jeder hatte Angst, und es fand sich nur

Nr. 21. 36. Jahrg.

Morgen-Ausgabe.

10 Pfennig

Vorwärts

Berliner Volksblatt.

Zentralorgan der sozialdemokratischen Partei Deutschlands.

Redaktion und Expedition: SW. 68, Lindenstr. 3. | Sonntag, den 12. Januar 1919 | Vorwärts-Verlag G. m. b. H., SW. 68, Lindenstr. 3.

Massen heraus!

Genossen und Genossinnen! Die Gewalt der Waffen, an die Spartakus in frevelhaften Wahnwitz appellierte, hat zu unseren Gunsten, zu Gunsten der Republik und ihren freiheitlichen Errungenschaften entschieden. Bekräftigt und bestätigt diese Entscheidung durch Euer massenhaftes Erscheinen in den heutigen Versammlungen!

Am heutigen Sonntag, mittag 12 Uhr 20 öffentliche Versammlungen

in folgenden Sälen:

Pharussäle, Müllerstraße 142.
Büttners Festsäle, Schwedter Straße 25.
Lichtspielhaus, Schönhauser Allee 130.
Böhmisches Brauhaus, Landsberger Allee 12.
Prachtsäle des Ostens, Frankfurter Allee 45.
Schwarzer Adler, Frankfurter Allee 99.
Concordia-Festsäle, Andreasstraße 64.
Neue Philharmonie, Köpenicker Straße 96.
Willes Festsäle, Sebastianstraße 39.
Deutscher Hof, Luckauer Straße 15.
Theater am Kottbuser Tor, Kottbuser Straße 6.
Vereinsbrauerei Kindl-Ausschank, Neukölln, Hermannstraße 218.
Union-Brauerei Schultheiß-Ausschank, Hasenheide 22/31.
Weinhaus Rheingold, Bellevuestraße 19.
Mozart-Lichtspiele, Nollendorfplatz 5.
Prachtsäle des Westens, Spichernstraße 3.
Goethe-Gymnasium, Wilmersdorf, Westfälische, Ecke Münsterschestraße.
Volkshaus Charlottenburg, Rosinenstraße 4.
Stadttheater Moabit, Alt-Moabit 47/48.
Patzenhofer Brauerei-Ausschank, Turmstraße 25/26.

Thema: Um die Freiheit!

Mittag 1 Uhr

Morgenausgabe des Regierungsorgans
vom 12. Januar 1919
nach dem Sieg der Konterrevolution

schwer ein Unterkommen für Rosa Luxemburg und Karl Liebknecht.»

Die Regierungstruppen sperrten einzelne Stadtviertel ab und durchsuchten die Wohnungen. Personen, bei denen man eine Waffe oder die Mitgliedskarte der Kommunistischen Partei fand, wurden erschossen. Das war die Ordnung, die in Berlin herrschte und Rosa Luxemburg die Überschrift für ihren letzten Artikel lieferte. Von der «Roten Fahne» vom 14. Januar mit diesem Leitartikel wurden 50000 für den Versand nach auswärts bestimmte Exemplare auf dem Anhalter Bahnhof beschlagnahmt.

Die vorerst letzte Ausgabe mit dem Datum vom 15. Januar, die Liebknechts letzten Artikel «Trotz

Berlin, den 12. Januar 1919.

Preis 10 Pfennig

Neues Berliner Tageblatt

(Mittag-Ausgabe.)

Jahrgang 1919.

Herausgeber: Martin Hildebrandt, Berlin.

Liebknecht auf der Flucht.

Vor dem Ende des Bürgerkrieges.

Die Führer der Spartakisten: Rosa Luxemburg, Dr. Meyer, der Herausgeber der Roten Fahne H. Eberlein, sowie Liebknechts Sohn verhaftet.

Die Regierungstruppen fast alles wieder zurückerobert.

Berliner Zeitungsblatt vom 12. Januar 1919

alledem» enthielt, fiel bis auf einen kleinen Teil in die Hände der Regierungstruppen.

Mathilde konnte nicht in der Wohnung in Neukölln bleiben. «An jenem Abend trieb es mich, schuldig wie ich mich Rosa Luxemburg gegenüber fühlte, ihr diese Schuld zu bekennen. ‹Ich muß dir sagen, Rosa›, begann ich, ‹ich komme innerlich nicht zur Ruhe; ich war stets im Unrecht, wenn ich mich durch dich verletzt fühlte. Ich muß dich um Verzeihung bitten und verspreche dir, für die Folge stets zu kommen, wenn du mich rufst. Es ist ein Wahnsinn, dich für mich allein in Anspruch nehmen zu wollen.›

‹Aber Mathilde, verstehst du denn nicht, daß ich das junge Mädchen aus Pietät gegenüber unserem Freund Hans Diefenbach zu mir genommen habe, und daß mein Verhältnis zu dir ein ganz anderes ist?›

‹So oder so, Rosa, ich bereue mein Benehmen, und das muß ich dir sagen.›

Rosa Luxemburg lachte. ‹Weißt du, als Hans Diefenbach gestorben war, bereute ich, ihm dies und jenes nicht gesagt zu haben. Sprich dich nur aus, du hast dann nach meinem Tode nichts zu bereuen.›

Beim Abschied, es war das letzte Mal, daß ich Rosa Luxemburg sah, küßte ich ihre Hand. Sie entzog sie mir wie gewöhnlich, umarmte mich und küßte mich herzlich auf den Mund. Obgleich Karl Liebknecht und die Wirtsleute dabei waren, umarmte ich Rosa Luxemburg, ihr zuflüsternd, daß ich sie am nächsten Tag wiedersehen würde, daß jetzt alles wieder in Ordnung und ich glücklich sei.»

Am anderen Morgen. Es ist Montag, der 13. Januar 1919. Ehe Mathilde sich «um Leo Jogiches kümmerte und die Briefe zu Frau Fernbach trug», ging sie zur Redaktion der «Roten Fahne» in die Wilhelmstraße. Aber vor dem Gebäude wurde sie vom Hausverwalter erkannt und sofort bei Regierungssoldaten denunziert, die das Haus besetzt hielten, daraufhin festgenommen und «zur Garde-Kavallerie-(Schützen)-Division geführt. Es genügte, daß der Verwalter den Soldaten den Befehl gab: ‹Verhaften Sie, die hat auch in der Redaktion gearbeitet.›» Damit ist Mathilde in Todesgefahr, rettet aber ihr Leben.

«Es dauerte geraume Zeit, bis man mich verhörte. Viele Genossen, auch Unbeteiligte, füllten den Raum. Ich konnte die Briefe Karl Liebknechts und Rosa Luxemburgs unbemerkt in ein Butterbrot schieben, das ich verzehren wollte, hätte man mir nicht gestattet, die Toilette aufzusuchen. Soldaten begleiteten mich dorthin, und erwarteten mich mit aufgepflanztem Gewehr, während ich die Briefe zerriß und durch das Wasser in die Tiefe spülen ließ.»

Dann wird sie verhört und körperlich untersucht. Man fand einige Quittungen, hauptsächlich Belege für Autofahrten, und kombinierte richtig, daß Mathilde diese Fahrten für die Kommunistische Partei gemacht hatte. «Obgleich dies eine Verhaftung nicht rechtfertigte, wurde ich ins Reichstagsgebäude befördert, wo das Regiment ‹Reichstag› hauste.»

«Dem deutschen Volke» steht über dem Reichstag. Das nach ihm benannte Regiment hat sich wenig darum gekümmert, weil es sich für eine besondere Elite dieses Volkes hielt. Solche Inschriften nützen eigentlich nur jenen, die andere daran glauben lassen. Stand nicht «Jedem das Seine» und «Arbeit macht frei» über den Eingängen deutscher Konzentrationslager?

Das Reichstagsgebäude steht ein wenig abseits vom alten Regierungsviertel und beträchtlich entfernt vom heute nicht mehr vorhandenen kaiserlichen Schloß. Darin liegt Bedeutung. Wilhelm II. hätte am liebsten ohne Parlament regiert, und als der Bau des Reichstages (1884–1894) unvermeidlich geworden war, ließ er die demokratische Inschrift nicht zu. So geriet «Dem deutschen Volke» erst Ende 1916 über den Eingang.

Der Reichstag, Symbol geworden durch die Brandstiftung 1933 und die rote Fahne im Mai 1945, steht unmittelbar an der Grenze, die jeder kennt. Im Innern des restaurierten Bauwerks gibt es eine weiträumige Dauerausstellung unter dem Titel «Fragen an die deutsche Geschichte». Man erkennt an den Antworten, daß es wieder einmal darauf ankommt, *Wer* sie *Wann* gibt, *Wem, Wie* und *Warum*. Eine Frage, die ich stelle, am Rande, draußen schon, vor der Tür, lautet: Warum hat die deutsche Behörde beim Verwischen der Spuren deutscher Geschichte an den Reichstagsmauern nicht eine der Inschriften vom Mai 1945 in russischer Sprache stehenlassen? Als Dokument, als Mahnung, als Mitteilung an die Nachkommen, die Schulklassen und Jugendgruppen aus der Bundesrepublik Deutschland, die bei ihrem Westberlinbesuch in diese Ausstellung gehen?

Der Reichstag hat viele Symbole. Ganz einfache Bilderrätsel. Zu beiden Seiten des Hauptportals allerlei Wappen, Ornamente, Figuren, Allegorien. Ein schwergliedriges Weib, verwandt jenen vom Neptunsbrunnen, lagert als der Überfluß auf einer Brunnenröhre und hält in jeder Hand einen Spinnrocken. Hat sie die Fäden zwischen Parlament und Industrie in der Hand? Und so weiter. Ganz unten links, neben einer den immer erwünschten Bürgerfleiß verkörpernden Nackten sieht man das eigentliche Symbol des deutschen Volkes. Ein Schaf, das vergeblich sein Maul aufreißt. Als es von einem stämmigen Knaben mit abgewendetem, gleichgültigem Gesicht in seine Richtung gezerrt wird. Daß seine Kopfbedeckung wie ein Helm aussieht, erinnert uns wieder an den militärischen Gewahrsam, in den diesmal unsere Mathilde geraten ist.

«Die Mannschaften umkreisten mich mit aufgeblähten Nüstern gleich wilden Tieren. Ich war in eine Pogromstimmung hineingeraten, die nicht übersteigert werden konnte. In das kleine Zimmer, in das ich schließlich gebracht worden war, kamen fortwährend Soldaten, die mich anstarrten. Denn bei meinem Eintreffen hatte sich die Nachricht verbreitet, ich sei Rosa Luxemburg, die man verhaftet hätte.»

In seinem Buch über Rosa Luxemburg erwähnte Paul Frölich das «von der Sozialdemokratie gegründete» Regiment «Reichstag». Es hatte eine «Spitzelzentrale, die sich ‹Helferdienst der Sozialdemokratischen Partei, Sektion 14›» nannte. Später wurde gerichtlich festgestellt, daß von Sektion 14 «im Namen von Philipp Scheidemann und dem Finanzmann des Regiments, Georg Sklarz, einem üblen Schieber und Spekulanten, 100000 Mark auf die Köpfe von Karl Liebknecht und Rosa Luxemburg ausgesetzt waren.» Offiziere sagten unter Eid aus, «Fritz Henck, der Schwiegersohn Scheidemanns, habe ihm ausdrücklich bestätigt, die Kopfprämie bestehe, das Geld habe zur Verfügung gestanden. Eine ganze Reihe Angehöriger des Regiments bestätigte diese Aussagen. Ein Mordbefehl habe bestanden, wenn er auch nicht schriftlich gegeben worden sei. Es sei ge-

Detail aus der Fassade des Reichstagsgebäudes

sagt worden: Wer Liebknecht und Luxemburg tot oder lebendig bringt, erhält 100000 Mark.» Keiner von beiden, Scheidemann und Sklarz «hat je gewagt, sich öffentlich von diesem Verdammungsurteil zu reinigen».

Mathilde: «Wenn ich hier herauskomme, dachte ich, werde ich Rosa Luxemburg vor der drohenden Gefahr zu schützen wissen. Ich kam zwar heraus, aber in Begleitung einiger verwilderter Soldaten, die mit mir in meine Wohnung fuhren. Auf mich wartend, saß in meinem Arbeitszimmer Paul Levi. Er wollte Briefe von mir schreiben lassen und wurde nun gemeinsam mit mir ins Moabiter Gefängnis gebracht. Wahrscheinlich hat ihm diese Verhaftung damals das Leben gerettet: er hat es später öfters behauptet. Denn hätte man ihn bei Rosa Luxemburg und Karl Liebknecht angetroffen, so wäre ihm gleich jenen ein bestialischer Tod gewiß gewesen.»

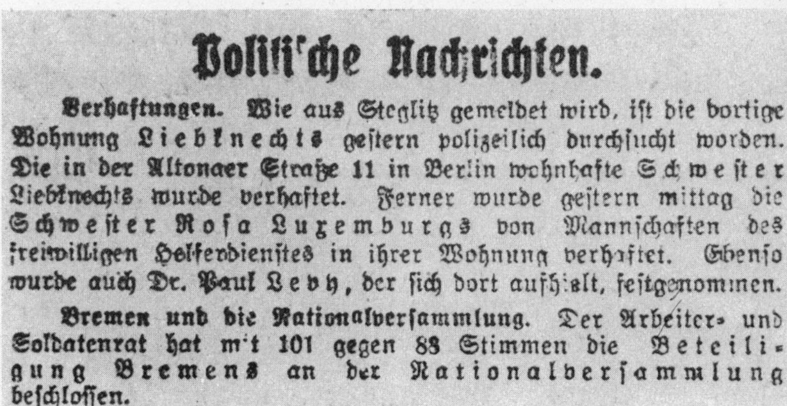

Politische Nachrichten.

Verhaftungen. Wie aus Steglitz gemeldet wird, ist die dortige Wohnung Liebknechts gestern polizeilich durchsucht worden. Die in der Altonaer Straße 11 in Berlin wohnhafte Schwester Liebknechts wurde verhaftet. Ferner wurde gestern mittag die Schwester Rosa Luxemburgs von Mannschaften des freiwilligen Helferdienstes in ihrer Wohnung verhaftet. Ebenso wurde auch Dr. Paul Levy, der sich dort aufhielt, festgenommen.

Bremen und die Nationalversammlung. Der Arbeiter- und Soldatenrat hat mit 101 gegen 88 Stimmen die Beteiligung Bremens an der Nationalversammlung beschlossen.

Meldung aus der «Freiheit» vom 14. Januar 1919

Politische Nachrichten

Verhaftungen. Wie aus Steglitz gemeldet wird, ist die dortige Wohnung Liebknechts gestern polizeilich durchsucht worden. Die in der Altonaer Straße 11 in Berlin wohnende Schwester Liebknechts wurde verhaftet. Ferner wurde gestern mittag die Schwester Rosa Luxemburgs von Mannschaften des freiwilligen Helferdienstes in ihrer Wohnung verhaftet. Ebenso wurde auch Dr. Paul Levi, der sich dort aufhielt, festgenommen.

Die Freiheit, Berliner Organ der Unabhängigen Sozialdemokratie Deutschlands, Abend-Ausgabe, Dienstag, den 14. Januar 1919

So haben wir es Schwarz auf Weiß. Falsch und Richtig gemischt, wie das vorkommt bei solchen Nachrichten. Eines aber, das nicht stimmt, ist im übertragenen Sinne wahr und wohl das Beste, was sich je von Mathilde Jacob sagen läßt: Sie sei die Schwester von Rosa Luxemburg.

9

Der Kaufmann Siegfried Marcusson in Wilmersdorf, Mannheimer Straße 43, erklärte sich bereit, Liebknecht und Luxemburg bei sich aufzunehmen. Wilhelm Pieck: «Da er der USPD angehörte, deren Mitglieder nicht so wie die Kommunisten verfolgt wurden, und da seine Wohnung in einer ziemlich unbewohnten Gegend in Wilmersdorf lag und angenommen werden konnte, daß man in diesem Bourgeoisviertel zunächst keine Haussuchungen durchführen würde, trugen wir keine Bedenken, von dem Angebot Gebrauch zu machen.» Am Abend des 14. Januar.

Der Name Marcusson aber mußte den Behörden und damit den Verfolgern bekannt gewesen sein. Zweimal mindestens tauchte er auf in Briefen aus dem Gefängnis, die Karl Liebknecht 1917 und 1918 an seine Frau schrieb. Marcusson hatte ihm u. a. zum Geburtstag gratuliert. War diese Wilmersdorfer Wohnung Marcussons die geeignete Zuflucht? Wahrscheinlich fand man in der Not wirklich keine bessere.

Allerdings hatte am 11. Januar folgende Meldung im «Berliner Börsen-Courier» gestanden: «Die erste Bürgerwehr, die von einer Stadtverwaltung ins Leben gerufen wird, besitzt Berlin-Wilmersdorf.» Der späte Zeitungsleser weiß, daß Mitglieder dieser Bürgerwehr am 15. Januar in die Mannheimer Straße 43 kamen. «Der dortige Magistrat hat einen Aufruf erlassen, in dem es heißt: ‹Zum Schutze unserer Stadt, des Lebens und des Eigentums unserer Mitbürger, zur Stützung der jetzigen Regierung ist eine Bürgerwehr unter Billigung des Gouverneurs Noske begründet, die gemeinsam mit dem bereits bestehenden Sicherheitsdienst die Ruhe unserer Stadt aufrecht erhalten soll. Mitbürger aller Stände und Altersklassen, die zum Schutz der Ordnung gewillt und militärisch ausgebildet sind, Mannschaften, Unteroffiziere und Offiziere, fordern wir auf, sich sofort zur Bürgerwehr persönlich in den dazu eingerichteten Bureaus Cecilienschule, am Nikolsburger Platz zu melden.» Das sollte wohl ein Beispiel für die anderen Stadtteile sein.

Der Ausdruck «Bürgerwehr» ist nicht so neu, wie er klingt. Diese Leute haben auch ihre Traditionen. Eine Bürgerwehr wird 1848 aufgestellt und im Juni am Zeughaus gegen das Volk eingesetzt. Sie schießt, als Arbeiter, Handwerker und andere sich dort bewaffnen. Also war am Anfang dieses Buches die Mischung solcher Zitate, die von Mißhandlungen erzählen, eher zwangsläufig als zufällig.

Wilhelm Pieck: «Schon die Übersiedlung am Abend des 14. Januar war mit Lebensgefahr verbunden, weil von den siegestollen Weißgardisten alle Fuhrwerke auf den Straßen angehalten und nach Waffen durchsucht wurden.» Dadurch war es unmöglich, Berlin ungehindert zu verlassen, aber sie kamen unerkannt bei Marcusson an.

1929 heißt es in der «Illustrierten Geschichte der deutschen Revolution»: «Am 15. Januar, dem Tage des Mordes, verzeichnete der ‹Helferdienst der Sozialdemokratischen Partei, Sektion 14› folgende Notiz: ‹Ernst,

Mannheimer Straße 53, will pro forma 3 Uhr verhaftet werden, um Vertrauen der Familie zu gewinnen.› Mannheimer Straße 53 befand sich die Wohnung, in der Karl und Rosa an diesem Tage verhaftet wurden.» Die Wohnung befand sich aber im Haus Nummer 43; und vielleicht ist es ein ewiger Druckfehler, der bis heute immer wieder die 53 auftauchen läßt. Zum Beispiel in den Büchern von Sebastian Haffner, Bernt Engelmann, Paul Frölich; sogar bei Fritz Erpenbeck in seiner Wilhelm-Pieck-Biographie (1956). Wilhelm Pieck, in seinen «Gesammelten Reden und Schriften», Band I, Berlin 1959, nennt die Hausnummer 44. Und so wandert die 44 von einer Sammlung in die andere: «Karl und Rosa» (1978) oder «Gewalten und Gestalten» (1978). Der gute, aber leider so flüchtig gemachte Stadtplan «100 Jahre revolutionäres Berlin» nennt sogar die Hausnummer 48.

Die richtige, die 43, steht bei Friedrich Karl Kaul («Ein Pitaval», Band 2, Seite 127, Berlin 1966), der eine der besten und lesbarsten Darstellungen gegeben hat. Die Nummer 43 nennen Helmut Hirsch in seiner Rosa-Luxemburg-Biographie bei Rowohlt, Frederick Hetmann und Hannover-Drück. Die richtige Hausnummer steht auch bei Laschitza/Radczun, die 1971 eine Luxemburg-Biographie veröffentlichten.

Keiner von uns Büchermachern ist vor solchen Irrtümern gefeit. Daten und Hausnummern (wie soll man alles nachprüfen?) schreibt einer vom anderen ab. Aber hat kein Lektor oder Gutachter, hat nie jemand in das «Berliner Adreßbuch» von 1919 geblickt? Dort steht eindeutig: «Siegfried Marcusson, Kaufmann, Wilmersdorf, Mannheimer Straße 43. I.»

«Fehrbelliner Platz». Der Untergrundbahnhof sieht aus wie eine Science-Fiction-Dekoration oder wie eine Ölbohrinsel. Wir bohren in die Geschichte. Oberirdisch ist der Fehrbelliner Platz ein Riesenrondell; Verwaltungstürme und Getüme mit 15000 Beamten. Nur einige Mi-

Mannheimer Straße
Berliner Straße
112 - 129

nuten Fußweg bis zur Mannheimer Straße. Die Brandenburgische Straße entlang bis zur nächsten Ecke. Da steht das Schild: «Mannheimer Str.»

Einmal möchte man dieses Haus ansehen. Davor stehenbleiben. Hineingehen. Im Hausflur stehen. Die Treppenstufen. Nur nachdenklich sein. Mit niemandem zerreden. Kein «Interview». Wir wissen doch alles.

Gleich an der Ecke Brandenburgische, wo die Mannheimer Straße beginnt, drei aufgeregte junge Männer. Fahrig erst die Köpfe zusammensteckend; dabei wird etwas aufgeteilt, in den Mund geschoben, schnellschnell; dann leckt der eine dem anderen die Handfläche ab, Guten Appetit!, während der dritte zur Eile antreibt, die anderen wegzieht. Schon sind sie um die Hausecke gesprungen.

Brausepulver war es nicht. Und keine gestellte oder ausgedachte Episode, weil das diesen Vormittag schmückte, weil sich das gut einbauen läßt, gerade hier, an dieser Stelle, auf diesem Weg. Es waren aber bloß ein paar Sekunden Alltag und Straße, bei dem die Vorübergehenden wegsehen oder nichts sehen, weil es besser ist, nichts gesehen zu haben. «Machen Sie sich nicht zum Zeugen!» Ein klassischer Satz! Auch sein Gegenteil kommt vor.

Wer würde eine Gedenktafel erwarten? Etwa hier? Wenn nicht einmal sechzig Jahre später eine Schule benannt werden durfte in diesem Stadtbezirk, der statt dessen sicherlich als erster wieder eine solche Bürgerwehr auf die Beine stellen würde.

Zwischen den Querstraßen Berliner Straße und Wilhelmsaue gelegen, die Mannheimer Straße. Eine ruhige Wohnstraße mit Bäumen. Die Hausnummern sind geändert worden, irgendwann. Die 43 ist heute die 27.

Die Bürgerwehr hat sich damals zusammen mit dem Haus fotografieren lassen. Erfolgreiche Jäger vor ihrer Beute. Weil sie aber die zur Strecke gebrachten Menschen nicht mehr haben, zeigen sie sich selbst, haben sie sich vor dem Schauplatz aufgebaut. In der Tür: zwei

Mannheimer Straße 43 (1919)

Vorgesetzte mit Vorgesetztenmützen auf dem Kopf. Sind das Lindner und Mehring, die Anführer? Vor ihnen fünf Mann Bürgerwehr unterm Stahlhelm, Gewehr umgehängt, im Koppel Stielhandgranaten.

Rechts sind drei Kinder mit aufs Bild geraten. Im Bilde aber sind sie nicht. Sie freuen sich über das ungewohnte Schauspiel und werden zu Hause erzählen, was sie gesehen haben. Was werden ihre Eltern sagen? Was werden ihre Eltern nicht sagen? Was werden ihre Eltern lieber nicht dazu sagen? Was denken sie sich?

Je nachdem, wie die Geschichte ausgeht, sind es später Dutzende, die dabeigewesen sind, sein wollten, waren, als dieses Foto aufgenommen wurde. Oder – keiner. Möchte etwa jemand dabeigewesen sein?

Oben, über der Tür, im ersten Stock, ist die Jalousie heruntergelassen. Augenlid. Manchmal ist auf älteren Veröffentlichungen dort ein x eingezeichnet. Hier war's.

Das sieht dem Haus heute keiner mehr an. Es ist sauber verputzt. Sämtliche Ornamente, aller Gründerzierrat der Jahrhundertwende, sind verschwunden. Kriegsschäden? Aber die Haustür mit den beiden verglasten Flügeln ist die alte. Einst und jetzt: mannshoch die Klinkerwand, die auch den tief gelegenen Fenstern der Erdgeschoßwohnungen als Schmuck dient. Ein Ziegelbogen auch über diesen Fenstern und als Leiste an den Seiten. Viele charakteristische Merkmale von 1919 sind geblieben. Es ist das richtige Haus. «27» steht schwarz auf einer mattweißen Leuchte.

Und weil sich so viele irrten mit dieser Hausnummer, warum soll sich nicht auch Günter Kunert geirrt haben? Schreibt über die «Mannheimer Straße 37» und beschreibt das falsche Haus. Anstelle «des Pelzwarenladens, der sich im Parterre befand, schneidet ein Frisör das Haar von Schädeldächern, unter denen keine Ahnung keimt, in welchem Haus man sie verschönt». Das ist ein anderes Haus. Die 43 hatte unten keinen Laden, ebenso die 27 nicht. «Durch das Haus weht kaltes de-

Mannheimer Straße 27

zemberliches Schweigen: Hier hatten sie sich in einer Wohnung verborgen, hier wurden sie auch verhaftet: Rosa Luxemburg und Karl Liebknecht, verraten von einem Spitzel, welcher der Wilmersdorfer Bürgerwehr den Wink gegeben.»

Schade, daß Kunert sich irrt. Er hat auf knappem Raum ein so eindringliches, lesebuchwürdiges Stück Geschichtsprosa verfaßt.

Dann aber stört bei ihm das verkehrte Haus nicht mehr, weil die Straße stimmt: «Die Mannheimer Straße findet ihre konsequente historische Verlängerung in den Lagerstraßen von Dachau und Buchenwald.»

Welch ein Sonderangebot für die Soziologen. Was wissen die Bewohner der Mannheimer Straße? – Freut euch nicht zu früh. Mir fallen Fragen ein, die ich dort stellen möchte, wo Straßen mit Ortsnamen jetzt anders heißen. Jeder von uns kennt seinen Stadtplan. Wo möchten Sie wohnen? Wie sollte die Straße heißen? Lindenstraße, Mannheimer oder nach Rosa Luxemburg?

Mathilde Jacob hat in der Untersuchungshaft nichts davon erfahren: Daß man erst Karl Liebknecht, später dann Rosa Luxemburg und Wilhelm Pieck ins Eden-Hotel bringt. Der Rest steht in den Geschichtsbüchern hier und dort.

Das 1912 eröffnete Eden-Hotel stand auf der Ecke Kurfürstendamm 246/247 und Kurfürstenstraße. Es wurde im zweiten Weltkrieg zerstört und war bis vor kurzem eine unbebaute, dreieckige Grünfläche. (Mißtraut den Grünanlagen.)

Stephan Hermlin: «Nachts, im Traum, trete ich vor das Haus, in dem ich als Kind war und von dem nichts geblieben ist. ... Wenn ich an die Bordschwelle trete, fahren unten vor dem Eden-Hotel zwei hochgebaute Wagen lautlos an, nicht einmal ein Rauschen der genagelten Reifen ist hörbar. Sie gleiten an mir vorbei, einer hinter dem anderen, hinter den beiden Chauffeuren des ersten, ganz in Finsternis gekleidet, sehe ich den Mann mit seinem Schnurrbart. Er hat seinen Kneifer verloren, den er nun nicht braucht: er hält die Augen geschlossen. Von seinen Lippen, die sich lautlos bewegen, kann ich die Worte ablesen: Es blutet ja. Der Wagen fährt langsam über die Brücke und verschwindet. Der zweite nähert sich, ich erblicke die Frau, wie leicht sie doch in ihrer Ecke lehnt, kalkweiß, auch sie mit geschlossenen Augen, das dichte, lockige Haar fällt herab, verdeckt nur halb das Loch an der Schläfe, einen Blutfaden, sie gibt nur ein kleines Zeichen mit der Hand. Der Nebel wird plötzlich stärker, während sich der Wagen nach links wendet, dem Lützowufer zu. Er hat nur noch etwa zweihundert Meter zu fahren.»

Es ist die nach Peter von Cornelius (Historienmaler!) genannte Brücke, über die das Auto mit Liebknecht in den Tiergarten fuhr, während der Wagen mit Luxemburg den Landwehrkanal nicht überquerte. Die Corneliusbrücke ist nach dem zweiten Weltkrieg erneuert worden.

Es gibt eine Tafel. An der Corneliusbrücke, wo sich Karl und Rosas letzte Wege trennten. Am Todestag kommen Westberliner Antifaschisten mit Blumen hierher.

Rosa Luxemburg
geb. 5.3.1871
Karl Liebknecht
geb. 13.8.1871
Vorkämpfer für Frieden, Demokratie, Sozialismus
wurden in unmittelbarer Nähe dieser Stelle am
15. Januar 1919
ermordet

Man muß die Tafel suchen. Auf der anderen, der verkehrten Seite. Nicht in unmittelbarer Nähe. Also nicht

Landwehrkanal mit Lichtensteinbrücke

Heutiger Blick auf das Südufer des Landwehrkanals.
Von dort kam das Mordkommando mit
Rosa Luxemburg auf die Lichtensteinbrücke.

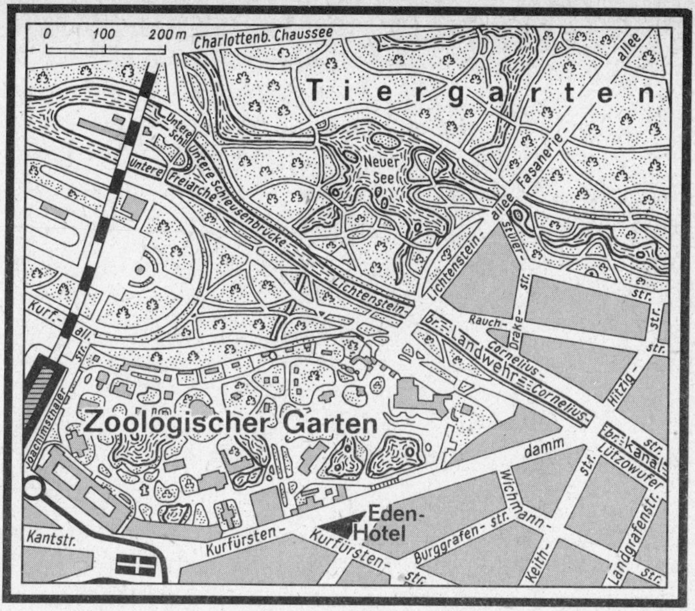

Landwehrkanal und Eden-Hotel

dort, wo der Wagen nach links einbog zur Lichtensteinbrücke.

Die Lichtensteinbrücke, über die Kisch 1928 seinen «Rettungsgürtel an einer kleinen Brücke» schrieb, gibt es nicht mehr. Nur noch die nach dem Begründer des Zoologischen Gartens genannte Lichtensteinallee.

Von dieser Brücke aus ist die tote oder halbtote Rosa Luxemburg in das januarkalte Wasser des Landwehrkanals geworfen worden.

Drüben im Tiergarten führt ein «Naturlehrpfad» auch an der Stelle vorbei, wo Liebknecht hinterrücks erschossen wurde. Da könnte doch an diesem sanften Ufer entlang ein Geschichtslehrpfad führen. Die Enten, der gemähte Rasen, die kriechenden Gehölze, die hängenden Birkenzweige erklären sich von selber. Ja, auf einer okkerfarbenen Bank kannst du ein Weilchen sitzen. Unter einer Eiche mit der Nummer 1158. Fernes Verkehrsgeräusch. Es ist alles numeriert. Die Autos, die Bäume, die Menschen. Vogelstimmen. Der Kanal ist nicht durch ein Geländer vor den Menschen geschützt.

Wer gar umherschaut beim Gehen, nicht nur nach vorn blickt, sondern nach rechts und links, ob es nicht doch einen Hinweis gibt, entdeckt im Gebüsch einen Stein mit verwitterter Schrift. Also doch. Verschämte Öffentlichkeit.

Oben ein Wappen.

Constantin
von
Doppelmair
✠
XXII October MDCCCLXXI

Der hat nun gar nichts damit zu tun. Rosa Luxemburg war ein halbes Jahr alt, als dieser Attaché der Kaiserlich-Russischen Gesandschaft hier bei einem Spazierritt tödlich verunglückte. Ein Marterl in Berlin.

Der Publizist Stefan Großmann in seiner Autobiographie: «Wir wohnten in einem Haus gegenüber dem Zoologischen Garten, ein paar Schritte weiter lag das Eden-Hotel, damals das Hauptquartier der Gardeschützendivision. Unsere Straße war durch Stacheldraht abgeteilt. Nachts schreckten uns Schüsse aus dem Schlaf. Jeder Schulweg der Kinder war mit Bangen angetreten. Im Eden-Hotel, das mehr Kaserne als Hotel geworden, konzentrierte sich die antiproletarische Militärgewalt. Eines Tages erfuhren wir, daß Rosa Luxemburg in einem Auto vor dem Eden-Hotel mit dem Gewehrkolben niedergeschlagen und später in den nahen Landwehrkanal geworfen worden war. Vom Eden-Hotel aus wurden die Mörder ausgerüstet, die Karl Liebknecht niederschossen. Der Himmel war dunkel, und Mordgerüchte schwirrten jeden Abend durch unsere Straße. An einem Nachmittag meldete sich ein Offizier aus dem Eden-Hotel bei meiner Frau und bat um die Erlaubnis, auf unserem Balkon, der gerade gegenüber dem Eingang des Zoo liegt, ein Maschinengewehr aufstellen zu dürfen. Die Antwort meiner Frau war kurz: ‹Von meinem Balkon aus wird nicht gemordet.› Der Offizier, sehr selbstbeherrscht, erwiderte: ‹Ich werde Ihre Antwort zur Kenntnis meiner Vorgesetzten bringen.› Aber man hatte wohl in der aufregenden Verwirrung dieser Tage anderes zu tun als die Kühnheit meiner Frau zu verfolgen. Unser Balkon blieb maschinengewehrfrei.»

Daß Rosa Luxemburg vor dem Eden-Hotel von dem dazu angestifteten und bezahlten Soldaten Runge Kolbenhiebe bekam, war ein Regiefehler. Sie sollte diskreter umgebracht werden, lautete der Befehl von Hauptmann Pabst.

«Rosa Luxemburg fiel im Ausgang hin, und da muß sie wohl einen Schuh verloren haben», sagte Oskar Köhler aus, ein im Eden-Hotel angestellter junger Mann. Er war als Zeuge zu dem abgekarteten Prozeß geladen, der im Mai 1919 von den Mördern veranstaltet wurde, um den Schein zu wahren. «Ein Soldat hob ihn auf und sagte: Das ist ein historischer Schuh, den wird er sich aufheben.»

Die Wäschenäherin Anna Wandinger sagte als Zeugin aus, ein Soldat habe ihr geschildert, er habe gesehen, wie Rosa Luxemburg getötet worden sei. «Sie wäre auf den Kopf geschlagen worden und habe sehr geblutet. Darauf warf man sie in ein Auto, wobei sie ihren Schuh verlor, einen Halbschuh; den nahm der Soldat an sich und wollte ihn sich als Andenken aufbewahren. Er zeigte ihn uns auch. Er nannte sich Kurt Becker.» Es gab andere Souvenirs.

Wer mag sich den Goethe-Band eingesteckt haben, «Faust, 2. Teil», in dem Rosa Luxemburg im Eden-Hotel noch las, um sich abzulenken?

Sie hatte einen Brief einstecken, der zu ihrer Identifizierung beitrug. Einen Brief von Clara Zetkin. Geschrieben am 17. November 1918 mit einer ausführlichen Einschätzung der Novemberrevolution und mit Ansichten zur Gründung einer eigenen Partei. Mag sein, daß Rosa ihn deshalb in der Tasche trug, wegen seiner Argumente.

Dieser Brief tauchte nach fünfzig Jahren wieder auf und wurde am 1. Mai 1969 von der Bonner sozialdemokratischen Zeitung «Vorwärts» im Wortlaut veröffentlicht. Dazu hieß es: «Nach der Ermordung nahm ein Offizier der Garde-Kavallerie-(Schützen)-Division ihn als Souvenir an sich.»

Der Fernsehredakteur Dieter Ertel vom Süddeutschen Rundfunk war bei den Vorbereitungen zu seiner Dokumentation über die Ereignisse vor fünfzig Jahren, «mit dem ehemaligen Offizier in Kontakt» gekommen «und hatte Gelegenheit, den Brief einzusehen, der inzwischen vom Archiv Weber erworben wurde».

Als Hermann Weber diesen Brief Clara Zetkins zusammen mit anderen im «Archiv für Sozialgeschichte» veröffentlichte, wurde die Sache deutlicher: «Nach der Ermordung Rosa Luxemburgs am 15. Januar 1919 kam der Brief in die Hände des Freiherrn von Wechmar (Wiesbaden), der ihn aufbewahrte.» Dazu die Fußnote: «Auf eine schriftliche Anfrage antwortete Freiherr von Wechmar, der 1918/19 eine militärische Funktion bekleidet hatte, am 29.4.1969: ‹Auf welche Weise ich s. Zt. in den Besitz der Briefe gekommen war, kann ich Ihnen beim besten Willen nicht mehr sagen.›»

Schlechtes Gewissen oder schlechtes Gedächtnis?

Sebastian Haffner: «Die Verfolgung und Ermordung Karl Liebknechts und Rosa Luxemburgs war keine Kampfhandlung im Bürgerkrieg. Sie hatte andere Gründe. Der eine Grund war, daß Liebknecht und Rosa Luxemburg wie niemand sonst in den Augen von Freund und Feind die deutsche Revolution *verkörperten*. Sie waren ihre Symbole, und mit ihnen erschlug man die Revolution.»

Die Mordfeier im Eden-Hotel

Karl Liebknecht im Kreise seiner Familie, 1913.
V. l. n. r.: Sohn Robert, Sophie L. geb. Ryss,
Tochter Vera, Sohn Wilhelm

Wie hat Sophie Liebknecht vom Tod ihres Mannes erfahren? Jeden Morgen stand der Soldat Otto Franke, der Liebknecht stets begleitete, auf der Straße vor ihrer Wohnung in dem südlich von Wilmersdorf gelegenen Vorort Steglitz. Die Wohnung in der Bismarckstraße 75 lag im dritten Stock. Von dort war der Soldat auf der anderen Straßenseite gut zu sehen, wenn er frühmorgens erschien. Das war das Zeichen, daß alles in Ordnung sei. Sophie Liebknecht in ihren Erinnerungen: «Am 16. Januar kam er nicht. Von Angst und Unruhe um meinen Mann und Rosa getrieben, ging ich (wohl zwischen 11 und 12 Uhr vormittags) auf die Straße; ich wollte versuchen, vielleicht bei Mathilde Jacob» – sie kam als erste in Frage, und daß sie verhaftet war, wußte Sophie Liebknecht offenbar noch nicht – «oder sonst jemanden zu erfahren, wo mein Mann und Rosa die letzte Nacht untergekommen waren; da brachte mir, laut grinsend, der Zeitungsverkäufer die Zeitung vorbei.»

10 Pfennig

B.Z. am Mittag

Nr. 7
Berliner Zeitung

1 Uhr
Donnerstag

Liebknecht auf der Flucht erschossen
Rosa Luxemburg von der Menge getötet

Der Verlauf der Doppeltragödie.

Der verhängnisvolle Fluchtversuch

Karl Liebknecht †.

Das Titelblatt wird oft abgebildet. Meist jeden Januar, wenn der Tag sich jährt. Aber wir haben es noch nie mit den Augen der Sophie Liebknecht gesehen oder ihrer beiden Jungen, die «etwas später mit der BZ in der Hand aus der Schule kamen».

Mathilde über ihre Haft: «Da ich keine ‹Strafbare Handlung› begangen hatte, war mein Rechtsbeistand sicher, daß man mich bald wieder entlassen würde. Mir war es gar nicht unlieb, das Gefängnis an mir selber zu erproben, um beurteilen zu können, ob ich meine Gefangene stets richtig *versorgt* hatte. Einige Kleinigkeiten fand ich an meiner Fürsorge auszusetzen, und da ich mit Rosa Luxemburgs Verhaftung rechnete, wollte ich in Zukunft manches noch besser machen.» Schon sorgt sie wieder vor und voraus. Was für ein Mensch!

Was inzwischen draußen geschehen ist, davon ahnt sie nichts. «Nach einigen Tagen besuchte mich ein junger Anwalt in Vertretung Hugo Haases. Auf meine Fragen, was draußen los sei, antwortete er: ‹Nichts Neues, Rosa Luxemburg und Karl Liebknecht sind ermordet. Nun ist wieder Ruhe eingetreten.› –

Ich starrte den Überbringer dieser Nachricht an, konnte die Tränen nicht zurückhalten und schluchzte unaufhörlich. Dann ging ich in meine Zelle und marterte mich mit der Schuld ab, die mich durch meine Verhaftung vielleicht an Rosa Luxemburgs Tod traf. ‹Wenn man verhaftet wird, so sind daran fast stets Unvorsichtigkeiten schuld. Hüten Sie sich vor solchen, sonst werden Sie gleich einigen anderen Genossen ständig im Loch sitzen, was kein Ruhm ist.› Diesen guten Rat hatte mir Rosa Luxemburg zu Anfang des Krieges gegeben. Und nun war ich doch nicht vorsichtig genug gewesen. Ich hielt es für sicher, daß ich Rosa Luxemburg von Karl Liebknecht getrennt haben würde, wenn ich nicht ins Gefängnis gekommen wäre. Ich litt sehr unter meiner Schuld, so daß der Gefängnisarzt Befürchtungen für meine Gesundheit hatte.

Nach Verlauf einer Woche wurde ich gemeinsam mit Paul Levi aus der Haft entlassen.»

«Ach Mathilde, Mathilde, was haben wir verloren ...»

Clara Zetkin nach Rosas Ermordung in einem Brief an Mathilde Jacob

Mathilde: «Einen Tag nach meiner Haftentlassung, am 25. Januar, war auf dem Friedhof in Friedrichsfelde die Beisetzung Karl Liebknechts und anderer Opfer aus den Januar-Kämpfen. Auch Wolfgang Fernbach zählte zu diesen.»

Ursprünglich wollte die Parteiführung die Toten auf dem historischen Friedhof der Märzgefallenen der Revolution von 1848 im Friedrichshain beisetzen. Dort hatte Karl Liebknecht im Dezember 1918 bei der Beerdigung von Revolutionsopfern gesprochen. Aber der Berliner Magistrat lehnte das Begräbnis im Friedrichshain ab. Diese Toten vom Januar seien keine Revolutionsopfer, sondern «Aufrührer». Außerdem sei auf diesem Friedhof nicht mehr genügend Platz. Die Regierung Ebert/Scheidemann stimmte diesem Beschluß zu. So kam es zur Beisetzung in Friedrichsfelde.

Dieser 1881 eröffnete städtische Begräbnisplatz war bis kurz vor dem ersten Weltkrieg ein Armenfriedhof gewesen, weit außerhalb der dicht bevölkerten Stadtteile gelegen. Es hatten ihn aber auch all jene bevorzugt, die nicht auf einem der von Religionsgemeinschaften verwalteten Friedhöfe liegen mochten, darunter etliche nicht getaufte, aber aus dem Judentum ausgetretene Personen.

Mit der Beisetzung von Wilhelm Liebknecht war am 12. August 1900 auf dem Zentralfriedhof Friedrichsfelde eine Tradition der Berliner Arbeiterbewegung begründet worden. 120 000 Menschen und mehr hatten an der Demonstration teilgenommen, am Trauerzug ihres hochverehrten Arbeiterführers. Sollte es jetzt wegen seines Sohnes und seiner Gefährten zu ähnlichen Veranstaltungen kommen, etwa alle Jahre wieder – der Märzgefallenen-Friedhof hatte die Polizei seit 1849 beschäftigt –, dann würde es sich immer weit genug entfernt abspielen.

Damit wir es nicht vergessen, sei es zum zweiten Male gesagt: Die Absperrung für den kilometerlangen Weg aus der Innenstadt bis zum Friedhof unterstand dem Oberbefehl des Hauptmanns Pabst, der die beiden hatte umbringen lassen. Er selber hielt sich langlebig. War am Kapp-Putsch beteiligt, an der Rheinmetall-Borsig, wurde unter Hitler Major, ging aber vorsichtshalber nicht in die SS, sondern in die Schweiz, wartete dort so lange ab, bis keine Gefahr mehr bestand, daß die Alliierten ihn an die Sowjetunion ausliefern würden – falls sie das überhaupt jemals beabsichtigt haben sollten. Pabst wurde nie bestraft. 1962 tauchte er auf, wohnte in Düsseldorf, Windscheidstraße 19, und lebte wieder vom Blut der anderen und der Andersdenkenden. Er war im Waffenhandelsgeschäft.

Waldemar Pabst, 82jährig, 1962: «Ich nahm damals (Januar 1919) an einer KPD-Versammlung teil, auf der Karl Liebknecht und Rosa Luxemburg sprachen. Ich gewann den Eindruck, die beiden seien die geistigen Führer der Revolution, und ich beschloß, sie umbringen zu lassen. Auf meinen Befehl wurden die beiden aufgegriffen. Man mußte den Entschluß fassen, vom Rechtsstandpunkt abzuweichen ... Dieser Beschluß zur Beseitigung der beiden ist mir nicht leichtgefallen ... Ich vertrete auch weiterhin die Auffassung, daß dieser Entschluß (die beiden ermorden zu lassen) auch vom moralisch-theologischen Gesichtspunkt durchaus vertretbar ist.»

Nun hatte er es endlich zugegeben.

Die Bundesregierung hat in Nummer 27 des Bulletins ihres Presse- und Informationsamtes vom 8. Februar 1962 diese Äußerung zitiert und den Meuchelmord eine «Standrechtliche Erschießung» genannt. Diese Lüge, als sei die von Pabst befohlene Ermordung ein rechtmäßiges Geschehen gewesen, ist mittlerweile in die Literatur gelangt (z.B. bei Harry Wilde: «Rosa Luxemburg, Ich war – ich bin – ich werde sein», Wien-München-Zürich, 1970). Bis heute hat die Regierung der Bundesrepublik Deutschland diese Formulierung in ihrem offiziellen Amtsblatt nicht korrigiert.

Sebastian Haffner: «Der Mord vom 15. Januar 1919 war ein Auftakt – der Auftakt zu den tausendfachen Morden in den folgenden Monaten der Noske-Zeit, zu den millionenfachen Morden in den folgenden Jahrzehnten der Hitler-Zeit. Er war das Startzeichen für alle anderen. Und gerade er ist immer noch uneingestanden, immer noch ungesühnt und immer noch unbereut. Deswegen schreit er immer noch zum deutschen Himmel. Deswegen schickt er immer noch sein sengendes Licht in die deutsche Gegenwart wie ein tödlicher Laserstrahl.»

Es gibt ein Foto von jenem Januartag. Es zeigt das offene Massengrab und nur etwa die Hälfte der Särge, so viele sind es. Paul Levi hielt die Gedenkrede. Der Anblick war schaurig, schreibt Mathilde, die mit Leo Jogiches Blumen auf den leeren Sarg Rosa Luxemburgs legte, deren Leiche noch nicht gefunden war.

Unter den Trauernden steht Leo Jogiches buchstäblich am Rande des Grabes. Als im Juni Rosa Luxemburgs verstümmelter Körper «endlich zur Ruhe gebettet wurde, war dieser Sarg bereits verfallen und das Grab von Leo Jogiches aufgerichtet.»

«Leo Jogiches sagte kein Wort, als wir uns nach der Ermordung Rosa Luxemburgs wiedersahen.» Mathilde sprach von den Vorwürfen, die sie niederdrückten, von den Mißverständnissen der letzten Zeit. Jogiches sprach Mathilde Selbstvertrauen zu.

«Als er gelegentlich schlechter Stimmung und unzugänglich war, sagte ich zu ihm: ‹Sie wissen, ich verkrache mich nicht mit Ihnen. Ich möchte mir nicht wieder Vorwürfe machen wie nach Rosas Tod. Wer weiß, was in dieser schrecklichen Revolution noch kommen kann.›»

«Schreckliche Revolution» sagt sie, und Leo Jogiches protestiert nicht, sondern erwidert, daß er nach Skandinavien gehen möchte, sobald wieder geordnete Verhältnisse herrschen. Skandinavien. «Dort zu leben ist lange mein Wunsch. Es ist auch das einzige Land, das ich ohne Rosa aufgesucht habe. In anderen Ländern, die ich liebe und wohin ich gern ginge, würde ich immer an die mit Rosa dort verlebte Zeit erinnert werden.»

Mathilde fürchtete für sein Leben und bat Jogiches, nicht in seiner bisherigen Wohnung zu bleiben, die der Polizei bekannt war.

Jogiches: «Sie haben ganz recht, aber ich kann meine Wirtin jetzt nicht verlassen. Später wird sich's machen lassen, nur im Augenblick nicht. Die Frau verlangt eine Art Dankbarkeit, daß sie sich in meiner Gefängniszeit um mich gekümmert hat, sie würde kein Verständnis dafür haben, wenn ich jetzt von ihr ginge.»

Abend für Abend gingen Mathilde und Jogiches, wenn sie mit der Arbeit in der Wilhelmstraße fertig waren, zum Potsdamer Bahnhof, von wo sie so oft mit der Vorortbahn nach Südende gefahren waren. Mathilde nahm eine Straßenbahn, Jogiches fuhr mit der Ringbahn nach Neukölln.

«Unsere Gespräche drehten sich immer und immer wieder um Rosa Luxemburg. ‹Mathilde›, sagte Leo Jogiches einmal, ‹ich habe meine Mutter zärtlich geliebt, und ich habe lange Zeit gelitten, nachdem sie mir frühzeitig durch den Tod entrissen worden war. Aber ich fand mich mit meinem Schicksal schließlich ab. Über Rosas Verlust werde ich niemals hinwegkommen.›»

Im März 1919 kam aus zuverlässiger Quelle die Nachricht, daß das Büro von Regierungstruppen besetzt werden sollte. In diesem Büro ist eine der berühmten Nummern der «Roten Fahne» verfaßt worden, die Ausgabe vom 12. Februar 1919 mit der Schlagzeile: «Der Mord an

Die Beisetzung. Links Luise Zietz bei ihrer Ansprache.
In der Mitte der 32 Särge der Sarg Liebknechts,
«neben ihm ein leerer Sarg, der für Rosa Luxemburg
bestimmt ist, wenn ihre Leiche gefunden wird».
So die Bildunterschrift eines illustrierten Blattes im
Januar 1919

Nr. 26 Mittwoch, 12. Februar 1919 Preis 10 Pfg.

Die Rote Fahne

Zentralorgan der Kommunistischen Partei Deutschlands (Spartakusbund)

Begründet von Karl Liebknecht und Rosa Luxemburg

Der Mord an Liebknecht und Luxemburg

Die Tat und die Täter

«Die Rote Fahne» vom 12. Februar 1919,
in der Leo Jogiches
die Hintergründe der Morde enthüllt

Liebknecht und Luxemburg / Die Tat und die Täter».

Leo Jogiches hatte wochenlang recherchiert, Fakten zusammengetragen, sogar ein Foto von der Feier der Mörder im Eden-Hotel – warum, fragt unsereiner, warum ist Leo Jogiches lediglich eine Verehrungsperson militärischer und nicht journalistischer Einrichtungen? Der ganzseitige Artikel beginnt:

«Vier Wochen sind vergangen, seit Karl Liebknecht und Rosa Luxemburg ermordet worden sind.

Vier Wochen sind vergangen, seit eine Untersuchung im Gange ist, die nicht vorwärts geht.

Vier Wochen, daß untersucht wird mit keinem anderen Erfolge, als daß immer weiter verdunkelt wird.»

Und dann kommen die Tatsachen, die Einzelheiten, die Beweise.

Mathilde Jacob hat diese historische Nummer der «Roten Fahne» ins reine geschrieben.

Als nicht nur wegen dieser Enthüllung das Büro besetzt werden sollte, wich die Redaktion in illegale Wohnungen aus. «Leo Jogiches war beim Umzug allgegenwärtig und sorgte dafür, daß nichts liegenblieb, was die Gegenrevolution mit unserer Arbeit hätte vertraut machen können.»

Um die Wohnung von Leo Jogiches zu finden, braucht man einen großen alten Stadtplan. Neukölln (Rixdorf, da «is Musike») liegt südöstlich, zu weit außerhalb für die meisten Stadtpläne jener Jahre.

Heute heißt die Straße Sonnenallee. Welch eine Idee, eine Straße nach der lieben Sonne zu benennen. Zu Jogiches' Lebzeiten hieß sie Kaiser-Friedrich-Straße. So hieß auch die Station der S-Bahn, der Ringbahn, mit der man einmal um Berlin herumfahren konnte ...

Sonnenallee war ein Wort, für viele Berliner gleichlautend mit Arbeitsamt. Aber was reden wir von alten Tagen, wenn es um ältere geht. Leo Jogiches wohnte ausgesucht günstig direkt neben dem S-Bahnhof Kaiser-Friedrich-Straße, gleich gegenüber – der Fluchtweg muß offen sein – in der Schwarzastraße 9. Einer kurzen Straße, in der nur die Grundstücke 1, 7, 8 und 9 bebaut waren.

Am 3. März 1919 rief die KPD die Berliner Arbeiter zum Generalstreik auf, der mehrere Tage lang fast alle Betriebe, den Verkehr und die Wasser- und Elektrizitätsversorgung stillegte. Gleichzeitig verhängte die Regierung den Belagerungszustand und richtete unter den Arbeitern, Matrosen und Soldaten ein Blutbad an, dem weit über tausend Menschen zum Opfer fielen: Am 11. März die 29 Matrosen in der Französischen Straße; beim «Löhnungsappell», zu dem Reinherz, der Heizer, nicht erschienen war.

Auf dem Parteitag der Unabhängigen Sozialdemokraten hatte sich Clara Zetkin von der Partei getrennt und trat der Kommunistischen Partei bei. Sie wohnte in Südende in Rosas Wohnung. Jogiches mochte nicht dorthin gehen. Eines Tages rief er an, er käme. Mathilde holte ihn an der Bahn ab, «damit er die Qualen des ersten Wiederbetretens der Wohnung weniger schmerzlich empfinden sollte».

Als sie bei Tische saßen, sagte Jogiches: «Es ist schön hier. Mir ist, als ob Rosa jeden Augenblick kommen müßte. Wir wollen die Wohnung, falls sie nicht vermietet ist, behalten, Mathilde. Machen Sie dann gleich morgen mit dem Wirt einen Kontrakt.»

Mathilde versuchte, Jogiches zu überreden, nicht länger in seiner alten Wohnung zu bleiben. Vergebens. «Als ich ihn zum Bahnhof brachte, bat er mich, wegen des Wohnens nicht mehr in ihn zu drängen. Er habe in seinem Leben nur immer nach seinem Kopf gehandelt und wolle davon nicht abgehen.»

Am nächsten Tag, Sonntag, blieben Clara Zetkin und Mathilde in Südende. Am Montag fuhr Clara zurück nach Stuttgart, während Mathilde nach Hause ging, um nach den anstrengenden Tagen auszuschlafen.

Am Dienstag, am 11. März, «gleich früh morgens, ging ich nach Moabit ins Kriminalgebäude, um dort eine Sprecherlaubnis» für eine in Untersuchungshaft befindliche Genossin zu erwirken. Auf einem der langen Wandelgänge traf Mathilde den Anwalt Kurt Rosenfeld. Er sagte, er habe ihr nichts Gutes zu sagen, und ging mit ihr in ein Anwaltszimmer.

«Dann ist Leo verhaftet!»

«Es ist schlimmer!»

«Haben sie ihn auch ermordet?»

Die Zeitungen hatten es gemeldet. Aber es war nicht sicher. Mit Theodor Liebknecht fuhr Mathilde in die Hannoversche Straße ins Leichenschauhaus.

«‹Soll ich ohne Sie hineingehen?› fragte Theodor Liebknecht.

‹Frau, bleiben Sie draußen›, mischte sich der Türhüter in unser Gespräch, ‹den Anblick werden Sie nie wieder los.›

Theodor Liebknecht ging allein und kam bald zurück. Er hatte die Leiche Leo Jogiches' gefunden.»

Ein militärisches Aufgebot unter Führung des Kriminalbeamten Grahn hatte Leo Jogiches in seiner Wohnung in der Schwarzastraße 9 verhaftet. Der Grund: Ein Agentenbericht vom 19. Februar hatte ihn als politisch gefährlichen Mann geschildert, als «geistigen Leiter des hiesigen Bolschewismus. Strafbare Handlungen werden ihm nicht zur Last gelegt. Ein rechtlicher Grund der Verhaftung ist aus den Akten nicht ersichtlich», heißt es im Bericht des Untersuchungsausschusses.

Grahn und der vom Freikorps «Brigade Reinhard» beauftragte Kriminalbeamte Tamschick führten Jogiches ins Untersuchungsgefängnis Moabit. Dort tötete Tamschick auf einer Treppe den Verhafteten von hinten durch einen Kopfschuß. «Auf der Flucht erschossen.» Im gleichen Gebäude schoß Tamschick am 17. Mai im Korridor auf den früheren Führer der Volksmarinedivision Heinrich Dorrenbach, der am anderen Tag in der Charité an den Folgen des Bauchschusses starb. Tamschick wurde nicht bestraft, sondern später zum Offizier der Schutzpolizei befördert.

Mathilde übernahm die Vorbereitungen für die Beisetzung. «Darum hatte ich gebeten», zumal alle sonst in Betracht kommenden Genossen illegal leben mußten. Theodor Liebknecht half ihr dabei.

«Karl Liebknecht war auf der Totenbahre von Käthe Kollwitz gezeichnet worden, ich hatte den Wunsch, daß ihre Künstlerhand auch Leo Jogiches' Totenantlitz der Nachwelt übermittle. Um ihre Bereitwilligkeit zu erbitten, wollte ich mich vergewissern, ob sie zu Hause sei. Aber nur in dringenden Fällen wurde eine Telefonverbindung hergestellt. Da der Mann von Käthe Kollwitz ein bekannter Arzt war, wurde mir für eine ärztliche An-

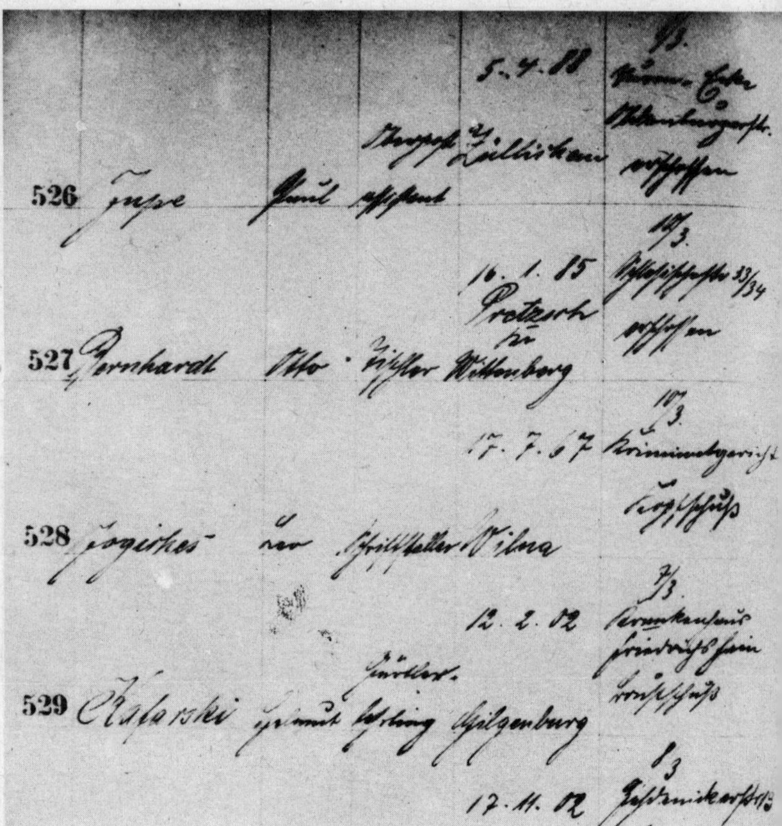

				5.4.88	9/3.
			Bergakademie-	zu	Warschauer-Ecke [illegible]str.
526	Hesse	Paul	assistent	Lübbecken	erschossen
				16.1.15	10/3.
				Pretzsch	Schießstände 33/34
				zu	erschossen
527	Bernhardt	Otto	Schlosser	Wittenberg	
				17.7.67	10/3.
					Kriminalgericht
528	Jogiches	Leo	Schriftsteller	Wilna	Kopfschuß
				12.2.02	7/3.
			Händler-		Krankenhaus Friedrichshain
529	Kasarski	Helmut	Lehrling	Gilgenburg	Kopfschuß
				17.11.02	8/3
					[illegible]str. 113

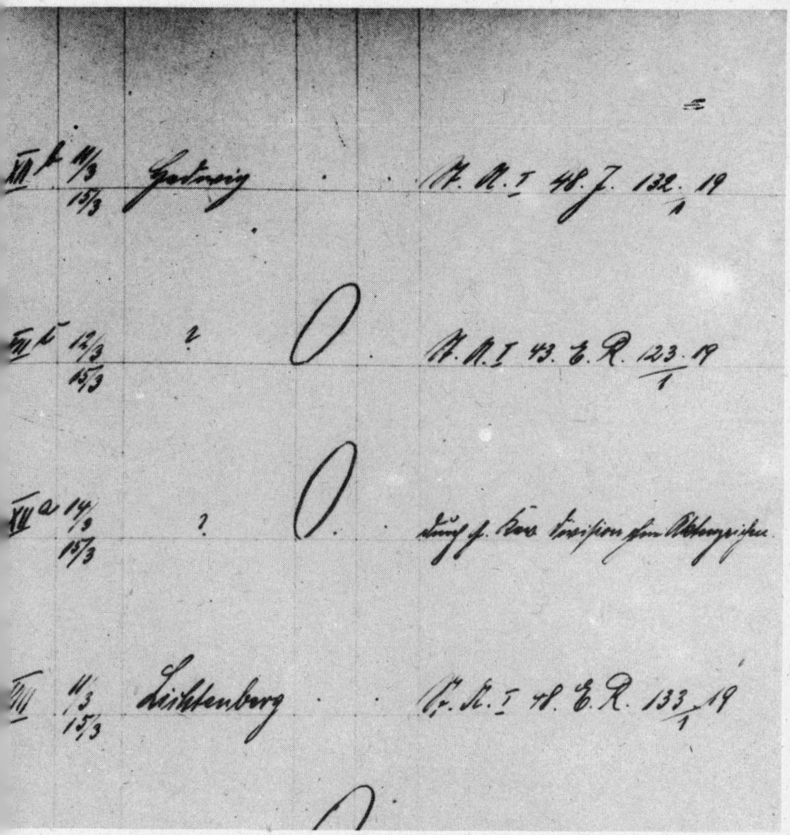

Eintragung über den Tod von Leo Jogiches
im Kommissariat zur Sicherstellung der Leichen

frage das Gespräch gestattet. Statt ihrer brachte ich mein Anliegen vor, woraufhin das Amt die Verbindung abbrach.

Jetzt wußte ich, daß ich Käthe Kollwitz antreffen würde, und ich fuhr sogleich zu ihr. Sie empfing mich freundlich und erklärte sich bereit, die Zeichnung zu übernehmen. Gesprächsweise bemerkte sie, daß sie der Kommunistischen Partei zwar nicht angehöre, aber das wärmste Mitgefühl für ihre auf so furchtbare Art ums Leben gekommenen Führer habe. Auch die Antwort möchte ich wiedergeben, die Käthe Kollwitz erteilte, als ich sie später bat, ihr Honorar zu bestimmen.

‹Ach, solche Dienste möchte ich mir nicht bezahlen lassen.› – ‹Darf ich dann bitten, daß wir die Auslagen für den Wagen zurückerstatten.› – ‹Ich bin von meiner Wohnung ins Leichenschauhaus zu Fuß gegangen, ich mochte zu dieser Arbeit kein Auto nehmen. Hoffentlich ist mir das Bild gelungen›, und sie zeigte zwei im Ausdruck wundervoll festgehaltene Kreidezeichnungen.»

10

Die Pogromstimmung, als nach den Morden an Karl und Rosa wieder «Ordnung» herrschte in Berlin, zwang die nach dem Tode von Jogiches nun von Paul Levi geführte Kommunistische Partei, ihr Hauptquartier nach Frankfurt am Main und später nach Leipzig zu verlegen. Mathilde war dabei und arbeitete illegal in Leipzig für die «Rote Fahne». Sie sagt es bildhaft: «Von Leipzig aus hoffte man die ‹Rote Fahne› wieder in alle Winde wehen zu lassen, speziell sollte sie über Berlin flattern. Schwierigkeiten aber gab es zahllose. Trotzdem wurde in Leipzig ersprießlich, wenn auch nicht gar zu lange, gearbeitet.»

Aber die Bahnverbindungen waren schlecht, «die

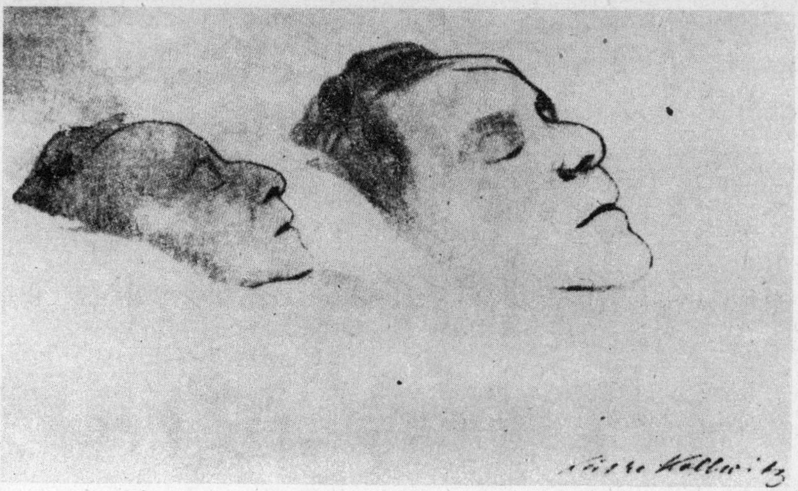

«Früh wieder einmal im Leichenschauhaus gewesen
und einen Erschossenen gezeichnet.
Es war ein Russe, Schapski oder so ähnlich heißend,
sie nannten ihn hier immer Leo.»
Käthe Kollwitz, Tagebuch, 16. März 1919

Züge fuhren langsam und selten, so daß Reisen nach Berlin und zurück viel Zeit kosteten ...»

Als die «Rote Fahne» am 11. April 1919 zum erstenmal in Leipzig erschien, hatte Mathilde Jacob daran mehr Anteil, als sie zugibt: «Das Wiedererscheinen von Leipzig aus war mit großen Schwierigkeiten verbunden. Um das Verbot kümmerte man sich nicht. Eine illegale Druckerei wurde eingerichtet, die den Druck vornahm, und bald konnte die ‹Rote Fahne› wieder verschickt werden, was in Berlin und im ganzen Reich mit Freuden begrüßt wurde.» Von den Gleichgesinnten. Nicht von der Regierung.

Otto Reutter:
Nach Spartakus trägt niemand ein Verlangen
doch den Berlinern ist davor nicht bang.
Sie sind trotz Knall und Fall zum Ball gegangen,
zum Tanzlokal gings an der Wand entlang.
Die Kugeln pfiffen – keinen sah man beben –
die Schüsse fielen – niemand sah man fliehen –
denn für den Fox-Trott lassen sie ihr Leben:
So mutig sind die Leute in Berlin!

Strophe aus «Ein Brettlsang», In: «Ulk», Wochenbeilage zum «Berliner Tageblatt» vom 1. Mai 1919

«Die Versandschwierigkeiten häuften sich auch an dem neuen Erscheinungsort. Die übliche Expedition war durch das Verbot des Blattes nicht möglich, man konnte es nur in Postpaketen verschicken.» Wer spielt das einmal durch? Postpakete packen. Jedes möglichst anders aussehend als das andere. Anderer Bindfaden. Andere Handschrift auf Adresse und Paketkarte.

So ein Satz: «Man konnte es nur in Postpaketen verschicken.» Und sie nicht alle auf einmal aufgeben. Also kam solches Paket «erst nach drei bis vier Tagen, häufig später, an seinen Bestimmungsort und war für die Empfänger wertlos. Schickte man die ‹Rote Fahne› durch Kuriere nach Berlin, so kam es häufig vor, daß diese verhaftet und die in Handel gekommenen Exemplare beschlagnahmt wurden.»

Die ungeschriebenen Geschichten über den unbekannten, kleinen Genossen, der die Zeitungen und seine Haut zum Markte trug.

«Zu alledem gesellte sich die Schwierigkeit der Papierbeschaffung. Papier für Druckzwecke war, wie alles zu jener Zeit, eingeteilt und nur auf Bezugsschein erhältlich. Die Reichsverteilungsstelle gab für die illegale ‹Rote Fahne› selbstverständlich kein Papier her. Man war also auf den Schleichhandel angewiesen, was recht kostspielig war.»

Zu all diesen Hindernissen kam, daß auch über Sachsen der Belagerungszustand verhängt werden sollte. Man zögert ihn noch hinaus, um die Frühjahrsmesse ungehindert vorübergehen zu lassen. Die Frühjahrsmesse, die wie gewohnt Anfang März hätte stattfinden sollen, war auf die Woche vom 27. April bis 3. Mai verschoben worden. Wegen der mit den Streiks in Mitteldeutschland verbundenen Verkehrsschwierigkeiten konnten die preußische und die sächsische Eisenbahn nicht die Beförderung der Besucher garantieren. Deshalb vertagte man die Messe. Als sie beendet war, zog General Maercker von vier Seiten her in Leipzig ein und besetzte die Stadt kampflos. Seine Flugzeuge warfen Flugblätter ab: Die «Rote Fahne» und die «Leipziger Volkszeitung» wurden verboten.

Mathilde: «In aller Frühe hörte ich im Halbschlaf Pferdegetrappel. Als ich aus dem Fenster sah, war das meiner Wohnung gegenüberliegende Haus der ‹Leipziger Volkszeitung› von Soldaten besetzt, die vor ihm auf- und abpatrouillierten und die auch vom Dach herunter in mein Zimmer schauen konnten.»

Die «Leipziger Volkszeitung» wurde damals in der Tauchaer Straße 19/21 hergestellt, wo der Verlag Leipziger Buchdruckerei-Aktiengesellschaft, sozialdemokratische Partei- und Gewerkschaftsbüros untergebracht waren.

Die Tauchaer, nach dem gleichnamigen Vorort führende Straße, gar nicht weit vom Hauptbahnhof entfernt, hatte dreistöckige Häuser. Dem Verlagshaus gegenüber die Nummern 26 und 28. Wo wohnte Mathilde Jacob? In der 26? Im dritten Stock, in dessen Zimmer, «auch vom Dach herunter» die Soldaten in ihr Zimmer schauen konnten? Im dritten Stock? Bei «P. Baschen, Arbeiter» oder bei dem Glaser «H. Bernhard»? Der Arbeiter Baschen wohnt im nächsterreichbaren Leipziger Adreßbuch (1921) nicht mehr dort.

Die Häuserfront gegenüber hat den zweiten Weltkrieg nicht überstanden. Bäume. Nur die Hinterhäuser sind erhalten und bewohnt, die Hausnummern 26/28 sind an einem Baum befestigt.

Die Tauchaer Straße, von fünf Straßenbahnlinien durchfahren, trägt heute den Namen Rosa Luxemburgs. Gegenüber, wo das Verlagshaus den Krieg überlebt hat, befindet sich eine der Leipziger Lenin-Gedenkstätten. Davon erzählt eine Tafel, aber nicht von der einflußreichen Zeitung, deren Name weiterlebt.

Mathilde: «Da alle unsere Zusammenkünfte in Leipzig streng vertraulich stattgefunden hatten und meine Wohnung, die als Arbeitsstätte diente» – war es beim Glaser Bernhard oder beim Lithograph Zeigler im 2. Stock des Nebenhauses? –, «nur wenigen zuverlässigen Parteigenossen bekannt war, wurde von den Soldaten nur noch das offizielle kommunistische Parteibüro besetzt, aus dem alle wichtigen Materialien vorher fortgeschafft worden waren. Die Druckerei der ‹Roten Fahne› wurde demoliert. – Die führenden Genossen waren vor Eintreffen des Generals Maercker zu Besprechungen nach Berlin gefahren.» Und wieder die besonnene Mathilde: «Ich begab mich mit den übrigen in Leipzig befindlichen Hilfskräften nach einigen Tagen des Abwartens, während welcher wir alles verpackt und geordnet hatten, ebenfalls nach Berlin zurück.»

Wo in Berlin Mathildes «illegale Wohnung» war, von der sie berichtet, ist leider unbekannt geblieben. Sie

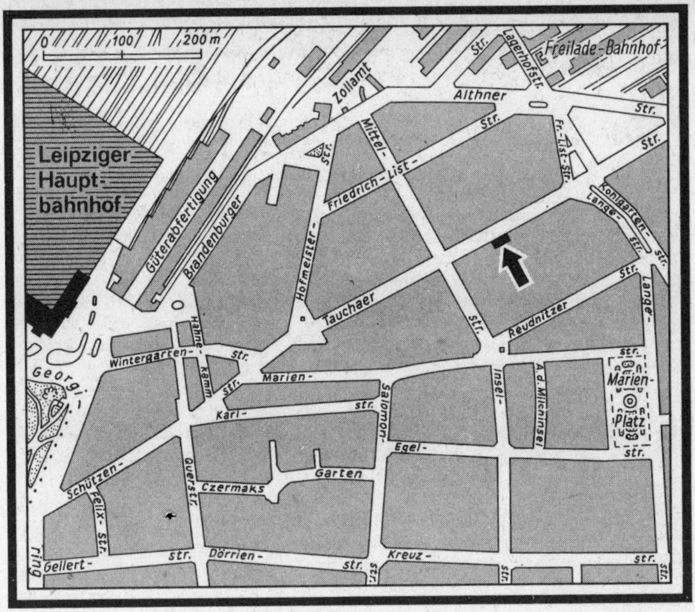

Leipzig, 1919

wohnte der Sicherheit halber nicht in der Altonaer Straße.

«Als ich in meine illegale Wohnung kam, hörte ich, daß Rosa Luxemburgs Leiche im Landwehrkanal gesichtet worden sei. Auch die Zeitungen brachten entsprechende Notizen.»

Am Sonnabend, dem 31. Mai 1919, früh, gegen 6 Uhr, war an der Unteren Freiarchenbrücke nach dem Aufziehen der Schleuse ein Leichnam angeschwemmt worden. Der Schleusenarbeiter Knepel zog die Leiche mit Hilfe einiger Passanten heraus und benachrichtigte das nächste Polizeirevier. Nach kurzer Zeit kam ein Auto und brachte den Leichnam ins Schauhaus. So berichtete der Schleusenmeister dem «Berliner Tageblatt» den Vorfall.

Einer, der bei der Bergung geholfen hatte, war der

Groß-Berlin

Die Leiche der Rosa Luxemburg gefunden?

Ueberführung aus „politischen Gründen" nach Zossen.

In der Nacht vom Sonnabend zum Sonntag wurde von einem militärischen Wachkommando eine Leiche im Landwehrkanal gesehen. Man benachrichtigte, nachdem die Leiche geborgen war, die Mordkommission, die unter Führung des Oberregierungsrates Hoppe an der Fundstelle erschien. Der Körper der Frau, die aus dem Wasser eds Landwehrkanals gelandet worden war, war etwa 1,62 Meter groß und, da gewisse Merkmale darauf schließen ließen, daß der Körper schon lange im Wasser gelegen haben müsse, auch der Fundplatz einige Wahrscheinlichkeit dafür bot, daß man die Leiche Rosa Luxemburgs vor sich habe, wurde der Berliner Polizeipräsident Ernst nachts benachrichtigt und erschien im Auto an der Freiarchenbrücke. Dige gefundene Leiche wurde nun auf Veranlassung des Polizeipräsidenten in das Leichenschauhaus in der Hannoverschen Straße übergeführt.

Im Laufe des Sonntags ist die Leiche der Frau durch ein militärisches Kommando aus dem Schauhaus entfernt

und nach Zossen gebracht

worden. Im Schauhaus erschien ein Leutnant Kehler und wies dem Leichendiener Eberhard, der Wache hatte, ein Schreiben vor, das vom Reichswehrminister Noske unterzeichnet war und das die Herausgabe der Leiche verlangte, um sie nach dem Garnisonlazarett des Truppenübungsplatzes Zossen zu bringen. Die Leiche wurde von Soldaten in einen Kraftwagen gebracht, der sich entfernte.

Erst im Laufe des Sonntag nachmittags wurde von dem Leichenfund dem Untersuchungsrichter im Fall

Ueberführung nach Zossen gegeben habe, eine Beratung mit den in Betracht kommenden Instanzen und auch

mit dem Justizminister

gehabt habe. Er sei der Ansicht, daß im Interesse einer ruhigen Untersuchung die Sektion besser in Zossen stattfinden würde, da bei der augenblicklich gereizten Stimmung in Berlin politische Demonstrationen zu erwarten seien, die man besser vermeiden würde. Daraufhin erklärte Kriegsgerichtsrat Ehrhardt, daß er in diesem Fall damit einverstanden sei, daß die Leiche vorläufig in Zossen verbleibe, daß er jedoch die für die Sektion notwendigen Aerzte bestimmen werde, und daß er außerdem der Ansicht sei, daß die Rechtsanwälte Rosenfeld, Liebknecht und Weinberg zur Obduktion hinzugezogen werden sollen.

Die Untersuchungskommission und die Aerzte werden sich noch im Laufe des heutigen Nachmittags nach Zossen begeben, um dort festzustellen, ob die aufgefundene Leiche tatsächlich die Rosa Luxemburgs ist.

Bericht der «Berliner Volks-Zeitung»,
Abendausgabe von Montag, 2. Juni 1919

45jährige Tischler Otto Fritsch. Er glaubte Rosa Luxemburg erkannt zu haben und ging in seinen Betrieb Alt-Moabit, Ecke Gotzkowskystraße – das ist nur ein paar Minuten Fußweg von Mathildes Wohnung entfernt – und «verständigte den Arbeiterrat. Der Kollege telefonierte sofort mit der ‹Vorwärts›-Redaktion.» Fritsch staunte sehr, daß die Zeitung weder am Sonnabendabend noch am Sonntag früh eine Notiz darüber brachte. Er hat offenbar nicht durchschauen können, daß die Regierungszeitung verständigt worden war, das Blatt der Hintermänner der Mörder. Noch mehr wunderte sich Otto Fritsch am Montag, als er in der Abendausgabe des «Vorwärts» lesen mußte, eine Nachtpatrouille habe den Leichnam entdeckt. Die Mörder hatten die Gelegenheit genutzt, wieder eine Lüge erdacht und amtlich verbreiten lassen.

«Die Leiche der Rosa Luxemburg gefunden?» fragte am Montag die Abendausgabe der «Berliner Volks-Zeitung»: «In der Nacht vom Sonnabend zum Sonntag», also fast einen Tag später, «wurde von einem militärischen Wachkommando eine Leiche im Landwehrkanal gesehen ...»

Damit alles seine Ordnung behielt, gab es drei Wochen später eine Rechnung, von der die Quittung erhalten blieb;

Quittung 3,00 M
In Worten drei Mark sind mir von Frl. Jacob, Altonaerstr. 11 für die Landung der Frau Luxemburg gezahlt worden.
Berlin, den 21.6.19 Heidrich Polizei-Wachtm. 4222

Drei Mark hatte die aus Zürich eingereiste Rosa Luxemburg genau einundzwanzig Jahre zuvor einem Berliner Polizeiassessor in die Hand gedrückt, um ihren Heimatschein einige Tage eher zu bekommen: Am 31. Mai 1898 hielt sie ihn in der Hand. Auf den Tag genau ...

Während im Laufe des Sonnabends die Öffentlichkeit noch nichts von dem Fund erfuhr, traf die Regierung in

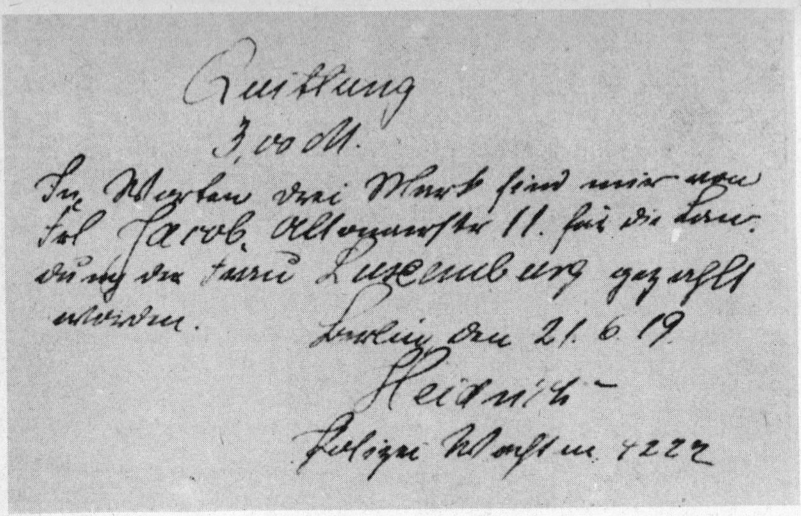
Quittung
3,00 M.
Die Werten drei Mark sind mir von Frl. Jacob, Altonaerstr. 11. für die Besorgung der toten Luxemburg gezahlt worden.
Berlin den 21.6.19.
Heinrich
Polizei Wachtm. 4222

der Person des Reichswehrministers Noske ihre Maßnahmen. Am Sonntag erschien im Leichenschauhaus ein Militärkommando unter Führung eines Leutnants Kehler, der mit einem vom Reichswehrminister Noske unterzeichneten Schreiben die Herausgabe der Leiche verlangte. Er transportierte sie nach Zossen, einem Ort im Süden Berlins, und dort in das Garnisonslazarett des Truppenübungsplatzes. Wie in der Mordnacht. Der Leutnant mit dem Auto, der Rosa Luxemburg beseitigen soll.

Zur gleichen Zeit, am Sonntagmittag, ist in der Stadthalle des Berliner Stadthauses (heute Haus der Ministerien) ein zahlreiches Publikum zu einer Matinee mit Tilla Durieux versammelt, die auf Einladung der USPD Lyrik und Prosa vorträgt. Die «Freiheit» berichtet am Montagmorgen: «Schönlanks zarter und zugleich starker Nachruf für Rosa Luxemburg weckte wieder die Trauer um den Verlust der außerordentlichen Frau.» Keiner der Zuhörer ahnte, daß die tote Rosa Luxemburg gerade wieder um die Ecke gebracht werden soll.

Erst als die Leiche unterwegs nach Zossen war, wurde

der Untersuchungsrichter verständigt. Kriegsgerichtsrat Ehrhard gehörte zwar zu den Komplizen vom Eden-Hotel, fühlte sich aber übergangen und ging protestieren. Das nützte nichts, sollte aber in der Öffentlichkeit den Eindruck bestärken, daß Gesetz und Ordnung herrsche in der Justiz und in Berlin.

Ehrhard bestimmte die Ärzte für die Sektion und schlug vor, die Rechtsanwälte Rosenfeld, Liebknecht und Weinberg zu der Obduktion hinzuzuziehen. Weinberg war der Vertreter der Familie Karl Liebknechts und auch seit 1915 von Rosa Luxemburg bevollmächtigt, ihre Belange bei allen Instanzen wahrzunehmen.

Mathilde: «Noske mußte ein Interesse an dem leblosen Körper haben. Vielleicht wollte er Rosa Luxemburg unauffällig begraben lassen? Ich ging, um Näheres zu erfahren, in das Büro von Theodor Liebknecht.» Aber er war beruflich nach Stuttgart gefahren. «Die Garde-Kavallerie-(Schützen)-Division hatte sich bereit erklärt, einen von uns gewählten Arzt in ihrem Auto mitzunehmen, damit dieser den Obduktionsbefund der Gerichtsärzte nachprüfen könne. Der Vertreter Theodor Liebknechts lehnte dieses Anerbieten ab. Sobald man es annähme, meinte er, spräche man der Garde-Kavallerie-(Schützen)-Division das Recht zu, als Gericht aufzutreten.

Ich teilte diese Auffassung nicht: der Obduktionsbefund war von Wichtigkeit, man konnte durch ihn in die Lage gesetzt werden, Rückschlüsse über die Art der Ermordung zu ziehen. Ich bestand deshalb darauf, daß ein Arzt, der unser Vertrauen besaß, den Obduktionsbericht der Gerichtsärzte nachprüfen sollte.»

Mathilde, wie wir sie kennenlernten. Zäh und unerschüttert beginnt sie ihren Kampf um die tote Rosa.

«Es war inzwischen Abend geworden.» Montag, der 2. Juni. «Zwei Ärzte bat ich vergeblich, mit der Garde-Kavallerie-(Schützen)-Division nach Zossen zu fahren. Sie fürchteten für ihr Leben, mindestens aber rechneten sie mit politischer Verfolgung, wenn sie sich zur Verfügung stellten. Einer der beiden Ärzte hatte zuerst zugesagt, zog aber sein Versprechen mit der Begründung zurück, bei einer wichtigen Operation am nächsten Morgen nicht fehlen zu dürfen.

Ich versuchte mein Glück bei einem dritten, uns befreundeten Arzt, der sich ohne weiteres bereit erklärte. Er versicherte, sich die Sache nicht rückzuüberlegen. Zur größeren Sicherheit läutete ich im Schöneberger Krankenhaus bei einem Sohn Clara Zetkins, Dr. Maxim Zetkin an, der als Hilfsarzt dort tätig war. Ich wollte ihn bitten, sich seinem Kollegen auf der Fahrt anzuschließen. Dr. Zetkin war ausgegangen, und es gab keine Möglichkeit, ihn zu erreichen.

Am darauffolgenden Tag erfuhr ich, daß der Arzt, der mir die feste Zusage gegeben hatte, nicht nach Zossen gefahren war. Rechtsanwalt Weinberg hatte ihm davon abgeraten, wieder mit der Begründung, daß die Garde-Kavallerie-(Schützen)-Division als Gericht nicht anerkannt werden dürfe. Inzwischen war die Obduktion vorgenommen worden.»

Am Dienstag, dem 3. Juni, hatten die namhaften Berliner Ärzte Geheimrat Straßmann und Geheimrat Bier und ein Gerichtsarzt die Obduktion vorgenommen. Der Chef des Garnisonslazaretts war anwesend, Kriegsgerichtsrat Ehrhard, aber die Identität der Leiche mit Rosa Luxemburg konnte nicht festgestellt werden. Die Verwesung war zu weit fortgeschritten. Die «Berliner Volkszeitung» berichtete ausführlich: «Die Sektion ergab den überraschenden Befund, daß die *Schädeldecke* der Leiche vollkommen *unverletzt* war. Weder die Knochenwölbungen, noch die Nähte weisen auch nur die geringste Verletzung auf, welche darauf deuten läßt, daß der Schädel von Kolbenschlägen getroffen worden ist, wie dies doch zweifelsohne bei Frau Luxemburg der Fall gewesen ist. Dagegen zeigte die Tote eine *Wunde* an der *linken Stirn*. Es wurde deshalb die Schädeldecke geöffnet. Das Gehirn war vollkommen in Verwesung übergegangen, so daß also nicht mehr festzustellen war, ob die Kugel in das Gehirn eingedrungen war. Sonst konnte keine Verletzung an der Leiche festgestellt werden.»

Man beschloß, daß man keineswegs als sicher annehmen könne, daß es sich um Rosa Luxemburg handele. Auch Angehörige würden das nicht mehr feststellen können. Man suchte Zeugen, die wußten, welche Kleidung die Tote getragen hatte. Das deckte sich mit den Bemühungen Mathildes, die inzwischen Dr. Maxim Zetkin gebeten hatte, «sich von der Garde-Kavallerie-(Schützen)-Division die Erlaubnis geben zu lassen, die obduzierte Leiche nachträglich besichtigen zu dürfen. Er ging zu diesem Zweck in das berüchtigte Quartier der Division, in das Eden-Hotel, wo ihm einige der Toten abgenommene Sachen vorgelegt wurden. Da er meist von Hause abwesend war und in anderen Städten wohnte, hatte er Rosa Luxemburg nur flüchtig und vor langer Zeit bei seiner Mutter gesehen. So konnte er auch nach den ihm vorgelegten Bildern, man hatte die Leiche fotografiert, die Identität mit Rosa Luxemburg nicht feststellen. Er schlug den verhandelnden Offizieren deshalb vor, mich zur Rekognoszierung kommen zu lassen.»

Mathilde geht ins Eden-Hotel. Was sie dabei empfand, hat sie nicht beschrieben.

Die «Berliner Volks-Zeitung» vom 5. Juni 1919 berichtet: Bei der gestrigen Zeugenvernehmung in Berlin wurde einer Frau, die kurz vor der Verhaftung der Frau Luxemburg mit ihr zusammengetroffen war, die Fotografie der Toten vorgelegt. In dem Bilde erkannte die Zeugin *unstreitig* die lange gesuchte Tote. «Gleichzeitig wurde die langjährige *Sekretärin* der Ermordeten vernommen. Diese konnte nach einer Besichtigung der Kleiderreste, der Handschuhe und des Medaillons *einwandfrei feststellen*, daß es sich um die Leiche der Frau Luxemburg handelt.»

Mathilde: «Ich erkannte die mir gezeigten Gegenstände sofort. Ein Paar Handschuhe, die ich selbst besorgt hatte, waren an den Händen verblieben, die übrig-

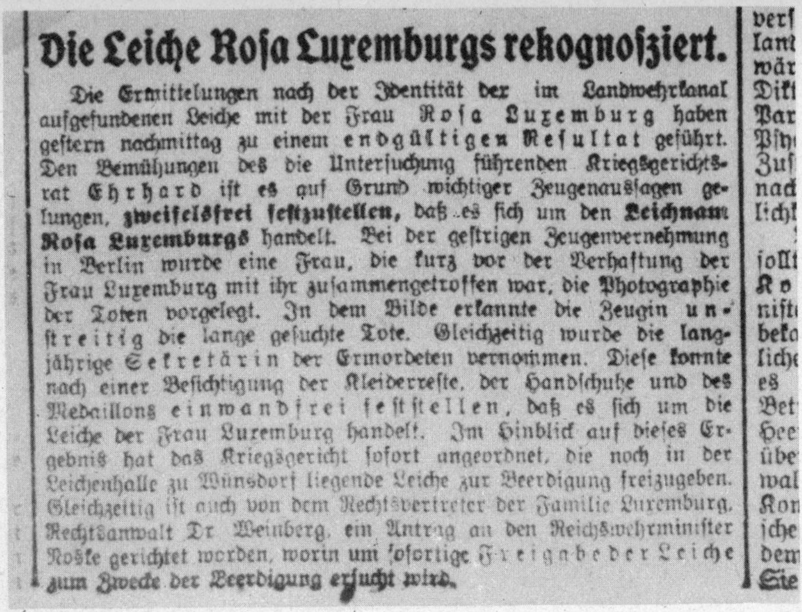

Die Leiche Rosa Luxemburgs rekognosziert.

Die Ermittelungen nach der Identität der im Landwehrkanal aufgefundenen Leiche mit der Frau Rosa Luxemburg haben gestern nachmittag zu einem endgültigen Resultat geführt. Den Bemühungen des die Untersuchung führenden Kriegsgerichtsrat Ehrhard ist es auf Grund wichtiger Zeugenaussagen gelungen, **zweifelsfrei festzustellen,** daß es sich um den **Leichnam Rosa Luxemburgs** handelt. Bei der gestrigen Zeugenvernehmung in Berlin wurde eine Frau, die kurz vor der Verhaftung der Frau Luxemburg mit ihr zusammengetroffen war, die Photographie der Toten vorgelegt. In dem Bilde erkannte die Zeugin unstreitig die lange gesuchte Tote. Gleichzeitig wurde die langjährige Sekretärin der Ermordeten vernommen. Diese konnte nach einer Besichtigung der Kleiderreste, der Handschuhe und des Medaillons einwandfrei feststellen, daß es sich um die Leiche der Frau Luxemburg handelt. Im Hinblick auf dieses Ergebnis hat das Kriegsgericht sofort angeordnet, die noch in der Leichenhalle zu Wünsdorf liegende Leiche zur Beerdigung freizugeben. Gleichzeitig ist auch von dem Rechtsvertreter der Familie Luxemburg, Rechtsanwalt Dr. Weinberg, ein Antrag an den Reichswehrminister Noske gerichtet worden, worin um sofortige Freigabe der Leiche zum Zwecke der Beerdigung ersucht wird.

Meldung der «Berliner Volks-Zeitung»
vom 5. Juni 1919

gebliebenen Fetzen eines Samtkleides hatten die Farbe nicht verändert, und einen goldenen Anhänger hatte man der Leiche unversehrt abnehmen können. Man gab mir noch Fotografien, die ich, ohne einen Blick auf sie zu werfen, Paul Levi überbrachte. Es unterläge keinem Zweifel, sagte er beim Anschauen der Reproduktionen, daß es Rosa Luxemburgs Leiche sei.»

«Berliner Volks-Zeitung»: «Im Hinblick auf dieses Ergebnis hat das Kriegsgericht sofort angeordnet, die noch in der Leichenhalle zu Wünsdorf liegende Leiche zur Beerdigung freizugeben.»

Mathilde: «Einen Schein, der die Herausgabe der toten Rosa Luxemburg anordnete, hatte man mir mit den Worten übergeben, von der Militärbehörde sei die Leiche freigegeben, ob Herr Noske sie herausgäbe, bezweifele man.

Jetzt hieß es schnell handeln. Ich setzte mich mit den Anwälten in Verbindung, um sie zu bitten, sich um die Leiche Rosa Luxemburgs nicht mehr zu kümmern. Sie sei freigegeben, alles weitere würde ich ohne ihre Hilfe zuende führen.»

Dr. Weinberg antwortete, er hätte bereits an Noske geschrieben, er «möge Ihnen die Leiche aushändigen lassen. Warten Sie doch seinen Bescheid ab.»

Mathilde: «Gerade diesen Bescheid wollte ich nicht abwarten. Ich fragte Paul Levi, ob ich, selbst auf die Gefahr hin, daß man die Leiche in Zossen nicht herausgäbe, ein Leichenauto nehmen solle. Paul Levi wünschte, daß ich den Versuch sofort unternähme.»

Am 5. Juni fuhr Maxim Zetkin mit Mathilde nach Zossen. «An Ort und Stelle zeigten wir den mir von der Militärbehörde gegebenen Schein. Man ließ daraufhin Maxim Zetkin die Leiche besichtigen, an der er nichts mehr feststellen konnte. Auch der Leichenwäscher konnte seines Amtes nicht walten, so weit war die Verwesung vorgeschritten. Man bedeckte die tote Rosa Luxemburg mit einem Laken und legte ihr ein Kissen unter das Haupt.»

Während Maxim Zetkin von Zossen direkt zu seiner Arbeitsstelle zurückkehrte, fuhr Mathilde, «neben dem Chauffeur sitzend, mit der toten Rosa Luxemburg ins Leichenschauhaus nach Berlin. Der Weg ging durch das im Frühlingsschmuck prangende Lichtenrade, an Wäldern und Wiesen vorüber, wo Rosa Luxemburg frohe Stunden verbracht hatte. Auch durch Südende fuhr der Wagen und in Berlin an der Redaktion der ‹Roten Fahne› vorbei, Rosa Luxemburgs letzter Wirkungsstätte.» Die Wilhelmstraße entlang bis in die Hannoversche Straße, zum Leichenschauhaus.

Ein Satz von Mathilde: «Dann übergaben wir den Sarg dem Leichenschauhaus, in das ich jetzt täglich ging, um nachzuforschen, ob die Leiche an ihrem Platz war.»

So bewachte sie ihre Freundin. Eine Woche lang. Die Beisetzung ist für Freitag, den 13. Juni vorgesehen.

Rosa Luxemburg in ihrer Wohnung, 1907

Das Berliner Stadtarchiv bewahrt einen dicken Band aus dem Polizeiarchiv. Das Jahr 1919. Handschriftlich geführt vom Kommissariat zur Sicherstellung der Leichen. Auf der letzten Seite widerspiegeln Zahlen die Ereignisse:

	Männer	Frauen	Kinder
Januar	106	31	9
Februar	47	33	4
März	250	51	10
April	64	34	6
Mai	57	30	8
Juni	47	45	21

In diesem Buch stehen sie alle: Nr. 162 der erschossene Rechtsanwalt Liebknecht, Karl.

Nr. 528 Jogiches, Leo, Schriftsteller, 10. 3., Kriminalgericht. Kopfschuß. Die in der Französischen Straße ermordeten Matrosen. Nr. 1387 der Kaufmann Heinrich Dorrenbach, Kommandeur der Volksmarinedivision. Dazwischen alltäglicher Mord und Totschlag, Unfall und die meist in Hausfluren abgelegten Leichen Neugeborener.

An Hand der Eintragungen, des Datums «11. Januar» und des Ortes «Belle-Alliance-Straße», können wir die hinter der Garde-Dragoner-Kaserne erschossenen Gefangenen und Parlamentäre ermitteln und wenigstens hier ihre Gedenktafel formulieren.

Nr. 129 Möller, Werner. Klempner. 6. 2. 1888 Barmen

Nr. 138 Schoettler, Arthur. Werkzeugmacher. 25. 11. 1893 Spandau

Nr. 144 Wackermann, Paul. Schlosser. 1. 12. 1889 Charlottenburg

Nr. 148 Grubusch, Karl. Mechaniker. 21. 10. 1890 Berlin

Nr. 161 Kluge, Erich. Kutscher. 19. 3. 1895 Neuendorf

Nr. 173 Fernbach, Wolfgang. Redakteur. 31. 1. 1889 Berlin

Nr. 184 Heise, Walter. 24. 8. 1894 Strasburg, Krs. Prenzlau

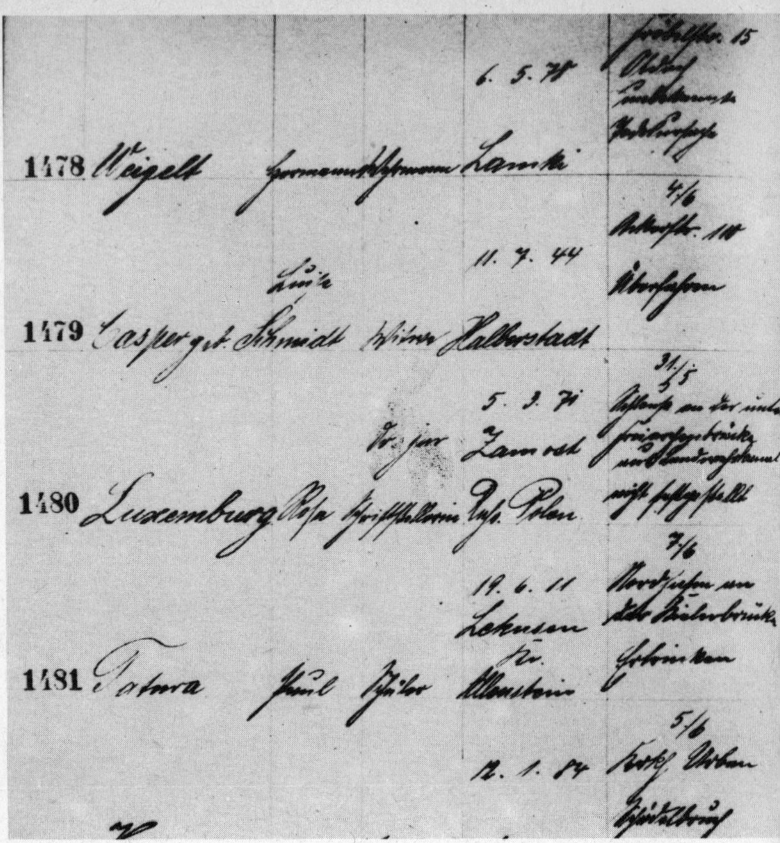

				6. 5. 78	Fröbelstr. 15 Obdach [illegible]
1478	Weigelt	Hermann	[illegible]	Lanke	4/6
				11. 7. 44	Ackerstr. 10 [illegible]
1479	Kasper geb. Schmidt	Anna	Witwe	Halberstadt	31/5
			Dr. jur.	5. 3. 71 Zamosć	Schleuse an der unteren Freiarchenbrücke am Landwehrkanal nicht festgestellt
1480	Luxemburg	Rosa	Schriftstellerin	Russ. Polen	7/6
				19. 6. 11 Lekusen Kr.	Nordufer an der Kielerbrücke ertrunken
1481	Fatowa	Paul	Schüler	Allenstein	5/6
				12. 1. 84	Kopfs. [illegible] Schädelbruch

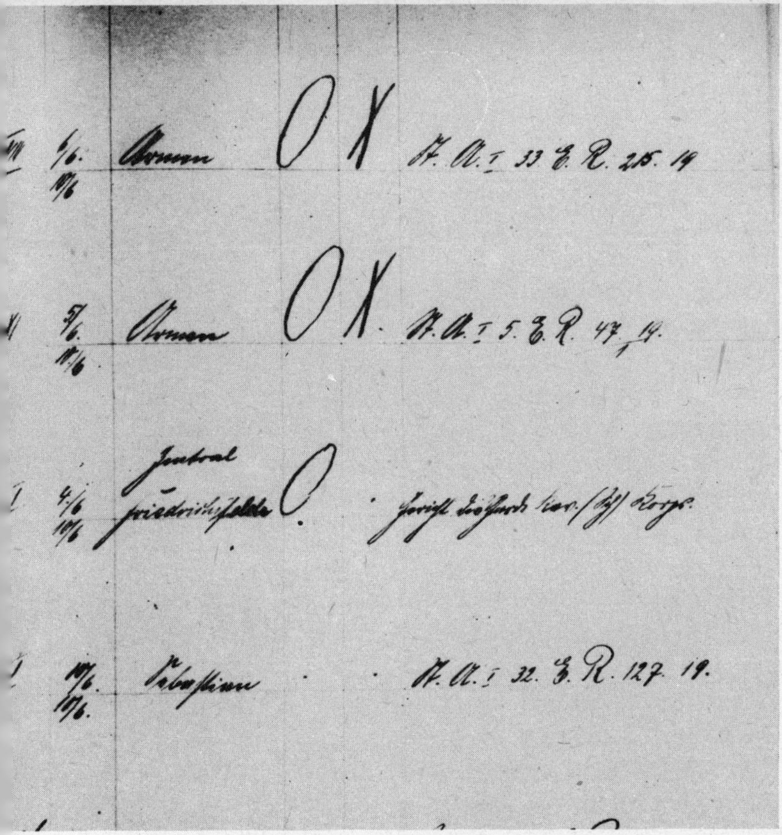

Eintragung im Journal des Kommissariats
zur Sicherstellung der Leichen

Unter der Nr. 1480 steht: «Luxemburg, Rosa. Dr. jur. Schriftstellerin. 5.3.71 Zamost Ruß. Polen. 31.5. Schleuse an der unt. Freiarchenbrücke am Landwehrkanal». Todesursache: «Nicht festgestellt». Während bei anderen Leichen die zuständige Staatsanwaltschaft vermerkt ist, steht bei ihr: «Gericht des Garde Kav. (Sch.) Korps».

Mathilde: «Der Beerdigungstag kam. Ich stand traurig dabei, als der Sarg verlötet wurde. Von den Berliner Organisationen gewählte Arbeiter trugen ihn auf einen offenen mit vielen Kränzen bedeckten Wagen. Ich folgte ihm noch eine kurze Strecke Wegs und ging dann zu Clara Zetkin. Sie war gekommen, um der Freundin letzte Abschiedsworte an der Gruft zu sprechen.»

Die Trauerfeier fand auf der Spielwiese im Friedrichshain statt. Die Mitglieder der KPD und der USPD hatten sich in den einzelnen Stadtteilen versammelt und zogen in geschlossenen Zügen zum Friedrichshain. Gegen 11.30 Uhr erschien der Leichenwagen, «von schwarzbehängten Pferden gezogen», wie die «Berliner Volks-Zeitung» berichtet.

«Der Sarg war von Kränzen bedeckt, von der USPD, der KPD, der ungarischen und der russischen Sowjetrepublik sowie von einem Blumengewinde der Akademie der Wissenschaften in Moskau, deren Mitglied die Verstorbene gewesen war, und auf dessen Schleife man die Worte las: ‹Der unermüdlichen Vorkämpferin der Weltrevolution gewidmet.› Fast alle bekannten Führer der USPD und der KPD waren erschienen, so Adolf Hoffmann, die Rechtsanwälte Kurt Rosenfeld und Theodor Liebknecht, Clara Zetkin, Wurm, Haase usw. Von sechs in der Mitte des Rondells stehenden Wagen, die vollkommen schmucklos waren, wurde von den Mitgliedern der KPD Eberlein, Frölich, Dr. Schröder, Lange, Rasch und Franke gesprochen.»

Diese Spielwiese, dieses Rondell sind 1951 in das nach Karl Friedrich Friesen genannte Schwimmstadion umgewandelt worden. Die Langenbeckstraße, durch die der Trauerzug dann seinen Weg nahm, begrenzt das Sport- und Erholungszentrum.

Der Trauerzug führte durch die heutige Leninallee und bog dann in die Bersarinstraße ein, die damals Petersburger Straße hieß, dann über das Frankfurter Tor die Frankfurter Allee entlang bis zum Friedhof in Friedrichsfelde. Er wurde – schreibt Mathilde – «zu einer machtvollen Demonstration der revolutionären Arbeiter. Voran gingen Matrosen und feldgraue Soldaten, dann folgten die Berliner Kreise und Betriebe.» Die Zeitungen erwähnen, daß die Straßenbahnen umgeleitet wurden und der gesamte Verkehr ruhte. 600 Kränze und dicht von Menschen gesäumte Straßen. Nirgends ein Zwischenfall.

Oskar Kanehl in dem Gedicht «Bürger heraus! Zum Begräbnistag der Rosa Luxemburg»:

«Bürger heraus! Noskegarden, bildet Spalier! Kommt und seht uns an. Die wir alle hinter ihrer Leiche hergehen.

Wie wir euren Mordaufzug verächtlich belächeln. Vor unserem reinen Glaubensblick sind eure Helme und Wehrgehänge wie Kinderspielzeuge und eure bunten und blanken Unehrenzeichen, mit denen eure Brust bepflastert ist, wie Mummenschanz. Ihr habt recht, wenn ihr uns fürchtet.

Das ist kein Trauerzug mehr. Sondern die Prozession flammender Menschenliebe.»

Mathilde: «Die unabsehbare Menschenmenge mußte sich in Friedrichsfelde vor dem Friedhof auflösen. Das Betreten des Friedhofs war nur wenigen Personen gestattet worden.»

Mathildes Bericht endet knapp. Paul Levi und Clara Zetkin sprachen am Grabe. Eine Vertreterin der Jugend

George Grosz:
Prost Noske! – das Proletariat ist entwaffnet.
Lithographie, 1919

zitierte in ihrer Rede Heinrich Heine: «Ich bin das Schwert, ich bin die Flamme».

Die Zeitung erwähnt Delegationen aus Polen, Ungarn, Bulgarien, der Türkei und der Schweiz, auch von Vertretern der Berliner Studenten und der Arbeitslosen wurden Gedenkreden gehalten. Louise Zietz sagte: «Eine zarte Frau mit einem starken, reichen, genialen Geist, einem universalen Wissen ist von uns gegangen. Ein grundgütiger Mensch ...»

Mathilde: «Bei strahlendem Sonnenschein, unter dem leisen Geflüster sommerlichen Lebens, unter dem Singen und Jubilieren der Vögel» (hatte sie sich nicht den Ruf der Kohlmeise als Grabinschrift gewünscht?), «unter den gewaltigen Klängen der Internationale sank Rosa Luxemburgs irdisches Sein ins Grab.»

Da sollen die jungen Menschen heute Rosa Luxemburg verehren, und es steht noch nicht einmal ein Liebesbrief von ihr im Lesebuch der 10. Klasse. Und junge Soldaten, nicht nur in einer den Namen «Leo Jogiches» tragenden Einheit, wo lesen sie, was er an seine Rosa schrieb? Und was war, als sie ihn eines Tages nicht mehr als Mann ertragen konnte, weil er es nicht so genau nahm mit der einzigen Frau?

Es gibt unbelesene Leser. Für sie zeigt man Inschriften und Plakate. Es kommt tatsächlich darauf an, wie alt einer ist, wenn er Mitte Januar als Berliner Einwohner eingeladen wird zur Demonstration nach Friedrichsfelde und hingeht. Ich erlebte das zum erstenmal 1949 und war sehr erstaunt. Hatte bis dahin noch nie davon gehört oder gelesen. Kein Wunder. Für ältere, nicht für alle war der Weg nach Friedrichsfelde eine Wiederkehr. Zu Karl und Rosa. Für Jüngere sind die beiden zu zeitlich entrückten Wesen geworden. Auf einem Plakat schweben sie als romantisches Liebespaar beisammen, schräg in der Luft, fast Chagall, und haben doch bis zuletzt «Sie» zueinander gesagt. Das will viel heißen. Und es heißt etwas.

Ich ging 1949 einfach hinterher. Alles war neu. Vor mir stapfte Hermann Leupold, der in jenen Tagen der Parteisekretär war im Berliner Verlag. (Wenn Sie diesen Mann gekannt hätten ...) Als ich arbeitsuchend im Frühjahr 1948 in sein Zimmer kam, saß er in der Redaktion der «Neuen Berliner Illustrierten».

Leupold war dort Redakteur. Sein Name sagte mir nichts. Keiner prüfte mein Unwissen. Leupold war früher der Leiter der legendären AIZ gewesen. Ich hätte geantwortet: Was ist das?

Die «Arbeiter-Illustrierte Zeitung» war ein berühmtes Blatt. Mein Vater las es, wie er mir später erzählte.

Leupold hatte aus seinem Schreibtisch ein Zwischendeck herausgezogen, dort sah man ein Kaffeekännchen. Ich stand daneben, saß, hörte, antwortete. Er nahm mir nicht übel, daß ich seinen Namen nicht kannte und seine Illustrierte nicht, für die er sein Leben riskiert hatte. Er fragte mich überhaupt nicht danach. Habe ich von diesem Mann genug gelernt?

Chefredakteur war Lilly Becher. Die Frau des Dichters, die eines AIZ-Tages Kurt Tucholsky ein Foto zeigte und dazu ein Gedicht bestellte. Daraus wurde «Mutterns Hände».

Ich erlebte Lilly Becher bei Versammlungen im Verlagshaus. Da war ihr Mann noch nicht Minister. Da trugen wir noch Handschuhe, die an den Fingern zerlöchert waren. Da hingen viele Ideale zum Greifen nahe.

Du lernst diese Frau kennen, da ist sie fünfzig und älter, also alt. Aber im Becher-Museum hängt ihr Bild an der Wand; da ist sie jung und zum Verlieben. Aber so waren doch Rosa auch und Mathilde.

Wenn Lilly Becher etwas gelesen hatte, das ihr besonders gefiel oder nicht, rief sie an. Machte einem immer Mut, nannte Themen, wollte keinen Dank. Wenn ich Lilly Becher nenne, fällt mir ihre junge Freundin Rosemarie Rehahn ein, die von den ersten befreiten 1945er Maitagen an Zeitungen gemacht hat, zuerst als ahnungslose Erbin jener Leupold und Becher, bald ahnungsvoll bewußt geworden. Davon steht bisher kaum etwas in unserem Stadtplan. Die eifrigen jungen Männer, die sich wißbegierig einmal wöchentlich vor Arbeitsbeginn beim Chefredakteur trafen zu einer marxistischen Gesprächsrunde – das Parteilehrjahr war noch nicht erfunden. Sie waren etwas jünger als ich, wußten aber schon viel mehr als der heimgekehrte Kriegsgefangene. Was wir damals diskutierten? Ach, wer weiß. Die Namen dieser zumeist Zwanzigjährigen: Gerhard Bengsch und Joachim und Gisela Herrmann, Alfred Fleischhacker, Wolfgang Kohlhaase und Paul Kanut Schäfer, Walter Heynowski, Hans Preuß, Gerhard Becker und Klaus Haupt. Da ist ein ganz neuer Stadtplan. Der muß noch geschrieben werden.

Wir waren stehengeblieben, wir sind weitergegangen hinter Hermann Leupold her nach Friedrichsfelde zum Zentralfriedhof im Januar 1949. Im Zickzack, diese Straße, dann jene, immer hinterher; plötzlich standen wir auf dem Friedhof, nahmen die Baskenmützen ab, setzten sie wieder auf.

Heutzutage: Stellplatz an einer Seitenstraße, zwei, drei Kilometer entfernt. Da braucht ein junger Sozialist schon viel Phantasie, wenn er sich eine unduldsame Polizei vorstellen soll. Sie hat ihn vorhin auf einen der Sonderparkplätze verwiesen. Er knurrt, weil er einige hundert Meter weit zum Stellplatz laufen muß.

Es geht ordentlich zu, geregelt, weil wir zum Mittagessen wieder zu Hause sein müssen. Wer eins hat, nimmt sein Kind mit. Erlebnis verschaffen. Gesunde Winterluft. Wo sind die Jahre hin, als aufmerksam registriert wurde, wer zur Demonstration kam und wer nicht. Warum denn nicht freiwillig? Das ist doch wertvoller als Montagsschimpfe.

Wer nicht mitgehen möchte, für den sei zitiert aus dem Tagesbericht des Polizeipräsidenten von Groß-Berlin vom 15. Januar 1935:

«Am gestrigen Todestag von Karl Liebknecht und Rosa Luxemburg wurden die Grabstätten beider unter

Preis 15 Pfg. — Berlin, Dienstag, 15. Januar 1946

Deutsche Volkszeitung

Nummer 11 — Zentralorgan der Kommunistischen Partei Deutschlands — 2. Jahrgang

Die Betriebe fordern die Schaffung der Arbeitereinheit

Von Franz Dahlem

„Ein 1933 darf es in der Geschichte der deutschen Arbeiterklasse nie wieder geben! Wer dafür ist, muß die Einheit wollen. Wer sich ihr aber verschließt, der ist entweder ein Reaktionär oder aber ein Unbelehrbarer, der nicht imstande ist, aus der Vergangenheit die notwendige Lehre für die deutsche Arbeiterklasse zu ziehen. Ueber ihn wird die Millionenbewegung der Arbeiterklasse hinweggehen. Er ist ein Gestriger. Er wird den Weg in die Zukunft nicht versperren können."

(Max Fechner, Vorsitzender im Zentralausschuß der SPD in „Das Volk" vom 12. Januar 1946).

Diese Antwort, die Genosse Max Fechner in seinem Artikel „Gegen die Brunnenvergifter" an die Adresse der Feinde der Einheitsfront richtete, trifft mitten ins Schwarze. Sie ist den Arbeitern und allen Werktätigen Berlins aus dem Herzen gesprochen. Zu offen haben sich in den letzten Wochen die Feinde der Arbeitereinheit, die zugleich die Feinde der Einheit des Volkes und der nationalen Einheit Deutschlands sind, demaskiert.

Es stimmt, sie erlitten hintereinander zwei schwere Niederlagen. Die gemeinsame Entschließung der Dezemberkonferenz der zentralen Leitungen der KPD und SPD, mit den repräsentativen beiderseitigen Parteivertretern der ganzen sowjetisch besetzten Zone, für die Vorbereitung der Vereinigung beider Parteien zu einer mächtigen marxistischen Arbeiterpartei Deutschlands — das war ein historischer Wendepunkt in der Geschichte der deutschen Arbeiterbewegung. Und die Entschließung des Zentralen Ausschusses der vier antifaschistischen Parteien vom 10. Januar 1946 war ein klares Bekenntnis zur Einheit „gegenüber allen Versuchen reaktionärer und militaristischer Kreise, alle Machtpositionen wieder zu erlangen und eine Restaurierung vorzubereiten, gegenüber separatistischen Tendenzen, die Einheit Deutschlands zu zerschlagen, gegenüber den Bemühungen, die Zusammenarbeit der antifaschistisch-demokratischen Kräfte zu stören".

Diese Sprache ist klar und unzweideutig und das Aufheulen der Getroffenen absolut verständlich. Die Feinde der Einheitsfront in Deutschland versuchen jetzt, alle reaktionären und rückschrittlichen Kräfte „gegen Berlin" zu mobilisieren! Aber sie werden das Gegenteil erleben, entsprechend dem Goetheschen Worte von der Kraft, die stets das Böse will und doch das Gute schafft. Denn „Berlin" — was sie damit meinen — repräsentiert ein freies politisches Leben der

Heute vor 27 Jahren wurden Karl Liebknecht und Rosa Luxemburg ermordet

Massenaufmarsch in Berlin

Gemeinsame KPD- und SPD-Delegationen

In einem machtvollen Aufmarsch gedachte die Berliner Arbeiterschaft am vergangenen Sonntag des Todes von Karl Liebknecht und Rosa Luxemburg und bekundete durch ihre Massenbeteiligung, daß unsere teuren Toten und ihr kämpferischer Geist im Herzen der Arbeiterklasse unvergessen weiterleben und weiterwirken.

Zehntausende kommunistische, sozialdemokratische und parteilose Männer, Frauen und Jugendliche vereinten sich nach langer Hitlernacht an den Gräbern auf dem Friedhof in Friedrichsfelde, um ihre Liebe und Verehrung für die großen Vorkämpfer und Vorbilder der Arbeiterschaft zum Ausdruck zu bringen und in Erfüllung ihres Vermächtnisses ein Bekenntnis für die Einheit der Arbeiterklasse abzulegen.

Dem Ruf der Kommunistischen Partei folgend marschierten die Werktätigen Berlins nach der großen antifaschistischen Demonstration am 9. September 1945 zum ersten Male wieder durch die Straßen ihrer schwergeprüften

Aufnahme von der eindrucksvollen Gedächtnisfeier für Rosa Luxemburg und Karl Liebknecht. Wilhelm Pieck, ein Kampfgenosse von Rosa Luxemburg und Karl Liebknecht, hält die Gedächtnisrede

Stadt. Schon in den frühen Vormittagsstunden strömten aus allen Stadtteilen, aus den Betrieben, Verwaltungen und Aemtern, aus Vororten und entfernten Dörfern zahllose Kolonnen und Kranzdelegationen nach dem Sammelplatz am Bahnhof Frankfurter Allee, um hier zu einem gewaltigen Demonstrationszug anzutreten. Während die [illegible]

Verruchte Pläne des Großkapitals

Eine Erklärung Nixons

New York, 14. Januar (TASS). Wie der Korrespondent der Agentur Associated Press aus Berlin berichtet, teilte der ehemalige Vertreter der USA in der Kommission zur Erfassung des deutschen Eigentums im Auslande, Nixon, den Inhalt eines Geheimmemorandums mit, das der ehemalige deutsche Vertreter des Scheringkonzerns, Werchemaier, anderen Direktoren am 8. September 1945 vorgelegt habe.

Im Memorandum wird darauf hingewiesen, daß die deutschen Industriellen die Absicht haben, internationale Abkommen abzuschließen. Wie es im Memorandum heißt, „kann die Besetzung Deutschlands viele Jahre dauern ..., aber wir können nicht warten, bis die Besatzungsperiode vorbei ist, um die Umstellung zu beginnen".

Es wird angenommen, daß der Scheringkonzern die Kontrolle über die deutsche chemische Industrie zu erlangen versuchte, da diese Kontrolle offenbar von dem Konzern I. G.-Farbenindustrie verloren wurde. Im Memorandum wird vorgeschlagen, daß nach etwa drei Jahren Schering versuchen sollte, mit dem amerikanischen Konzern Duponts Kontakt aufzunehmen und „Dupont vorzuschlagen, etwa ein Drittel unseres Aktienkapitals im Austausch gegen Waren und unsere Patente und Erfindungen gegen eine angemessene Lizenz und Teilung der Märkte zu übernehmen".

Nach den Worten Nixons zeugt das Memorandum deutlich von den Manövern deutscher Industrieller, die bestrebt sind, die Nachsicht der Amerikaner auszunutzen. Nixon bekräftigte nochmals seine Beschuldigungen, daß die USA keine entsprechenden Maßnahmen zur Festsetzung einer Kontrolle über die deutschen Industriellen ergreife.

In wenigen Zeilen

• London. — Norman Baillie Stewart, ehemals Offizier der britischen Armee, wurde in London wegen Feindbegünstigung zu fünf Jahren Gefängnis verurteilt. (SNB)

• Tokio. — Der ehemalige Kommandant des Gefangenenlagers von Fukuoka, Leutnant Furushima, wurde von einem amerikanischen Gerichtshof in Yokohama zu lebenslänglicher Zwangsarbeit verurteilt. (SNB)

• Oslo. Der frühere Leiter der Gestapostelle Bergen in Norwegen, Obersturmbannführer Blomberg, wurde hingerichtet. Er war wegen Mordes an britischen und norwegischen Soldaten zum Tode verurteilt worden. (SNB)

Bericht über die Gedächtnisfeier
vom 15. Januar 1946

strenger Bewachung gehalten. Es machte sich auf dem Friedhof zwar ein lebhafter Publikumsverkehr bemerkbar, jedoch kam es zu keinerlei Ansammlungen. Eine Person wurde festgenommen, weil sie einen Blumenstrauß auf dem Grabe Liebknechts niederlegen wollte. Es handelt sich bei dem Festgenommenen um den Bäcker Ludwig Rybarchik, 30. 8. 07 Berlin geboren, Berlin, Emdener Straße 8 wohnhaft. R. wird dem Richter vorgeführt werden.»

Jeweils um 12 Uhr mittags bekommt der Polizeipräsident den Tagesbericht. 15./16. Januar 1935: «Das Revolutionsdenkmal auf den Grabstätten Karl Liebknechts und Rosa Luxemburgs wird zur Zeit abgetragen. Gestern versuchten zwei Personen, den Abbruch selbst und dessen Umgebung zu photographieren, zweifellos in der

Absicht, an Hand der Photographien Greuelnachrichten zu verbreiten.»

Jede andere Wahrheit als die amtlich eigene ist eine Lüge oder, wie man damals sagte, «Greuel»-Nachricht. «Bei den Tätern» – Tätern – «handelt es sich um den Bauarbeiter Karl Otto, 24.4.07 Berlin geb., und den Einschaler Xaver Steidle, 15.11.97 Fischbach geb., beide Berlin-Lichtenberg, Landsberger Chaussee, Kolonie Einigkeit wohnhaft. Steidle ist schon wiederholt in Erscheinung getreten; er war» – war – «Mitglied der KPD. Otto ist hier noch nicht bekannt geworden.» Ehre ihrem Andenken.

Das Revolutionsdenkmal, das der Polizeibericht erwähnt, das von Mies van der Rohe stammt und auf der Briefmarke der Deutschen Post abgebildet ist – die Kosten für den Abbruch trug 1935 das Bezirksamt Lichtenberg, der Steuerzahler. Der rote Stern, der das Denkmal krönte, wurde als Beutestück geschleppt ins «Revolutionsmuseum der SA-Standarte 6», Taubenstraße 7. Davon ist gar nichts übrig, kein Haus, kein Stein in der heutigen Johannes-Dieckmann-Straße. «Geöffnet täglich 10 bis 22 Uhr» – das bringt heute kein Museum zustande – «Eintritt 0,30 RM, Uniformierte, Schüler und Erwerbslose 0,15 RM. Von der Berliner SA-Standarte 6 im Mai 1933 zuerst in der Jüdenstr. 50 eröffnet» – dort hatten sie das Antikriegsmuseum von Ernst Friedrich zerstört und okkupiert – «Außerordentlich reichhaltige und gut geordnete Sammlung von Beutestücken der Berliner SA aus dem Kampf gegen Rotfront und Reaktion. Flugblätter, kommunistische Drohbriefe, Zeitungen, Uniformen, Fahnen, Abzeichen, Waffen aller Art (Dolche, Seitengewehre, Pistolen, Gewehre, Dum-Dum-Geschosse, Bomben, Schlagringe, Totschläger usw.), Fotos und dergleichen. Ausgestellt ist hier der große Sowjetstern vom Liebknecht-Luxemburg-Denkmal auf dem Zentralfriedhof Friedrichsfelde ...»

Wo mag er geblieben sein? Dieses SA-Museum gab

es, als ich an der Hand meiner Mutter als Kind die Friedrichstraße kennenlernte. Überall war etwas los. Von der Ecke Französische Straße aus sah man schon das Museum. Vor seiner Tür stand ein Papp-Kamerad, ein gemalter SA-Mann, lebensgroß, der Besucher anlockte wie vor mittelguten Gaststätten der Papp-Koch mit der auswechselbaren Speisekarte. Meine Mutter erlaubte mir nicht, das SA-Museum zu betreten. Ja, sie ließ sich nicht einmal überreden, wenigstens vor das Schaufenster zu gehen, die paar Schritte. Später verstand ich sie. Bin längst dafür dankbar. Auch war die Enttäuschung nicht groß, es gab genug anderes zu sehen in der für mich neuen Stadt mit ihren alten Straßen.

Ein paar Jährchen später, als ich groß genug war und allein oder mit Schulfreunden durch die Friedrichstraße ging, Kinos, Lokale und Amüsierendes überall, gab es die «gut geordnete Sammlung von Beutestücken der Berliner SA» nicht mehr. Die Machthaber hatten Angst bekommen vor ihrer eigenen Vergangenheit. Sie schwiegen ihre Geschichte lieber tot. Und wer zuviel wußte und darüber redete, der konnte schnell in die verstummte Geschichte eingehen.

In das SA-Museum durfte ich nicht, glücklicherweise, denn solche Einrichtungen sollen Kinder verführen und die Jugend verderben. Die SA brüstete sich damit, in der Parochialstraße das Antikriegsmuseum ausgeräumt, zerstört und in ein SA-Sturmlokal verwandelt zu haben. Ich will nicht behaupten, daß meine Mutter mir erlaubt hätte, das Anti-Kriegs-Museum zu besuchen. Wahrscheinlich grauste es ihr vor den schauerlichen Fotos. Sie hatte auch von Verstümmelten gehört, die in besonderen, wohl nur von der Kirche erhaltenen Pflegeheimen vor der Mitwelt versteckt gehalten werden. Verschwiegene. Denn würden jene Gesichtslosen durch das Menschengewimmel der Hauptstadt geführt, getragen, gefahren, mußte das die Kriegsbegeisterungsgefühle mindern. Ein- und Ohnbeinige, Entarmte sah man jeden

Tag. Daran konnte die Straßenbahn schuld sein oder das Automobil. Entnervte aber, Rümpfe mit Orden, ewig Zitternde ersparte man der Öffentlichkeit, die auf den nächsten Krieg eingestimmt werden sollte. Wie sollte eine zum Verbrauch bestimmte Jugend – die Natur garantiert unentwegten Männerüberschuß – in der dazu benötigten Beschränktheit erzogen werden, wenn sie durch Gliederlose, und selbst die waren ja noch einmal davongekommen, einen Denkanstoß bekamen. Deshalb waren die Namen der Richthofen und Prien balkengroß zu lesen. Verstümmelte haben keine Namen. Das dankbare Vaterland schob sie nicht mit Spritzen von seinem Altar, sondern ließ sie von barmherzigen Schwestern irgendwo im Abseits pflegen. Nicht einmal zum «Heldengedenktag» zeigte man sie vor. Und da es Männer waren, die so lagen, fragte sich mancher, wie barmherzig die Frau in den frommen Schwestern sein mochte, so sie überhaupt ahnten, was in Männer-Lebewesen vorgeht.

Im Dezember 1982 habe ich im Anti-Kriegs-Museum in Westberlin aus meinen Büchern vorgelesen. Ein Enkel des Gründers von einst hatte es in einem früheren Kellerladen eingerichtet.

Es nannte sich «Anti-Kriegsmuseum im Aufbau». Täglich geöffnet von 16 bis 20 Uhr. Junge und alte Helfer wechseln sich als Aufsicht ab.

Ich wollte ursprünglich nur als Besucher hingehen. Das Museum liegt in der Stresemannstraße. In jener Straße, in der ich von einem Soldaten eingesegnet worden bin. In jener Straße, in der Liebknecht, als er aus dem Zuchthaus kam, von zwanzigtausend umjubelt wurde. Es ist die Straße, in der Mathilde Jacob sich um Rosa Luxemburgs Wohlbefinden sorgte und das «Kleine Journal» sich in «Die Rote Fahne» verwandelte. Dieselbe Straße, die unter Mathildes und der anderen zigtausend Juden letzten Berliner Schritten schwieg.

Ich las im Anti-Kriegs-Museum in der Stresemannstraße 27 aus «Herr Moses in Berlin» und erzählte den Besuchern, was ich von dieser Straße wußte. Hatte vorher in den Vitrinen Spielzeug und Sammelbilder gesehen, die ich als Kind gekannt, nein, nicht nur das, sondern geschenkt bekommen hatte und damit gespielt. Hinter mir eine Wand mit heutigen Kinderzeichnungen gegen den Krieg. Daneben Fotos, die noch aus Ernst Friedrichs altem Anti-Kriegs-Museum stammten. Vielleicht war ich aufgeregt an jenem Dezemberabend. Das aber lag an den Eindrücken von allen Seiten. Ich war doch keine fünf Minuten von meinem Elternhaus entfernt. Vom Schulweg, von den Kinos, von der ersten Liebe. Die schob einen Kinderwagen, als ich aus der Gefangenschaft kam, und war dadurch eine Generation älter geworden. Alles war wieder da, war anders, war nicht wiederholbar. Neue Namen, neue Schilder, neue Sitten.

Der Kellerladen kann früher eine Plättanstalt oder ein Feinkostgeschäft gewesen sein. Königgrätzer Straße 59. Erst mit der Umbenennung in Saarlandstraße wurde neu numeriert. Saarlandstraße ... Ehrenkompanie am Anhalter Bahnhof, Präsentiermarsch. Der japanische Außenminister trifft zum Staatsbesuch ein. Eines Tages der sowjetische Außenminister Molotow. Die Schulkinder sind zum Spalier befohlen. «Heil!» Gedränge. Man sieht bloß nichts. Damals wollte ich Pressefotograf werden. Weil die durch alle Absperrungen dürfen? Sigmund Freud, sag mir den tieferen Sinn meines Berufswunsches?! Bin ich ein so auf staaterhaltensollende Anlässe erpichter Bildermacher, oder ist es das Auskosten der Gelegenheit, mit behördlicher Erlaubnis behördliche Einschränkungen zu ignorieren?

Die hohe Tür und der Hausflur, da ist und bleibt ein Hauch Königgrätzer Straße. Restauriert und gepflegt von den Hausbewohnern. Architekten und Künstler, die mit freundlichem Auge über die Einrichtung im Kellerladen wachen und keine Miete von ihr nehmen.

Draußen ist Stresemannstraße. Dort kannst du bis

zum Potsdamer Platz sehen und ahnen. Mauer und Staatsgrenze. Dort an der Ecke hab ich mir im Dezember 1948 auf dem Nachhauseweg in der internationalen Buchhandlung die «Geschichte der Kommunistischen Partei der Sowjetunion (B)» gekauft und abends im Bett wie einen spannenden Roman verschlungen. Das kannst du doch heute niemand mehr erzählen, höchstens Altersgenossen. Ich wußte nichts über Land und Leute und ihre Geschichte. Es war im Unterricht nicht behandelt worden.

Stresemannstraße 27. Der Zufall erscheint und will nicht vergessen werden. Nach dem Krieg hat mein Vater eine Zeitlang in diesem Haus gearbeitet. Als Laborant in einem Fotoatelier, das Bildbänder herstellte; was immer das gewesen sein mag.

Das Bildband ist abgelaufen.

Wie gesagt, es kommt darauf an, wie alt einer ist, wenn er im Zuge mitgeht nach Friedrichsfelde. Mir hatte man in der Schule nur einmal den Namen der «polnischen Jüdin» genannt. Aber meine kindliche Urteilsarmut erlaubte nicht den Schluß, daß diese Tote sehr lebendig sein mußte, wenn sie sich nicht totschweigen ließ, zwanzig Jahre nach ihrem Tod.

Für junge Leute bloß zwei Köpfe auf Transparenten? Sie nennen die beiden nicht mit Vornamen, woher denn, kämen nicht auf die Idee. Es ist ein Stück Geschichtsunterricht. Man kann geprüft werden. Wer ihre Geburtstage nicht auswendig weiß, erhält ein «Ungenügend». (Fangfrage. Warum hat denn bloß Liebknecht 1914 im Reichstag gegen die Kriegskredite gestimmt und Rosa nicht?! Na? Wer weiß es? – Sie hat ja nicht einmal mehr erlebt, daß Frauen das aktive Wahlrecht erhielten und ausübten.)

Ein Stück Geschichte, nach dem man geprüft wird. Das man an sich selber prüft. Wir sind mittendrin.

11

Wer Mathilde Jacob in Registern, Akten, Biographien und anderen Quellen sucht, muß immer damit rechnen, daß sie mit k geschrieben steht, Jakob. So auch 1921 beim «Reichskommissar für Überwachung der öffentlichen Ordnung». Öffentliche Ordnung, das klingt vertrauenerweckend, hätte das Wort «Ordnung» nicht noch jenen tödlichen Akzent, den ihm Rosa Luxemburgs letzter Leitartikel gab. Der Reichskommissar für Überwachung der öffentlichen Ordnung arbeitet in Berlin NW 40 in der Moltkestraße 8.

Moltkestraße. Davon gibt es sechzehn im Berlin der Weimarer Republik. An ihren Straßennamen sollt ihr sie erkennen ... An solchen nach Kriegsherren benannten, nicht umbenannten Straßen ist schon das Schicksal einer Republik vorauszusehen. Noch 1925: Sechzehn Moltkestraßen, zwei Moltkeplätze, zwei Moltkebrükken. Das Militär bleibt anwesend. Jene Moltkestraße, in der dieser Reichskommissar überwacht – siehe da, der Häuserblock liegt dem Reichstag gegenüber, und alte Stadtpläne zeigen die Stelle stolz als Generalstabsgebäude. Nun wissen wir etwas mehr, wenn wir den Brief lesen, den der Reichskommissar für Überwachung der öffentlichen Ordnung am 8. April 1921 an das Berliner Polizeipräsidium, Abteilung I A, richtete:

«Während der letzten Aufstandszeit» – gemeint sind der Generalstreik und die bewaffneten Kämpfe der Arbeiter gegen Polizei und Reichswehr in Mitteldeutschland vom 21. März bis 1. April 1921. Während dieser revolutionären Ereignisse «ist mehrfach festgestellt worden, daß Telegramme von Klara *Zetkin* und Paul *Levi* an die *Adresse Mathilde Jakob Moabit-Berlin Altonaer Straße 11* gesandt worden sind. Ich bitte um Mitteilung, ob hier eine Deckadresse angewandt und ob festgestellt worden ist, wer hinter dieser Deckadresse sich eventuell

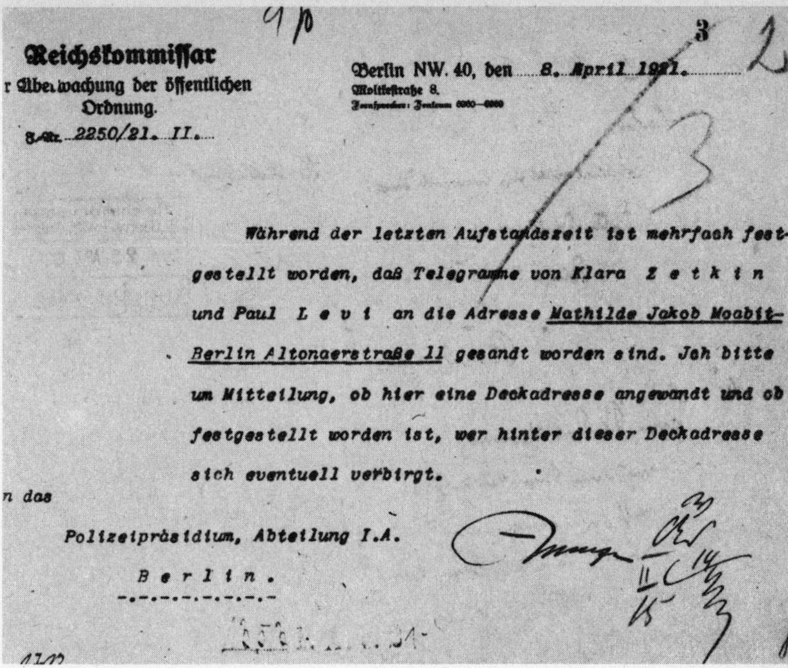

Reichskommissar
r Überwachung der öffentlichen
Ordnung.

J.-Nr. 2250/21. II.

Berlin NW. 40, den 8. April 1921.
Moltkestraße 8.

Während der letzten Aufstandszeit ist mehrfach festgestellt worden, daß Telegramme von Klara Z e t k i n und Paul L e v i an die Adresse Mathilde Jakob Moabit-Berlin Altonaerstraße 11 gesandt worden sind. Jch bitte um Mitteilung, ob hier eine Deckadresse angewandt und ob festgestellt worden ist, wer hinter dieser Deckadresse sich eventuell verbirgt.

n das

Polizeipräsidium, Abteilung I.A.

B e r l i n .

verbirgt.» Gleichzeitig legt der Reichskommissar für Mathilde Jakob eine Akte an.

Wir sehen, Mathilde hat weitergearbeitet. Und sie ist den Behörden bekannt, denn die Abteilung I A, die der Reichskommissar befragt, ist so eine Art politisch-polizeiliche Nachrichtenzentrale, aus der ein Dutzend Jahre später die Geheime Staatspolizei entstanden ist.

«Ist dieses nicht die bekannte Jacob?» vermerkt am 16. April 1921 ein Beamter der Abteilung I A – er kennt sich aus, er schreibt Jacob mit c. «Bitte Blattabschrift» aus der Kartei.

Darunter steht: «Herrn Pol.Rat. Henning mit dem Bemerken vorgelegt, daß die auf anliegendem Blatt vermerkte Jakob in Frage kommt.»

Das anliegende Blatt ist eine Karteikarte. «Name: Jakob, Beruf: Maschinenschreiberin. Vorname: Mathilde. Geburtstag und Ort: 8.3.75. Berlin. Altonaerstr. 11.»

Unsere Mathilde, über die das Berliner Polizeipräsidium weiß: «War die besondere Vertraute von R. Luxemburg und K. Liebknecht.» Das ist nun amtlich. Aber neu und bisher unbekannt war uns Mathilde als «Kassiererin der Zentrale K.P.D. u. sandte Gelder an die einzelnen Gruppen der Provinz».

Ebenso unbekannt war, daß die Mathilde Jacob «vom 6. August 1919 bis September 1919 in Schutzhaft» befand, wahrscheinlich in Berlin.

«Die J. hielt sich seit 14.2.20. in Sillenbuch b. Stuttgart bei Klara Zetkin auf.»

Diese Auskunft erhält der Reichskommissar für Überwachung der öffentlichen Ordnung am 23. April. Rund vierzehn Tage hat das gedauert, das mag schnell oder langsam sein, wer kennt sich da aus. Wir ahnen, daß die Datenbank es in vierzehn Sekunden schaffen würde.

Der damals 38jährige Rechtsanwalt Dr. Paul Levi war bis Februar 1921 Vorsitzender der Zentrale der KPD. Er legte diese Funktion nach Meinungsverschiedenheiten nieder und trat nach den Märzkämpfen 1921 öffentlich gegen die KPD und die Kommunistische Internationale auf. Am 15. April 1921 wurde er wegen groben Vertrauensbruchs und schwerer Parteischädigung aus der KPD ausgeschlossen. Wahrscheinlich hat Mathilde Jacob, die seit der Gründung Mitglied der KPD war, damals wegen ihrer Arbeit als Sekretärin für Levi die Partei verlassen.

Seinerzeit gab Levi die Zeitschrift «Sowjet» heraus. Er änderte den Titel in «Unser Weg (Sowjet)» und ließ die bisherige Monatszeitschrift zweimal monatlich erscheinen; mit dem Untertitel «Zeitschrift für kommunistische Politik». Er gründete die «Kommunistische Arbeitsgemeinschaft», die der USPD beitrat und im September 1922 der SPD angeschlossen wurde, in der Levi zu den Führern des linken Flügels zählte, wieder Reichstagsabgeordneter wurde und zur Zusammenarbeit mit der KPD aufrief.

Die Zeitschrift «Unser Weg (Sowjet)», im roten Umschlag und Format Jacobsohns «Weltbühne» ähnlich, bekam ab Heft 6/1921 einen neuen Redakteur. Am Schluß des Heftes steht von jetzt an: «Verantwortlich für den gesamten Inhalt: *Mathilde Jacob*, Berlin.»

Charlotte Beradt: «Mathilde Jacob hatte die Treue und Ergebenheit für Rosa Luxemburg auf Levi übertragen – sie schrieb seine Manuskripte ab, las Korrekturen für ihn, suchte Zitate heraus.» Sie war es, «die nach Levis Tod half, seine Papiere zu sichten und ihnen Levis handschriftliche Briefe an sie beifügte.»

Das Heft kostete 2 Mark. Aber die Herstellungskosten wurden höher, stiegen um 80 Prozent, wie die Redaktion in Heft 16 mitteilen mußte. Die Einzelnummer kostete nun 3 Mark.

Der Inhalt der Zeitschrift, die bald «Unser Weg» heißt und «Halbmonatsschrift für sozialistische Politik», kann hier nicht weiter beschäftigen. Unter den Autoren ist mancher bekannte Name. Zum Beispiel Mathilde Wurm, Rosa Luxemburgs Freundin. Mehrere Artikel schrieb Ernst Friesland, der im 1. Oktoberheft 1922 Ernst Reuter-Friesland heißt und nicht ahnen kann, daß er einmal als Regierender Bürgermeister von Berlin (West) Leben und Laufbahn beenden wird.

«Unser Weg» gerät in die allgemeine Krise:
10. Juni 1922. Heft 11 kostet 4,50 M
15. Juli 1922 Heft 12/13 kostet 8,– M
29. Sept. 1922 Heft 17 kostet 10,– M und ist noch 16 Seiten stark.
29. Okt. 1922 Heft 19 kostet 15,– M.

Heft 20, vom 10. Dezember, kostet 25,– Mark und enthält auf der letzten Seite die Mitteilung:

Unser Weg

HALBMONATSSCHRIFT
FÜR SOZIALISTISCHE POLITIK
HERAUSGEBER: PAUL LEVI

Jahrg. 4 * 10. Dezember 1922 * Heft 20

INHALT DES HEFTES

*

Preis: 25 Mark

INTERNATIONALE VERLAGS-ANSTALT G.m.b.H.
BERLIN W 50

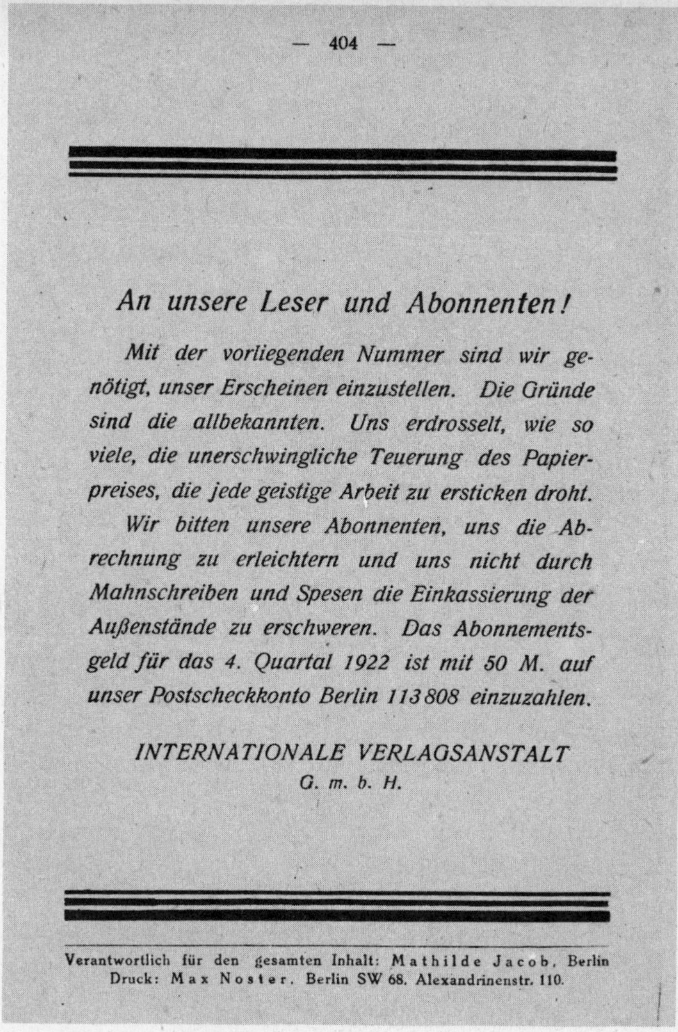

An unsere Leser und Abonnenten!

Mit der vorliegenden Nummer sind wir genötigt, unser Erscheinen einzustellen. Die Gründe sind die allbekannten. Uns erdrosselt, wie so viele, die unerschwingliche Teuerung des Papierpreises, die jede geistige Arbeit zu ersticken droht.

Wir bitten unsere Abonnenten, uns die Abrechnung zu erleichtern und uns nicht durch Mahnschreiben und Spesen die Einkassierung der Außenstände zu erschweren. Das Abonnementsgeld für das 4. Quartal 1922 ist mit 50 M. auf unser Postscheckkonto Berlin 113808 einzuzahlen.

INTERNATIONALE VERLAGSANSTALT
G. m. b. H.

Verantwortlich für den gesamten Inhalt: Mathilde Jacob, Berlin
Druck: Max Noster, Berlin SW 68. Alexandrinenstr. 110.

Die letzte Seite von «Unser Weg»
mit Mathildes Namen im Impressum

«An unsere Leser und Abonnenten!

Mit der vorliegenden Nummer sind wir genötigt, unser Erscheinen einzustellen. Die Gründe sind die allbekannten. Uns erdrosselt, wie so viele, die unerschwingliche Teuerung des Papierpreises, die jede geistige Arbeit zu ersticken droht.

Wir bitten unsere Abonnenten, uns die Abrechnung zu erleichtern und uns nicht durch Mahnschreiben und Spesen die Einkassierung der Außenstände zu erschweren ...»

Zum letzten Male erscheint die Zeile: «Verantwortlich für den gesamten Inhalt: *Mathilde Jacob*, Berlin».

Mathilde Jacob besorgte auch den Vertrieb von Levis nächster Publikation «Sozialistische Politik und Wirtschaft» (SPW), für die sie später als Redakteur verantwortlich zeichnete. Die «Levi-Korrespondenz», wie man sie nannte, bestand ab 1923 über fünf Jahre und entwickelte sich vom hektographierten Exemplar bis zu acht gedruckten Seiten über außen- und innenpolitische Ereignisse.

Charlotte Beradt: «Sie brachte detaillierte Berichte über die reaktionäre Reichswehr, über para-militärische Verbände, über jede Form politischer Justiz ... Dazwischen verstreute sie unveröffentlichte Briefe von Rosa Luxemburg (an Mathilde Jacob), Marxzitate, Bebelzitate, Luxemburgzitate wie ‹Selbstkritik, rücksichtslose, grausame, die auf den Grund der Dinge gehende Selbstkritik ist Lebensluft und Lebenslicht der proletarischen Bewegung.›»

Paul Levis «Korrespondenz», er war mittlerweile Mitglied der Sozialdemokratischen Partei, brachte Zuschriften von oppositionellen Mitgliedern über «Mißachtete Parteidemokratie»; Klagen und «Zuschriften über ‹manipulierte, zensurierte Wahllisten›, über ‹Parteipolizei›. (Solcherart Beschwerden von überallher brachte die Korrespondenz nur in der ersten Zeit ihres

Bestehens, dagegen scheint die Parteipolizei mit Erfolg eingeschritten zu sein.)»

Walther Victor (1895–1971) hat in seiner Autobiographie «Kehre wieder über die Berge» ein durch viele persönliche Einzelheiten geformtes Bild des Menschen Paul Levi gezeichnet. «Als am 20. Februar des Jahres 1914 in Frankfurt am Main ein Prozeß stattfand, in dem das Landgericht die Angeklagte Rosa Luxemburg wegen angeblicher Aufforderung von Soldaten zum Ungehorsam abzuurteilen hatte, da stand ihr ein junger Frankfurter Anwalt zur Seite, der zu ebender Zeit geboren war, als in London Karl Marx starb: im März 1883. Paul Levi war damals also einunddreißig Jahre, und es ist nicht nur von erhellender Bedeutung, daß sein Leben in dem Augenblick begann, als das von Marx endete, es ist auch symbolisch, daß sein politisches Leben sich zwischen zwei Prozessen für die Frau abspielte, die sein politisches Vorbild gewesen ist.»

Zu jenem zweiten Prozeß kam es im Frühjahr 1929 in Berlin. In der Zeitschrift «Das Tagebuch» war ein anonymer Aufsatz erschienen, verfaßt von Berthold Jacob (er ist nicht mit Mathildes Familie verwandt). In diesem Artikel wurde der mittlerweile als Reichsanwalt amtierende Dr. Joerns (dessen Name verschiedentlich als Jorns gedruckt erscheint) beschuldigt, 1919 als Untersuchungsrichter die Mörder von Liebknecht und Luxemburg begünstigt zu haben. Das konnte Paul Levi als Anwalt des verantwortlichen Redakteurs Bornstein nachweisen. Daraufhin sprach das Schöffengericht Berlin-Mitte Bornstein frei. Joerns legte Revision ein, und Bornstein wurde wegen formaler Beleidigung zu einhundert Mark Geldstrafe verurteilt. Als Joerns erneut in Revision ging, verwies das Reichsgericht den Fall an das Landgericht, das Bornstein zu fünfhundert Mark Geldstrafe und den Gerichtskosten verurteilte, Joerns aber nicht entlasten konnte. Dennoch blieb er im Amt und kam 1933 folgerichtig an den Volksgerichtshof. Von

Paul Levi, 1929

dort wurde er 1937 mit einem Dankschreiben Hitlers in den Ruhestand verabschiedet. Diese Urkunde überreichte ihm Roland Freisler ...

Im Joerns-Prozeß hat Paul Levi ein großes Plädoyer gehalten, das 1929 – wie zuvor andere Broschüren Levis – in der Internationalen Verlagsanstalt erschien unter der uns nun schon vertrauten Anschrift Berlin NW 87, Altonaer Str. 11.

Während des zweiten Prozesses erkrankte Paul Levi zu Beginn des Jahres 1930 an Grippe und Lungenentzündung. Er sprang im Fieberwahn unter nie ganz geklärten Umständen aus dem Fenster seiner Berliner

«Der Kläger in dem Prozeß gegen Bornstein,
der die Liebknecht-Affäre wieder aufrollt».
Bildunterschrift in der «Berliner Volks-Zeitung»
vom 17. April 1929

Wohnung am Lützowufer 37, in die er 1922 gezogen war.

Sie lag zwischen der Cornelius- und der Lichtensteinbrücke, nur wenige Schritte von der Stelle entfernt, wo man Rosa Luxemburg in den Kanal geworfen hatte.

Mit dem Tode von Paul Levi hatte Mathilde Jacob den letzten Gefährten ihrer bewegten Jahre verloren. Von jetzt an hielt sie offenbar keine organisatorischen Beziehungen zur Arbeiterbewegung oder einer ihrer Parteien aufrecht. Vielleicht korrespondierte sie noch mit Clara Zetkin. Möglich, daß gründlichere Forschung und sich öffnende Akten darüber Auskunft geben können.

Die Antwort auf manche Frage steht am Ende des Vorworts zu ihrem Bericht. Unter dem Titel «Von Rosa Luxemburg und ihren Freunden in Krieg und Revolution 1914–1919» hat Mathilde Jacob eine Schrift verfaßt, die «nichts anderes sein will als Zeugnis einer Liebe für den Menschen Rosa Luxemburg über das Grab hinaus und zugleich Zeugnis einer Liebe für eine Sache, von der wir, all der Opfer gedenkend, mit Vera Figner sagen müssen, daß uns die Revolution und der Bürgerkrieg viel Leiden brachten, und Enttäuschung an den Klassengenossen, möchten wir für uns sagen.»

Über das Grab hinaus, auch über ihr eigenes, hütete Mathilde alles, was sie von Rosa Luxemburg besaß. Es waren Briefe, Bücher, Notizen, gepreßte Blumen und einige Möbelstücke.

«Liebste Freundin», hatte ihr Clara Zetkin drei Tage nach dem Mord geschrieben, «es ist Ihre Aufgabe, darüber zu wachen, daß nicht ein Zettel, nicht eine Zeile von Rosas Manuskripten verschleppt und verstreut wird, nicht eine ihrer alten, bereits gedruckten Arbeiten, Artikel, Broschüren etc. abhanden kommt. Sie müssen mit Argusaugen darüber wachen, daß unter dem Vorwande gerichtlicher Feststellungen, Haussuchungen etc. nichts, auch gar nichts von Rosas geistiger und politischer Hinterlassenschaft entwendet werden kann.»

Das hat Mathilde mit der ihr eigenen Sorgfalt getan, bis zuletzt. Aber wann würde «zuletzt» sein im Hitlerreich?

Das Schreibbüro in der Altonaer Straße ist den neuen Machthabern nicht aufgefallen. Mag sein, daß Mathilde sich zurückzog, daß sie untertauchte, als 1933 die Kommunistenverfolgung begann. Ob sie «in Schutzhaft» genommen wurde, ist nicht bekannt. Es fällt nur auf: Im Dezember 1933 starb Mathildes Mutter. Für die Beerdigung auf dem Friedhof in Weißensee erledigte nicht Mathilde als älteste Tochter, in deren Wohnung die Mutter gelebt hatte, die Formalitäten, sondern Margarete, das «Fräulein Gretchen».

Wie dem auch sei, Mathilde behielt ihre große Wohnung, vermietete ein Zimmer und lebte von ihren Schreibarbeiten.

Sie hatte Stammkunden. Der namhafteste unter ihnen, soweit feststellbar, war Ismar Elbogen. Der Historiker (1874-1943), der von 1902 bis zu seiner Emigration in die Vereinigten Staaten als Dozent und Professor an der Berliner Lehranstalt (Hochschule) für die Wissenschaft des Judentums lehrte. Ihr Gebäude in der heutigen Tucholskystraße 9 zeigt noch Spuren einstiger Bestimmung.

Ismar Elbogen schrieb mehrere wichtige Bücher, darunter die 1935 erschienene «Geschichte der Juden in Deutschland». Er wohnte Bundesratsufer 2, nur ein paar Minuten Fußweg von Mathildes Büro entfernt.

Unter den Manuskripten Elbogens, die Mathilde auf ihrer «Oliver» ins reine schrieb, fällt ein Text auf und erfreut uns besonders:

Der 1931 von dem Warenhausbesitzer Salman Schokken gegründete Schocken Verlag hatte 1933 nach dem Muster der Insel-Bücherei begonnen, eine Buchreihe herauszugeben. Trotz mancher Schwierigkeiten erschienen bis 1938, in knapp sechs Jahren, 92 Titel. Zum Jubiläum als Doppelband Nr. 49/50 die «Brautbriefe» von Moses Mendelssohn. Es war im Jahre 1936, und sein

150. Todestag wurde öffentlich nicht mehr bemerkt. Daher muß der Leser später manches anders betonen, tiefgründiger lesen, wenn er Ismar Elbogens kurzes «Zum Geleit» aufnimmt, das in die Briefe des «ersten jüdischen Brautpaares im modernen Sinne» einführt. Das Buch erschien wenige Monate nach den «Nürnberger Gesetzen», die außer erniedrigenden «Rasse»- und Ehegesetzen für Juden ihnen die staatsbürgerlichen Rechte entzogen. Ismar Elbogens Geleitwort schließt mit der vieldeutigen Bemerkung, das Buch sei «ein Denkmal für die Menschen Moses und Fromet Mendelssohn, das unvergänglich ist wie alles echte Menschentum».

1938 beantragte die nun 65jährige Mathilde Jacob ihre Altersrente und erhielt von der Reichsversicherung monatlich 35,80 RM. Im gleichen Jahr wanderte Professor Ismar Elbogen in die Vereinigten Staaten aus.

1939 kam ein amerikanischer Professor nach Berlin. Er hieß Ralph H. Lutz und war nicht zum erstenmal in der deutschen Reichshauptstadt.

Ralph H. Lutz (1886–1968), geboren in Circleville, Ohio, studierte 1907 in Bonn, Göttingen, Berlin und Heidelberg, wo er 1910 magna cum laude promovierte. Sein Fach: Geschichte. Im ersten Weltkrieg diente er in der amerikanischen Armee und traf als Mitglied der Alliierten Kommission zur Repatriierung Kriegsgefangener am 8. März 1919 in Berlin ein. Gerade an Mathildes Geburtstag, sie wurde 46.

Der im Hotel «Adlon», Unter den Linden, wohnende amerikanische Oberleutnant Lutz, der so erfolgreich Geschichte studiert hatte, konnte sie nun vom Hotelfenster aus verfolgen. Am 10. März wurde Leo Jogiches ermordet.

Durch Einladung seines früheren Geschichtsprofessors Adams wurde Lutz Mitglied einer Gruppe von Dokumentensammlern. Herbert Hoover (1874–1964), der spätere Präsident (1929/33) der Vereinigten Staaten, gründete nach dem ersten Weltkrieg das nach ihm benannte Hoover-Institut. Das erste amerikanische Universitätszentrum für historische Dokumentation, das unter einem allerdings geräumigen Dach vereinigt: Bücher, Broschüren, Flugschriften, Zeitschriften, Zeitungen und Archivmaterial aus aller Welt. Professor Lutz war von 1919 bis 1943 für dieses Institut tätig. Im Nachkriegsjahr 1919 bereiste er den Balkan, Österreich, Polen und die Tschechoslowakei und trug an Material über den Weltkrieg zusammen, was er nur finden konnte, und schickte es nach Kalifornien. Am 14. September 1919 wohnte er wieder im «Adlon» in Berlin.

Als Ralph H. Lutz 1925 Direktor des Hoover-Instituts geworden war, umfaßte dessen Bestand bereits eine Million Objekte. Überall waren Sammler für ihn tätig, darunter Studenten und viele Buchhändler, so daß außer Büchern seltene politische Plakate, Handzettel und Briefe in das Institut gelangten.

Als Professor Lutz 1935 wieder einmal nach Berlin gekommen war, machte er erfreut die Erfahrung, daß ihm wegen der neuen politischen Verhältnisse «jede große Berliner Buchhandlung» gern ihre alten Bestände verkaufte. Es war nicht alles verbrannt oder abgeliefert worden. Es gelang ihm, amtlichen Stellen die Bibliotheken einiger deutscher Staaten abzukaufen. Lutz, der später deutschen Flüchtlingen aus Nazideutschland geholfen hat, wie aus einer biographischen Darstellung seines Lebens und der Hoover Institution hervorgeht, hatte unter dem Titel «Der Vertrag von St. Germain» ein Buch veröffentlicht. Er ließ ein Exemplar in Leder binden, mit Goldschnitt versehen und schickte es als Geschenk an Adolf Hitler.

So balancierte der Amerikaner zwischen den Fronten. Im November 1938 passierte es. Hitler bedankte sich für das Buchgeschenk mit einem Orden.

Am 1. Mai 1937 hatte Hitler eine Auszeichnung geschaffen, die nur an Ausländer verliehen wurde. Den «Verdienstorden vom Deutschen Adler», kurz «Deutscher Adlerorden» genannt. Ein strahlender, goldgefaßter, weißemaillierter Stern, den es in fünf Stufen gab. Professor Lutz ward der zweiten Stufe für würdig befunden. Hitler verlieh ihm das Steckkreuz «für seine Verdienste um die Bibliothekswissenschaft».

Nun war Ralph H. Lutz am Zuge. Nahm er den Naziorden an und kam diese Nachricht an die Öffentlichkeit, und dafür würden die deutschen Stellen sorgen, mußte sich ein Sturm der Entrüstung erheben. In den Vereinigten Staaten und überall dort, wo Nazigegner lebten und davon erfuhren. Andererseits konnte Hitlers Verdienstorden dem Professor weitere Wege ebnen, Tore öffnen und Pakete nach Kalifornien füllen. Eine einzigartige Gelegenheit für seine Hoover-Bibliothek. Ein Krieg in Europa schien Lutz unvermeidlich. Vorher wollte er noch so viel Material wie nur möglich herausschaffen, noch mehr als bisher; falls er aber den Orden ablehnte, würde er sich jegliche deutsche Unterstützung beschneiden, wenn nicht gar unmöglich machen.

Professor Lutz, für den «Nationalsozialismus und Kommunismus alles Schlechte unter menschlichen Bedingungen repräsentieren», wie er selbst äußerte, nahm den Deutschen Adlerorden an. Die Sammlungen seiner Universität waren ihm wichtiger als das eigene Ansehen.

Das Ergebnis rechtfertigte den Einsatz. Das Material, das Lutz unter dem Einfluß von Hitlers Auszeichnung über den Nazismus sammeln konnte, war einzigartig.

Im Mai 1939 traf Ralph H. Lutz in New York mit Angelica Balabanoff zusammen.

Die italienische Sozialistin Angelica Balabanoff (1878 bis 1965), eine gebürtige Russin, aktiv in der internationalen sozialistischen Bewegung tätig, war Lenin und Mussolini begegnet und hat eine Anzahl politischer Schriften und Bücher verfaßt. Sie lebte in den USA und bestand auf Anonymität, wollte Professor Lutz nur im Dunklen treffen. Das geschah. So wurde der Kontakt zu Mathilde in Berlin hergestellt.

Die unauffällig und unpolitisch in Berlin lebende Mathilde sah die zunehmenden Beschränkungen für Juden und wußte, daß ihre früheren Beziehungen zum Kommunismus den Behörden bekannt waren. Deshalb verbreitete sie seit 1937 in ihrem Freundeskreis, sie besäße eine große Anzahl historisch wichtigen Quellenmaterials über Rosa Luxemburg und die Revolutionszeit 1918/19, um dessen Sicherheit sie fürchte. Diese Nachricht gelangte mündlich in die USA.

Angelica Balabanoff schickte eine junge Freundin, eine Studentin, als Vorauskurier nach Berlin, um Mathilde den Besuch eines Amerikaners anzukündigen. Sie hatten auch ein Erkennungszeichen für Lutz ausgedacht. Er mußte den Titel «Professor» und eine Anzahl komplizierter Wörter verwenden, an denen ihn Mathilde Jacob erkennen konnte.

Am 10. Juni 1939 bestieg Professor Lutz in New York den deutschen Dampfer «Columbus» und traf am 18. Juni in Berlin ein. Er machte einen Höflichkeitsbesuch in der US-Botschaft und benutzte für einige Anliegen deren Briefbogen, «weil das auf die Bürokraten in einer auf Furcht gegründeten Gesellschaft wirkt». Lutz besuchte deutsche Dienststellen, die er für die amtliche Unterstützung seines Vorhabens brauchte, denn sein Auftrag lautete, in Deutschland Material über den deutschen Faschismus zu sammeln.

Die Beamten und Naziführer, mit denen Lutz in Berlin sprach, sahen in dem von ihrem Führer hoch dekorierten Mann einen nützlichen Überbringer ihres Propagandamaterials in die westliche Hemisphäre. Sie übergaben ihm in reichlicher Menge Plakate, Fotos und allerlei Dokumente, die das internationale Ansehen Hitlerdeutschlands aufpolieren sollten. Lutz dachte im stillen, daß es sich gelohnt hatte, seinen guten Ruf im Interesse der Hoover-Bibliothek zu opfern.

Am 27. Juni 1939 hielt er in Berlin eine Rede und un-

Ralph H. Lutz

Mathilde Jacob.
Das einzige bisher bekannte Bild.
Walter Jacob hatte es zusammen mit anderen Dokumenten seiner deportierten Schwester aufbewahrt und retten können. So sah Mathilde aus, als sie Professor Lutz traf.

terrichtete einen großen Zuhörerkreis über die Hoover Institution, fügte aber der Bitte um Unterstützung seiner Aufgaben seinen persönlichen Wunsch nach internationalem Frieden hinzu. Höflicher Beifall.

Am 28. Juni machte sich Ralph H. Lutz auf den Weg zu Mathilde Jacob. Er fuhr vom Hotel «Kaiserhof» mit einem Taxi in ein Museum, verbrachte dort beträchtliche Zeit mit Studien und Notizen, bis er sicher war, daß man ihm nicht folgte. Dann fuhr er, mehrmals das Taxi wechselnd, in die Altonaer Straße.

Mathilde ließ den Besucher erst eintreten, nachdem er ruhig und exakt seinen vorgeschriebenen Code aufgesagt hatte, der ihn als den angekündigten Professor auswies. Von nun an behandelte ihn Mathilde als eine Art Sympathisanten, weil Lutz einige ihrer alten kommunistischen Freunde in New York kannte und durch sie empfohlen worden war. Bald sah er die Schätze vor sich ausgebreitet: Rosas Gefängniskalender, ungefähr zweihundert Briefe, einige Bilder, Korrespondenz, Zettel, Pamphlete, zwei Bücher mit handschriftlichen Anmerkungen, einem «Bericht aus dem Garten, 13. Dezember 1914» und Mathildes «Bericht» als Manuskript.

Obgleich Mathilde keine Quittung oder Geld verlangte, gab Lutz ihr einige hundert Mark; alles Geld, das er bei sich hatte, damit sie weitere Materialien für ihn auftreiben und später schicken könnte. Er packte alles, die komplette Sammlung außer dem «Dezember-Bericht» und den beiden Büchern mit Anmerkungen, in seine Aktenmappe, bedankte sich und ging.

«Ich fühlte mich ganz sicher», schreibt Ralph H. Lutz in seiner bisher unveröffentlichten (und von der Hoover Institution freundlich zur Verfügung gestellten) Tagebuchaufzeichnung. Sie trägt die Überschrift «Fräulein Mathilde Jacob: Dedicated Spartacist», was wohl am besten mit «ergebene Spartakistin» zu übersetzen ist.

Er fühlte sich ganz sicher mit dem Schatz in der Hand, als er sich «in Richtung Tiergarten entfernte». Da kam es «zu der größten Überraschung meines Lebens». Ein hoher SS-Führer rief: «Professor, Sie sammeln wohl alles!» Das sagte der SS-Oberführer von Massow und trat näher. Die beiden kannten sich aus New York, wo sie im Carl-Schurz-Verein zusammengetroffen waren, einer Gesellschaft zur Pflege deutsch-amerikanischer Beziehungen.

Ewald Robert Valentin von Massow (1869-1942), Dr. h.c., während des Balkankrieges 1912/13 der Vertreter des deutschen Heeres, 1915 bis 1918 Militärbevollmächtigter in Bulgarien, Flügeladjutant des deutschen Kaisers und der Person des Königs von Bulgarien zugeteilt und vielleicht wegen dieser Voraussetzungen später, 1934, als SS-Führer der Präsident der «Deutsch-Bulgarischen Gesellschaft». 1919 Oberstleutnant der Kavallerie und als aktiver Offizier ausgeschieden. Unter Hitler Leiter für akademische Auslandsarbeit in der Reichsleitung der NSDAP.

Als er an diesem Junitag unerwartet auf den amerikanischen Professor trifft, ist von Massow vermutlich auf dem Nachhauseweg. Er wohnte am Kronprinzenufer 13, später dann in der Nähe des S-Bahnhofes Bellevue in der Brückenallee 31. Für seine Verdienste wurde er 1939 zum SS-Gruppenführer befördert, was dem Rang eines Generalleutnants entspricht.

Wir wollen uns eine Pikanterie nicht entgehen lassen, indem wir zwei Ausgaben des Genealogischen Adelskalenders nebeneinanderlegen.

Das «Gothaische Genealogische Taschenbuch der Adeligen Häuser», Gotha 1941, über von Massow:

«Dr. h. c., SS-Gruppenführer, Amtsleiter bei der Reichsleitung der NSDAP, Gen. Lt. a. D. . . .»

«Genealogisches Handbuch des Adels», Limburg a. d. Lahn, BRD, 1960: «Dr. h. c., Gen. Lt. a. D. Flügeladj. d. Kaisers und Kgs.». Damit hat sich's. Und weil von Massow nun eine so makellose Vergangenheit bekommen hat, ohne SS und NSDAP, zitieren wir Professor Lutz, der es wissen mußte: «Massow . . . war aktiv in der Säuberungsaktion von 1934.» Gemeint ist die Hinrichtungswelle, der Hitlers SA-Stabschef Röhm, die meisten hohen SA-Führer, einige Unbequeme und völlig Unbeteiligte zum Opfer fielen.

Es ist eine Szene für den Abenteuer- und Spionagefilm, wie der hohe SS-Führer den verblüfften Professor Lutz überrascht, der eine schwere Aktentasche schleppt.

«Unser Zusammentreffen am Großen Stern war von dem berüchtigten General nicht geplant, sondern rein zufällig.» Nachdem sich Lutz eine Weile mit Oberführer von Massow unterhalten hatte, eilte er zur Amerikanischen Botschaft, wo man sich weigerte, Papiere für eine Privatadresse wie das Hoover-Institut in Stanford anzunehmen. Jeder hat seine Bürokraten. Aber auch seine Bekannten, denn Lutz ließ die Sendung an Lt.Col. Ralph Smith im Kriegsministerium in Washington richten, einen langjährigen Freund, der alles an die Hoover-Bibliothek weiterleitete. Am 2. Juli 1939 verließ Professor Lutz aufatmend Berlin.

So gelangten Rosa Luxemburgs Briefe und viele andere unersetzliche Dokumente rechtzeitig aus Deutschland hinaus.

Mathilde, sorgsame Bewahrerin, hat alle Briefe von Rosa Luxemburg in ihrem Besitz abgeschrieben und in verschiedene Hände gegeben. Ein Exemplar erhielt Paul Levi. Es gelangte mit seinen nachgelassenen Papieren, die sich mittlerweile bei der Friedrich-Ebert-Stiftung in Bonn befinden, zuerst in die Library for Political Studies (Bibliothek Joseph Buttinger), New York, und wurde zum erstenmal im September 1972 veröffentlicht. In Tokio, als Sonderausgabe des Forschungskreises für Zeitgeschichte (Gendaishi-Kenkyukai), herausgegeben von Narihiko Ito, dem namhaften Rosa-Luxemburg-Forscher.

Diese Ausgabe hat Charlotte Beradt für ihr Buch 1973 benutzt, sie erwähnt in ihrer Einleitung eine weitere Kopie, die Felix Weil von Mathilde erhalten haben soll, der Mitbegründer des Instituts für Sozialforschung in Paris. Dort verwendete sie Paul Frölich für seine Rosa-Luxemburg-Biographie (1939).

Alle Originale aber gelangten in die Hoover-Bibliothek in Kalifornien. Charlotte Beradt: «Die noch von einem schwarzweißroten Schnürchen aus der Zeit des ersten Weltkriegs umwundenen Kalenderblätter mit Rosa Luxemburgs handschriftlichen Notizen werden Besuchern als Rarität gezeigt.» Mathilde hat alles aufgehoben. Darunter vier Ausleihscheine der Königlichen Bibliothek, ein Sparbuchausweis, eine Wäscheliste, ein Zettel: «Flicken zum grauen Kleid».

Der Ausleiheschein der Königlichen Bibliothek interessierte mich besonders. Wie würde eine Kopie die nächste Jubiläumsausstellung der Deutschen Staatsbibliothek schmücken; wie interessant wäre es, einen Ausleiheschein von damals zu betrachten. Die Bibliothek hat nämlich durch den zweiten Weltkrieg solche Benutzerunterlagen fast vollständig eingebüßt. Aber leider war der Ausleiheschein im Sommer 1983 in der Sammlung nicht aufzufinden.

Ralph H. Lutz berichtet, daß Mathilde ihm auch von den tragischen Tagen 1918/19 erzählt hat, von der Zeit der Gründung der KPD und der Ermordung ihrer Führer. Sie sprach über die Arbeit im Untergrund und daß sie vor und nach ihrem eiligen Aufbruch aus Sachsen wichtige Materialien, die Rosa Luxemburg, Karl Liebknecht, Leo Jogiches, Karl Radek und andere betreffen, vergraben und für künftige historische Zwecke vor den Nazis verborgen hatte. Der Brief, in dem Mathilde dieses Material näher beschreibt, sei «unglücklicherweise verlorengegangen.»

Als Professor Lutz von einem weiteren Europaaufenthalt in die USA zurückkehrte – im Dezember 1941 hatte Hitler den Vereinigten Staaten den Krieg erklärt –, fand er einen Brief von Mathilde vor, den sie ihm am

14. September 1939, zwei Wochen nach Kriegsbeginn, geschrieben hatte. Sie hatte das große Risiko auf sich genommen und gab Hinweise, wie der Professor erneut mit ihr in Kontakt kommen sollte. Darüber hinaus hätte er das Recht, sich aus ihrer Wohnung «ein Buch für die Reise» mitzunehmen, was heißen sollte, Lutz könnte nun bekommen, was er wollte.

Mathilde versprach auch, ihm zu gegebener Zeit eine große Materialsammlung über Spartakus und den Kommunismus auszuhändigen, die sie vergraben hatte. «Jedoch», stellt der Sammler Lutz abschließend nicht ohne Resignation fest, «diese Sammlung ist jetzt hinter dem Eisernen Vorhang und noch nicht ausgegraben. Hätte man sie gefunden, würden die kommunistischen Behörden und Historiker die Entdeckung verkündet haben.»

Ein wenig anders liest sich, was der Biograph des 1968 verstorbenen Ralph H. Lutz 1974 schreibt. «Jacob lieferte ihm die Einzelheiten über die Stelle, aber beide, sie und Lutz starben, ohne jemandem die genaue Örtlichkeit zu verraten.» Für Mathilde trifft das gewiß zu. Mit wem sollte sie reden, für wen sollte sie es noch aufschreiben? Ein hartnäckiger Sammler wie Lutz aber, dieser Geschichts-Scout, er soll sich bis zu seinem Tode nicht darum gekümmert haben? «Niemand hat bisher diese Papiere entdeckt, und sie sind vermutlich für die Geschichte verloren.» Das klingt so, als ob abgewartet werden soll, bis US-Historiker ungestört das ausgraben können, was «jetzt hinter dem Eisernen Vorhang» liegt. In der Volksrepublik Polen.

Natürlich sind mittlerweile die Chancen für jedermann gering. Der zweite Weltkrieg kam in seiner Endphase über den kleinen Ort Schreckendorf, Kreis Habelschwerdt, Grafschaft Glatz, in Schlesien.

Briegers Reiseführer «Bad Landeck und Umgebung»: «Die Orte Schreckendorf, Seitenberg und Gompersdorf sind angenehme Sommerfrischen. Wohnungen sind ausreichend vorhanden.»

Dorthin fuhr Mathilde 1918 in Urlaub, wie man heute

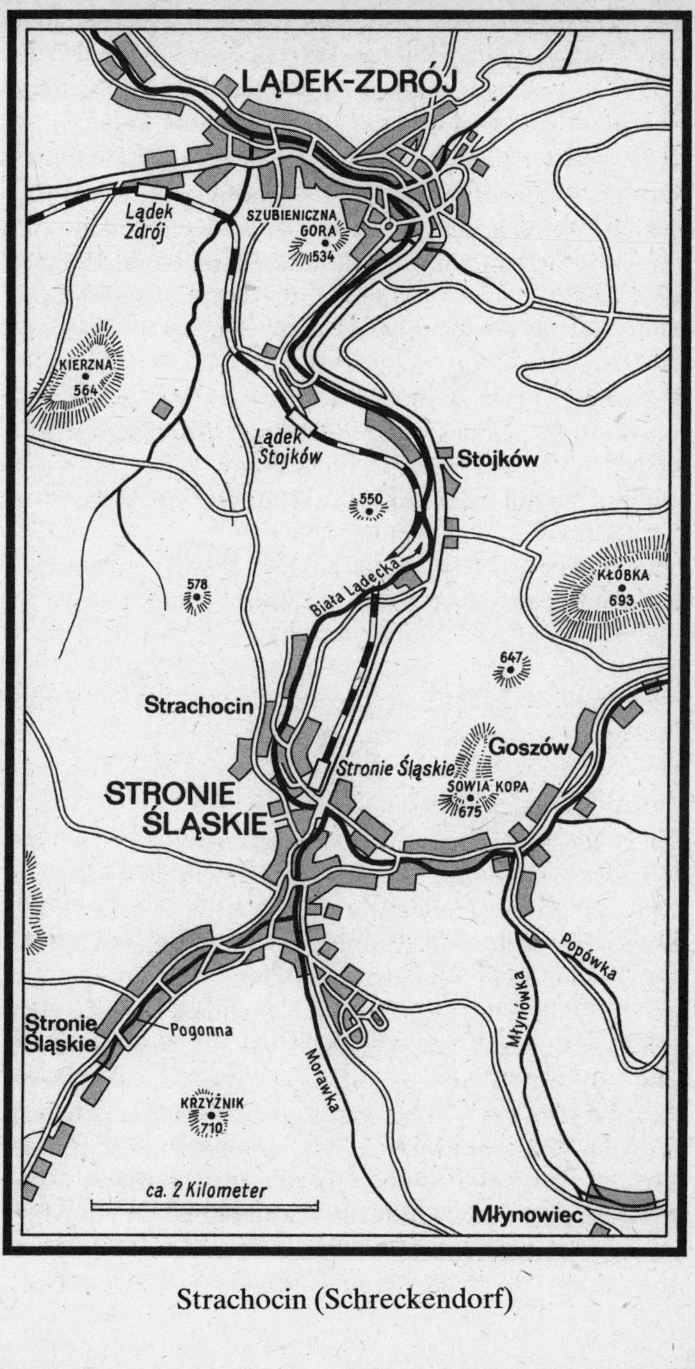

Strachocin (Schreckendorf)

sagt; das Wort «Sommerfrische» ist verflogen wie eine Erinnerung.

Sie betreute von Schreckendorf aus Rosa in Breslau und hat wahrscheinlich damals schon eine günstige Stelle als Versteck für wichtige Papiere ausgesucht und benutzt. Wer herausfände, wo Mathilde gewohnt hat und bei wem, könnte im Garten, im Keller oder wer weiß wo nachgraben. «Auskunftstellen: Hotel Preußischer Hof und bei Kaufmann Hugo Elsner in Schreckendorf» bietet mit ahnungsloser Ironie der Reiseführer an.

Wer weiß? Ja, wir wüßten es gern, ob da noch etwas verborgen liegt in dem wenige Kilometer südlich von Lądek-Zdrój gelegenen Stronie Śląskie, dessen Ortsteil Strachocin dem früheren Schreckendorf entspricht.

Aber nicht immer ist es der Spaten. Manchmal kommt etwas durch den Briefschlitz ins Haus.

12

Ein «Aerogramme», ein Luftpostbrief aus Perth in West-Australien. Meine Anfrage hat in der Zeitung «Maccabean» gestanden. Es «wurde mir telefonisch mitgeteilt» schreibt Ursula Bublitz. «Leider kommen Sie etwas zu spät, mein Mann ist vor über zwei Jahren gestorben. Er hätte Ihnen sicher viel erzählen können. Ich selbst weiß leider kaum etwas, da wir ausgewandert sind, um die Vergangenheit zu vergessen; man sprach über die elenden Zeiten wenig. – Das einzige, was ich weiß, ist, daß Klara Bublitz, die Schwester der Mathilde Jacob, wahrscheinlich überlebt hat, weil sie einen sogenannten ‹Arier› geheiratet hatte und der Sohn konfessionslos aufgezogen wurde. Das hinderte die Nazis aber nicht daran, den Vater meines Mannes nach dem mißglückten Attentat auf Hitler als Geisel zu verhaften und im KZ zu ermorden.»

Nun klärt sich die im Winter vom Eis und angefrorenem Efeu verdeckt gewesene Zeile auf dem Gedenkstein auf:

Karl Bublitz
19. 1. 1882–1945
umg. im K.Z.

Karl Bublitz wohnte mit seiner Frau nur ein paar Minuten von der Altonaer Straße entfernt in der Elberfelder Str. 18. Er war Mitglied der SPD, bis 1933 Stadtverordneter von Berlin und Vorsteher des Arbeitsamtes Nord. Am 22. August 1944 wurde er als Opfer der Aktion «Gewitter», bei der Tausende von Arbeiterfunktionären verhaftet wurden, in seiner Wohnung festgenommen und zum Polizeipräsidium am Alexanderplatz gebracht. Von dort kam er in das Konzentrationslager Sachsenhausen bei Oranienburg.

Fünf Briefe des Häftlings Karl Bublitz, Nr. 93040, Block 34, sind erhalten. Mittelgroße Zettel, schmale Formulare, die sechzehn Zeilen Text gestatten. Karl Bublitz bedankt sich für Pakete, läßt Grüße ausrichten.

Im Briefkopf lapidare deutsche Sätze. Vorgedruckt. «Der Tag der Entlassung kann jetzt noch nicht angegeben werden. Besuche im Lager sind verboten. Anfragen sind zwecklos.»

Darunter, Mischung von Befehl und Lüge, «Auszug aus der Lagerordnung: Jeder Häftling darf im Monat 2 Briefe oder Postkarten empfangen und absenden.» Man muß sich vorstellen, es beträfe einen selbst. Zwei empfangen, zwei absenden. «Eingehende Briefe dürfen nicht mehr als 4 Seiten à 15 Zeilen enthalten und müssen übersichtlich und gut lesbar sein. Geldsendungen sind *nur* durch Postanweisung zulässig, deren Abschnitt nur Vor-, Zuname, Geburtstag, Häftlingsnummer trägt, jedoch keinerlei Mitteilungen. Geld, Fotos und Bilderein-

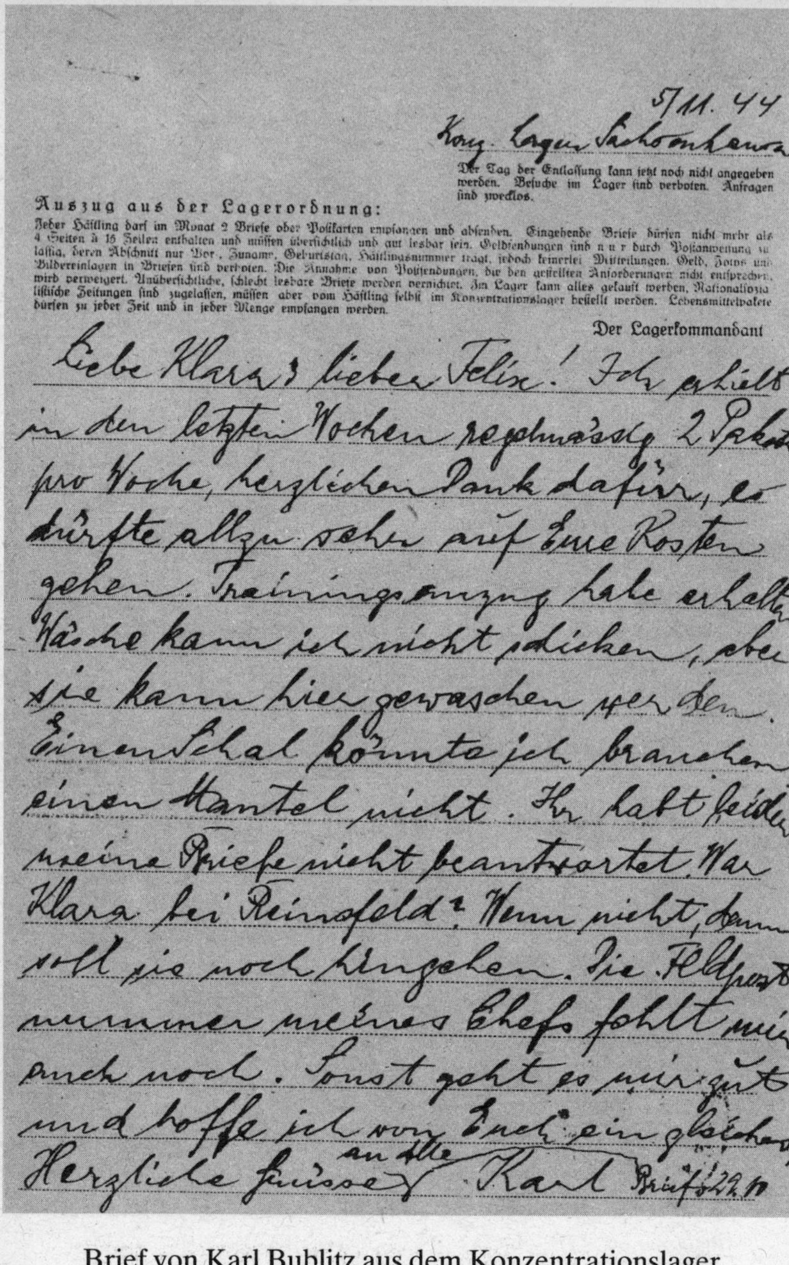
5/11. 44

Konz. Lager Sachsenhausen

Der Tag der Entlassung kann jetzt noch nicht angegeben werden. Besuche im Lager sind verboten. Anfragen sind zwecklos.

Auszug aus der Lagerordnung:

Jeder Häftling darf im Monat 2 Briefe oder Postkarten empfangen und absenden. Eingehende Briefe dürfen nicht mehr als 4 Seiten à 15 Zeilen enthalten und müssen übersichtlich und gut lesbar sein. Geldsendungen sind nur durch Postanweisung zulässig, deren Abschnitt nur Vor-, Zuname, Geburtstag, Häftlingsnummer trägt, jedoch keinerlei Mitteilungen. Geld, Fotos und Bildereinlagen in Briefen sind verboten. Die Annahme von Postsendungen, die den gestellten Anforderungen nicht entsprechen, wird verweigert. Unübersichtliche, schlecht lesbare Briefe werden vernichtet. Im Lager kann alles gekauft werden. Nationalsozialistische Zeitungen sind zugelassen, müssen aber vom Häftling selbst im Konzentrationslager bestellt werden. Lebensmittelpakete dürfen zu jeder Zeit und in jeder Menge empfangen werden.

Der Lagerkommandant

Liebe Klara u. lieber Felix! Ich erhielt in den letzten Wochen regelmässig 2 Pakete pro Woche, herzlichen Dank dafür, es dürfte allzu sehr auf Eure Kosten gehen. Trainingsanzug habe erhalten. Wäsche kann ich nicht schicken, aber sie kann hier gewaschen werden. Einen Schal könnte ich brauchen, einen Mantel nicht. Ihr habt leider meine Briefe nicht beantwortet. War Klara bei Reinsfeld? Wenn nicht, dann soll sie noch hingehen. Die Feldpostnummer meines Chefs fehlt mir auch noch. Sonst geht es mir gut und hoffe ich von Euch ein gleiches. Herzliche Grüsse an Alle Karl Brief v. 22.10

Brief von Karl Bublitz aus dem Konzentrationslager

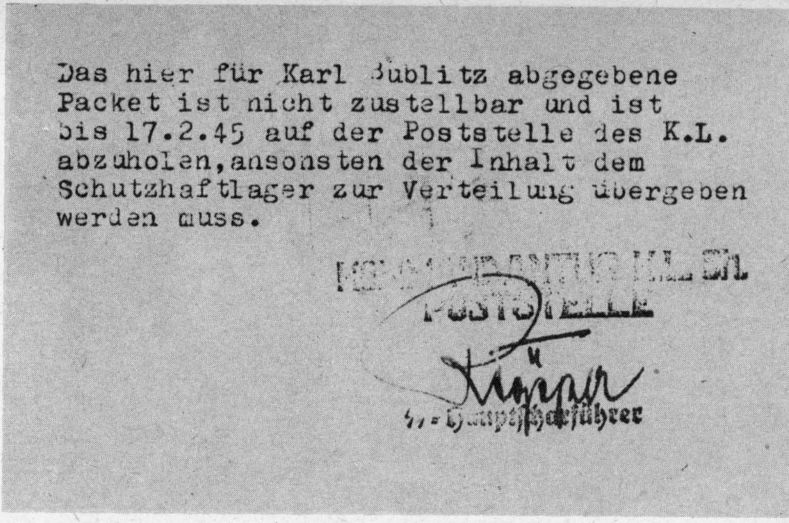

Das hier für Karl Bublitz abgegebene
Packet ist nicht zustellbar und ist
bis 17.2.45 auf der Poststelle des K.L.
abzuholen,ansonsten der Inhalt dem
Schutzhaftlager zur Verteilung übergeben
werden muss.

POSTSTELLE

Hauptscharführer

lagen in Briefen sind verboten. Die Annahme von Postsendungen, die den gestellten Anforderungen nicht entsprechen, wird verweigert. Unübersichtliche, schlecht lesbare Briefe werden vernichtet. Im Lager kann alles gekauft werden.

Nationalsozialistische Zeitungen sind zugelassen, müssen aber vom Häftling selbst im Konzentrationslager bestellt werden. Lebensmittelpakete dürfen zu jeder Zeit und in jeder Menge empfangen werden.»

Weil es alles zu kaufen gibt, schreibt Karl Bublitz am 5. November seiner Frau: «Einen Schal könnte ich brauchen.» Und am 10. Dezember 1944: «Wir essen auch älteres Brot und Kuchen.»

Dann kommt kein Brief mehr, sondern ein kleiner Schreibmaschinenzettel, unterschrieben von einem SS-Hauptscharführer: «Das hier für Karl Bublitz abgegebene Packet ist nicht zustellbar und ist bis 17. 2. 45 auf der Poststelle des K.L. abzuholen, ansonsten der Inhalt dem Schutzhaftlager zur Verteilung übergeben werden muß.»

Sein Sohn Felix, Mathildes Neffe, wurde 1944 zur

Ursula und Felix Bublitz in Australien, 1968

Zwangsarbeit verpflichtet, überlebte, kam nach Berlin zurück und wanderte nach dem Tode seiner Mutter 1950 nach Australien aus, nachdem er ihre Urne im Familiengrab in Weißensee hatte beisetzen lassen. Er starb 1979 im Alter von 72 Jahren.

Wie ihr späterer Mann Felix hat Ursula Bublitz die Naziherrschaft überlebt, weil ihre Eltern in einer «privilegierten Mischehe» lebten; das bedeutet im Nazijargon, daß ein Elternteil Jude war und mit seinem christlichen Ehepartner Kinder hatte. War die Frau Jüdin, wurde auch eine kinderlose Ehe «privilegiert» genannt.

Die Gestapo hatte bei ihrer sogenannten «Fabrikaktion» am 27./28. Februar 1943 fast alle Juden, die in Berliner Betrieben Zwangsarbeit verrichteten, in Sammellager verschleppt. Goebbels notierte am 2. März in seinem Tagebuch: «Wir schaffen die Juden endgültig aus Berlin heraus. Sie sind am vergangenen Sonntag schlagartig zusammengefaßt worden und werden nun in kürzester Frist nach dem Osten abgeschoben.» Nach Auschwitz in die Gaskammern.

Bei dieser Verhaftungswelle waren auch diejenigen Juden einbezogen worden, die mit einem nichtjüdischen Ehepartner verheiratet oder nicht rein jüdischer Abstammung waren. Sie kamen in ein Sammellager in der Rosenstraße. Die Ecke sieht heute anders aus. Es ist die Gegend, in der zu Zeiten Moses Mendelssohns die älteste Berliner Synagoge stand, ein Opfer des zweiten Weltkriegs.

Wer die Karl-Liebknecht-Straße entlanggeht, stelle sich vor, daß früher die Rosenstraße gegenüber der Marienkirche einmündete. Heute führt ein Durchgang neben dem Polnischen Kulturzentrum in die Rosenstraße, die kaum mehr als ein geräumiger Parkplatz ist. 1583 hieß sie Hurengasse. Vor 300 Jahren wurde sie umgetauft in Rosenstraße. Wegen der Unsauberkeit und des schlechten Rufes ihrer Einwohner. Es klang ironisch und sollte erzieherisch wirken.

Der Parkplatz und das Eckhaus an der Rochstraße erzählen nur noch dem, der davon weiß, was sich an jenem letzten Sonntag im Februar 1943 ereignete und am nächsten Morgen, dem 1. März. Wenige Wochen nach Stalingrad besiegten mutigen Frauen mitten in Berlin die Geheime Staatspolizei. Diese Massenaktion gegen den Terror, gegen die Willkür war ein in der Geschichte der Naziherrschaft einmaliges Ereignis. Die demonstrierenden Frauen vor dem Sammellager verlangten in Sprechchören die Freilassung ihrer Männer.

«Vergeblich bemühten sich die Beamten der Schutzpolizei», heißt es in einem 1946 veröffentlichten Bericht, «die Demonstranten – etwa 6000 – abzudrängen und auseinanderzubringen. Immer wieder sammelten sie sich, drängten sich vor, riefen sie nach ihren Männern, die sich, strengen Verboten zum Trotz, am Fenster zeigten – und forderten die Freilassung.»

Ruth Andreas-Friedrich in ihren Tagebuchaufzeichnungen: «Sechstausend Frauen riefen nach ihren Männern. Schrien nach ihren Männern. Heulten nach ihren Männern. Standen wie eine Mauer. Stunde um Stunde. Nacht und Tag.»

Ganz in der Nähe, in der Burgstraße – sie führt am Ufer entlang vom heutigen Palast-Hotel bis in die Nähe des S-Bahnhofs Marx-Engels-Platz – befand sich die Leitstelle der Gestapo. In Hör- und Sehweite der Demonstranten.

«Meine Mutter war auch dabei», schreibt Ursula Bublitz, «und nahm mich mit, und ich höre sie noch heute alle rufen: ‹Gebt uns unsere Männer wieder!›»

Die SS wagte nicht, auf die Frauen zu schießen. Am Montag mittag wurde entschieden, die «privilegierten Mischlinge» zu entlassen. So wurde im Herzen von Berlin die allmächtige Geheime Staatspolizei von einigen tausend entschlossener Frauen besiegt. Spontan und erfolgreich.

Warum gibt es für diesen Widerstand keine Erinnerungstafel? Es muß doch den Nachkommen mitgeteilt werden. Besser noch durch ein Denkmal. Es ist Platz genug. Solch ein Ereignis, wenn sie davon erfährt, geht einer Bildhauerin doch sofort in die Fingerspitzen.

Georg Zivier, «Der Aufstand der Frauen», «Die Neue Zeitung», 14. Januar 1946: «In der Staatsraison des Hitlerreiches stand als erster Artikel die These: alle Menschen seien entweder durch Vorteile käuflich oder durch Drangsalierungen zu zermürben. Die christlichen Frauen, die während der zwölf Jahre zu ihren Männern hielten, haben diesen Lehrsatz widerlegt, indem sie jede Furcht vergaßen, sich durch Demütigung und Terror nicht beugen ließen, wurden sie zu Lebensrettern ihrer Männer und ihrer Kinder und haben der Welt bewiesen, daß auch ein Hitler nicht alle Keime des Geistes in Deutschland abtöten konnte.»

«Viel zu wenig ist über die Treue und Charakterstärke dieser Frauen gesagt worden», schreibt Ursula Bublitz, deren Mutter nach dem Kriege neben ihrem Mann auf dem Jüdischen Friedhof in Weißensee beigesetzt worden ist. «Sogar ein Rabbiner sprach an ihrem Grab.» Es gibt dort zwei Sonderfelder, in denen auch nichtjüdische Ehepartner begraben werden können.

Ursula Bublitz schickte Ablichtungen, später Originalfotos und Briefe. Natürlich nicht von Mathilde Jacob, die sie nie kennenlernte. Aber schon in ihrem ersten Brief gab sie einen Hinweis, von dem ein Autor nicht einmal zu tagträumen wagt. Den Namen und die Adresse eines Cousins ihres Mannes. Ein Neffe von Mathilde. «Vielleicht können Sie von ihm einiges erfahren.»

Er wohnt in Westberlin.

Ich schreibe ihm.

Wird er antworten?

Wenn ja, erinnert er sich an Mathilde Jacob, seine Tante? Wer weiß, wie die Familie miteinander lebte. Wie alt mag er sein?

Leser möchten genauer wissen, wie solch ein Buch zustande kommt. Das ist eine Erfahrung aus dem Echo auf «Herr Moses in Berlin». Obwohl für ihn genügend Material aus über zweihundert Jahren zum Suchen und Finden bereitlag, Bücher und Briefe, Biographien, gelang es dennoch, einige neue Details zu sehen und bislang nicht bekannte Zusammenhänge herzustellen.

Bei dem vorliegenden Buch ist es anders. Keine Biographie, kein Lebenslauf. Bisher kein Bild, keine handgeschriebene Zeile. Das alte Lied: Man hätte zwanzig Jahre eher anfangen müssen. Da lebten Augenzeugen.

Mathildes Neffe ist mißtrauisch. Wer will's ihm verdenken? Er kennt mich nicht. Woher auch? Er hat nichts von mir gelesen. Wie soll er, wenn er sich nicht speziell dafür interessiert, was ein paar Kilometer weiter in der anderen Welt gedruckt wird.

Mathildes Neffe erkundigt sich über mich. Bei sich in der Stadt. Bei Menschen, die den «Herrn Moses» kennen und über seinen Verfasser zu Mathildes Neffen sagen: Mit dem können Sie reden. Und Mathildes Neffe, ohne eine Zeile von mir gelesen zu haben, ruft mich an.

Es ist, als ob der freundliche Moses Mendelssohn in seinem jüdischen Himmel sitzt und lächelnd zuschaut. Wieder einmal hat er etwas Menschenfreundliches bewirkt.

Man soll es einem Autor, der sich in sein Vorhaben so ganz und gar verwickelt hat, nicht verübeln, wenn er Angst bekommt. Einfach Angst, es könnte etwas schiefgehen. Das Gefühl, das Buch wird nicht fertig, überkommt einen ohnehin von Zeit zu Zeit. Und mancher Anrufer, Briefschreiber und Nachbar muß diese Unrast ausbaden.

Die Angst, beispielsweise, Mathildes Neffe könnte morgen früh überfahren werden. Oder daß er und seine Eltern keine Beziehungen unterhielten zu Mathilde Jacob, was so undenkbar nicht ist wegen ihrer Beziehungen zu Spartakus. Oder, schlimm genug, Mathildes Neffe sagt: Warum sind Sie nicht früher gekommen? Wir haben das ganze alte Zeug wegwerfen müssen, als wir umgezogen sind.

Begreift der Leser solche Autorenangst? So, und damit er sich nicht beruhigt: Mathildes Neffe, nein, seine Frau, hat vor ein paar Jahren Mathildes Schreibmaschine in den Sperrmüll getan. Das alte Ding.

Die Schreibmaschine der Mathilde Jacob. Wir wissen, was sie auf ihr geschrieben hat.

Nach einigen Stunden, jeder kennt aus dem eigenen Gehirn die Suche nach einem vergessenen Namen, nach einigen Stunden fällt Mathildes Neffen das Fabrikat wieder ein. Es war eine «Oliver».

Damit wir sie wenigstens theoretisch haben und uns vorstellen können, ein Brief an das Technische Museum in Dresden. Dort sammeln sie alles über Schreibmaschinen.

stärkte Typenhebel, eine Vorrichtung, welche das Ablaufen der Zugfeder verhindert, sollte die Zugschnur versehentlich abgehängt oder losgelassen werden, ferner Möglichkeit, kleinste Papierformate leicht beschreiben zu können, verbesserte Papierführer, vervollkommnete Bremsvorrichtung für den Kolonnensteller, verstärkte Radschaltung, größere Banddosen, neue praktische Bandbefestigung, verbesserten Bandumstellmechanismus usw. Dieses Modell ist nur für das englische Sprachgebiet bestimmt und hat infolgedessen 28 Tasten für 84 Zeichen. Unseren kontinentalen Verhältnissen wird Mod. 8 gerecht. Interessant ist der Versuch der Fabrikanten, den Anschlag der meisten Konkurrenzfabrikate zu wiegen, wobei sich herausstellte, daß jene durchschnittlich ein Gewicht von 10 Unzen benötigen, während bei der neuen „Oliver" 6½ Unzen genügen. Multipliziert man diese Ersparnis von 3½ Unzen mit 50 000 täglichen Anschlägen, so ergibt dies ein tägliches Mindergewicht von 10 000 englischen Pfund.

Abb. 220.

1915 erschienen die Modelle 9 und 10 mit 28 bzw. 32 Tasten. Hier finden wir zum ersten Male die Umschaltetaste in doppelter Ausführung, nämlich zu beiden Seiten des Griffbrettes, was für Blindschreiben vorteilhafter ist. Die beiden Walzenknöpfe wurden wesentlich vergrößert. Diese sind doppelt so groß als jene irgendwelcher anderer Schreibmaschinensysteme und erleichtern das Ergreifen und Vor- oder Rückwärtsdrehen der Papierwalze. Das Band dieser neuesten „Oliver" ist breiter als dasjenige der vorhergehenden Modelle. Aber auch besser ausgenützt wird jetzt das Band; denn während bis jetzt nur die Mitte desselben abgenützt werden konnte, finden wir, daß bei dem neuen Modell die obere Hälfte beim Bandlauf nach der einen Seite, die untere dagegen beim Rücklauf abgeschrieben wird. Es ist indessen nicht nötig, daß das Band völlig abgelaufen ist, um die andere Hälfte desselben zu benützen, da die andere Hälfte jederzeit, d. h. auch während des Schreibens, eingeschaltet werden kann.

Mittlerweile lernte ich Mathildes Neffen kennen. Besuchte ihn. Er kann mir den Grundriß der Wohnung in der Altonaer Straße aus dem Gedächtnis aufzeichnen.

Mathilde hatte 1919 Rosa Luxemburgs Wohnung aufgelöst und einen schwarzen Schrank, ein Buffet aus Eiche, einen Spiegel und ein Bett in die Altonaer Straße gebracht und diese Möbel 1942 bei ihrem Bruder Walter abgestellt, als sie ihre baldige Deportation ahnte.

Mathilde hatte Bilder von Käthe Kollwitz an ihrer Wand. Sie liebte die Künstlerin, die auf ihre Bitte hin Leo Jogiches im Leichenschauhaus gezeichnet hatte.

Bücher. «Leo Tolstoi, Nachgelassene Werke in 3 Bänden, Band 1. J. Ladyschnikow Verlag». Randbemerkungen in deutscher Schrift. Angestrichene Stellen, Unterstreichungen. Ein Kenner von Rosas Handschrift würde es genau bestimmen können. Ist dieser Band eines der beiden Bücher, die Ralph H. Lutz bei Mathilde sah und nicht mitnahm?

«Fechheimer: Die Plastik der Ägypter, mit 156 Abbildungen. Bruno Cassirer Verlag, Berlin 1914». Oben die handschriftliche Eintragung: «Weihnachten 1915 / In Erinnerungen / März–Juni 1906 / Gross».

Ein Geschenk von Leo Jogiches. Seine Handschrift. «Gross» war einer seiner vielen Decknamen.

Ein großer Leinenbildband: «Zeichnungen von Otto Greiner, 52 Tafeln. Verlag von Baumgärtner's Buchhaus Leipzig.»

Die Widmung lautet: «herzlichen Weihnachtsgruß vom Igel und der Igelin 1916».

Das sind Hans Kautsky, der Bruder von Karl Kautsky, und seine Frau.

Ein Band aus der Reihe «Die Kunst». «Richard Muther: Lucas Cranach.» Die Widmung: «Der strengen Freundin in der Cranachstraße» – dort wohnte damals Rosa Luxemburg – «Weihnachten 1902». Die Unterschrift ist

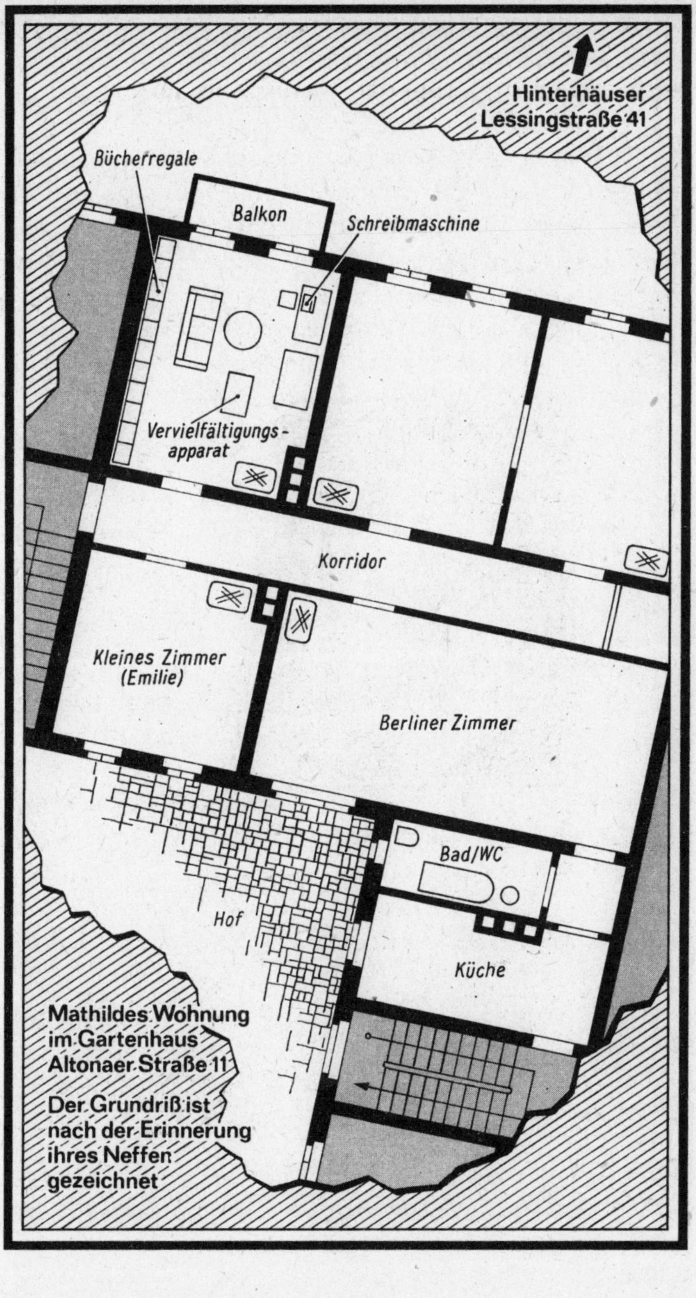
Hinterhäuser
Lessingstraße 41
Bücherregale
Balkon
Schreibmaschine
Vervielfältigungs-
apparat
Korridor
Kleines Zimmer
(Emilie)
Berliner Zimmer
Bad/WC
Hof
Küche
Mathildes Wohnung
im Gartenhaus
Altonaer Straße 11
Der Grundriß ist
nach der Erinnerung
ihres Neffen
gezeichnet

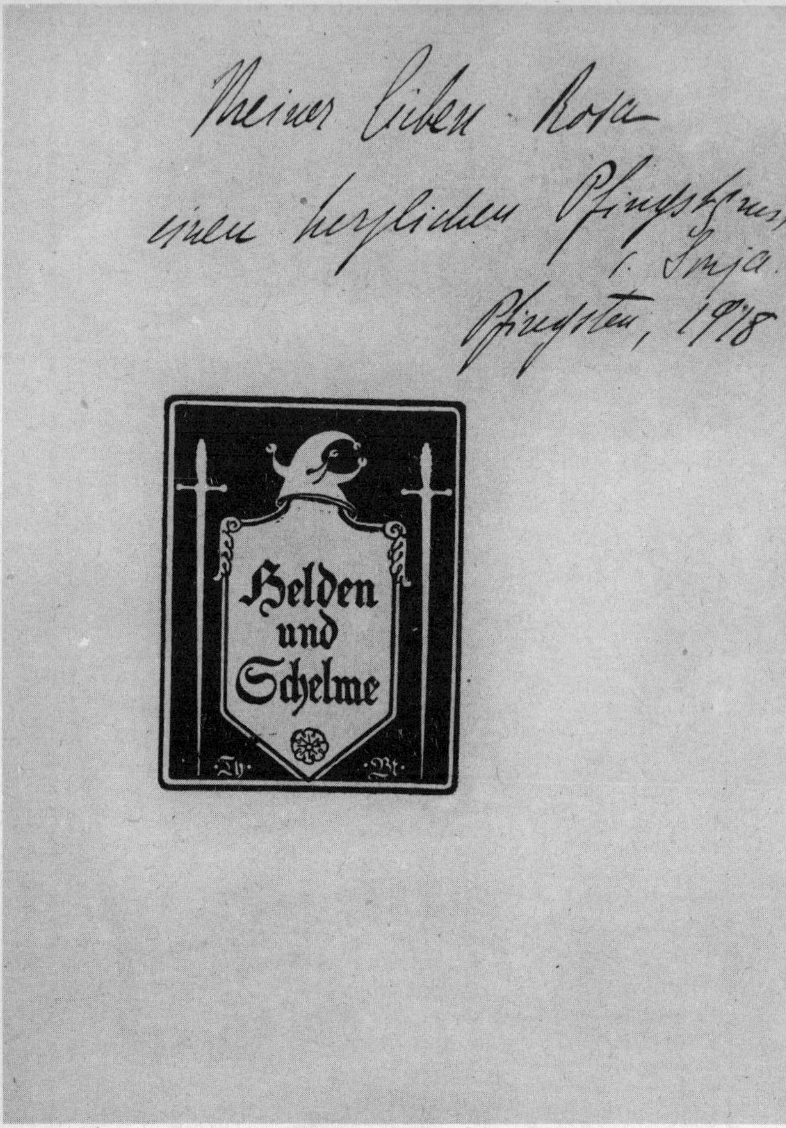
Meiner lieben Rosa
einen herzlichen Pfingstgruß,
i. Sonja.
Pfingsten, 1918
Helden
und
Schelme
Th
Bt

schwer lesbar. Ein Doppelname, der hinter dem Bindestrich «– Heller» heißen kann.

Ein Buch, erwähnt im Brief aus Breslau am 12. Mai 1918 an Sonja Liebknecht: «Sonitschka, haben Sie vielleicht oder können Sie beschaffen den ‹Gil Blas› und den hinkenden Teufel? Ich kenne Lesage gar nicht und wollte ihn schon längst lesen. Kennen Sie ihn? Schlimmstenfalls kaufe ich mir ihn in der Reclam-Ausgabe.»

Le Sage: Gil Blas.

«Meiner lieben Rosa einen herzlichen Pfingstgruß v. Sonja Pfingsten, 1918»

Und noch ein Buch, das ist innen gestempelt: «Dr. R. Luxemburg». Das «Rote Flamenblut», der in den Gefängnisbriefen mehrfach erwähnte Roman von Pierre Broodcoorens, Berlin 1916, übersetzt von Johannes Schlaf.

Vorn ist eingeschrieben:

«Von Rosa aus Breslau Math. Jacob»

Mathildes Neffe ist Jahrgang 1922, also fast sechzig, als ich ihn treffe. Er hat die Gestapo überlebt und das Kriegsende als Zwangsarbeiter. Wie sein Cousin Felix Bublitz.

Selbstverständlich hat er einen Namen. Und da er eine so wesentliche Rolle spielt in diesem Buch, weil von ihm unbekannte und sonst nicht mehr zu erfahrende Einzelheiten kommen, verdient er gewiß genannt zu werden. Aber er möchte das nicht. Das ist verständlich.

Davor hat man Respekt.

Johanna Markower, eine Jüdin, die im Berliner Untergrund überlebt hat, schrieb 1946 an ihre Schwester: «Wir haben die ganze Zeit den Judenstern getragen (dies ist mit als einer der schwersten Erlebnispunkte zu bezeichnen), weil es die Seele zutiefst verletzt und vor allem Dir Dein Wesen ungeheuer verkorkst und Du immer ein etwas komischer Kauz sein wirst. Denn ganz läßt so etwas sich nicht mehr ausgleichen.»

Von Rosa
aus Breslau.
Mathilde Jacob.

Rotes Flamenblut

Dritte Auflage

Mathildes Neffe hat 36 Familienangehörige verloren. Durch Nazi-Terror, wie es auf der Gedenktafel auf dem Grab in Weißensee heißt, die sein Vater setzen ließ, ehe er 1952 starb.

Walter Jacob. Er war von Beruf Klempner und wurde schon 1933 verhaftet und von der SA mißhandelt im Columbiahaus. Später wegen Hochverrats vor Gericht, erlitt er durch Mißhandlungen bei der Gestapo einen Lendenwirbelschaden.

Walter Jacob wohnte mit seiner Familie nicht weit von Mathilde entfernt und war derjenige, zu dem sie die engste Beziehung unterhielt. Als die Unterdrückungsmaßnahmen gegen Juden immer härter wurden, wollten sie gemeinsam auswandern. Aber dazu war es schon zu spät. Sie waren allesamt zu alt, um von einem der noch in Frage kommenden Staaten aufgenommen zu werden. Und zu arm.

Aus dieser Zeit ist ein Brief Mathildes, die in der Familie «Tilly» genannt wurde, an ihren Bruder Walter erhalten. Der Brief ist auf der «Oliver» geschrieben worden.

Der erwähnte Hilfsverein ist der 1901 in Berlin gegründete «Hilfsverein der deutschen Juden», der sich sozialpolitisch um osteuropäische Juden kümmerte und ihnen bei der Auswanderung nach Übersee half. Von 1933 bis 1939 war er führend in der Auswanderungshilfe für deutsche Juden.

Als sie den Besuch des amerikanischen Professors empfing, war Mathilde Jacob wie alle anderen Juden bereits folgenden Beschränkungen unterworfen: Seit dem 6. Dezember 1938 durfte sie bestimmte Straßen der Berliner Innenstadt nicht mehr betreten. Teile der Wilhelmstraße (heute Otto-Grotewohl-Straße) und der Straße Unter den Linden waren mit einem «Judenbann» belegt worden.

Ab 21. Februar 1939 mußten Juden alle Gegenstände aus Gold, Silber, Platin sowie Perlen und Edelsteine ab-

3.1.1938

Lieber Walter, ich würde Dir raten, dies Schreiben zum Hilfsverein mitzunehmen. Ich übersetze nämlich:

"Wir erhielten Ihren Brief vom 20.d.Mts., von dessen Inhalt wir Kenntnis genommen haben. Wir bedauern Ihnen mitteilen zu müssen, daß wir Ihnen von diesem Komitee keinen Rat geben können. Wir können augenblicklich nur deutschen Emigranten in diesem Lande helfen, oder helfen auf Anforderungen, die uns von den lokalen Komitees des Kontinents gegeben werden.

Daher möchten wir Ihnen raten, mit diesem Schreiben zum Hilfsverein ... zu gehen, der, wir sind sicher, Ihnen nach bestem Können raten und helfen wird.

Indem wir unser Unvermögen bedauern, Ihnen Hilfe zu leisten,

verbleiben wir ....

Vielleicht überweist uns der Hilfsverein an das englische Komitee, versuch es jedenfalls, Du wirst ja wohl hinbestellt. Viele Grüße Euch allen, komm mal rauf zu mir, wenn Du kannst, auch abends, ich koch dann Kaffee.

Eure

Tilly

liefern. Ausgenommen Eheringe. Am 30. April 1939 wurde der Mieterschutz für Juden gänzlich aufgehoben. «Gliedern einer Hausgemeinschaft allein» war es überlassen, «festzustellen, ... von welchem Zeitpunkt ab die Anwesenheit jüdischer Mieter von ihnen als Belästigung ... empfunden» wurde. Juden, die daraufhin ihre Wohnung räumen mußten, wurden in sogenannte «Judenhäuser» eingewiesen. Mathilde hatte zu jener Zeit vier jüdische Untermieter.

Mit Kriegsbeginn am 1. September 1939 wurde über Juden eine nächtliche Ausgangssperre verhängt. Am 23. September, auf den in diesem Jahr der höchste jüdische Feiertag fällt, müssen Juden sofort ihre Rundfunkgeräte abliefern.

1940: Ab 6. Februar erhalten Juden keine Kleiderkarten mehr.

Ab 4. Juli dürfen Berliner Juden nur noch in der Zeit zwischen 16 und 17 Uhr Lebensmittel einkaufen.

Am 29. Juli werden Juden die Fernsprechanschlüsse gekündigt.

Diese vielen Gesetze, Verordnungen und Maßnahmen muß man, um sie nicht bloß mit Kopfschütteln und Bedauern zu lesen, sich in ihren Wirkungen am eigenen Leibe, im eigenen Haushalt vorstellen.

1941: Ab 7. März wird für Juden die Verpflichtung zur Zwangsarbeit eingeführt.

Ab 19. September müssen alle Juden, die das sechste Lebensjahr vollendet haben, den gelben Stern tragen. Der «Judenstern besteht aus einem handtellergroßen, schwarz ausgezogenen Sechsstern aus gelbem Stoff mit der schwarzen Aufschrift ‹Jude›. Er ist sichtbar auf der linken Brustseite des Kleidungsstücks fest angenäht zu tragen.» Orden, Ehrenzeichen und sonstige Abzeichen dürfen nicht mehr getragen werden.

Seit dem 13. September dürfen Juden öffentliche Verkehrsmittel nur auf dem Wege zur Arbeitsstelle benutzen. Ab 24. April 1942 wird ihnen das gänzlich untersagt.

Ab 21. Dezember 1941 dürfen Juden keine öffentlichen Fernsprecher mehr benutzen.

1942: Ab 10. Januar müssen Juden Pelze und Wollsachen abliefern. Ab 17. Februar dürfen Juden keine Zeitungen und Zeitschriften mehr kaufen. Ab 15. April müssen Wohnungen von Juden mit dem gelben Stern gekennzeichnet werden. Ab 22. April dürfen Juden keine «arischen» Friseure mehr aufsuchen. Ab 15. Mai dürfen Juden keine Haustiere mehr halten. Die Berliner Juden müssen ihre Hunde, Katzen usw. im Hof des Jüdischen Krankenhauses in der Iranischen Straße abliefern.

19. Juni 1942: Juden müssen alle in ihrem Besitz befindlichen Fahrräder, Schreibmaschinen und Schallplatten abliefern. Ferner alle optischen und elektrischen Geräte. Das bedeutet alle Heizöfen, Heizkissen, Plattenspieler, Fotoapparate. Und das Bügeleisen!

Am 20. Juni wird jeder Unterricht für jüdische Kinder verboten. Die letzten Schulen schließen, es gibt auch keinen Privatunterricht mehr.

Im Juli wird verboten, daß Juden die Warteräume von öffentlichen Verkehrsmitteln benutzen. Am 11. Juli geht der erste Transport von Berliner Juden direkt nach Auschwitz.

Am 13. Juli ein Erlaß des Reichsverkehrsministers: Jüdischen Blinden wird verboten, die Blindenarmbinde zu tragen.

Am 27. Juli 1942 wird Mathilde Jacob deportiert. Sie ist also nicht mehr in Berlin, als ab 9. Oktober 1942 Juden keine Bücher mehr kaufen dürfen und ab 19. Oktober keine Fleisch- und Milchmarken mehr bekommen.

Elias Canetti, 1945 in «Die Provinz des Menschen»: «Wenn das Frühjahr kommt, wird die Trauer der Deutschen ein unerschöpflicher Brunnen sein, und es wird sie von den Juden nicht mehr viel unterscheiden.

Hitler hat die Deutschen zu Juden gemacht, in einigen wenigen Jahren, und – ‹deutsch› ist nun ein Wort geworden, so schmerzlich wie ‹jüdisch›.»

Wo sind noch Spuren von Mathilde? Ihre Handschrift. Wer könnte etwas aufbewahrt haben? Ich muß mir etwas ausdenken: Wo könnte etwas zu finden sein? Die Behörde verlangt Ordnung, auch nach dem Terror. Also: Wer kümmerte sich um den Nachlaß von Rosa Luxemburg? Wer hat sie beerbt? Südende, das gehört zum Amtsgericht Tempelhof. «Bei uns in Tempelhof» sangen meine Berliner Schulkameraden. Lauter unflätige und lustige Verse. Ich verstand ihren Sinn augenblicklich. Deckte er sich doch mit dem, was wir in der Dresdener Volksschule gesungen hatten: «Auf der Festung Königstein ...»

«Bei uns» in Tempelhof kann ich nicht mehr singen, denn es liegt in Westberlin. Und um die Akten über den Nachlaß von Frau Dr. Luxemburg anzusehen im Landesarchiv Berlin (West) bedarf es einer Reise.

Die Akte «Rosa Luxemburg» darf ich nicht einsehen. Sie steht unter Datenschutz. Ach, hätten doch die Behörden die lebende Rosa so streng unter Schutz gestellt ... Ich bekomme den Hefter nicht. Das hat aber nichts damit zu tun, daß ich nicht bei ihnen in Tempelhof wohne, sondern bei uns in Pankow, will sagen auf der anderen Seite. Niemand bekommt diese Akte. Niemand? Kaum jemand.

Aber die Menschen sind hilfsbereit. Wenn jemand, der ein Einsehen hat, also ein Mitarbeiter, nur mal nachsehen würde, ob Mathilde Jacobs Name in dieser Akte auftaucht ... Mehr will ich ja gar nicht wissen.

Da sitzt du gern eine halbe Stunde im Lesesaal. Aber nicht untätig. (Andere Leute haben andere Nachschlagewerke. Wem sage ich das.) Der Suchfinger entdeckt im Regal ein Büchlein, eine Broschüre «Berliner Archive». Sie haben dort allerhand.

Mehr neugierig als zielbewußt liest unsereiner Seite um Seite, da stock' ich schon –

Ich weiß genau, hätte ich im Landesarchiv die Akte «Rosa Luxemburg» bekommen und durchgesehen, ich wäre anschließend weggegangen. Ich hätte nicht die Regale abgeblickt, ich hätte nicht in der Broschüre über die Westberliner Archive den Satz gefunden: «Eine Kartei aller aus Berlin deportierten Personen befindet sich beim Senator für Finanzen.»

Wieder einmal jenes Columbus-Gefühl.

Monatelang vergeblich war die Suche nach einem Foto. Nach Spuren von Mathildes letzten Erdentagen. Niemand wußte recht, wo diese Details zu finden wären. Die allgemeinen Tatsachen kannten viele. Die grausigen Zahlen über die Vernichtung der Berliner Juden – sollte man nicht lieber «Menschen» sagen! – sind in mancher Schrift gedruckt und kommentiert. Aber wo bleibt der einzelne? Ich hatte Sachkenner befragt, in dem einen und in dem anderen Berlin. Es müßten doch Unterlagen übriggeblieben sein! Die entsetzliche Gründlichkeit hat doch jedes Lebewesen auf einem Papier erfaßt. Wo ist dieses Papier geblieben? Diese Karteikarte, ihr Duplikat. Wo sind die Unterlagen der Eichmänner?

Wie immer. Man muß wissen, wo etwas steht. Wer Gebäude sucht, sollte die Akten der Post und der Wasserwerke nicht auslassen. Wer Denkmäler finden will, blättere in vergilbten Zeitungen nach dem Redner bei der Einweihung. Wer nach jüdischen Schicksalen forscht, halte sich nicht mit Umwegen auf, nicht mit Polizei und Meldeamt, sondern steige zur ökonomischen Basis. Die Regierenden kommen und gehen und hinterlassen oft mehr Gräber, als sie zu Beginn versprochen haben, aber die Finanzen müssen stimmen. Marx und Goethe sind die besten Ratgeber in diesen Sachen. Am Gelde hängt, zum Golde drängt doch alles.

Wo ist der Senator für Finanzen zu finden mit jener Kartei, von der mir noch niemand erzählt hat, daß es sie gibt?

Aber da kommt der hilfsbereite Herr vom Landesarchiv. Mathilde Jacobs Name erscheint nicht in den amtlichen Papieren, die schließlich den Verwandten Rosa Luxemburgs ihr Erbteil zukommen lassen. Auch eine negative Auskunft ist eine gute. Also keine vergebliche Sehnsucht nach Angaben von und über Mathilde Jacob in einer Akte, die nicht eingesehen werden darf. Da ist der Wunsch nach dem Bescheidwissen erfüllt.

Der Senator für Finanzen amtiert in der Nürnberger Straße 53–55. Das ist nur eine Viertelstunde entfernt. Ein Fußweg über den Wittenbergplatz, in dessen Grünanlage eine Mahntafel die Namen der großen Konzentrationslager nennt: «Orte des Schreckens, die wir niemals vergessen dürfen.» Zehn Namen, von Auschwitz bis Bergen-Belsen, und in der Mitte Theresienstadt. Mathildes Endstation?

Die Nürnberger Straße ist eine alte Wohn- und Geschäftsgegend in der City. Wer sie in historischer Suche betritt, dem wird einfallen, daß Adolf Eichmann hier seine Dienststelle hatte. Und wohnte nicht Otto Arendt in der Nürnberger Straße? Natürlich, der Volkswirtschaftler, der Verfasser finanzpolitischer Schriften, Mathildes Hauswirt in der Zeit, als Rosa Luxemburg zu ihr diktieren kam. Und beim Senator für Finanzen soll sich finden lassen, was übrigblieb?

Im Hausflur die Pförtnerloge. Die Frage nach dem Archiv deportierter Juden wird wohl nicht oft gestellt. Das macht den Mann weder grimmig noch hilflos. Er schickt mich zur Poststelle. Die Treppe hoch.

Es ist völlig unwichtig, wer ich bin. Er läßt sich keinen Ausweis zeigen, füllt keinen Passierschein aus, den ich irgendwo gegenzeichnen lassen muß. Die Sache wird immer aufregender für unsereinen.

In der Poststelle weiß man nichts Genaueres, aber Rat, und schickt mich weiter, immer den Gang entlang, in ein Zimmer. Dort sitzt ein jüngerer Mann am Schreibtisch und löffelt gerade Fruchtjoghurt. Mein Anblick freut ihn, mein Anliegen macht ihn nachdenklich. Er blättert in Verzeichnissen und sagt: «Wir haben das Archiv der Vermögenseinziehungsakten des Oberfinanzpräsidenten Berlin-Brandenburg abgegeben an die Oberfinanzdirektion.» Er sucht ihre Anschrift und Telefonnummer heraus.

13

Die Aktenverwahrstelle beim Oberfinanzpräsidenten befindet sich im 6. Stock. Von dort reicht der Blick weit durch die hohen Fenster im Treppenhaus. Bis zu unserem Fernsehturm und in die Vergangenheit.

Es ist alles vorhanden, und man fragt sich, warum das nicht bekannter ist. Warum man nicht längst davon gehört und gelesen hat. Interessiert das die Historiker nicht? Warum mußte es der Zufall bringen?

Wir sind am Lebensende von Mathilde Jacob angekommen.

Die «Transportliste» ist in einer Fotokopie vorhanden. Dazu ein Brief:

«Geheime Staatspolizei

An den Herrn Oberfinanzpräsidenten Berlin-Brandenburg

‹Vermögensverwertung›-Außenstelle

Berlin NW 40 Alt Moabit 143

Stapo IC C 3 -J. E.-

betr. Evakuierte Juden Berlin, den 28. 7. 42.

In der Anlage übers. ich eine Transportliste über diejenigen Juden, deren Vermögen im Rahmen der Abschiebung durch Einziehung dem Reiche angefallen ist.

Das Vermögen ist nicht verfallen, sondern durch Einziehung auf das Deutsche Reich übergegangen. Es handelt sich um den 30. Alterstransport.

Gleichzeitig füge ich die entsprechenden Vermögenserklärungen bei.

Im Auftrage. (Unterschrift unleserlich)»

So wurden die Juden vor ihrer Ermordung amtlich geplündert. Eine Verordnung vom 25. November 1941 bestimmte, daß ein Jude, der seinen gewöhnlichen Aufenthalt im Ausland hat, seine Staatsangehörigkeit verliert und gleichzeitig sein Vermögen dem Reich verfällt. Die Deportation nach dem Osten, amtlich «Abwanderung» genannt, wurde als eigene Verlegung des Aufenthalts in das Ausland angesehen.

Am 17. Mai 1938 fand in ganz Deutschland eine Volkszählung statt. Später, wahrscheinlich bis ins nächste Jahr hinein – die Blätter sind nicht datiert –, mußte jeder Haushalt eine «Ergänzungskarte» ausfüllen. Es wurden Angaben über «Abstammung und Vorbildung» verlangt. «War oder ist einer der vier Großelternteile der Rasse nach Volljude?» mußte beantwortet werden, und die Frage nach abgeschlossenem Hochschul- oder Fachschulstudium. Das Blatt, das Mathilde Jacob als Haushaltungsvorstand ausfüllte, blieb erhalten und wird hier zum ersten Male veröffentlicht.

Mathilde unterschrieb mit dem Vornamen «Mathel». Sie hatte ihren Vornamen gesetzlich so umwandeln lassen, damit er als erkennbar jüdischer Vorname galt und sie nicht den Zwangsvornamen «Sara» – für Männer «Israel» – führen mußte, der seit dem 1. Januar 1939 für alle Juden vorgeschrieben war. Ihre vier Untermieter tragen bereits diese Vorläufer des Judensterns.

Was wurde aus ihnen?

Max Pintus ist als erster deportiert worden. Zum 4. und letzten Osttransport, der 1033 Berliner Juden am 1. November 1941 nach Litzmannstadt (Łódź) führte, wurde der 66jährige aus seinem Zimmer in der Altonaer Straße abgeholt.

Über Lilli Neufeld, die als 38jährige Untermieterin bei Mathilde wohnt, fanden sich keine Unterlagen.

Grete Hamm, geb. Rubinfeld, und ihre Tochter Helga. Im Herbst 1942 wohnten sie nicht weit von der Altonaer Straße entfernt in der Claudiusstraße 6, hochparterre, bei Rinkel. Dann gibt eine Transportliste Auskunft. Es ist einer der vier Transporte, deren Bestimmungsort unbekannt blieb. Es kann Riga gewesen sein, das Ziel des 18. Osttransports, oder wahrscheinlich Auschwitz, wo ab Transport Nr. 23 alle künftigen endeten. Am 19. Oktober 1942 verläßt der 21. Osttransport

Erläuterungen auf der Vorderseite beachten!

Lfde. Nr.	Vorname	Familienname bei Frauen auch Mädchenname	Geburtstag, Geburtsmonat, Geburtsjahr	Geburtsort und -kreis (siehe Erläuterung III)
	1	2	3	4
A. Sämtliche Anwesende				
I. Musterbeispiel 1.	Paul	Schmitz	8. 10. 1885	Marklissa, Krs. Lauban
2.	Maria	Schmitz, geb. Zawadka	18. 9. 1888	Honigfelde, Krs. Stuhm
3.	Hermann	Schmitz	11. 3. 1910	Magdeburg
4.	Anna	Kwoczek	3. 10. 1903	Waplitz, Kr. Stuhm
5.	Alfred	Jung	15. 1. 1889	Schönebeck, Krs. Calbe a./S.
6.	Franz	Müller	30. 5. 1912	Danzig
II. Musterbeispiel 1.	Sally	Cohn	8. 8. 1880	Lodz, Polen
2.	Henriette	Cohn, geb. Oppenheimer	20. 3. 1883	Breslau
3.	Georg	Cohn	25. 10. 1905	Berlin
4.	Ruth	Schmidt, geb. Cohn	30. 9. 1907	Berlin
5.	Elsbeth	Schmidt	16. 1. 1930	Berlin
6.	Martha	Schultze	24. 5. 1889	Kauffung, Krs. Goldberg
1.	Mathel	Jacob	8. 3. 1873	Berlin
2.	Grete, Sara	Hamann	22. 8. 07	Berlin
3.	Helga, Sara	Hamann geb. Rubinfeld	12. 9. 30	Berlin
4.	Lilli Sara	Neufeld	9. 5. 05	Berlin
5.	Max Israel	Pintus	15. 6. 75	Brandenburg/Havel
6.				
7.				
8.		Neufeld		
9.				
10.				
B. Vorübergehend abwesende Mitglieder der Haushaltung				
Beispiel	Richard	Schmidt	19. 11. 1904	Hanau
1.				
2.				
3.				
4.				

Bescheinigung: Daß die Angaben vollständig und nach bestem Wissen gemacht worden sind,

10143. 37. II C

Hier bitte Ihre Unterschrif

17.2.3 / Fund ? rf. 3/4 ? Jacob, Mathel 8.3.73

Vor Ausfüllung die ganze Ergänzungskarte durchlesen!

War oder ist einer der vier Großelternteile der Rasse nach Volljude? (Ja oder nein) (siehe Erläuterung IV)				Haben Sie ein **Hochschul-** oder **Fachschulstudium** abgeschlossen? (**Ja** oder **nein**)	**Wenn ja,** an welcher Hoch- oder Fachschule oder vor welchem Prüfungsamt haben Sie Staats- oder Abschlußprüfungen abgelegt?
Großvater	Großmutter	Großvater	Großmutter	(siehe Erläuterung V)	
väterlicherseits		mütterlicherseits			
5	6	7	8	9	10
nein	nein	nein	nein	nein	—
nein	nein	nein	nein	nein	—
nein	nein	nein	nein	nein	—
nein	nein	nein	nein	nein	—
nein	nein	nein	nein	ja	Höhere techn. Lehranstalt, Breslau
nein	nein	nein	nein	ja	Technische Hochschule Danzig
ja	ja	ja	ja	nein	—
ja	nein	nein	nein	nein	—
ja	ja	nein	nein	ja	Universität Berlin
ja	ja	nein	nein	nein	—
nein	nein	ja	nein	nein	—
nein	nein	nein	nein	nein	—
ja	ja	ja	ja	nein	√
ja	ja	ja	ja	nein	√
nein	nein	ja	ja	nein	√
ja	ja	ja	ja	nein	√
ja	ja	ja	ja	nein	√
nein	nein	nein	nein	nein	—

bescheinigt:

Wohnung: Altenair Straße Nr. 11

4.: [redacted] Mathel [Mathilde] Jacob

(Unterschrift des Haushaltungsvorstandes, seines Vertreters oder sonstiger zur Ausfüllung verpflichteter Personen.)

Berlin. Unter den 944 Todgeweihten stehen auf Blatt 18 als Nummer 334: die 35jährige Grete Hamm; auf Blatt 35 als Nummer 671: ihre zwölfjährige Tochter Helga.

Im Juli 1942 wohnte bei Mathilde zur Untermiete die 52jährige Arbeiterin Margarete Winterfeld. Sie mußte ausziehen, als Mathildes Wohnung geräumt wurde, und wohnte zuletzt in der Klopstockstraße 30, vorn hochparterre rechts bei Hirsch. Margarete Winterfeld arbeitete bei Siemens & Halske im Wernerwerk F und wurde ein Opfer der «Fabrikaktion», die an anderer Stelle erwähnt wurde. Am 3. Februar 1943 war sie eine der 952 Deportierten im 28. Osttransport nach Auschwitz. Am 26. Februar zahlt der Rüstungsbetrieb die 20,99 Mark Lohn, die von Margarete Winterfeld übrigblieben, an die Oberfinanzkasse. Am 19. Juni 1943 wird die Wohnung, in der auch keine anderen Juden mehr wohnen, geräumt.

Über einen weiteren Untermieter bei Mathilde, Wilhelm Mandl, wissen die Akten nichts außer der Adresse Eisenacher Straße 58. Ob der 37jährige untertauchen und überleben konnte?

Sechs Menschen – und es haben noch etliche andere bei Mathilde Jacob zur Untermiete gewohnt – und was für Schicksale ...

Wir sind bei der letzten Urkunde angelangt, die Mathilde ausfüllen mußte. Die «Vermögenserklärung».

Die «Vermögenserklärung» ist ein Fragebogen im Format A 4 und umfaßt 16 Seiten. «Mein gesamtes Vermögen im In- und Ausland setzt sich (in Reichsmark) folgendermaßen zusammen: A. Aktiven: I. Flüssiges Vermögen.» Mathilde kommt mit Verneinungen aus. Sie hat weder Bargelder, Wertpapiere, Panzerschließfach, Liegenschaften anzugeben, weder Hypotheken noch Faustpfänder, erst bei «Waren oder sind Sie sozialversichert?» setzt sie ihr Aktenzeichen ein. 41,80 RM beträgt ihre monatliche Rente von der Reichsversicherung. Beim Volkswohl-Bund zahlt sie unter der Mit-

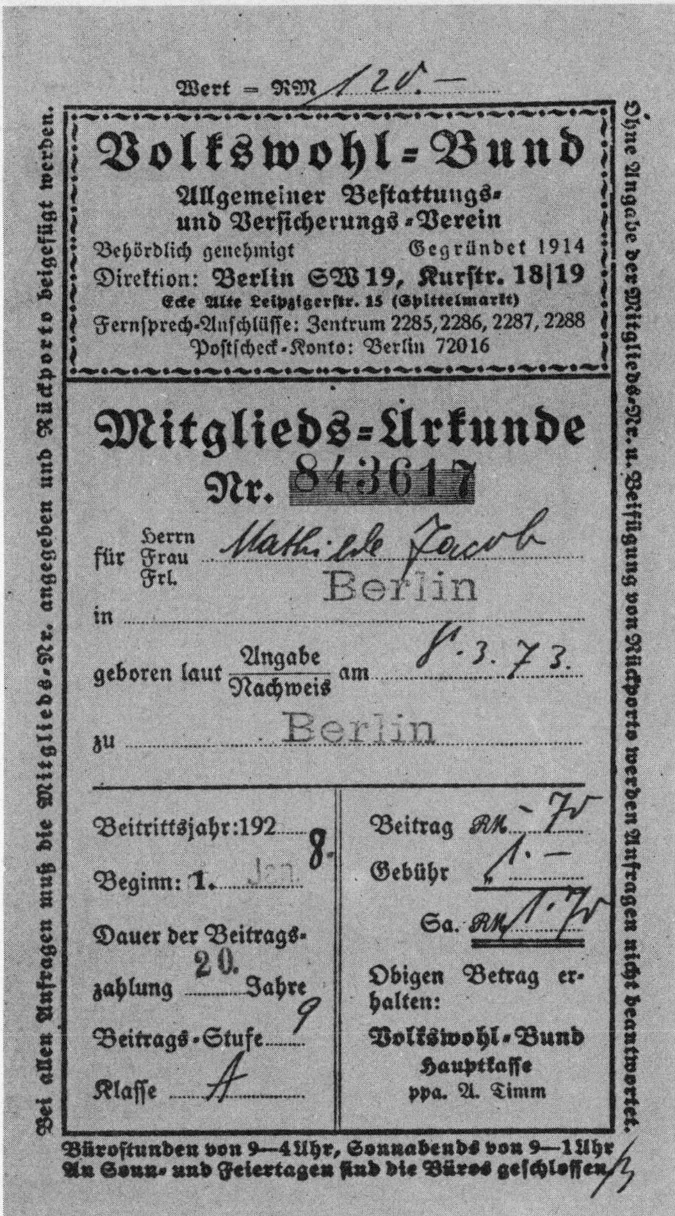
Wert = RM 120.—

Volkswohl-Bund
Allgemeiner Bestattungs- und Versicherungs-Verein
Behördlich genehmigt Gegründet 1914
Direktion: Berlin SW 19, Kurstr. 18/19
Ecke Alte Leipzigerstr. 15 (Spittelmarkt)
Fernsprech-Anschlüsse: Zentrum 2285, 2286, 2287, 2288
Postscheck-Konto: Berlin 72016

Mitglieds-Urkunde
Nr. 843617

für Herrn / Frau / Frl. Mathilde Jacob
in Berlin
geboren laut Angabe / Nachweis am 8.3.73.
zu Berlin

Beitrittsjahr: 1928.
Beginn: 1. Jan.
Dauer der Beitragszahlung 20. Jahre
Beitrags-Stufe 9
Klasse A

Beitrag RM -.70
Gebühr 1.—
Sa. RM 1.70

Obigen Betrag erhalten:
Volkswohl-Bund
Hauptkasse
ppa. A. Timm

Bei allen Anfragen muß die Mitglieds-Nr. angegeben und Rückporto beigefügt werden.

Ohne Angabe der Mitglieds-Nr. u. Beifügung von Rückporto werden Anfragen nicht beantwortet.

Bürostunden von 9—4 Uhr, Sonnabends von 9—1 Uhr
An Sonn- und Feiertagen sind die Büros geschlossen.

Mathildes Bestattungsversicherung

gliedsnummer 843617 monatlich eine Bestattungsversicherung.

Sie hat weder Kautionen hinterlegt noch Erbschaften oder Vermächtnisse zu erwarten. «Stehen Ihnen Nießbrauchrechte oder Ausgedinge zu?» Nein. Auch keine Ansprüche aus Lizenzverträgen, Patent-, Urheber-, Marken- und Musterschutzrechten, keine Unterhaltsansprüche oder Anwartschaftsrechte.

Mathilde Jacob gibt in ihrer «Vermögenserklärung» genau die Größe der Wohnung an. «5 Zimmer – 3 größere, davon 1 Durchgangszimmer, 2 kleine Zimmer, Ofenheizung, WC, 2 kleine Korridore, 1 Küche, Mädchenkammer, Speisekammer, Bodenkammer.» Dafür zahlt sie 85 Mark Monatsmiete. Die beiden Untermieter zahlen zusammen 53 Mark Miete und haben sie «bis 31. Juli bezahlt».

Ich habe mir auch die «Vermögenserklärung» der Untermieterin Margarete Winterfeld angesehen. Sie hat nicht säuberlich «nein» oder «keine» geschrieben. Die fast mittellose Arbeiterin, mit 52 Jahren zur Zwangsarbeit eingesetzt bei Siemens & Halske, die wer weiß wie lange schon in möblierten Zimmern lebt, bei solchen Fragen nach Grundbesitz, Wertpapieren und Panzerschließfächern reicht es ihr. Sie streicht erbittert die ganze Seite durch mit kräftigem Strich. Angewidert macht sie sich nicht die Mühe, «nein» oder «keine» hinzuschreiben. Sie streicht einfach alles durch. Das ist vielsagend ihr letzter Gruß an die Nachwelt, an uns.

Nunmehr soll jeder, der dieses Buch liest, die Gelegenheit haben, Geschichte wirklich anzufassen. Weder Leseabstand noch Geburtsalter sollen ihn hindern, sich wenigstens nachträglich hineinzuversetzen. Wie wird ihm oder ihr zumute, wenn sie bloß einen Teil dieser Vermögenserklärung ausfüllt, als ob . . .

Wohnungsinventar und Kleidungsstücke (Anzahl und Wertangaben):

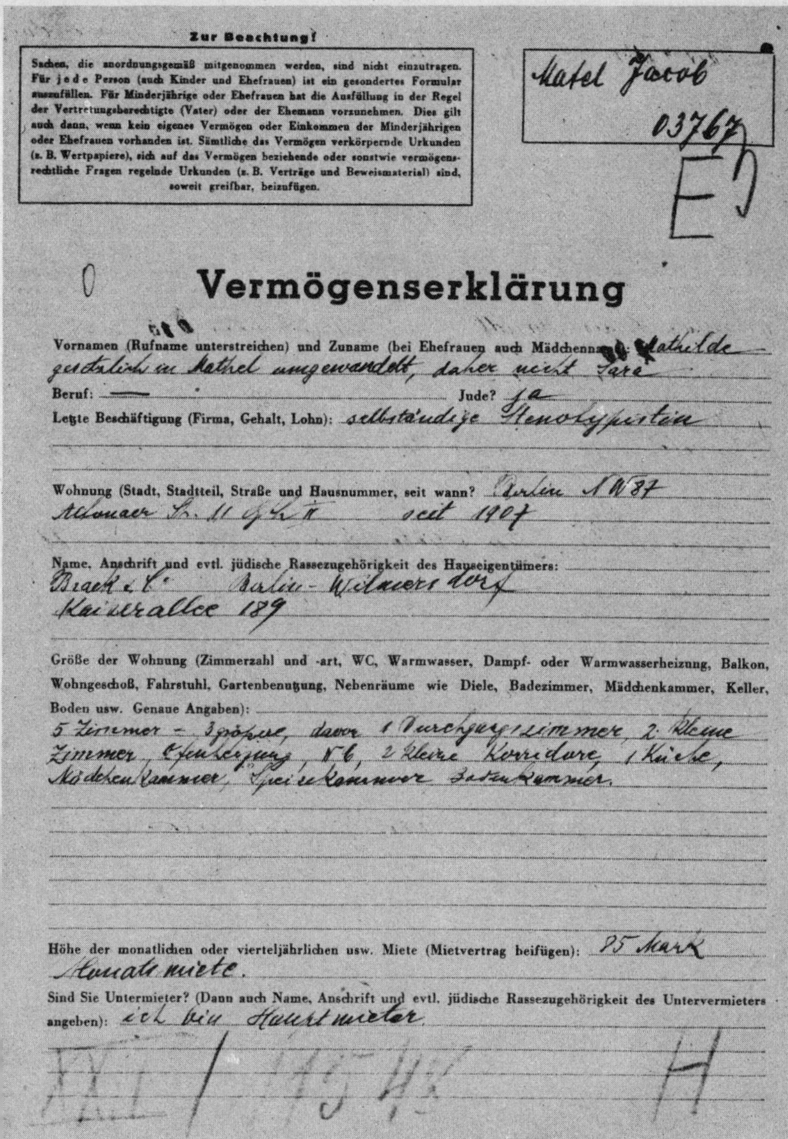

Zur Beachtung!

Sachen, die anordnungsgemäß mitgenommen werden, sind nicht einzutragen. Für jede Person (auch Kinder und Ehefrauen) ist ein gesondertes Formular auszufüllen. Für Minderjährige oder Ehefrauen hat die Ausfüllung in der Regel der Vertretungsberechtigte (Vater) oder der Ehemann vorzunehmen. Dies gilt auch dann, wenn kein eigenes Vermögen oder Einkommen der Minderjährigen oder Ehefrauen vorhanden ist. Sämtliche das Vermögen verkörpernde Urkunden (z. B. Wertpapiere), sich auf das Vermögen beziehende oder sonstwie vermögensrechtliche Fragen regelnde Urkunden (z. B. Verträge und Beweismaterial) sind, soweit greifbar, beizufügen.

Matel Jacob
03767
E

Vermögenserklärung

Vornamen (Rufname unterstreichen) und Zuname (bei Ehefrauen auch Mädchenname): Mathilde gesetzlich in Mathel umgewandelt, daher nicht Sara

Beruf: —— Jude? ja

Letzte Beschäftigung (Firma, Gehalt, Lohn): selbständige Stenotypistin

Wohnung (Stadt, Stadtteil, Straße und Hausnummer, seit wann? Berlin NW 87 Altonaer Str. 11 Gth. II seit 1907

Name, Anschrift und evtl. jüdische Rassezugehörigkeit des Hauseigentümers: Brack & Co. Berlin-Wilmersdorf Kaiserallee 189

Größe der Wohnung (Zimmerzahl und -art, WC, Warmwasser, Dampf- oder Warmwasserheizung, Balkon, Wohngeschoß, Fahrstuhl, Gartenbenutzung, Nebenräume wie Diele, Badezimmer, Mädchenkammer, Keller, Boden usw. Genaue Angaben): 5 Zimmer – 3 größere, davon 1 Durchgangszimmer, 2 kleine Zimmer, Ofenheizung, WC, 2 kleine Korridore, 1 Küche, Mädchenkammer, Speisekammer, Bodenkammer.

Höhe der monatlichen oder vierteljährlichen usw. Miete (Mietvertrag beifügen): 95 Mark Monatsmiete.

Sind Sie Untermieter? (Dann auch Name, Anschrift und evtl. jüdische Rassezugehörigkeit des Untervermieters angeben): ich bin Hauptmieter.

XXI / 145 ... H

Die erste Seite der «Vermögenserklärung»

I. Möbel und Einrichtungsgegenstände:

a) Schlafzimmer

	RM		RM
... Kleiderschrank	....	... Sofa	....
... Bettstellen	....	... Sessel	....
... Nachttische	....	... Teppich	....
... Stühle	....	... Bettvorleger	....
... Frisiertoilette	....	... Brücken	....
... Waschtisch	....	... Gardinen, Stores	....
... Kommode	....	... Federbetten	....
... Kopfkissen	....	... Nachttischlampen	....
... Unterbetten	....	... Stehlampe	....
... Daunenbetten	....	... Frisiergarnitur	....
... Steppdecken	....	... Waschtisch-garnitur	....
... Plumeaux	....	... Wäschetruhe	....
... Matratzen	....	... .	....
... Deckenlampe	....	... .	....

b) Wohn-, Herrenzimmer

... Schreibtisch und Sessel	....	... Schreibtischuhr	....
... Bücherschrank	....	... Schreibplatte	....
... Bücherregale	....	... Schreibmaschine	....
... Tisch, groß	....	... Papierkorb	....
... Tisch, klein	....	... Gardinen, Stores	....
... Stühle	....	... .	....
... Sofa, Couch	....	... .	....
... Sessel	....	... .	....
... Krone – Lampe	....	... .	....
... Schreibtischlampe	....	... Bücher	....
... Stehlampe	....	... Lexikon	....
... Wandleuchter	....	... Weltgeschichte	....
... Stand-Wand-Uhr	....	... Prachtbände	....
... Spiegel	....	... Atlanten	....
... Teppich	....	... Globus	....
... Brücken	....	... .	....
... Schreibgarnitur	....	... .	....

c) Speisezimmer

	RM		RM
... Eßtisch	....	... Steh-, Wandlampe	....
... Stühle	....	... Teppich	....
... Sessel	....	... Brücken	....
... Buffet	....	... Teewagen	....
... Anrichte	....	... Hausbar	....
... Vitrine	....	... Gardinen, Stores	....
... Sofa – Couch	....	... .	....
... Krone, Lampe	....	... .	....

d) Diele, Badezimmer

... Dielengarnitur	....	... Schrank, klein	....
... Flurgarderobe	....	... .	....
... Läufer	....	... Vorleger	....
... Lampe	....	... .	....
... Spiegel	....	... .	....
... Schrank, groß	....	... .	....

e) Küche, Kammer

... Küchenschrank	....	... Küchengeschirr, zusammen	....
... Anrichte	....	... Gardinen	....
... Besenschrank	....	... Kühlschrank	....
... Küchentisch	....	... eig. Gas-, Elektroherd	....
... Küchenstühle	....	... Bügeleisen	....
... Leiter	....	... Vorräte, eingeweckt	....
... Kohlenkasten	....	... Vorräte, weitere	....
... Lampe	....	... .	....
... Waage	....	... .	....
... Kochtöpfe usw.	....	... .	....
... .	....	... .	....
... .	....	... .	....

f) Kinder-, Fremdenzimmer, Salon:

	RM	
... .	....	Hier hat Mathilde die bei-
... .	....	den vermieteten Zimmer
... .	....	angegeben mit
... .	....	«2 Bettstellen,
... .	....	2 Kleider-schränke,
... .	....	2 Waschtische,
... .	....	3 Stühle,
... .	....	1 Tisch,
... .	....	1 Schreibtisch.»

g) Balkon, Wintergarten, Keller, Boden:

... kg Kohle	....	... kg Kartoffeln	....
... kg Koks	....	... .	....
... kg Holz	....	... .	....
... .	....	... .	....
... .	....	... .	....
... .	....	... .	....
... .	....	... .	....
... .	....	... .	....

h) Verschiedenes

... Klavier, Flügel	....	... Theaterglas	....
... Geige	....	... Reisekoffer	....
... .	....	... .	....
... Radioapparat	....	... Hunde	....
... Plattenspieler	....	... .	....
... Schallplatten	....	... Fahrrad	....
... Noten	....	... Motorrad	....
... Rauchtisch	....	... Kraftwagen	....
... Nähtisch	....	... .	....
... Nähmaschine	....	... Werkzeug	....
... Staubsauger	....	... .	....
... Höhensonne	....	... .	....
... Föhn	....	... .	....
... Kino-, Foto-Ap-	....	... .	....
... parat	....	... .	....

2. Tafelgeschirr, Bestecke, Kristall:

	RM		RM
... Speiseservice		... Stck.	
... Teile	....	Gläser	....
... Kaffeeservice		... Stck.	
... Teile		Geschirr	....
... .	....	... Tafelgerät Silber	....
... .	....	... .	....
... .	....	... .	....
... Besteckkasten		... .	....
mit ... Teilen	....	... .	....
... Silber, Alpaka	....	... Kristall	....
... Tafelgerät Silber	....	... .	....
... Tafelgerät Silber	....	... .	....
... Tafelgerät Silber	....	... .	....

3. Wäsche:

... Tischdecken	....	... Küchentücher	....
... Servietten	....	... .	....
... Kaffeedecken	....	... .	....
... Servietten	....	... .	....
... Garn. Bettwäsche	....	... Kissen	....
... .	....	... Decken	....
... .	....	... Wolldecken	....
... .	....	... Plüschdecken	....
... Badelaken	....	... .	....
... Frottiertücher	....	... .	....
... Handtücher	....	... .	....

4. Kleidungsstücke:

a) Herrenkleidung:

... Frack	....	... Pelzmäntel	....
... Smoking	....	... .	....
... Gehrock, Cut	....	... Herrenhüte	....
... Straßenanzüge	....	... .	....
... Wintermäntel	....	... . . . -Uniform	....
... Übergangsmäntel	....	... Uniform-Mantel	....
... Sommermäntel	....	... Uniform-Mütze	....

	RM		RM
… Ausrüstungs-stücke	…….	…	…….
… Skianzug	…….	… Kragen	…….
… Paar Skistiefel	…….	… Paar Strümpfe	…….
… Pullover	…….	… Paar Handschuhe	…….
… Sportkleidung	…….	… Schals	…….
…	…….	…	…….
…	…….	…	…….
… Oberhemden	…….	…	…….
… Schlafanzüge	…….	…	…….
… Hausjacke	…….		
… Garnituren Unterwäsche	…….		
… Krawatten	…….		
… Paar Schuhe, Stiefel	…….		

b) Damenkleidung

… Gesellschafts-kleider	…….	… Sportkleidung	…….
… Kostüme	…….	…	…….
… Wollkleider	…….	…	…….
… Seidenkleider	…….	… Damenwäsche	…….
… Röcke	…….	…	…….
… Blusen	…….	… Paar Strümpfe	…….
… Pullower	…….	… Paar Handschuhe	…….
…	…….	…	…….
… Wintermäntel	…….	… Morgenröcke	…….
… Übergangsmäntel	…….	… Hausanzug	…….
… Sommermäntel	…….	… Paar Schuhe	…….
… Pelze	…….	…	…….
…	…….	… Schirme	…….
… Skianzug	…….	… Handtaschen	…….
… Paar Skistiefel	…….		

c) Kinderkleidung

…	…….	…	…….

RM	RM
…	… . . . .
…	… . . . .
…	… . . . .
…	… . . . .

5. Sonstige Gegenstände des Haushaltes:

…	… . . . .
…	… . . . .
…	… . . . .
	… . . . .

Dann wird nach gewerblichem Eigentum gefragt, nach Kunst- und Wertgegenständen: «Gemälde, Antiquitäten, Gold- oder Silberwaren, Schmuck, Juwelen oder sonstige Kunstgegenstände und Sammlungen (Briefmarken-, Münzensammlungen usw.) Stückzahl und ungefährer Wert sind anzugeben. Wo sind diese verwahrt? Der Depotschein ist beizufügen.»

«Sind Ihnen gehörige Sachen bei anderen in Verwahrung?»

Dann ist die «Höhe des jetzigen Gesamtvermögens» einzutragen, anschließend kommen die Schulden und Verpflichtungen jeglicher Art. Es ist reichlich Platz gelassen für ausführliche Angaben.

Schließlich: «Haben Sie jemanden die Vertretungsbefugnis (Vollmacht) erteilt?»

Mathilde: «Meinem Bruder Walter Jacob, Berlin NW 87, Jagowstr. 9, Gth. II.»

Die letzte Seite des Fragebogens ist den Beschwörungsformeln und Drohungen vorbehalten. «... meine vorstehenden Angaben nach bestem Wissen gemacht und dabei insbesondere keinerlei Vermögenswerte verschwiegen habe ... bin mir bewußt, daß falsche oder unvollständige Angaben geahndet werden.» Wodurch denn noch, wenn die Gaskammer ohnehin bereitsteht? So ist die Vermögenserklärung unterschrieben:

«Berlin, den 18. Juli 1942 Mathel Jacob»

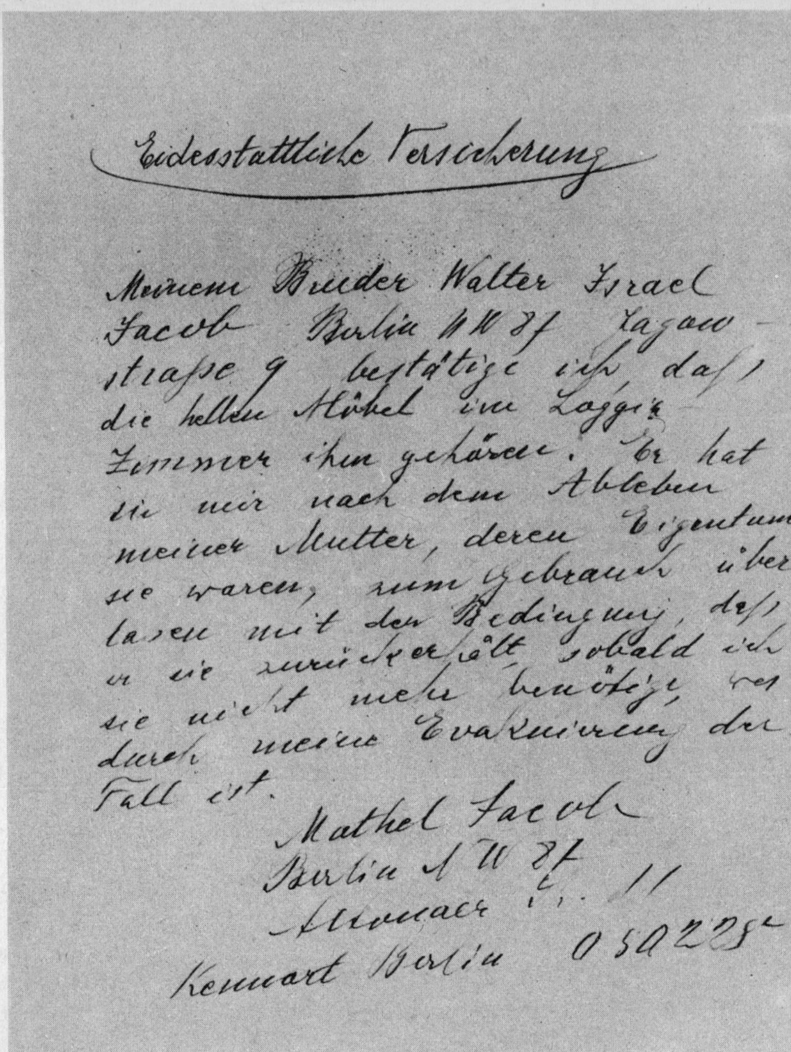

Eidesstattliche Versicherung

Meinem Bruder Walter Israel Jacob Berlin NW 87 Jagow-straße 9 bestätige ich, daß die hellen Möbel im Loggia-Zimmer ihm gehören. Er hat sie mir nach dem Ableben meiner Mutter, deren Eigentum sie waren, zum Gebrauch überlassen mit der Bedingung, daß er sie zurückerhält, sobald ich sie nicht mehr benötige, was durch meine Evakuierung der Fall ist.

Mathel Jacob
Berlin NW 87
Altonaer Str. 11
Kennkart Berlin 0 50228

Vollmacht für den Bruder

Wie alle anderen weiß sie nicht, kann sie nicht wissen, daß bereits mit Datum vom 1. Juli 1942 die Geheime Staatspolizei mit einer Verfügung «das gesamte Vermögen der Mathel Jacob ... zugunsten des Deutschen Reiches eingezogen» hat.

Im «Auftrage der Geheimen Staatspolizei» stellt der Obergerichtsvollzieher Schirm mit Datum vom 24. Juli 1942 gegen eine Gebühr von 1,05 RM eine Urkunde zu:

«an die Mathel Jacob im Hause Berlin, Gr. Hamburgerstr. 26». Das ist das vormalige Jüdische Altersheim, die letzte Berliner Station für die Deportierten. Heute erinnert ein Gedenkstein in einer Grünanlage.

«Von hier aus verschleppten die Faschisten über 50000 jüdische Menschen vom Säugling bis zum Greis in die KZ-Lager Auschwitz und Theresienstadt, wo sie bestialisch ermordet wurden. Vergesst das nie!»

Die zugestellte Urkunde ist eine «Verfügung», mit der «das gesamte Vermögen der Mathel Jacob ... zugunsten des Deutschen Reiches eingezogen» wird. Die dazu bemühten Gesetze und Verordnungen reichen vom «Gesetz über die Einziehung kommunistischen Vermögens vom 26. Mai 1933» bis zum Erlaß «über die Verwertung des eingezogenen Vermögens von Reichsfeinden vom 29. Mai 1941».

Dann der Transport.

Die Transportliste Nr. 30 beginnt mit Frieda Jottkowitz aus der Levetzowstraße 13, geboren am 11. November 1873. Die meisten dieser 101 alten Menschen kommen aus den Straßen des Hansaviertels. Lessingstraße, Essener und Holsteiner Straße, Alt-Moabit und Cuxhavener Straße, wo einmal Rosa Luxemburg gewohnt hatte. Aus der Altonaer Straße 11 sind außer Mathilde drei Frauen dabei: Ida Loewy, Fanny Jastrow und die Lehrerin Clara Jastrow. Aus dem Nebenhaus Hermine Mayer. Vielleicht erleichtert es ein wenig die traurigen

Geheime Staatspolizei
Geheimes Staatspolizeiamt
II A 5 Nr. 1134/41 - 212 -

Berlin, den 1. Juli 1942 ~~November 1941~~

D.-R. Nr. 749
Eingegangen
24. JUL. 1942
SCHIRM
Obergerichtsvollzieher
Berlin-Friedrichsfelde
Alt-Friedrichsfelde 88

0 3767

Verfügung

Auf Grund des § 1 des Gesetzes über die Einziehung kommunistischen Vermögens vom 26. Mai 1933 — RGBl. I S. 293 — in Verbindung mit dem Gesetz über die Einziehung volks- und staatsfeindlichen Vermögens vom 14. Juli 1933 — RGBl. I S. 479 —, der Preußischen Durchführungsverordnung vom 31. Mai 1933 — GS. S. 207 —, der Verordnung über die Einziehung volks- und staatsfeindlichen Vermögens im Lande Österreich vom 18. 11. 1938 — RGBl. I S. 1620 —, der Verordnung über die Einziehung volks- und staatsfeindlichen Vermögens in den sudetendeutschen Gebieten vom 12. 5. 1939 — RGBl. I S. 911 — und der Verordnung über die Einziehung von Vermögen im Protektorat Böhmen und Mähren vom 4. Oktober 1939 — RGBl. I S. 1998 — wird in Verbindung mit dem Erlaß des Führers und Reichskanzlers über die Verwertung des eingezogenen Vermögens von Reichsfeinden vom 29. Mai 1941 — RGBl. I S. 303 —

das gesamte Vermögen des — der ....

Mathel J a c o b

geborene .... , geboren am 8.3.73

in Berlin

zuletzt wohnhaft in Berlin NW 87

Altonaerstr. 11 Straße/Platz Nr. ....

zugunsten des Deutschen Reiches eingezogen.

Im Auftrage

Jänisch

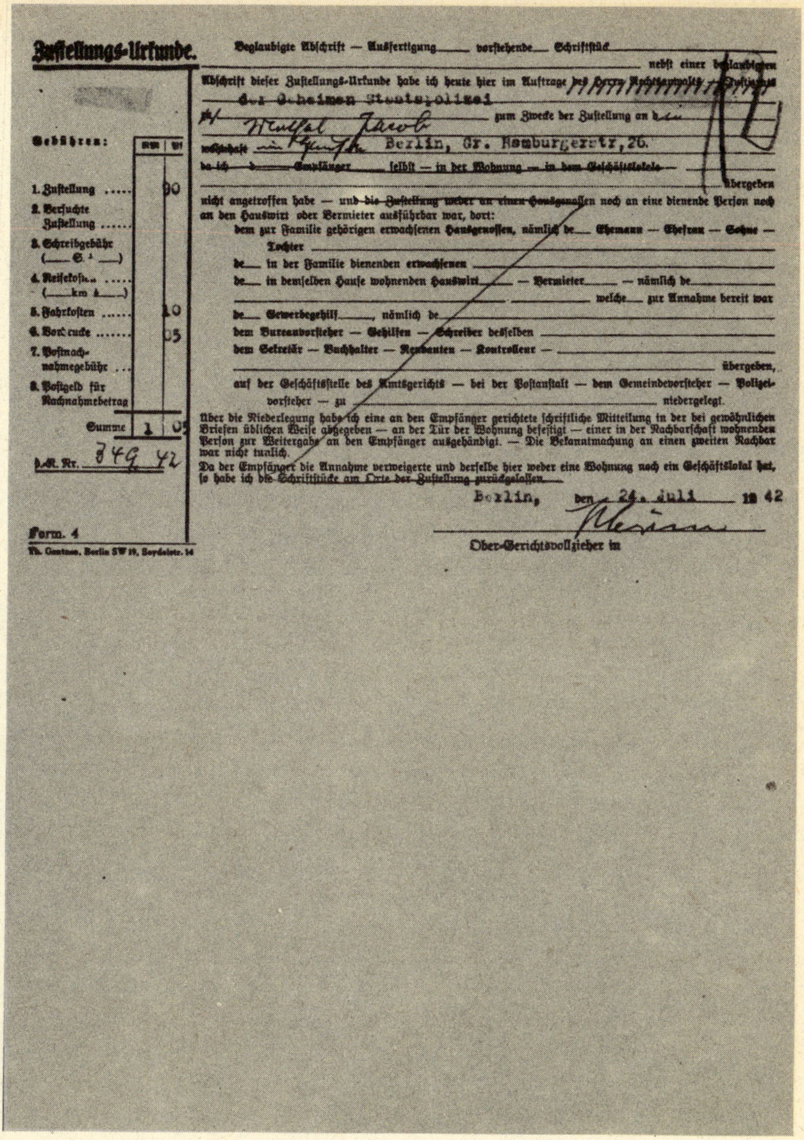

Zustellungs-Urkunde.

Beglaubigte Abschrift — Ausfertigung — vorstehende — Schriftstück — nebst einer beglaubigten Abschrift dieser Zustellungs-Urkunde habe ich heute hier im Auftrage des Herrn Rechtsanwalts — Justizrats

der Geheimen Staatspolizei

in — zum Zwecke der Zustellung an den

Wulfal Jacob

wohnhaft in Berlin, Gr. Hamburgerstr. 26.

da ich d— Empfänger — selbst — in der Wohnung — in dem Geschäftslokale — übergeben

nicht angetroffen habe — und die Zustellung weder an einen Hausgenossen noch an eine dienende Person noch an den Hauswirt oder Vermieter ausführbar war, dort:

dem zur Familie gehörigen erwachsenen Hausgenossen, nämlich de— Ehemann — Ehefrau — Sohne — Tochter

de— in der Familie dienenden erwachsenen

de— in demselben Hause wohnenden Hauswirt— — Vermieter— — nämlich de— welche— zur Annahme bereit war

de— Gewerbegehilf—, nämlich de

dem Bureauvorsteher — Gehilfen — Schreiber desselben

dem Sekretär — Buchhalter — Rendanten — Kontrolleur — übergeben,

auf der Geschäftsstelle des Amtsgerichts — bei der Postanstalt — dem Gemeindevorsteher — Polizeivorsteher — zu — niedergelegt.

Über die Niederlegung habe ich eine an den Empfänger gerichtete schriftliche Mitteilung in der bei gewöhnlichen Briefen üblichen Weise abgegeben — an der Tür der Wohnung befestigt — einer in der Nachbarschaft wohnenden Person zur Weitergabe an den Empfänger ausgehändigt. — Die Bekanntmachung an einen zweiten Nachbar war nicht tunlich.

Da der Empfänger die Annahme verweigerte und derselbe hier weder eine Wohnung noch ein Geschäftslokal hat, so habe ich die Schriftstücke am Orte der Zustellung zurückgelassen.

Berlin, den 24. Juli 1942

[signature]

Ober-Gerichtsvollzieher in

Gebühren:	RM	Pf
1. Zustellung		90
2. Versuchte Zustellung		
3. Schreibgebühr (— S. à —)		
4. Reisekosten (— km à —)		
5. Fahrkosten		10
6. Vordrucke		05
7. Postnachnahmegebühr		
8. Postgeld für Nachnahmebetrag		
Summe	1	05

G.R. Nr. 349 42

Form. 4

Th. Gontzen, Berlin SW 19, Seydelstr. 14

Umstände, daß man sich nachbarlich kennt und einander behilflich sein kann.

Zwei 84 Jahre alte Männer gehören dazu, Samuel Kober und David Klein; die 48jährige Ellie v. Bleichröder und Gabriel und Fanny Tannenwald aus der Gipsstraße 11.

Auch aus anderen Stadtteilen sind sie geholt worden. Wally Labandter, 67, und Clara Wollff, geb. Cohn, 79, kommen aus der Brandenburgischen Straße in Wilmersdorf; die kreuzt jene Mannheimer Straße, in der dreiundzwanzig Jahre zuvor Rosa und Karl festgenommen worden waren. Wieder erzählen Straßennamen Geschichte. Vom Lützowufer 33 ist Dr. Siegbert Lachmann im Transport. Er wohnte Ecke Corneliusbrücke, über die das Mordauto mit Liebknecht in den Tiergarten fuhr, während Salo Landshut Lützowufer 39 wohnte, nahe der Lichtensteinbrücke, an der man die leblose Rosa Luxemburg in den Kanal warf. Martha Ascher, Katherina und Hermina Behrend wurden aus ihren Wohnungen in der Fasanenstraße abgeholt. In dieser Fasanenstraße sitze ich und lese in der Transportliste.

Das Blatt 2, mit den Nummern 26 bis 50, unter denen nach dem Alphabet Mathilde Jacob die Nummer 28 ist. Sieben von ihnen sind in Berlin geboren, andere in Darkehnen, Lautenburg, Filehne, Gollnow, Wien, Stettin, Posen, Krotoschin, Hohensalza und kleinen Orten, deren Namen auf der Kopie unleserlich sind. Diese Menschen sind zwischen 57 und 84 Jahren alt, alle ohne Beruf, keiner arbeitsfähig, elf sind ledig, die anderen waren oder sind verheiratet.

Eine Henriette Herz ist unter ihnen. Und erinnert mit ihrem absichtsvollen Namen an die wegen ihres Salons berühmte Berlinerin, die als Freundin der ältesten Tochter Moses Mendelssohns in seinem Hause verkehrte und mit seinem Arzt Magnus Herz verheiratet wurde. Henriette Herz, gern und berechtigt mit Rahel Varnhagen in einem Atemzug genannt. Gebildete, feinsinnige und kunstverständige Frauen, die sich über Philosophie und Physik unterhalten konnten, über Bücher und Gemälde, alte und neue Sprachen kannten und in ihren Salons berühmte Männer versammelten und solche, die es werden würden. Wilhelm und Alexander von Humboldt, Mirabeau, Fichte, Schleiermacher, Friedrich Schlegel, Karl Philipp Moritz, Gentz, Schadow, Börne und so weiter.

Julius Rodenberg in «Bilder aus dem Berliner Leben» (1885/88): «Diese Frauen schufen, in der damaligen Oede, welche dem Tode Friedrich's voranging und nachfolgte, jene Kreise, welche so wichtig geworden sind nicht nur für die Gesellschaft, sondern auch für die Literatur und das öffentliche Leben ...»

Henriette Herz, später getauft, begraben auf einem evangelischen Friedhof, nahe beim Blücherplatz, nahe am Mehringdamm mit dem Finanzamt, das Dragonerkaserne war, nahe den Gräbern von Felix Mendelssohn Bartholdy und Rahel Varnhagen. Wie das alles zusammenhängt!

Jene unbekannte Henriette Herz auf der Transportliste Nummer 30 an der Seite Mathildes. Sie geht in die Gaskammer und nimmt mit sich das bedeutende geistige jüdische Berlin. Sie hinterläßt die Erinnerung an jenes vergangene, vernichtete, von nun an vermißte und entbehrte reiche kulturelle Leben einer europäischen Hauptstadt.

Große Hamburger Straße. Im Altersheim der jüdischen Gemeinde sitzt die Gestapo. Die alten Menschen wurden nebenan im Schulgebäude untergebracht, in dem es seit dem Verbot keinen Unterricht mehr gab. «Knabenschule der jüdischen Gemeinde» steht heute noch über dem Eingang. An der Fassade ist seit dem 18. März 1983 ein Porträtrelief von Gerhard Thieme zu betrachten: Moses Mendelssohn.

Im Vorgarten hatte eine Büste des Philosophen und

Menschenfreundes gestanden, bis sie 1938 von SA-Leuten durch Steinwürfe demoliert und beseitigt wurde. Bei ihrer Einweihung, am 15. Februar 1909 – es war der 128. Todestag von Mendelssohns Freund Lessing – sagte einer der Redner, Justizrat Timendorfer, namens des Denkmalkomitees: «Die Große Hamburger Straße, sie wird im Volksmunde die Toleranzstraße genannt, weil Wohltätigkeitsanstalten und Beerdigungsplätze der verschiedenen Konfessionen in ihr sich befinden.» Neben dem jüdischen Friedhof, dem Altenheim, der Schule steht Berlins schönste Barockkirche, die evangelische Sophienkirche mit dem angrenzenden Friedhof. Ein Stück weiter das katholische St. Hedwigs-Krankenhaus, das an die Synagoge in der Oranienburger Straße grenzt, an das jüdische Krankenhaus in der Auguststraße. Wenige Schritte nur, dann mündet die Große Hamburger Straße in den Koppenplatz, benannt nach dem Stadthauptmann, der 1704 der Stadt dieses Stück Land schenkte, um einen Armenfriedhof zu errichten. Mehr als nur eine Straße, ein Toleranzviertel.

Als am 18. März 1983, absichtsvoll zum 250. Geburtstag des dritten Mannes, des Lessing- und Mendelssohn-Freundes Friedrich Nicolai, das Relief mit seiner Inschrift vom Bezirksbürgermeister eingeweiht wurde, wiederholte der Vorsitzende der Jüdischen Gemeinde der Hauptstadt der DDR einen Satz, der bereits 1909 an dieser Stelle gesprochen worden war: «Die Große Hamburger Straße ist eine belebte Straße, das Denkmal, es wird den Schritt manches Vorübergehenden anhalten.»

Wie das andere Mahnmal auf der Grünfläche, wo das Altersheim gestanden hat. Das Sammellager für die zur Deportation Bestimmten. «Große Hamburger» ist deshalb nicht nur ein uralter Straßenname, sondern wurde «zum Inbegriff des Sammellagers und ist in dieser Bedeutung in die jüdische Geschichte eingegangen» (Hermann Simon).

Ob sich Mathilde Jacob auf dem Wege hierher erinnert hat, daß ihr vor vierundzwanzig Jahren in dieser

Straße geholfen wurde, als sie krank war? Kein Gedanke mehr an Toleranzstraße. Wer diese Juden sah, blickte weg.

Mit Lastkraftwagen werden die hundert alten Menschen fortgeschafft. Die Fahrt geht zum Anhalter Bahnhof. Wie einst, als sie mit der toten Rosa Luxemburg durch die südlichen Vororte nach Berlin fuhr und sich an gemeinsame Erlebnisse und Wirkungsstätten erinnerte, so hat Mathilde Jacob auf ihrer letzten Fahrt durch ihre Heimatstadt manche vertraute Ecke noch einmal gesehen.

Zum Schluß durch die Königsgrätzer, Stresemann-, Saarlandstraße. Das Hotel «Excelsior». Gegenüber die Druckerei, wo sie «Das kleine Journal» kauften, die «Rote Fahne».

Wie ihre Rosa Luxemburg wird Mathilde Jacob im Auto beiseitegeschafft. Ihre Corneliusbrücke ist der Anhalter Bahnhof.

Sie fahren nach Theresienstadt. Mit der Deutschen Reichsbahn. Unter den Dokumenten, die Raul Hilberg in seinem Buch «Sonderzüge nach Auschwitz» veröffentlicht, befindet sich ein Fahrplan. Er differiert nur um zwei, drei Tage von der für den 27.–31. Juli 1942 datierten Transportliste 30.

Aachen–Theresienstadt
Da 71 am 25./26. 7. 1942

	an	ab
Aachen Hbf.		9.25
Duisburg Hbf.	13.47	13.55
Kassel	20.25	20.35
Erfurt	23.50	0.15
Gera Hbf.	2.16	2.40
Glauchau	3.54	4.04
Chemnitz	4.55	5.15
Dresden Hbf.	7.04	7.20
Bodenbach	8.30	9.05
Lobositz	10.52	11.15
Theresienstadt	11.26	

Die Berliner Juden fahren mit einem der regulären D-Züge Berlin-Dresden vom Anhalter Bahnhof ab. Ihr Wagen wird angehängt.

14

Grenzübergang Bahnhof Friedrichstraße, 1982. Am frühen Vormittag ein Menschenstrom, der sich teilt und später im Innern des Transitbahnhofs wiederfindet. Die meisten fahren mit der S-Bahn. Man hat sich vorher die Fahrkarte gelöst: «Einmal Westberlin und zurück»; das kann jedermann an jedem hauptstädtischen S-Bahnschalter ohne Paß und Visum tun; wer tut's ohne Paß und Visum? Preisstufe 10, eine Fahrt kostet 2 Mark.

Da ist man jahrelang schlafwandlerisch Friedrichstraße umgestiegen. Wie in Ostkreuz, wie in Westkreuz, wie in Treptower Park. Von der Ost-West-Linie zur Nord-Süd-Strecke, von oben nach unten, oder den langen Tunnelgang zur Untergrundbahn Friedrichstraße geeilt, ohne sich um den Weg zu kümmern. Der Großstädter geht automatisch. Er steigt ein, steigt aus, steigt um; dazu sind sie schließlich da, die Bahnhöfe.

Entwöhnt seit Jahren, verläuft sich der Stadtgewandte auf diesen ihm fremdgemachten Treppen und Gängen, wechselt und verwechselt die Zugänge, bis er auf dem oberen Stadtbahnsteig angelangt ist, wo heute bloß alle zwanzig Minuten ein S-Bahnzug ankommt, endet und wieder abfährt in Richtung Wannsee, Charlottenburg, Zoo. Vier Wagen. Überfüllter Bahnsteig wie Ostkreuz und Alex zum Berufsverkehr. Nur, daß hier aus dem Arbeitsprozeß Ausgeschiedene sich drängen wie berufstätig.

Als ein Zug in dieser zum Kopfbahnhof gewordenen Durchgangsstation eintrifft und alle aussteigen, beginnt ein Drängeln unerwarteter Kräfte. Mit Ungestüm schieben sich die Alten in die Wagen. Es geht um einen Sitzplatz für knapp zehn Minuten Fahrt. Denn nach den Stationen Lehrter Bahnhof, Bellevue und Tiergarten – dort sehen wir die Hand und ahnen Mathildes Haus – steigen 98 Prozent von ihnen aus am Zoologischen Garten. Das klingt nach Tierliebe, liest es ein Schwede oder Schweizer. Nein, liebe Leute, der Bahnhof Zoo, das ist der überlieferte Mittelpunkt Berlins. Dort beginnt die City. Dort war die Normaluhr, an der sich die Pärchen verabredeten, als Kästner und Tucholsky Mitbürger waren. Das heißt: vor Hitler. Der Bahnhof Zoo als Begriff ist unlädierte deutsche Vergangenheit.

Einige einheimische Schriftsteller haben ihre Berliner Grenzeindrücke mitgeteilt. Die ewigen Pendler natürlich anders als jene, die Scham spüren und Verantwortung, denen die Feder eher stockt als der Atem. Es ist schon merkwürdig. Immer sind Menschen in die Ferne gelaufen, geritten oder gefahren. Wer zurückkam, erzählte. Er mußte. Es wurde ihm abverlangt. Aus den Geschichten, die heimgekehrte Männer ihren Angehörigen in die Ohren und Augen sprudelten, ist der Roman entstanden. Und es hat Zeit- und Menschenalter gedauert, ehe die Frauen uns ihre Romane schreiben durften.

Im ehemaligen Berlin ist der Bahnhof Zoo der eleganteste gewesen. Weil man ihn besang. Gibt es Chansons über den Anhalter, der es verdiente, über den Görlitzer, über den Potsdamer Bahnhof?

Auf dem Fernbahnsteig dieses verfluchten Bahnhofs Zoo bin ich an einem wunderbar warmen Augustabend des Jahres 1943 in einen Güterwagen gestiegen worden. «40 Mann oder 8 Pferde», ja, das stand auf gut Deutsch angeschrieben. Wir waren bloß vierzig Mann, die in Richtung Osten abtransportiert wurden. Einberufen zum «Reichsarbeitsdienst», was eine Art Vormilitär darstellte.

Ich wage keinen Vergleich.

Aber der Gedanke an den Güterwagen, an das bei

Strafe an unseren Eltern, an das uns Siebzehnjährigen schon bei Todesstrafe verordnete Schicksal, für Hitler als Soldat sterben zu sollen ...

Wenige Wochen später kamen SS-Werber zu uns und suchten mit forscher Überredungskunst, Geldangeboten und patriotischer Ungeduld nach Freiwilligen für ihre gelichteten Reihen. Der uns von Angesicht Musternde – an uns vorbeischleichend nach Vorgesetztenart –, als er mir ins Gesicht schaute, kam er überhaupt nicht auf die Idee, mich zu fragen, ob ich mich zur SS melden wolle.

Das ist die Auszeichnung, die ich von der SS erhalten habe.

Er fragte die Nebenmänner. Mein Gesicht allein gefiel der SS nicht. Ich brauchte gar keine Wort-Abwehr. Damals empfand ich es mit Erleichterung. Ja, wirklich, längst möchte ich es als vormalig erhaltene Auszeichnung in meine Fragebögen schreiben.

Für meine damaligen, recht einfältigen Begriffe war auffällig, daß dieser SS-Führer sich für das ramponierte Ansehen der SS zu entschuldigen schien und plötzlich erklärte: «Ich habe schon viele gute Juden gesehen!»

Das war aus solchem Mund noch nie vernommen worden.

Lauernde Pause. Wer stutzt, wer reagiert, wenn er das laut ausgesprochen hört?

«Die waren aber alle tot.»

Wer lacht mit! Über diesen Witz! Wer freut sich? Wer freut sich nicht? Auf diese Weise erfuhr ich im September 1943 aus amtlichem Munde vom Schicksal der Juden. Ohne behaupten zu wollen, daß wir mit unseren siebzehn Jahren darüber nachgedacht oder uns abends darüber unterhalten hätten. Wir hatten genug mit uns selbst zu tun. Wie hat man uns gedemütigt, gebrochen und als Persönlichkeit getreten. Aber ich sehe ihn vor mir, diesen Zyniker in seiner schwarzen Uniform, grinsend, erwartungsvoll, auf jenem Barackenhof in einem Danziger Vorort. Ein Streifen Dokumentarfilm in meinem Kopf.

Knapp fünf Jahre später stand ich wieder auf dem Bahnhof Zoo. War als entlassener Kriegsgefangener angekommen und ausgeladen worden auf dem Bahnhof Charlottenburg, fuhr mit der S-Bahn bis Friedrichstraße, stieg dort um in die U-Bahn, nur noch vier Stationen bis Hallesches Tor, bis nach Hause. Ein Kumpel war dabei. Wir hatten schwere Seesäcke auf dem Rükken und ein Messer griffbereit. Es war das amerikanische Messer, mit dem wir die Butter auf unser Brot gestrichen hatten.

Was denn? Ein Jahr später, 1949, stand ich wieder auf dem Bahnsteig vom Bahnhof Zoo. Als Reporter! Die zur Deutschen Reichsbahn gehörende S-Bahn wurde von der Westberliner Gewerkschaft bestreikt. Wir Zeitungsleute waren eigentlich immun. Leider aber trug unsere hübsche Bildreporterin Elisabeth eine rote Mütze, damals modern. Die mußte unten, von der Hardenbergstraße aus als Erkennungszeichen bemerkt worden sein. Auch wenn sie grün gewesen wäre? Eine rote Mütze gilt vermutlich als Gesinnung.

Falls es keine alten oder neuen Nazis waren, die uns unter der S-Bahnbrücke überfielen, als wir in der Hardenbergstraße in unser Redaktionsauto steigen wollten, neue Demokraten waren es bestimmt nicht. Mir fielen außer ihren irgendwie unangenehm vertrauten Gesichtszügen – Führer der Hitlerjugend, der SS und alle, die so Gewalt ausüben können und möchten, haben einunddasselbe Gesicht, und das merkst du dir nämlich –, ja, außer ihren Gesichtern fielen mir ihre Schaftstiefel auf. Die waren aus keiner neuen Produktion. Die gab es 1949 nicht. Das war altes Inventar.

Mag sein, daß diesen deutschen Menschen noch ein gewisser Gehorsam aus jüngster deutscher Vergangenheit in den Stiefeln steckte, denn sie ließen mein rechtes Bein los, an dem sie mich lynchfreudig aus dem Auto zerrten, als ein einzelner Polizist ihnen mündlich Einhalt gebot. Gute alte Zeit. Ein Kollege hat diese Szene vom Bahnsteig aus fotografiert.

Das also fällt mir wieder ein, wenn ich zum Bahnhof Zoo fahren darf und will und im Bahnhof Friedrichstraße in die Stadtbahn steige. Und Zeit habe, über manches nachzudenken.

Wenn die Menschen in dieser S-Bahn sitzen, ist ihnen wohler. Die Kontrollen sind überstanden. Alle Stempel stimmten. Und der Zoll – der Zug, bloß die vier Wagen, das sind zu wenig, sind knackevoll. Berufsverkehr mit Rentnern und ein paar Ausländern. Manche müssen stehen.

Niemand spricht. Es sei denn etwas unverbindlicher Wortwechsel unter Reisenden gleicher Art und gleichen Alters; das Auskeuchen, das bald in der allgemeinen Stille verstummt. Jeder bleibt sich selbst der Nächste. Wie viele mit dem Vornamen Mathilde sitzen im Zug?

Sie halten ihre leeren Beutel, ihre Handtaschen auf dem Schoß, ihren Einkaufswagen neben sich fest. Manche behüten Blumensträuße; was sonst nimmt man denn nach drüben mit? Andere tasten nach ihren Papieren. Seid ihr alle da? Das hat man euch doch schon in der Jugend angewöhnt, nicht wahr? Einige wickeln belegte Brote aus, kauen erleichtert. Nicht nur die Diabetiker. Erst nach überstandenen Kontrollen nehmen die Verdauungstrakte etwas entgegen, die inneren Organe mit Zustimmung der inneren Organe. Jetzt geht's weiter, jetzt geht's gleich los. Nichts bleibt vorm Wagen, vorm Magen stehn.

Bahnhof Zoo. Da steigen sie alle aus und drängen wieder, dem einzigen Ausgang entgegen, der langen Treppe nach unten. Sie eilen, als käme es auf drei Minuten an. Sie haben sich ihr Lebtag drängeln müssen. Nach Arbeit, nach Lebensmitteln, nach Kohlen, und – wen es nicht betrifft, der sei befreit – sie drängelten eindringlich, wenn der Führer vorbeifuhr – «Heil!» – oder sich am Fenster zeigte. Er hat uns diese Art Stadtverkehr hinterlassen und beschert. Wie gut ist euer Gedächtnis!

Sie schieben auf die Treppe zu. Viele sind gehbehindert. Alters- und Invalidenrentner. Mitten unter diesen zehn, zwanzig Jahre älteren Menschen, also unter Alten, behutsam Stufe für Stufe nach unten, Schritt für Schritt, überfällt dich ein eigenartiges Gefühl. Schon mit den Akten beschäftigt, die du in wenigen Minuten, zwei Ecken von hier, durchlesen wirst. Mittendrin im Thema, mittendrin auf der Treppe eingezwängt, spürst du beim Anblick dieser Umgebung das Wort «Altentransport». So ähnlich müssen sie damals gegangen, geschlichen und gehumpelt sein, damals, vor vierzig Jahren in der Großen Hamburger Straße. In den Anhalter Bahnhof hinein und beim Aussteigen am Lagertor. Du bist mit deinen 56 Jahren ein junger Mensch, der bei solch entsetzlichem Gedanken, den keiner äußert, niemand hört, im stillen die Hände auf dem Kopf zusammenschlagen möchte wegen solchen Vergleichs. Der naheliegt. Denn jene damals sahen doch, solange sie keinen gelben Stern tragen mußten, genauso aus wie diese anderen Berliner auf der Zootreppe ...

Mathildes Akte.

Jetzt beginnt die Vermögensverwertung. Am 8. September 1942 kommt der Obergerichtsvollzieher Lesnik (Berlin-Köpenick, Langerhansstraße 25) in die Altonaer Straße 11 und bewertet das Inventar.

8 Mark für den Schreibmaschinentisch. 25,– ist der Kartothekschrank wert, 12,– der Schreibsessel. Insgesamt werden Mathildes Möbel und Hausrat mit 366,– Reichsmark bewertet. Zuzüglich Gebühren und Fahrkosten 8,90 RM

Diese Liste bekommt mit Datum vom 24. September die Händlerfirma Joh. Schneider, Berlin N 87, Flensburger Straße, Stadtbahnbogen 420

Vordruck: «Ich bestätige, daß mir der mitunterzeichnete Vollziehungsbeamte das Wohnungsinventar des Juden Mathel Jacob in Berlin NW, Straße Altonaer 11 heute übergeben hat. Berlin, 3. Oktober 1942.»

Schneider legt die Kassenquittung zur Einsicht vor. Er hat am gleichen Tage 256,20 RM an die Oberfinanzkasse eingezahlt und damit das Inventar erworben.

Beim Lesen des Kleingedruckten auf der Rückseite der Inventarliste ... Der Händler ist verpflichtet, alle diese Gegenstände weiterzuverkaufen. Er darf nichts zurückbehalten, nichts privat erwerben. Die mit einem blauen Kreis gekennzeichneten Gegenstände in dieser Wohnungsliste muß er gesondert anbieten. Das trifft bei Mathilde nicht zu, sie hat ihre Schreibmaschine und die Bücher zu ihrem Bruder geschafft; ihr Neffe hat dabei geholfen. «Bücher, Zeitschriften und sonstige Literaturerzeugnisse sind Herrn Niederlechner in Firma Lange & Springer, Buchhandlung, Berlin-Steglitz, Albrechtstraße 91 der Stückzahl nach zu melden. Herr Niederlechner ist der Beauftragte der Reichsschrifttumskammer. Er veranlaßt die Sichtung der Bücher usw. durch den Einsatzstab Rosenberg und die Übernahme der verbleibenden Bestände durch den Fachbuchhandel.»

Auf diese Weise ist beispielsweise die Bibliothek des Berliner Arztes und ordentlichen Professors an der Universität Jena Dr. Emil Klein, der mit seiner Frau Antonie zum 31. Altentransport gehörte, für 3000 Mark an das Institut für Geschichte der Medizin an der Berliner Universität verkauft worden.

«Schallplatten und Abspielgeräte sind dem Reichspropagandaministerium, Herrn Inspektor Staiger, Berlin W 8, Wilhelmplatz 7 zur unentgeltlichen Übernahme vom Händler anzubieten.» Auf Verlangen werden Transport- und Verpackungskosten erstattet.

«Nähmaschinen und sonstige handwerkliche Maschinen sind der Speditionsfirma Erich Scheffler, Berlin C 2, Gr. Präsidentenstr. 9 anzubieten und an diese Firma gegen Empfangsbescheinigung abzugeben. Die Rechnung ist mit einer Empfangsbescheinigung dem Herrn Oberbürgermeister von Litzmannstadt (Ghetto-Verwaltung), Moltkestr. 211 zuzustellen.» Moltkestraße ...

Die Große Präsidentenstraße, ihr winziger Rest, liegt am Hackeschen Markt, dicht beim S-Bahnhof Marx-Engels-Platz.

Speditionsfirma Erich Scheffler?

Wieder sind wir an einer Straßenecke und einer fast unglaublichen Geschichte angelangt. Elsasser Straße, das ist heute Wilhelm-Pieck-Straße. Nummer 85. Ein altes Gebäude, gelbe Klinker, das Nummernschild von einst ist noch vorhanden. Ecke Ackerstraße. Das einstige Krankenheim der orthodoxen Berliner Gemeinde Adass Jisroel. 1943 residierte in diesem Haus der Oberfinanzpräsident. Die Dienststelle der «Vermögenserklärungen» und ihrer Verwertung.

Im Frühjahr 1943 wurden hier eingelagert: 583 Thorarollen (handbeschriebene Pergamentrollen für den gottesdienstlichen Gebrauch) und andere Kultgegenstände aus aufgelösten jüdischen Gemeinden in Preußen. In Berlin-Schöneberg, in der Münchener Straße 37, wo während des November-Pogroms die Synagoge nicht verbrannt worden war, «sollte ein Museum eröffnet werden, in dem man der Bevölkerung in provokatorischer Weise Kulturgut der Juden und Objekte der Freimaurer zeigen wollte», berichtet Landgerichtsdirektor a. D. Arthur Brass, damals Leiter der Friedhofsverwaltung des Jüdischen Friedhofs in Berlin-Weißensee.

Zwei Mitglieder der Jüdischen Gemeinde, die in der Elsasser Straße arbeiteten, sorgten dafür, daß alles in wenigen Stunden in Sicherheit kam. Die Thorarollen wurden nach Weißensee auf den Friedhof gebracht und versteckt. Schäden bei einem Bombenangriff verminderten ihre Zahl, aber rund 500 konnten gerettet und nach der Befreiung an die wiedereröffneten Synagogen in Berlin übergeben werden, an Gemeinden in der Bundesrepublik Deutschland und in anderen westeuropäischen Ländern.

Die beiden beherzten Gemeindemitglieder heißen Selmar Neumann und Willi Schweig. Der Mann aber, der zwei mit diesen Thorarollen voll beladene Lastkraftwagen den ziemlich weiten Weg nach Weißensee fahren ließ, war der Spediteur Erich Scheffler. Derselbe, den die Reichsgeschäftsstelle «Wirtschaftsgruppe Einzelhandel, Zweckgemeinschaft Gebrauchtwarenhandel» mit der Übernahme von Nähmaschinen und sonstigen handwerklichen Maschinen aus jüdischem Besitz beauftragt hatte. Er rettete die Thorarollen.

Arthur Brass: «Durchgeführt wurde dieser Transport durch den Spediteur Scheffler, der aus christlicher Gesinnung dafür keine Zahlung entgegennahm. Dem inzwischen verstorbenen Mann gebührt unser besonderer Dank. Das um so mehr, als Scheffler befürchten mußte, daß die Übernahme des Transports durch einen der NS-Bewegung besonders ergebenen Betriebsangehörigen der Gestapo verraten werden konnte.» Zumal diese Firma, wie wir jetzt wissen, mit Sonderaufgaben betraut, ganz gewiß ihren besonderen Betriebsspitzel hatte.

Erich Scheffler, der in Marzahn wohnte, im alten Ortsteil des in unseren Tagen zum sozialistischen Wohnungsbausymbol gewordenen Marzahn. Seinerzeit war hier der Friedhof, auf dem vom Regime Hingerichtete bestattet, besser gesagt verscharrt wurden. 1949 gelang es, in Marzahn das Grab von Herbert Baum zu finden, dessen Leiche exhumiert und auf dem Jüdischen Friedhof in Weißensee beigesetzt werden konnte. Seither trägt die Straße, die zum Friedhof führt, seinen Namen.

Elsasser Straße 85? Genau 200 Jahre zuvor, 1743, ist der junge Moses aus Dessau, der sich später Mendelssohn nannte, an dieser Stelle entlanggekommen auf seinem Wege in ein Berlin, das er als Jude nur durch das Rosenthaler Tor betreten durfte. Jeder hat seinen Stadtplan.

Die vorstehende Wohnungsliste ist am 24. 9. 1942 bezüglich der

Möbel und des Hausrats der Händlerfirma Joh. Schneider,

Berlin N . 87, Flensburger Str. Str. Nr. Telefon: 39 37 55
Stadtbahnbogen 420

bezüglich der **Textilien** der Händlerfirma

Berlin Str. Nr. Telefon:

zwecks Uebernahme der Gegenstände zugeschickt bezw. übergeben worden.

Zusammengestellt auf Grund der Schätzungsblätter Nr. 1

vom 8. 9. 1942

Wirtschaftsgruppe Einzelhandel
Zweckgemeinschaft Gebrauchtwarenhandel
Reichsgeschäftsstelle
Berlin W 35, Potsdamer Straße 74
Ruf: 21 06 58

Berlin, den 24. 9. 1942

Ergänzungsbestimmungen:

I. **Verpflichtung des Händlers zum Weiterverkauf der Gegenstände.**

Sämtliche Gegenstände, die der Händler zum Zwecke des Weiterverkaufs vom Oberfinanzpräsidium erwirbt, dürfen nicht anderen Zwecken zugeführt werden — insbesondere darf der Händler keinen dieser vom Oberfinanzpräsidium übernommenen Gegenstände für sich privat erwerben bzw. vom Weiterverkauf ausnehmen.

II. Die mit einem **blauen Kreis** in dieser Wohnungsliste gekennzeichneten Gegenstände

a) **Nähmaschinen und sonstige handwerkliche Maschinen**
sind der Speditionsfirma
Erich Scheffler,
Berlin C 2,
Gr. Präsidentenstr. 9,
Tel.: 42 75 75 und 42 75 25,
anzubieten und an diese Firma **gegen Empfangsbescheinigung** abzugeben. Die Rechnung ist **mit einer Empfangsbescheinigung** dem Herrn
Oberbürgermeister von Litzmannstadt
(Ghetto-Verwaltung),
Litzmannstadt,
Moltkestr. 211,
zuzustellen;

b) **Schallplatten und Abspielgeräte**
sind dem Reichspropagandaministerium, Herrn Inspektor Staiger, Berlin W 8, Wilhelmplatz 7, Tel.: 11 00 14 zur unentgeltlichen Übernahme vom Händler anzubieten. Die dem Händler für Transport und Verpackung dieser Gegenstände entstandenen Kosten werden ihm vom Reichspropagandaministerium auf Verlangen erstattet;

c) **Bücher, Zeitschriften und sonstige Literaturerzeugnisse**
sind Herrn Niederlechner
in Firma Lange & Springer, Buchhandlung,
Berlin-Steglitz,
Albrechtstr. 91,
Tel.: 11 64 65, Hausapparat 35,
der Stückzahl nach zu melden. Herr Niederlechner ist der Beauftragte der Reichsschrifttumskammer. Er veranlaßt die Sichtung der Bücher usw. durch den Einsatzstab Rosenberg und die Übernahme der verbleibenden Bestände durch den Fachbuchhandel.

III. Die dem Reichskommissar für die Festigung deutschen Volkstums und anderen behördlichen Stellen anzubietenden Gegenstände, die in der Wohnungsliste mit einem **roten Kreuz** versehen sind, sind beim Händler **separat zu lagern** und zweckentsprechend bzw. bestimmungsgemäß zu kennzeichnen. **Es ist selbstverständlich unstatthaft, diese Gegenstände ihrem Bestande nach und ihrer Beschaffenheit nach (z. B. durch Tausch) zu verändern. Dieses Verbot gilt auch für die oben unter II a), b) und c) aufgeführten Gegenstände.**

IV. **Die ergänzenden Bestimmungen für den Verkauf von Gegenständen an den Reichskommissar für die Festigung deutschen Volkstums** lauten wie folgt:

1. **Erklärung des RfdFdV zum Kaufangebot des Händlers:**
Der Reichskommissar für die Festigung deutschen Volkstums bzw. sein Beauftragter erklärt spätestens am 21. Tage nach Empfang der Wohnungsliste, ob er die in der Wohnungsliste ihm angebotenen Gegenstände, (die mit einem roten Kreuz gekennzeichnet sind), käuflich erwerben will. Die Erklärung wird vom Reichskommissar gegenüber dem Händler bzw. den Händlern abgegeben, die in jeder einzelnen Wohnungsliste benannt sind. Gibt der Reichskommissar innerhalb der Frist von 21 Tagen keine Erklärung ab, so kann der Händler diese Gegenstände anderweitig veräußern.

2. **Übernahme der Gegenstände durch den Reichskommissar.**
Die Übernahme der Gegenstände durch den Reichskommissar bzw. durch seinen Beauftragten, hat spätestens innerhalb von 7 Tagen nach Abgabe der Erklärung über den Kauf der Gegenstände (Ziffer 1) zu erfolgen.

3. **Ausschluß der Gewährleistung.**
Die Gegenstände werden vom Händler verkauft, wie sie stehen und liegen. Für Rechts- und Sachmängel wird vom Händler keine Gewähr geleistet. (Diese Bestimmung entspricht dem Abs. 1 des § 7 des Vertrages vom 27. April 1942).

4. **Die Lieferung**
erfolgt ab Lager des Händlers, d. h. die Gegenstände müssen vom Reichskommissar am Lager des Händlers übernommen werden.

5. **Die Bezahlung**
durch den Reichskommissar erfolgt spätestens innerhalb 14 Tage nach Erhalt der Rechnung.

Vermerk für den Händler.

Diese Wohnungsliste ist vom Händler den Geschäftsakten seiner Buchhaltung einzuordnen und so sorgfältig aufzubewahren, dass sie ohne weitere Umstände der **Preisbehörde** auf Verlangen vorgelegt werden kann.

Und Erich Scheffler? Der Spediteur. Dessen Name auf wieviel «Wohnungslisten» gedruckt steht? Bis Ende 1942 sind rund 24000 jüdische Wohnungen in Berlin so erfaßt worden, aber auch die ungezählten Untermieter schrieben Vermögenserklärungen. Wiegt eine Namensnennung das auf? Hat er noch anderen geholfen? Als Arthur Brass 1971 seinen Artikel in der New Yorker Wochenzeitung «Aufbau» veröffentlichte, antwortete ein Leser: «Ich lebte in Berlin in einer sogenannten privilegierten Mischehe und war u.a. Anfang 1944 im Judengefängnis in der Rosenstraße, wo ein Beauftragter des Herrn Scheffler mich und andere für seinen Betrieb in Berlin-Plötzensee herausholte und uns als Möbelträger und Lastwagenfahrer beschäftigte. Es arbeiteten dort hauptsächlich Juden.

Ich kann nur sagen, daß Herr Scheffler ein hochanständiger Mann war und u.a. für ehemalige jüdische Arbeiter, die in Theresienstadt waren, Lebensmittelpakete zusammenstellte. Selbstverständlich wurden als Absender die Namen jüdischer Arbeiter aufgeführt.

Am 3. Januar 1945 wurde ich wegen Defätismus verhaftet und ins Judengefängnis Iranische Straße eingeliefert. Meine Frau wandte sich an Herrn Scheffler, der ihr auch Hilfe versprach. Mit Hilfe von Ami-Zigaretten und einigen Flaschen Schnaps kam ich nach ca. 12 Tagen aus dem Gefängnis heraus. Scheffler erklärte mir, daß er mein Leben gerettet habe. Er riet mir, unterzutauchen und nicht mehr zur Arbeit zu kommen. Er würde mir meinen Lohn schon zusenden, was er auch tat.

Als Anfang Mai 1945 der Krieg beendet war, wurde ich als Fahrbereitschaftsleiter für den Bezirk Neukölln eingesetzt. In dieser Eigenschaft bekam ich einen kleinen Dienstwagen, der mit einer russischen «Propusk»-Nummer ausgestellt war. Meine Frau erinnerte mich daran, Herrn Scheffler nicht zu vergessen. Ich fuhr also mit dem Dienstauto zu dem Lagerplatz in Plötzensee, wo ich Scheffler, der im Laufe der Kriegshandlungen schwer verwundet worden war, mit einem Notverband auffand. Ich brachte ihn sofort in das Jüdische Krankenhaus in der Iranischen Straße, wo er einige Zeit später starb. Erich Scheffler war ein guter Mensch. Ohne seine Hilfe hätte ich diesen Brief nie schreiben können.

Jacques Abraham, Brooklyn, N. Y.»

Jacques Abraham in einem anderen Brief über Scheffler: «Er war ein großer Nazi ... Scheffler ... sagte, ... er hätte doch mein Leben gerettet, und ich sollte dies auch für ihn versuchen.»

Am 3. Oktober 1942, als die Firma Schneider das Inventar übernommen und bezahlt hat, meldet der Oberfinanzpräsident dem Herrn Generalbauinspektor für die Reichshauptstadt, Hauptamt für Verwaltung und Wirtschaft:

Betrifft: Wohnungsräumung/Meldung über geräumte Wohnungen

Mathildes Wohnung «kann weitervermittelt oder vom Hauptplanungsamt beschlagnahmt werden». Das Hauptplanungsamt ist eine Dienststelle des Rüstungsministers Speer, der mehr über die Deportationen gewußt hat, als er je zugab. Er war sogar teilweise als Verantwortlicher daran beteiligt.

Unwillig macht sich Mitte Oktober 1942 der Hauseigentümer bemerkbar, die Firma Hermann Brack & Co. «Auf Grund der 4. Aktion ist die oben angegebene Jüdin abgewandert. Die Wohnung ist versiegelt worden», aber was ist mit der Miete? Sie ist seit August nicht mehr bezahlt worden. «Außerdem ist die Jüdin verpflichtet, die Kosten für die Instandsetzung der Wohnung zu tragen.» Nachdem man ihr alles weggenommen hat. «Eine Besichtigung der Wohnung zur Festsetzung dieser Kosten hat noch nicht stattgefunden. Wir melden vorerst» – der deutsche Mensch meldet immer einem Vorgesetzten – «den bisherigen Mietausfall für Monat August mit RM 32,– und September/Oktober mit je RM 85,– zusammen mit RM 202,– zur Erstattung an ...»

Es gibt auch Einnahmen. Die Gasag, die Gasversorgung, zahlt 5 RM 12 Pfg. als dem Reich verfallenen Vermögenswert ein. Für Gas, das Mathilde Jacob bezahlt, aber nicht mehr verbraucht hat. Ähnlich die Bewag, die Elektrizitätswerke.

«Meldung über evakuierte Juden». Ein gedrucktes Formular. Es hat sich demnach gelohnt, es drucken zu lassen. Und wer hat nichts von alledem gewußt?

«Unser früherer Abnehmer (handschriftlich) Mathilde Sara Jacob in der Anlage (handschriftlich) Altonaer Str. 11 mit der jetzigen Anschrift (handschriftlich) evakuiert» hat keine Schuld für Stromverbrauch, sondern eine Forderung hinterlassen. RM 4,46, die von der Bewag eingezahlt werden, denn das Geld gehört nun dem Deutschen Reich.

Auf einem Zettel vorn in der Akte sind alle diese Eingänge addiert.

256,80 von Schneider für die Möbel,
5,12 von der Gasag,
4,46 von der Bewag,
67,24 vom Volkswohlbund, der Sterbekasse,

macht 333,02 RM, von denen 8,90 RM abgezogen werden, die Gebühren des Obergerichtsvollziehers Lesnik aus Berlin-Köpenick.

In der «Vermögenserklärung» sind nur wenige Fragen nach Personalien enthalten. Leider, muß man sagen, sonst wären weitere Lücken in Mathildes Lebensbild zu schließen.

Kinder (auch solche über 21 Jahre): «Keine»

Welche Familienangehörigen wandern mit aus? «Keine» schreibt Mathilde, «bzw. eine Tante aus Berlin NW 21 Stromstr. 67».

Das ist die damals 81jährige Elise Bernhard, die Schwester von Mathildes Mutter. Louis Bernhard, Mathildes Großvater, hatte zwölf Kinder. Die Bernhards waren eine reiche und zahlreiche Familie. Alte Einwohner von Tangermünde erinnern sich noch an das Warenhaus Bernhard.

Elise Bernhard wurde am 23. Juli 1942, wenige Tage vor Mathilde, mit dem 28. Alterstransport nach Theresienstadt deportiert.

Welche Familienangehörigen sind schon ausgewandert? Wohin? Das beschönigende Wort stört Mathilde. Streichen kann sie es schlecht, aber sie setzt «(evakuiert)» darüber! Und schreibt: «Schwester Gertrud mit ihrem Mann Arthur Reißmann aus Berlin SO Köpenikker Str. 137 v. III.»

Der Einlieferungsschein einer Postanweisung. An Gertrud Sara Reißmann in Litzmannstadt-Ghetto, Ottilienstr. 14.

Mathildes Handschrift. Sie hat ihrer Schwester neun Reichsmark geschickt. Mehrmals.

Gertrud Jacob war mit Arthur Reißmann verheiratet. Er hatte eine Lederwarengroßhandlung in der Köpenikker Straße 137 im Südosten Berlins.

Am 24. Oktober 1941 besuchte Mathildes Neffe diese Verwandten. Als sie beim Essen saßen, («Mazzeklöße mit Specksoße») klingelte es. Zwei Männer in Zivil und ein Polizist holten Arthur und Gertrud Reißmann von der Mahlzeit weg. Der Neffe durfte ihnen die Koffer bis vor die Haustür tragen, wo er seine Verwandten noch einmal umarmen konnte, ehe sie zu den anderen Juden auf den Möbelwagen steigen mußten.

Mathildes Neffe blieb stehen, wurde kontrolliert. «Ich dachte, sie müßten mein Herzklopfen hören», und es klopft ihm wieder, nach vierzig Jahren, wenn er davon erzählt. Er stand nicht auf der Transportliste und konnte seinen Besuch bei jüdischen Verwandten harmlos erklären. Sein Ausweis rettete ihn. Er arbeitete als Klempner im Casino des Heereszeugamtes.

Arthur und Gertrud Reißmann, die noch etwa ein halbes Jahr lebten, gehörten zu den 1024 Berliner Juden, die mit dem «Osttransport Nr. 2» nach Łódź verschleppt wurden, das damals Litzmannstadt hieß.

Dieser Name sagt mir etwas. Unsere Oberschule war

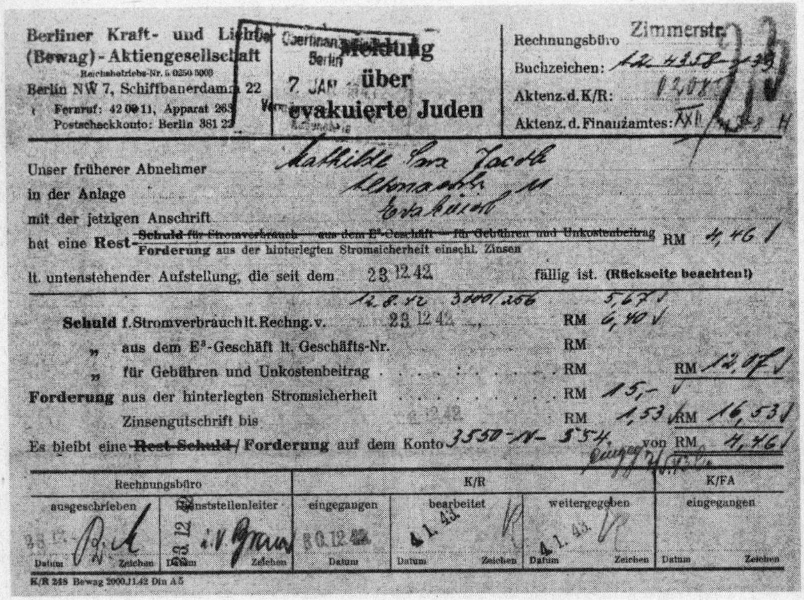

Berliner Kraft- und Licht- (Bewag) - Aktiengesellschaft
Reichsbetriebs-Nr. 5 0250 5003
Berlin NW 7, Schiffbauerdamm 22
Fernruf: 42 00 11, Apparat 263
Postscheckkonto: Berlin 381 22

Meldung über evakuierte Juden

Rechnungsbüro Zimmerstr.
Buchzeichen: 12 4358
Aktenz. d. K/R: 02087
Aktenz. d. Finanzamtes: XXI

Unser früherer Abnehmer Mathilde Sara Jacob
in der Anlage Alexanderstr. 11
mit der jetzigen Anschrift Evakuiert
hat eine Rest-~~Schuld für Stromverbrauch — aus dem E³-Geschäft — für Gebühren und Unkostenbeitrag~~ RM 4,46
Forderung aus der hinterlegten Stromsicherheit einschl. Zinsen
lt. untenstehender Aufstellung, die seit dem 23.12.42 fällig ist. (Rückseite beachten!)

Schuld f. Stromverbrauch lt. Rechng. v. 12.8.42 3000/256 23.12.42	RM 5,67 6,40		
„ aus dem E³-Geschäft lt. Geschäfts-Nr.	RM		
„ für Gebühren und Unkostenbeitrag	RM	RM 12,07	
Forderung aus der hinterlegten Stromsicherheit	RM 15,–		
Zinsengutschrift bis 23.12.42	RM 1,53	RM 16,53	

Es bleibt eine ~~Rest-Schuld~~/ **Forderung** auf dem Konto 3550-IV-554 von RM 4,46

Rechnungsbüro		K/R			K/FA
ausgeschrieben	Dienststellenleiter	eingegangen	bearbeitet	weitergegeben	eingegangen
23.12. Datum / Zeichen	23.12. i.V. Datum / Zeichen	30.12.42 Datum	4.1.43 Datum / Zeichen	4.1.43 Datum / Zeichen	Datum / Zeichen

K/R 248 Bewag 2000.11.42 Din A 5

Meldung an die Bewag

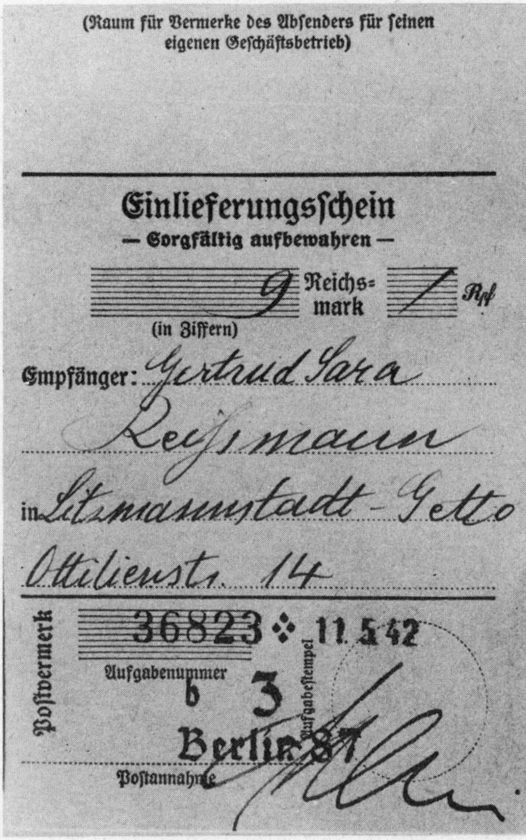

(Raum für Vermerke des Absenders für seinen eigenen Geschäftsbetrieb)

Einlieferungsschein

— Sorgfältig aufbewahren —

9 Reichsmark 1 Rpf

(in Ziffern)

Empfänger: Gertrud Sara Reißmann

in Litzmannstadt-Getto

Ottilienstr. 14

Postvermerk

36823 ✣ 11.5.42

Aufgabenummer

Aufgabestempel

b 3

Berlin 87

Postannahme

ebenfalls umbenannt worden nach jenem Litzmann, der einst an unserem Gymnasium das Abitur gemacht und als deutscher General im ersten Weltkrieg jene russische Stadt Łódź erobert hatte und später ein eifriger Anhänger Hitlers geworden war.

Am 15. Dezember 1941 konnten Walter und Mathilde Jacob zum erstenmal Geld an die Familie Arthur Reißmann schicken. Am 15. April 1942 ist Arthur als Empfänger genannt, am 22. April Gertrud. Die letzte Postanweisung trägt das Datum vom 11. Mai 1942.

Welche Familienangehörigen sind noch auf diese Weise «ausgewandert».

Mathilde: «Bruder Harry Jacob, N, Pankstr. 15, 29. V. 42 erschossen, ...»

Harry, Mathildes jüngerer Bruder, der sie als aktiver Gewerkschafter mit der Arbeiterbewegung in Berührung brachte, wurde von der SS ermordet. Einer von Zehntausenden. Sein Tod wurde 1948 standesamtlich registriert. Todestag: 29. Mai 1942.

Wir sollten uns nicht einfach mit einem Datum zufriedengeben. Zwar ist es unabänderlich, aber vielleicht kann es uns etwas erzählen. Es schweigt, solange wir es nicht fragen.

Der 29. Mai 1942 ...? Das ist zwei Tage nach dem Heydrich-Attentat. Und wenn in Prag, bald in Lidice blutige Rache genommen wird, warum nicht auch in Berlin und an Berliner Juden?

Der Sterbefall Harry Jacob wurde 1948 unter der Nr. 2056/1948 dem Standesamt Berlin-Steglitz von dem Amt für Erfassung der Kriegsopfer angezeigt. Verstorben (ohne nähere Angaben) in Berlin-Lichterfelde. Dieser Name macht hellhörig.

Wir erinnern uns an die Kaserne der Garde-Dragoner in der Belle-Alliance-Straße. Kaserne – da ist der Tod nie weit. In Lichterfelde, Groß-Lichterfelde, wie es früher hieß, war die Haupt-Kadettenanstalt. Von 1878 bis 1920 wurde hier der Offiziersnachwuchs des kaiserli-

Absender: DER AELTESTE DER JUDEN
in LITZMANNSTADT
Wohnort, auch Zustell- oder Leitpostamt

Straße, Hausnummer, Gebäudeteil, Stockwerk od. Postschließfachnummer

Postkarte

Litzmannstadt
DRUCKSACHE
Textil-Industrie
im Osten

Herrn

Walter Isr. Jacob

Berlin N. W.

Jagow Str. 9

Straße, Hausnummer, Gebäudeteil, Stockwerk oder Postschließfachnummer

12 39 — Δ C 154

RM. 9.

(wörtlich RM. Neun ——) erhalten.

Maria Gertrud Sara Leßmann
Unterschrift

Ottilien 14
Strasse Z. 8.

Litzmannstadt-Getto, den 22 April 1942.

chen und des republikanischen Heeres ausgebildet. Fontanes Sohn diente dort und selbstverständlich Hauptmann Waldemar Pabst, der im Eden-Hotel den Mord befahl. 1933 wurde die Kaserne zur Garnison der «Leibstandarte Adolf Hitler» der SS. Ende Juni erschoß man hier beim angeblichen «Röhm-Putsch» hohe SA-Führer und verschiedene politische Gegner des Naziregimes.

Harry Jacob, gestorben am 29. Mai 1942 in Berlin-Lichterfelde ... Einen Tag später befahl SS-Obersturmbannführer Adolf Eichmann Vertreter der «Reichsvereinigung der Juden» zu sich und teilte ihnen mit, «im Zusammenhang mit einem Anschlag auf die Ausstellung ‹Das Sowjetparadies› in Berlin, an dem fünf Juden aktiv beteiligt waren ...»

Am 18. Mai hatten Herbert Baum und einige Gefährten in der Ausstellung einen Brand gelegt. Vier Tage danach wurden Baum, seine Frau Marianne und weitere Mitglieder der Gruppe verraten und verhaftet. Er und 26 Angehörige der Widerstandsgruppe wurden in den kommenden Wochen und Monaten ermordet oder hingerichtet.

Im Zusammenhang mit dem Anschlag auf die antisowjetische Ausstellung, so erklärte Eichmann, seien «fünfhundert Juden in Berlin festgenommen, davon 250 erschossen und 250 in ein Lager abgeführt worden», und «daß weitere Maßnahmen dieser Art zu erwarten sind, falls noch einmal ein Sabotageakt vorkommen sollte, an dem Juden beteiligt sind».

Die 250 sofort Erschossenen, darunter der Oberkantor der Berliner Jüdischen Gemeinde, Hanns John, starben in der SS-Kaserne in Lichterfelde. Unter ihnen war Harry Jacob.

Der Spaziergänger, der über die Spreebrücke am Berliner Dom entlanggeht und in den Lustgarten einbiegt zum Alten Museum oder geradeaus in Richtung Brandenburger Tor, kommt an einem quadratischen Stein vorbei, gewidmet dem Andenken von Herbert Baum und den Seinen. Die meisten von ihnen waren zwischen 19 und 23 Jahren alt. Vergessen wir aber dabei nicht die ahnungslosen Geiseln. Die 250 Menschen in Lichterfelde und die 250 in ein Lager Verbrachten, von denen gleichfalls keiner überlebte.

Und weil wir gerade bei Gedenktafeln sind – am Eingang der ehemaligen Kadettenanstalt in Lichterfelde, auf deren Gelände sich heute die Andrews Barracks der in Berlin (West) stationierten US-amerikanischen Armee befinden, gibt es zwei Gedenktafeln. Sie erinnern an die königlich preußische Hauptkadettenanstalt und an das königlich sächsische Kadettenkorps und in beiden Fällen an die «in beiden Weltkriegen gefallenen Kadetten».

«An die Ermordung der 250 jüdischen Geiseln erinnert dagegen bis heute nichts», schreibt Wolfgang Wippermann in seiner Dokumentation «Steinerne Zeugen – Stätten der Judenverfolgung in Berlin» (1982).

Mathildes Satz in dem Fragebogen geht weiter: «Bruder Harry Jacob, N, Pankstr. 15, 29. V. 42 erschossen, seine Frau evakuiert –» Ebenfalls nach Theresienstadt, wo sie Mathilde später noch einige Male gesehen hat, wie Mathildes Neffe sich erinnern kann. Erika Jacob hat überlebt und ist aus Theresienstadt zurückgekehrt.

«... evakuiert, ihr Sohn Manfred hat sich das Leben genommen.»

«Das ist Mathilde»! ruft Mathildes Neffe, der neben mir sitzt, als wir ihre «Vermögenserklärung» durchblättern. «Das ist Mathilde! So war sie immer!»

Was meint er?

Manfred Jacob, damals um zwanzig Jahre alt, hatte miterlebt, wie man seinen Vater als Geisel aus der Wohnung holte, und sich auf das gleiche Schicksal eingerichtet. Mit einem Seil flüchtete er aus dem Fenster, als die Gestapo klingelte und seine Mutter nach ihrem Sohn fragte. Mit einer Leine, auf dem Balkon vorbereitet – seine Jakobsleiter –, hat er sich aufs Dach geschwungen;

irgendwo im Wedding in der Pankstraße, und entkam auf diese Weise.

Er hat überlebt und ist nach dem Krieg in die USA ausgewandert. Ein Mann Anfang sechzig, der sich an diese vergangene Zeit nicht erinnern mag. Dem die Tränen kommen, wenn er davon reden soll. Er mag nicht davon reden.

Tagsüber fuhr er in blauer Monteurkleidung mit dem Rad kreuz und quer durch Berlin, durch Stadtviertel, wo ihn hoffentlich keiner kannte. Der junge Mann mit dem Werkzeugkasten war unauffällig. Er übernachtete in Lauben, traf seinesgleichen, ernährte sich von gefälschten Lebensmittelmarken oder teuer erworbenen Fehldrucken. Einer der vielen oder wenigen, die als U-Boot lebten. Untergetaucht.

Warum weiß man so wenig davon?

Warum sind diejenigen öffentlich so unbekannt, so ungeehrt geblieben, die Juden verbargen oder ihnen durch Nahrung, Kleidung und Papiere halfen? Wer sammelt ihre Lebensgeschichten, erforscht und verbreitet sie?

Gewiß, es war wohl einfacher, jemanden in einer Villa zu verstecken oder im Winkel eines Laubengeländes als in einem vierstöckigen Mietshaus mit Hinterhaus und Quergebäude. Unbesungene Helden hat man sie genannt.

Mathilde Jacob, die ganz genau weiß, daß ihr Neffe Manfred fliehen konnte, trägt zu seiner Rettung bei, was sie tun kann. Eine irreführende Auskunft.

«Manfred hat sich das Leben genommen.»

Das hat er in der Tat. Er hat sein Leben in die eigenen Hände genommen und gerettet.

Als letzte der Schwestern war außer Klara Bublitz noch Margarete Jacob übrig. Sie hatte als Garderobenfrau im Jüdischen Kulturbund gearbeitet. Das war eine am Tage nach der Bücherverbrennung gegründete Einrichtung, nachdem jüdische Künstler aus dem deutschen Kulturleben ausgeschlossen worden waren. In der Zeit seines Bestehens bot der Jüdische Kulturbund – zur Eröffnung am 1. Oktober 1933 spielte man «Nathan der Weise» – über 600 Konzerte, 2000 Vorlesungen, 60 Kunstausstellungen und führte 75 dramatische Werke und 25 Opern auf. Auf diese Weise konnten rund 2000 Künstler beschäftigt werden. Im September 1941 wurde der Kulturbund staatlich aufgelöst. Bis dahin wurde er von der Nazipropaganda gegenüber ausländischen Besuchern als Aushängeschild benutzt.

Mathildes Neffe, ohne daß er auf Einzelheiten eingehen will, schildert Margarete Jacob als lebenslustig. Als das Gegenteil ihrer ernsten Schwester Mathilde.

Margarete Jacob wohnte zuletzt in der Schöneberger Straße 25. Ganz nahe am Anhalter Bahnhof. Heute etwa zwischen der Ruine des Bahnhofes und dem zugeschütteten und zum Mendelssohn Bartholdy-Park umgewandelten kleinen Hafenbecken.

Wenige Tage, nachdem sie 56 Jahre alt geworden war, mußte Margarete Jacob mit 999 anderen Berliner Juden in den Zug nach Auschwitz. Am 19. Februar 1943. 29. Osttransport.

Als man sie abholte, gelang ihr, bei Nachbarn durch den Briefschlitz einen Zettel zu stecken, der später ihren Verwandten übergeben werden konnte. «Auf Wiedersehen / Gruß / Grete»

Vier Worte blieben übrig von dem Fräulein Gretchen, das Rosa Luxemburg in ihren Briefen oftmals so herzlich grüßen ließ.

Um diese letzten Zettel zu zeigen, treffen wir uns. Mathildes Neffe will in einer Bibliothek Familiennamen nachschlagen. Doch Jacob kommt zu häufig vor.

Von den Vorfahren der Familie Jacob ist nur wenig bekannt. Julius Jacob, der Schlächter, kam aus Nordhausen nach Berlin. Er hatte ein Stück gerahmter Erinnerung an seinen Großvater bei sich, der hieß Jacob

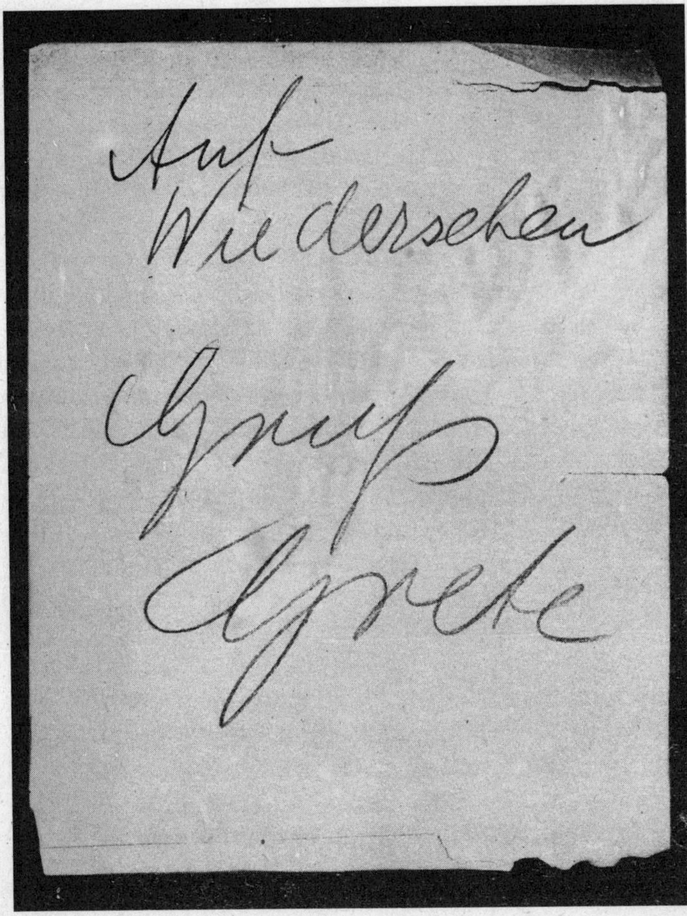
Auf Wiedersehen
Gruß
Grete

Levi und hatte als Freiwilliger an den Kriegen gegen Napoleon teilgenommen. Die näheren Umstände sind nicht bekannt, jedoch zeichnete sich Jacob Levi so aus, daß er einen Orden bekam und sich etwas wünschen durfte. Da wünschte er sich, seinen Namen so umzudrehen, daß er fortan Levi Jacob hieß.

Er war einer der Freiwilligen von 1813. Wie der Sohn Nathan und zwei Enkel von Moses Mendelssohn, mit dem die bürgerliche Gleichberechtigung der Juden in Deutschland ihren Anfang genommen hatte. Dafür kämpften sie, engagiert, diese jungen Juden. Verglichen mit der Anzahl christlicher Freiwilliger lag ihre Anzahl prozentual höher als die Anzahl der Juden innerhalb der Bevölkerung.

Eine Kriegsauszeichnung in der Familie. Levi Jacob ließ sich seinen Orden einrahmen. Vielleicht beschützte das Eiserne Kreuz sein Haus und seine Familie. Zu seiner Zeit. Als unter Hitler jüdische Männer glaubten, ihre Tapferkeitsauszeichnungen aus dem ersten Weltkrieg, ihre Eisernen Kreuze, würden sie vor Verfolgung bewahren, wurden sie maßlos enttäuscht. Das Vaterland dankt auf seine Weise.

Mathilde, schon im Weltkrieg und durch das Frühjahr 1919 belehrt, hatte in ihrer Wohnung für den Orden einen geeigneten Platz gefunden. Den bestmöglichen. Solange er denken kann, sagt Mathildes Neffe, hing das eingerahmte Kreuz in der Toilette an der Wand.

Wir fahren durch den Tiergarten in Richtung Hansaviertel. Im mehrspurigen Bogen um die Siegessäule, dann die Altonaer Straße entlang, die heute ganz anders aussieht. Er zeigt mir, wo das Haus gestanden hat.

Er hat das Kriegsende, wie sein Vater, als sogenannter «Mischling» dienstverpflichtet überlebt.

Mathildes Neffe schenkt mir eine Kassette, die er von einer Schallplatte mitgeschnitten hat. Für mich. Ernst Ginsberg und Grete Weiser lesen die «Wendriner-Geschichten» von Kurt Tucholsky. «Damit Sie mal hören»,

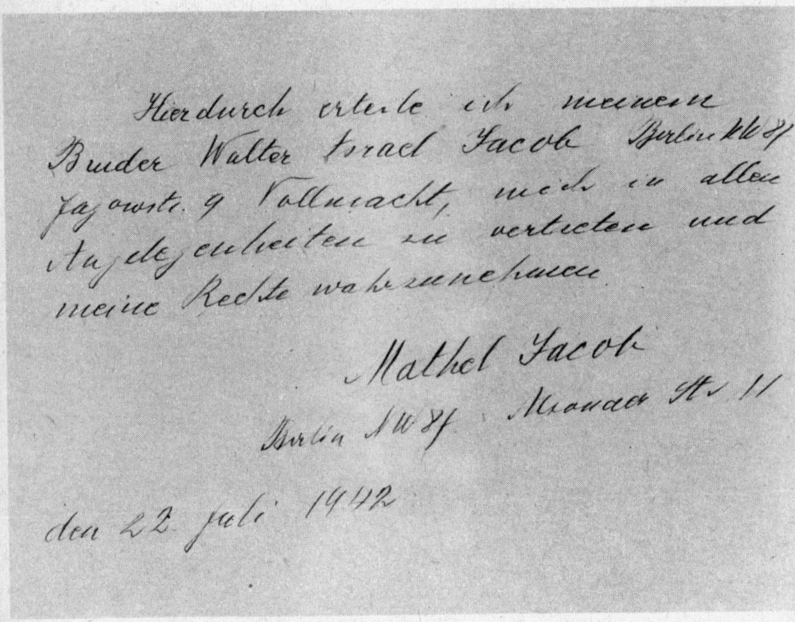

Hierdurch erteile ich meinem Bruder Walter Israel Jacob Berlin NW 87 Jagowstr. 9 Vollmacht, mich in allen Angelegenheiten zu vertreten und meine Rechte wahrzunehmen.

Mathel Jacob

Berlin NW 87 [illegible] Str. 11

den 22 Juli 1942

sagt er, «wie früher Jüdisch gesprochen wurde in Berlin.» So spricht keiner mehr. Es ist ausgestorben.

Wir halten an einem Rathaus und gehen hinein. Im Foyer stehen Vervielfältigungsgeräte, mit denen jedermann für ein paar Münzen ablichten kann, was er mag. Wir kopieren einige Papiere, die er behalten will. Andere kann ich mitnehmen, darunter Mathildes letzte Zeilen an ihren Bruder. Die Vollmacht. Er schenkt ein Original für dieses Buch. Die erfahrene Mathilde hat dieses Dokument mehrfach ausgefertigt.

Mathildes Handschrift.

Dann fahren wir zu seiner Wohnung. Neubauten der sechziger Jahre. Supermarkt. Einkaufende Frauen. Kinder. Radfahrer. Fußgänger. Autogedränge. Berliner Nachmittag.

Gegenüber ist ein Parkplatz. Er biegt links ein, hält, und ich will schon aussteigen.

«Stop mal», sagt er und startet wieder. Hinter uns hat er eine andere Parklücke entdeckt. In die fährt er nun rückwärts hinein. Dabei sagt Mathilde Jacobs Neffe lächelnd, aber nicht verlegen: «Der Fluchtweg muß immer offen sein ...»

(1979–1983)

Jedem, der diesem Buch behilflich war, Dank.

Anhang

Die Familie Jacob

Julius Jacob	Emilie, geb. Bernhard
6. Dez. 1839 Nordhausen	29. Mai 1849 Tangermünde
1. Feb. 1907 Berlin	15. Oktober 1933 Berlin

Mathilde
8. März 1873 Berlin
27. Juli 1942 deportiert nach Theresienstadt

Felix
9. Juli 1876 Berlin
gestorben 1906 Berlin

Harry
7. Juli 1878 Berlin
29. Mai 1942 Berlin, als Geisel erschossen

Klara, verh. Bublitz
18. Nov. 1879 Berlin
18. Feb. 1950 Berlin

Gertrud, verh. Reißmann
geboren 1881 Berlin
1942 deportiert nach Litzmannstadt

Walter
29. Sept. 1882 Berlin
gestorben 1952 Berlin

Margarete
8. Feb. 1887
19. Feb. 1943 deportiert nach Auschwitz

Ernst
2. Sept. 1891 Berlin
Ging in jungen Jahren nach Frankreich. Seine letzte Post kam mit Datum vom 12. Oktober 1942 aus Colombes.

Nachbemerkung

Mathilde Jacob ist weiten Kreisen keine Unbekannte mehr. Dazu trug auch Margarete von Trottas Luxemburg-Film bei, der – der Zufall will manches – wenige Monate nach Erscheinen dieses Buches uraufgeführt wurde. Gleichzeitig erschien im Verlag Das Arsenal in Berlin (West) eine Lizenzausgabe unter dem Titel «Meine liebste Mathilde – Das unauffällige Leben der Mathilde Jacob», die mittlerweile in 2. Auflage vorliegt.

Schreibmaschinenarbeiten.

Brühl, Regina, Schmargendorf, Friedrichsruher Str. 28. H 9 2495.

Friedlaender, Hedi, Hls., Johann Georgstr. 1/2, **part.** J 7 6397.

Hirsch, R., W 62, Kleiststr. 25. B 5 Barbarossa 4988.

Jacob, Mathilde, NW 87, Altonaer Str. 11. C 9 Tiergarten 6818.

Lychenheim, Hedw., Schreibbüro Börse, C 2 Burgstr. 27. D 1 0829

Priwin, Sophie, W 15, Kaiserallee 203 Gth. B 4 Bavaria 6587.

Erwin Taussik, siehe Inserat am Kopf der nächsten Seite.

Es gibt inzwischen wichtige Ergänzungen. Hermann Simon konnte in seiner Rezension im «Nachrichtenblatt des Verbandes der Jüdischen Gemeinden in der DDR», März 1986, eine Entdeckung bieten: Anzeige oben.

Sie stammt aus dem «Jüdischen Führer durch Berlin»,

Verlag Erich Veis, Charlottenburg 9, und ist Ende 1933, spätestens Anfang 1934 erschienen. «Mathilde Jacob war weder stolz darauf, Jüdin zu sein», schreibt Simon, «noch schämte sie sich dieser Tatsache, weil ihr die Zugehörigkeit zum Judentum gleichgültig war: Ihr Lebensinhalt war der politische Kampf an der Seite Rosa Luxemburgs.» Durch Hitlers Machtantritt waren zahlreiche Juden «ihrer Existenzmöglichkeiten beraubt; man mußte sich gegenseitig durch die Schaffung von Arbeitsmöglichkeiten helfen. Dieser Tatsache trägt der ‹Jüdische Führer durch Berlin› Rechnung.» Vielleicht hat der eine oder andere Kunde «zum ersten Mal den Weg in das Schreibbüro in der Altonaer Straße gefunden, weil er diese Anzeige gelesen hat».

Hermann Simon macht auf einen weiteren Umstand aufmerksam: Der von Mathilde verwendete Vorname «Mathel» bewahrte sie vor dem Zwangs-Zusatznamen Sara. Warum hat sie ihren Vornamen so geändert, entsprechend einem Erlaß des faschistischen Innenministeriums vom 18. August 1938? Simon: «Die Absenderangabe ‹Mathel Jacob› fiel nicht auf, wenn sie Manuskripte lieferte oder Rechnungen schickte.» Vielleicht hatte sie noch ein paar getreue, nichtjüdische Kunden. «Es lag nahe», aus der Liste des Innenministers den Namen Mathel zu wählen. Er «klingt an Mathilde an und wirkt weder exotisch noch komisch».

Der auf Seite 265 als vermißt bedauerte Ausleihschein Rosa Luxemburgs aus der Königlichen Bibliothek – Mrs. Agnes F. Peterson, die in der Hoover Institution die Mittel- und Westeuropäischen Sammlungen betreut, sah nach ihrem Berlin-Besuch 1986, als wir uns begegneten, noch einmal gründlich nach und fand sogar vier Ausleihscheine von «Dr. Rosa Luxemburg», Stand: «Dr. jur.», «Wohnung: Südende Lindenstr. 2».

Die Kopien kamen rechtzeitig, entsprechend dem Wunsch auf Seite 265 (Wie würden sie «die nächste Jubiläumsausstellung der Deutschen Staatsbibliothek schmücken»), zum 325jährigen Bestehen der Bibliothek. Dort nahm sich Oberbibliotheksrat Heinz Gittig sofort der Sache an und entdeckte, daß Rosa Luxemburg die angegebenen Titel in der Zeit ab 8./9. Oktober 1912 benutzt hat. Zwei der genannten Bücher sind noch im Bestand vorhanden. Heinz Gittig hat sie mit Briefen aus dieser Zeit verglichen. Rosa an Leo Jogiches: «Morgen muß ich wieder mindestens für einen halben Tag hin, ich habe Bücher bestellt ...»

Bei einem Vergleich der Zitate in Rosas «Die Akkumulation des Kapitals» fand Heinz Gittig in den erhalten gebliebenen Originalen in der «Revue encyclopédique» im Band 23, S. 31 an der von Rosa Luxemburg zitierten Stelle «einen vergilbten Zeitungsstreifen als Lesezeichen. – Zufall – oder?»

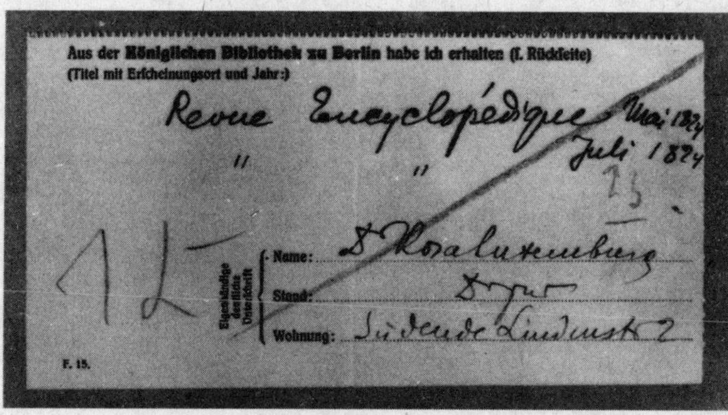
Aus der Königlichen Bibliothek zu Berlin habe ich erhalten (I. Rückseite)
(Titel mit Erscheinungsort und Jahr:)
Revue Encyclopédique Mai 1824
" " Juli 1824
23
12
Eigenhändige deutliche Unterschrift
Name: Dr Rosa Luxemburg
Stand: Dozent
Wohnung: Südende Lindenstr 2
F. 15.

Ein Brief aus Paris. Margot Jacob-Philipp, die als Anwältin in Paris lebt, schreibt, daß ihr Großvater Louis Jacob seinerzeit von Nordhausen nach Berlin übersiedelte. Sie hat als Kind Mathilde öfter getroffen, war auch in der Altonaer Straße zu Geburtstagen der Mathilde-Mutter Emilie. «Von Zeit zu Zeit machte man auch sonntags zusammen mit Tilly [Mathilde hieß in der Familie so] einen Ausflug ins Grüne, und so habe ich die Freude, Ihnen ein kleines Familienbild übersenden zu können ...»

Von links: Mathilde Jacob. Neben ihr wahrscheinlich die Witwe von Wolfgang Fernbach – Mathilde hatte, als sie 1919 verhaftet wurde, Briefe an sie in der Tasche. Ganz rechts: Käthe Jacob, geb. Löwenstein, daneben ihre Tochter Edith. In der Mitte als Kind von Käthe Jacob:

die heutige Dr. Margot Jacob-Philipp. Bei ihrem Besuch in Berlin konnte sie die von ihr freundlicherweise zur Verfügung gestellte Aufnahme als etwa 1929/30 entstanden datieren.

Ihre Erinnerungen an die Geschwister Mathilde und

Margarete Jacob decken sich mit denen von Mathildes Neffen: «Gretel war immer freundlich, entgegenkommend, lebenslustig und eher optimistisch, ganz das Gegenteil ihrer ernsten Schwester Mathilde.»

Hinnerk Einhorn
Jüdischer Friedhof
Berlin-Weißensee

Milde Natur im weißen November
streut Ahornblätter und Linden
Falsche Akazien umwuchern
Namen für Namen

Sieben Steine trag ich am Herzen
einen für Jacob, Mathilde
sechs für Vergessene im braunen Gebüsch

Am 4. Februar 1987 lasen Rosemarie Schuder und Rudolf Hirsch aus ihrem Buch-Manuskript «Der gelbe Stern – Wurzeln und Wirkungen des Judenhasses in der deutschen Geschichte». Es war im TiP, dem Theater im Palast der Republik, und vor Beginn gab mir mein langjähriger Freund Rudolf Hirsch einen Brief, den er gerade von seinem in Ulm lebenden Freund Alfred Moos für mich erhalten hatte: Die «Allgemeine Jüdische Wochenzeitung» in Bonn hatte einen Leserbrief veröffentlich zu einer Rezension von Ernst L. Siebenborn, die am 8. August 1986 dort gestanden hatte. Der Brief lautet:

Wir fanden, daß Mathilde Jacob am 27. Juli 1942 mit dem 30. Altentransport nach Theresienstadt kam und seitdem als verschollen gilt. In unserer Kartei der Insassen des Ghettos Terezin (Theresienstadt) fanden wir unter dem Namen Mathil Jacob, daß sie am 14. April 1943 starb und dort kremiert wurde. Es ist mit Sicherheit anzunehmen, daß es sich um dieselbe Person handelt, trotz des wohl irrtümlichen Fehlers Mathil statt des von ihr angenommenen Namens Mathel. Ungewöhnlicherweise ist ihr Geburtsdatum nicht angegeben, aber die Nummer 15429 ihrer Aschenurne. Wie bekannt, hat die SS anfangs die Asche in Kartons bewahrt, aber zum Schluß in den Fluß geworfen.

Bejt Terezin-Archiv, P. Schefa, Kibbuz Givat Haim Israel

Damit ist das Todesdatum von Mathilde bekannt.

Am 8. März 1988 – Mathildes Geburtstag jährte sich – wurde in Berlin-Hohenschönhausen einer Bibliothek der Name «Mathilde Jacob» zuerkannt. Sie befindet sich in der Konrad-Wolf-Straße 113 in Berlin 1092 und zeigt in einer ständigen kleinen Ausstellung Fotos, Bücher und Dokumente aus dem Leben dieser Frau.

Straßen- und Schauplatzregister (Berlin)

Namenverzeichnis
(Auswahl)

Bildquellen

Bethmann, Evelin: *5*

Deutsche Staatsbibliothek Berlin: *55*

Institut für Marxismus-Leninismus beim ZK der SED, Zentrales Parteiarchiv: *6, 14, 18, 22, 32, 37, 46*

Knobloch, Heinz: *1, 16, 29, 33, 35*

Landesbildstelle, Berlin (West): *2*

Rosa Luxemburg Collection/Hoover Institution Archives, USA *(Anhang)*

Eberhard Renno, Weimar: *53*

Stadtarchiv Berlin: *41, 47*

Technisches Museum (Repro: Güttler), Dresden: *60*

Walther-Victor-Archiv der Friedrich-Schiller-Universität Jena (Repro: E. Renno, Weimar) *53*

Zentrales Staatsarchiv, Potsdam: *50*

(Numerierung der Bilder nach der Abfolge ihrer Einordnung)

Alle weiteren Vorlagen aus dem Archiv des Autors. (Ein detaillierter Bildnachweis befindet sich in der Rechtsabteilung im Buchverlag Der Morgen.)

Manfred Gneckow zeichnete die Karten für den vorderen und hinteren Vorsatz sowie die Skizzen auf den Seiten *27, 77, 195, 219, 267, 279*

Schutzumschlag: Hans-Joachim Schauß; Foto: Heinz Knobloch

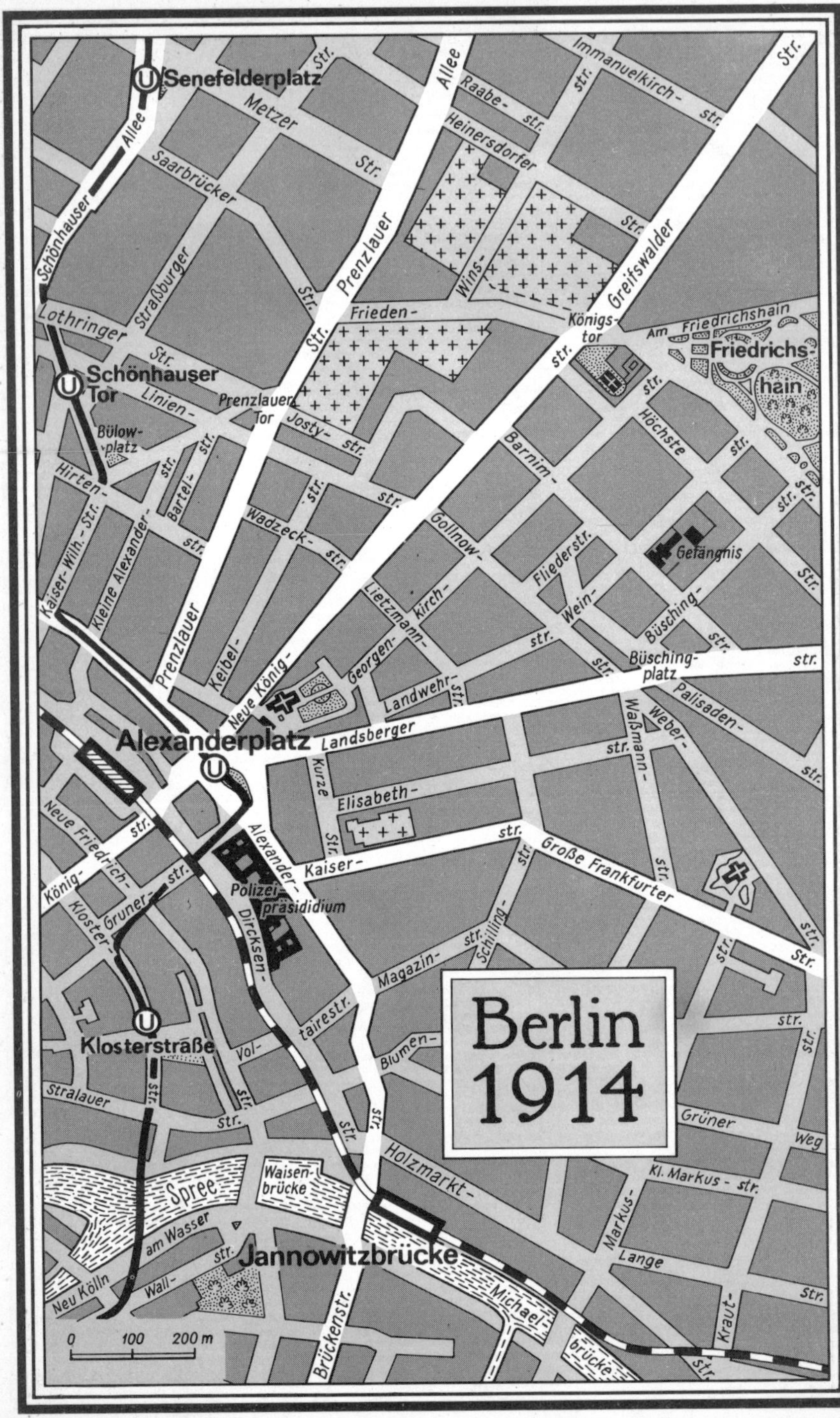
Berlin
1914
Senefelderplatz
Schönhauser Allee
Metzer Str.
Saarbrücker
Straßburger
Prenzlauer Allee
Raabe-str.
Heinersdorfer Str.
Immanuelkirch-str.
Wins-str.
Greifswalder Str.
Frieden-str.
Königstor
Am Friedrichshain
Friedrichshain
Lothringer Str.
Schönhauser Tor
Linien-str.
Prenzlauer Tor
Josty-str.
Bülowplatz
Hirten-str.
Bartel-str.
Wadzeck-str.
Barnim-str.
Höchste str.
Gollnow-str.
Fliederstr.
Gefängnis
Kaiser-Wilh.-Str.
Kleine Alexander-str.
Keibel-
Prenzlauer
Lietzmann-str.
Georgenkirch-str.
Wein-str.
Büsching-str.
Büschingplatz
Neue König-str.
Landwehr-str.
Palisaden-str.
Weber-str.
Waßmann-str.
Alexanderplatz
Landsberger str.
Kurze Str.
Elisabeth-str.
Große Frankfurter Str.
Neue Friedrich-str.
König-
Kloster-
Gruner-str.
Alexander-str.
Polizeipräsididium
Dircksen-str.
Kaiser-str.
Magazin-str.
Schilling-str.
Voltairestr.
Klosterstraße
Stralauer str.
Blumen-str.
Grüner Weg
Kl. Markus-str.
Holzmarkt-str.
Spree
Waisenbrücke
am Wasser
Wall-str.
Neu Kölln
Jannowitzbrücke
Markus-
Lange Str.
Michaelbrücke
Brückenstr.
Kraut-str.
0
100
200 m